Kristy Cambron

Das Lied des Schmetterlings

Über die Autorin

Kristy Cambron liebt Geschichten aus längst vergangenen Zeiten. Die studierte Kunsthistorikerin wurde bereits mehrfach für ihre Romane ausgezeichnet. Sie lebt mit ihrer Familie im US-Bundesstaat Indiana. Ebenfalls auf Deutsch von ihr erschienen: *Wo die Hoffnung blüht* und *Das Lied der Grünen Insel.*

KRISTY CAMBRON

Das LIED des SCHMETTERLINGS

ROMAN

Aus dem Amerikanischen von Renate Hübsch

GerthMedien

MIX
Papier | Fördert gute Waldnutzung
FSC® C014496

Die amerikanische Originalausgabe erschien unter dem Titel
„The Butterfly and the Violin“
im Verlag Thomas Nelson, Nashville/Tennessee,
a trademark of HarperCollins Christian Publishing, Inc.,
in Zusammenarbeit mit Hartline Literary Agency.

Aus dem Amerikanischen übersetzt von Renate Hübsch.

Bibelzitate folgen dem Text der Übersetzung
Neues Leben. Die Bibel.
© 2002 und 2006 SCM R. Brockhaus
in der SCM Verlagsgruppe GmbH, Witten/Holzgerlingen.

1. Auflage 2024
Bestell-Nr. 817940
ISBN 978-3-95734-940-8

Umschlaggestaltung: Maren Habla
Umschlagfotos: Arcangel (Irene Lamprakou, Neil Holden),
für die Clubausgabe zusätzlich: shutterstock/Daria Ustiugova (Violine)
Lektorat: Esther Lindner-Haehl, Carolin Kilian
Satz: Greiner & Reichel, Köln
Druck und Verarbeitung: GGP Media GmbH, Pößneck
Printed in Germany

www.gerth.de

Für meinen Vater.
Und für Jeremy, den Jahwe aufgerichtet hat.

Ob dein Weg nach rechts oder links führt,
eine Stimme wird hinter dir herrufen und dir ansagen:
„Das ist der richtige Weg, den geh!“
Jesaja 30,21

EINS

Gegenwart
New York

„Wo ist es? Ich muss es sofort sehen!“

Sera James stürmte durch die Eingangstür der Galerie in Manhattan. Sie hatte es so eilig, dass sie mit ihren hohen Absätzen auf dem glatten Parkettboden fast ausgerutscht wäre. Vor der großen Leinwand, die an der hinteren Wand des Ausstellungsraumes hing, blieb sie atemlos und sichtlich erregt stehen. „Ist sie es wirklich?“

„Bist du den ganzen Weg hierher gerannt, Sera?“

„Ja. Wärst du das etwa nicht?“, gab sie ungeniert zurück. Nachdem sie den Anruf erhalten hatte, hatte sie sich an der nächsten Haltestelle aus der U-Bahn gedrängelt und war die acht Straßenzüge zurück zur Galerie gerannt, die ganze Zeit bemüht, Taxis und Schlaglöchern im Gehweg auszuweichen.

Penny nickte. „Die Jungs hinten haben die Kiste eben erst geöffnet. Unglaublich, dass sie seit einer Woche im Lager steht und wir es nicht bemerkt haben.“

Sera schüttelte ungläubig den Kopf. „Unfassbar!“ Sie zog sich den Chiffonschal vom Hals, ließ den Trenchcoat über ihre Schultern gleiten und trat dann kurz zur Seite, um beides auf den antiken Holztresen zu legen, der sich durch den ganzen hinteren Teil des Raumes erstreckte. Sie schlang ihr langes tiefschwarzes Haar zu einem lockeren

Knoten zusammen, den sie mit einem Bleistift, der auf dem Tresen lag, feststeckte.

Erst als sie sich wieder zu ihrer Assistentin umdrehte, die ihr im Laufe der Zeit zu einer guten Freundin geworden war, bemerkte sie, dass sich die junge Frau keinen Zentimeter bewegt hatte. Penny stand da wie eine Statue. Das Einzige, was sich an ihr bewegte, war der Zeigefinger, mit dem sie eine rotblonde Haarsträhne in ihrem Nacken zwirbelte.

Sera lachte. „Du tust es schon wieder!" Wenn Penny anfing, mit ihren Haaren zu spielen, musste irgendetwas ihre Aufmerksamkeit völlig gefesselt haben. Aber Sera konnte es ihr nicht verdenken. Dies war schließlich ein besonderer Moment. Wenn das Gemälde wirklich das war, wofür sie beide es hielten, war es gerechtfertigt, in Ehrfurcht zu erstarren. Die ganze Stadt hätte vor den Fenstern vorbeifliegen können, und keine von ihnen beiden hätte es bemerkt – oder sich dafür interessiert.

„Es ist nur schade, dass es nicht das Original ist." Penny reichte Sera einen Umschlag, ohne den Blick von der Leinwand abzuwenden. „Aber es ist ein weiterer Schritt in die richtige Richtung, und das ist alles, was zählt."

„Hast du die Holzlattung an den Rändern untersucht?"

„Meine Hände haben zwar gezittert", gab Penny zu und legte den Kopf schief, „aber, ja, ich habe sie mir genau angesehen."

Das Gemälde vor ihnen war dem gesuchten geradezu unheimlich ähnlich. Die einzige Möglichkeit, das Original von einer Kopie zu unterscheiden, war die Überprüfung des hölzernen Bildträgers, über den der Stoff gespannt war. Und da der nicht übereinstimmte, konnte es nicht das gesuchte Bild sein.

Sera wurde für einen Moment schwer ums Herz, aber dann machte sie sich bewusst, dass es zwar nicht *das* Porträt war, aber immerhin ein Porträt von *ihr*. Das Material spielte keine große Rolle angesichts dieser tiefblauen Augen, die den Betrachter des Gemäldes so eindringlich anschauten und verfolgten.

Wie lange hatte Sera auf diesen Moment gewartet! Sie schluckte schwer. „Auch wenn es eine Kopie ist, möchte ich unbedingt wissen, wie du es gefunden hast!"

„Ein Nachlassverkauf", antwortete Penny, und ihre Stimme klang fast verträumt. „In der Nähe von San Francisco."

„Wissen wir etwas über den Auftraggeber?"

Penny nickte erneut und zog dabei auf eigenwillige Weise die Augenbrauen hoch. „Das ist ja das Seltsame – es ist irgendein Geschäftsmann in der Immobilienbranche. Er heißt William Hanover. Ich habe in seinem Büro angerufen und nachgefragt, und er hat sofort zurückgerufen. Er sagte, er würde den Nachlass seines verstorbenen Großvaters auflösen. Der Name sagt mir überhaupt nichts, und ich bin genau wie du seit mehr als zwei Jahren hinter diesem Gemälde her! In der Kunstszene ist er vollkommen unbekannt."

Auch Sera sagte der Name nichts. Wer war dieser William Hanover? Und wie war es ihm gelungen, dieses Gemälde in die Hände zu bekommen, das eine exakte Kopie des Bildes war, nach dem sie suchte?

„Hast du ihm ein Angebot gemacht?"

„Mhm ..." Penny nickte. „Ich dachte, du würdest es haben wollen, also habe ich großzügig geboten."

Das klang nicht gerade verheißungsvoll. Sera schüttelte den Kopf. „Warum hörst du dich dann so an, als hättest du schlechte Nachrichten für mich?"

„Weil er gesagt hat, dass er es nicht verkaufen wird. Geld ist anscheinend nicht das Thema."

„Aber du hast doch gesagt, es sei ein Nachlassverkauf ..."

„Richtig", erwiderte Penny. „Aber es war purer Zufall, dass ich das Gemälde auf einer Internet-Auktionsseite gefunden habe. Es war nicht das eigentlich angebotene Objekt, sondern nur im Hintergrund zu sehen. Ich habe Fotos von Nachlassverkäufen vom letzten Herbst durchgesehen, Schmuck und so. Du weißt schon, das Übliche. Ich hatte schon eine ganze Reihe von Objekten durchgesehen, als ich auf ein Foto mit diesem Gemälde stieß – das Bild war kaum zu erkennen, denn es hing an der Wand hinter der Vase, die als Verkaufsobjekt ausgezeichnet war. Aber es gibt keinen Zweifel – sie ist es!" Während Penny das Gemälde immer noch betrachtete, hob sie das Kinn, als sei sie vom Anblick der erhabenen Schönheit verzaubert. „Es waren ihre Augen, Sera! Ihr Blick drang quasi durch den Monitor und zog mich hinein – falls so etwas möglich ist."

„Es ist möglich." Sera war es genauso ergangen, als sie das Bild zum ersten Mal gesehen hatte. Nur war ihre Erinnerung lückenhaft, weil sie damals noch ein junges Mädchen gewesen war. Jetzt, da sie daran zurückdachte, erschien ihr der Moment noch unrealistischer.

„Ich habe vor Schreck meinen Kaffee verschüttet, als ich es auf dem Bildschirm sah." Penny lächelte – es war dieses jugendliche Grübchenlächeln, das so typisch für ihre Assistentin war. „Weißt du noch, dass du mir diesen beigen Pulli ausgeliehen hast? Ich hoffe, du brauchst ihn nicht so schnell zurück ..."

„Nein", antwortete Sera ehrlich und trat gedankenverloren einen Schritt näher an das Bild heran. „Vergiss ihn. Das hier ist viel besser."

„Ja, nicht wahr?" Einen Moment lang standen sie schweigend da, wie gebannt von der Schönheit des Porträts. Penny schüttelte den Kopf und flüsterte leise: „Nach all dieser Zeit. Endlich ist sie hier."

Es hatte viel zu lange gedauert, das stand fest.

Sera war acht Jahre alt gewesen, als sie das Kunstwerk zum ersten Mal gesehen hatte. Seitdem hatte die Schönheit des Bildes sie verfolgt. Eine schlichte Dreiviertelsilhouette einer jungen Frau von vielleicht zwanzig Jahren mit makellos changierender Haut und durchdringenden tiefblauen Augen. Die sanfte Linie des Mundes, die Traurigkeit in den Zügen ... und dann der kahl geschorene Kopf, der eisige Kälte verströmte – eine junge Schönheit, der man ihre Krone und Pracht geraubt hatte. Und schließlich die tätowierte Zahl auf dem linken Unterarm, auf dem eine Geige ruhte.

„Also, damit ich das richtig verstehe …“ Sera in ihrem schwarzen Bleistiftrock und der klassischen weißen Bluse straffte die Schultern, verschränkte die Arme vor der Brust und tippte mit dem Fuß auf den Boden, während sie versuchte, die Dinge in ihrem Kopf zu ordnen. „Wir haben durch Zufall ein Gemälde gefunden, aber es ist nicht das Original. Und obwohl es zufällig ein Bild unseres verschollen geglaubten Mädchens ist, steht es nicht zum Verkauf. Der Besitzer will es nicht für Geld hergeben.“

„Das fasst die Situation treffend zusammen. Ich wünschte, ich könnte sagen, dass es nicht so ist.“

Sera trat einen Schritt zurück und fragte sich, wie das Gemälde unter diesen Umständen in ihrer Galerie sein konnte. „Also … wie ist es dann hierhergekommen?“

„Es wurde uns als Leihgabe zur Verfügung gestellt.“

„Warum leihweise?“ Sera beugte sich vor und bewunderte die exquisiten Pinselstriche.

„Das ist es ja gerade –“ Penny brach ab, als ob ihr die Stimme versagen würde.

Hellhörig geworden, drehte sich Sera zu Penny um und sah sie direkt an. Ihre Assistentin kaute an ihrem Daumennagel und kniff die Augen zusammen, als starre sie in die Sonne. Sera richtete sich auf, während ihre Hände den Weg zu ihren Hüften fanden. Fast hätte sie über das seltsame Verhalten gelacht. „Penny – was in aller Welt ist los mit dir? Gibt es etwas, was du mir verheimlichst?“

„Er will persönlich mit dir darüber sprechen.“ Penny sah aus, als würde sie gleich in Tränen ausbrechen. „Über seine Bedingungen.“

Jetzt musste Sera wirklich lachen. Der Mann stellte Bedingungen? „Seine Bedingungen wofür?“

„Dass er dich anstellt“, sagte Penny und brachte ein schiefes Lächeln zustande. „Oder besser gesagt, uns. Er ist bereit, eine fast unanständige Summe für die Dienste der Galerie zu zahlen, die genau dasselbe sucht wie er – das Originalgemälde von unserem Mädchen.“

„Hast du ihm erklärt, warum wir das Bild suchen?"

„Ja, natürlich. Ich habe ihm die Wahrheit gesagt: dass wir daran interessiert sind, Kunst aus der Zeit des Holocausts für die Galerie zu erwerben. Aber ich musste es ein wenig abmildern. Schließlich schien mir etwas, was so klingt wie ‚Sera träumt davon, dieses Gemälde zu finden, seit sie ein Mädchen war' nicht angemessen gegenüber einem völlig Fremden, mit dem wir vielleicht verhandeln müssen. Ich meine, wenn er eine Kopie des Bildes besitzt, dann ist er vielleicht unsere Eintrittskarte, um das Original zu finden." Penny zog ein Papier aus ihrem Klemmbrett und hielt es ihr hin. „Jedenfalls hat es gereicht, um dir eine Einladung und ein Flugticket nach Kalifornien einzuhandeln. Dein Flug geht gleich morgen früh – auf seine Kosten."

Sera zögerte und dachte darüber nach, dass der Mann ja sicher seine eigenen Pläne und Absichten verfolgte. „Okay, wir wissen beide, warum ich nach dem Bild suche. Aber warum will dieser William Hanover es haben? Hat er das gesagt?"

Penny schüttelte den Kopf. „Ich habe keine Ahnung. Aber ich denke, dieses Flugticket wird uns helfen, das herauszufinden."

Als Sera nach dem Ticket griff, zitterten ihre Finger.

Zwei Jahre.

Zwei Jahre war es her, dass ihre Welt aus den Fugen geraten war und sie sich in die Arbeit gestürzt hatte, nur um festzustellen, dass die Faszination durch das Geheimnis des Gemäldes sie nicht losließ. Sie hatte zwar bereits als Kind von dem Bild gewusst. Aber erst als ihr nichts anderes mehr blieb, was ihrem Leben Halt gab, hatte sie den Entschluss gefasst, sein Geheimnis zu ergründen.

Wenn die Suche nach dem letzten Teil des Puzzles bedeutete, dass sie mit diesem William Hanover zusammenarbeiten musste, dann war sie dazu bereit.

Danke, Herr. Wir sind so nah dran, sie zu finden. Nach diesem unausgesprochenen Gebet war Sera irgendwie leichter ums Herz.

„Penny", Sera lächelte, „wir bringen sie endlich nach Hause!"

ZWEI

3. Dezember 1942
Wien

„Sie steht unter Schock."

Der Arzt hatte den Kopf hinaus in die Kälte gestreckt, einen Blick in beide Richtungen der verschneiten Straße geworfen und Adele ins Haus gezogen. Dann hatte sie gehört, wie die Tür hinter ihnen mit Riegeln verschlossen wurde. Anschließend war sie ins Wohnzimmer geführt worden. Ein verblichenes Brokatsofa stand an der hinteren Wand und gegenüber zwei pflaumenfarbene Sessel mit durchgesessenen Polstern, polierten Holzlehnen und Krallenfüßen. Im Kamin knisterte ein Feuer.

„Komm, bring sie hierher ins Warme!"

Er sprach mit jemandem – Adele wusste nicht, mit wem. Sie wusste nur, dass sie vorerst in Sicherheit war. Niemand war ihr gefolgt. Sie hatte sich alle paar Schritte umgesehen und vorsichtshalber einige Umwege durch die schneebedeckten Straßen gemacht, bevor sie beim Haus des Arztes angekommen war.

„Was fehlt ihr?" Eine brüchige Frauenstimme. Adele konnte ihr die Angst nicht verübeln. Auch sie hatte Angst. Jeder in Wien hatte Angst. „Sieh nur, sie zittert."

Adeles Hände zitterten tatsächlich.

Das Zittern zog sich von den Fingerspitzen bis zu den Ellbogen, als würden ihr Stromstöße durch die Unterarme gejagt. Ob es an der Kälte lag oder am Entsetzen über die Ereignisse, die sie gerade miterlebt hatte, konnte sie nicht sagen. Sie hatte noch nie einen Schock erlitten. Sie hatte noch nie gesehen, wie jemand getötet wurde. Nicht bis heute Abend.

„Es tut weh", brachte sie flüsternd heraus, als sie den Schmerz spürte. Er war unterdrückt gewesen, aber jetzt, da sie in Sicherheit war, wachten ihre Sinne langsam wieder auf. Ein fast unerträgliches scharfes Stechen brannte wie die Glut eines Feuers unter ihrer Haut.

„Ja, ich weiß."

„Es tut mir leid, Herr Doktor. Ich konnte nirgendwo anders hin." Er musste wissen, dass etwas Schreckliches passiert war, sonst hätte sie nicht mitten in der Nacht mit ihrer blutigen Faust gegen seine Tür gehämmert. Ärzte wurden zu jeder Tages- und Nachtstunde geweckt, das wusste sie. Aber es war unwahrscheinlich, dass er schon einmal auf diese Weise geweckt worden war.

„Schsch ... Setz dich hierher, Kind", sagte der Arzt und zog einen Stuhl ans Feuer. „Hier wird dir schnell warm werden." Er half ihr, sich auf den Stuhl zu setzen, und wandte sich dann mit einigen Anweisungen an zwei Frauen, die hinter ihm aufgetaucht waren. Adele konnte sie im schummrigen Licht des Raumes gerade so erkennen: ein junges Mädchen von vielleicht fünfzehn Jahren und eine ältere Frau mit einem strengen Gesichtsausdruck und einer von Falten durchfurchten Stirn.

„Sorgt bitte dafür, dass die Vorhänge geschlossen sind. Und bringt ihr ein Glas Wein", sagte der Arzt, dessen tiefe Stimme unter einem wuchtigen grauen Schnurrbart hervordrang. „Dann bringt mir eine Schüssel mit heißem Wasser, Verbände und ein paar Decken. Wir müssen sie aufwärmen."

„Aber der Wein ist fast alle", flüsterte die Jüngere.

„Dann sollten wir noch genug haben für eine junge Frau, die ihn braucht."

Adele hörte, wie sie miteinander flüsterten. Wein war schwer zu bekommen. Man musste ihnen eingeschärft haben, sehr sparsam damit umzugehen. Wer wusste schon, ob der Krieg je zu Ende gehen würde und ob es jemals wieder möglich wäre, etwas zu kaufen?

„Ich kann mir keinen besseren Grund vorstellen, ihn aufzubrauchen, als für das Fräulein Adele", sagte der Arzt. „Bitte, Töchterchen, geh und hol den Wein." Er tätschelte dem Mädchen die Wange und widmete seine Aufmerksamkeit dann wieder der älteren Frau, die händeringend und ruhelos im Zimmer auf und ab ging. Von Zeit zu Zeit warf sie einen Blick auf Adele, schüttelte den Kopf und murmelte etwas vor sich hin. Schließlich blieb sie stehen, öffnete die schweren Wollvorhänge einen winzigen Spaltbreit und spähte aus dem Fenster in die Dunkelheit.

„Dieter, was ist mit ihr passiert?", fragte die Frau und kam näher; ihr starker österreichischer Akzent war deutlich zu hören, obwohl sie flüsterte.

„Ich weiß es nicht. Du hast doch das Klopfen an der Tür genauso gehört wie ich. Als ich öffnete, fand ich das Fräulein Adele zitternd auf unserer Treppe."

„War sie allein?"

Er antwortete nicht. Stattdessen schenkte er Adele ein respektvolles Lächeln, bevor er sich wieder der nervösen Frau zuwandte. Er flüsterte ihr einige für Adele unverständliche Worte zu, während die Frau sie weiter anstarrte.

Adele hatte sie schon einmal getroffen. Es war Elisabeth, die Frau des Doktors. Es war schon einige Jahre her, dass sie sich begegnet waren, aber Elisabeths Gesichtsausdruck hatte sich nicht verändert. Die Ringe unter den Augen passten zu der grauen Farbe ihres Haars, das sie mit einem verblichenen Paisley-Tuch zusammengebunden hatte. Sie sah vernachlässigt aus und wirkte bitter – wie die meisten, die in Wien geblieben waren, denn die Jahre des Krieges hatten ihren Tribut von ihnen allen gefordert. Aber es war ihre arrogante Missbilligung, die Adele am deutlichsten in Erinnerung geblieben war. Die zusammengekniffenen Lippen und der strenge Gesichtsausdruck waren damals genauso wenig einladend gewesen wie heute.

„Du weißt genau, wer sie ist!", stieß Elisabeth anklagend hervor. „Ganz Wien weiß, dass sie der Liebling des Orchesters ist. Wie kannst du nur daran denken, sie hier zu verstecken? Man wird sie sofort erkennen! Und man wird sich fragen, warum sich eine junge Frau wie sie in unserem Haus aufhält – noch dazu in diesem Zustand."

Der Arzt schüttelte den Kopf.

„Dieter, ich –"

Schließlich unterbrach der Arzt den Redeschwall seiner Frau mit einem leisen, aber entschiedenen Tadel. „Ich kann sie nicht wegschicken, Elisabeth! Das ist das Fräulein Adele. Selbst eine Fremde würde ich nicht aus diesem Haus weisen, geschweige denn die Tochter von Friedrich von Bron. Ich verdanke diesem Mann mein Leben! Hast du das vergessen? Er hat mich damals im Großen Krieg gerettet. Sie ist seine Tochter, und damit gehört sie so gut wie zur Familie. Wenn sie unsere Hilfe braucht, dann wird sie sie auch erhalten."

„Aber sie werden kommen und auch uns mitnehmen! Deiner eigenen Tochter könnte die Deportation drohen. Verstehst du nicht, was das bedeutet?" Die Frau rang die Hände, während ihr Blick vom Gesicht ihres Mannes zu Adele schoss. „Sie muss gehen. Gib ihr Wein und Brot, und dann schick sie fort."

„Niemand wird deportiert. Bitte geh jetzt und tu, was ich gesagt habe." Der Arzt widmete seine Aufmerksamkeit Adeles Händen. Die schweren Schritte seiner Frau polterten über den harten Holzboden, als sie den Raum verließ.

„Adele, du bist verletzt." Er zog sich einen Holzschemel heran und begann, an ihrem Wollmantel und Schal zu zupfen, aus denen vereinzelte Blutstropfen quollen und auf den Boden hinunterfielen. „Ziehen wir dir mal den Mantel aus, damit ich mir das ansehen kann, ja?"

Elisabeth kam zurück und brachte Verbandszeug. Aber die Frau ging nicht wieder, sondern lauerte reglos im Schatten wie ein Geist, der die Tür bewacht.

„Gut", sagte der Arzt, lächelte und nickte, als Adeles Mantel zu Boden glitt. „Kein Blut auf dem Pullover – nichts an den Armen und dem Oberkörper." Er tastete ihre Arme von oben bis unten ab. „Keine Knochenbrüche. Auch sonst bist du nirgends verletzt. Das ist gut."

„Meine Hände ..." Das war alles, was Adele über die Lippen brachte. Sie streckte die Hände aus, um ihm die Schnittwunden zu zeigen, die immer noch bluteten. Rote Tropfen fielen auf das helle Kleid, das sie trug.

„Ja, ich sehe schon, das muss sehr wehtun", antwortete er und ergriff ihre Hände, um die Wunden abzutupfen. „Lass mich das einmal genauer anschauen."

„Der Wein, Vater." Seine Tochter tippte ihm auf die Schulter, dann reichte sie ihm einen angeschlagenen Becher, der kaum halb voll war, und stellte ihm eine schwarze Arzttasche vor die Füße.

„Hier, trink das." Der Arzt führte den Becher an Adeles Lippen, aber sie konnte sich nicht dazu überwinden, zu trinken. Sie hatte die Befürchtung, dass alles, was sie schluckte, sofort wieder hochkommen würde.

„Ich kann nicht!" Adele stieß das Gefäß zurück. „Bitte."

Der Arzt warf einen Blick über die Schulter. Seine Tochter und seine Frau hatten sich in den Türrahmen zurückgezogen und sahen ihn und Adele an wie zwei lauernde Raubvögel. „Die Schüssel? Ich brauche Wasser", sagte er mit einer Spur Resignation in der Stimme. „Sonst kann ich ihre Wunden nicht reinigen. Und dann Decken und Brot, Astrid. Sie muss essen, und sie braucht Wärme. Wir müssen etwas gegen die Unterkühlung tun, sonst überlebt sie die Nacht nicht."

Wieder sah Elisabeth so aus, als wolle sie etwas einwenden, aber er sprach weiter, bevor sie auch nur ein Wort über die Lippen brachte. „Und blast die Kerzen am Eingang aus, bevor ihr das Blut von der Tür wascht." Er zog einen kleinen Tisch näher zu sich heran und stellte den Becher mit Wein darauf ab. „Geht jetzt, bitte. Alle beide!"

Seufzend legte Elisabeth einen Arm um ihre Tochter und führte sie aus dem Wohnraum. Ihr verärgertes Schnaufen hallte durch den ganzen Korridor.

Adeles Blick folgte den Frauen. Dann wandte sie sich wieder an den Arzt. „Habe ich Ihnen Schwierigkeiten gemacht, weil ich hergekommen bin?"

„Aber nein, Kind, nein", antwortete er und schüttelte den Kopf. „Und jetzt lass mich mal nach deinen Händen sehen. Was ist denn passiert?" Erneut tupfte er behutsam das Blut von ihren Händen.

Nach allem, was geschehen war, brauchte Adele jemanden, dem sie sich anvertrauen konnte. Ihr Leben hing jetzt davon ab. „Sie … haben … sie …erschossen …", sagte sie mit einer Pause nach jedem Wort, während sie darum kämpfte, ihre zitternden Lippen unter Kontrolle zu bekommen.

„Erschossen? Wer ist erschossen worden?"

Adele schüttelte den Kopf. Sie war so arglos gewesen. Eine Närrin. Hatte sie etwa geglaubt, dass die Männer ihre Waffen nicht benutzen würden?

„Die Familie Auerbach." Adele stammelte die Worte und erschauderte, als sie hinzufügte: „Meine Freundin Elsa. Ihr Mann spielte manchmal im Orchester mit, und jetzt … sind sie alle tot! Sogar der kleine Eitan …"

Der Arzt senkte das Kinn und sah sie über den Rand seiner Brille hinweg an. „Wer sind die Auerbachs? Und wieso bist du mitten in der Nacht bei ihnen gewesen?"

Bei diesen Fragen kniff Adele die Augen zusammen und schüttelte den Kopf. Bilder des Horrors dieser Nacht schossen ihr durch den Kopf – dunkle Gassen voller rennender Menschen, der Fischgeruch unten am Hafen, der eisige Wind, der ihr in die Nase stach. Dann die Stille. Es hatte eine unheimliche Stille um sie her geherrscht, abgesehen von ihrem eigenen keuchenden Atem und Stiefeln, die auf dem nassen Pflaster heranstampften. Dann plötzlich Lärm, der die Nachtstille durchbrach. Und fallende Körper ... ein Schock. Ihr Herz hatte ausgesetzt und dann auf einmal wieder so heftig gepocht, dass sie glaubte, es würde ihr jeden Moment aus der Brust springen. Die gequälten Schreie und das Knallen der Schüsse in ihren Ohren ... die Hand der kleinen Sophie, die ihr entrissen wurde ... splitterndes Glas ... ihre Füße, die auf dem Blut, das sich auf dem Boden gesammelt hatte, ausrutschten, als sie versuchte davonzulaufen ...

Zitternd brachte sie die nächsten Worte heraus. „Sie wurden auf einen Lieferwagen geladen."

„Wo?" Falls ihn das, was sie gerade gesagt hatte, schockierte, ließ er es sich nicht anmerken. Er hielt weiter ihre Hände, tupfte sie vorsichtig mit den Stoffstreifen ab und wartete darauf, dass sie antwortete.

Adele senkte die Stimme zu einem Flüstern. „Nicht weit von hier, unten am Fischmarkt. Sie hatten so lange darauf gewartet, aus ihrem Versteck zu kommen –" Sie brach ab und stieß ein dumpfes Schluchzen aus. „Und ich hatte ihnen versprochen, dass alles gut wird, wenn wir es heute Nacht versuchen."

„Adele? Was in aller Welt sagst du da?" Der Arzt sah ihr direkt in die Augen, und der erwartete Schock war nun offensichtlich, als er ihr Gesicht musterte.

Sie wusste, was sie ihm da gerade gestanden hatte.

Es war ein Todesurteil, wenn die Behörden es herausfanden. Nein, ihr Schicksal wäre besiegelt, wenn *irgendjemand* die Wahrheit erfahren würde: Adele von Bron, Tochter eines hochrangigen Vertreters des Dritten Reichs, Österreichs Liebling und begnadete Violinistin, die eine glänzende Zukunft vor sich hatte, war daran beteiligt, heimlich Juden aus der Stadt zu bringen! Es war eine schockierende Enthüllung, die sie selbst kaum begreifen konnte. Wenn sie es herausfanden – wenn irgendjemand es herausfand –, war sie so gut wie tot.

„Ich habe mit Wladimir zusammengearbeitet. Kennen Sie ihn?"

Er nickte. „Ja. Wladimir Nicolai. Er spielt auch im Orchester, nicht wahr?"

„Er ist Cellist in der Philharmonie", bestätigte Adele. Der Arzt konnte ja nicht wissen, wie viel mehr er für sie war. „Er hat Kontakte im Süden, die bereit waren, die Familie aufzunehmen, sie in die Schweiz zu schmuggeln."

„Und wie lange geht das schon so, mein Kind?"

„Fast zwei Jahre", hauchte sie. „Ich habe zufällig davon erfahren, was Wladimir tat. Er hat versucht, es vor mir geheim zu halten."

„Und er hat dich überredet mitzumachen?" Der Arzt klang nicht mehr nur schockiert, sondern auch ein wenig vorwurfsvoll, als wäre er verärgert darüber, dass der rebellische junge Cellist sie zu den Untergrundaktivitäten verleitet hatte.

„Nein. Ich habe aus eigenem Entschluss mitgemacht." Adele schüttelte den Kopf und spürte, wie neue Kraft in ihr aufstieg. „Und ich weiß, was Sie jetzt denken müssen. Aber Gott ist mein Zeuge, dass mich niemand gezwungen hat. Wladimir hat mich nicht gedrängt – im Gegenteil. Er hat sogar versucht, mich davon abzuhalten. Ich wusste, wo sich die Auerbachs versteckten, und ich wollte ihnen zur Flucht verhelfen."

„Wie hast du von der Familie erfahren?"

„Das spielt jetzt keine Rolle mehr …" Das tat es tatsächlich nicht. Denn was würde es nützen, noch mehr Leben zu gefährden – nun, da die Menschen, die sie zu retten gehofft hatte, tot waren? „Wir haben ihnen viele Monate lang geholfen."

Der Arzt warf einen Blick über die Schulter, bevor er flüsternd weitersprach. „Aber ich dachte, es gäbe keine Juden mehr in der Stadt. Ich nahm an, dass sie alle schon längst geflohen oder weggebracht worden sind. Die meisten, die ich kannte, haben Wien vor mehr als drei Jahren verlassen. Diejenigen, die nicht gegangen sind, nun ja … Wie kann es sein, dass sie noch in Wien sind? Wie ist das möglich?"

„Einige sind tatsächlich geblieben." Mit einem Hilfe suchenden Blick sah Adele zu ihm auf und hoffte insgeheim, er würde ihr sagen, dass sie sich in einem Traum befand und nicht in der zerbrochenen Realität dieser Welt.

Doch als keine Reaktion von ihm kam, erzählte sie weiter: „Wladimir war auch da. Er sagte mir, ich solle weglaufen, als die Gestapo kam. Sie tauchten aus dem Nichts auf. Ich war im Schatten der Gebäude am Fischmarkt unterwegs, um die Kinder aus der Gasse zu führen und sie zu dem Fluchtfahrzeug zu bringen, aber dann – es ging alles so schnell."

„Und was ist dann passiert?", fragte der Arzt und hielt Adeles Hand fest, um eine der Schnittwunden zu nähen. Sie zuckte vor Schmerz zusammen.

„Es war das ältere Mädchen, Sophie. Sie schrie auf, als man auf ihre Eltern schoss. Ich habe versucht, ihr den Mund zuzuhalten, aber es war zu spät. Sie –" Adele verschlug es die Stimme, und sie schüttelte den Kopf.

„Aber du bist entkommen!" Der Arzt legte ihr eine Hand unters Kinn und hob es an, damit sie ihn ansah. „Wie hast du das geschafft, ohne dass sie dich gesehen haben?"

„Wladimir zog uns in eine Seitengasse, nahm Sophie auf den Arm und sagte mir, ich solle rennen. Rennen und mich nicht umdrehen. Er lief mit Sophie in die entgegengesetzte Richtung. Bereits vorher hatte er mir erklärt, dass, falls etwas schiefgehen würde, ich an einen Ort gehen solle, von dem ich wüsste, dass er sicher sei. Also kam ich hierher."

Der Arzt nickte. „Wladimir ist ein guter Mann. Er wird sich um die kleine Sophie kümmern", versicherte er.

„Aber ich weiß nicht einmal, ob sie entkommen sind. Sie rannten in die andere Richtung. Und als die Kugeln um uns herumzufliegen begannen, hörte ich ihn aufschreien!" Mit zitternden Fingern berührte Adele ihre Lippen. *Vater im Himmel, ist er noch am Leben? Oder liegt mein Wladimir irgendwo tot am Straßenrand?* Der Schrecken war immer noch präsent. Ihre Lippen zitterten, als sie weitersprach. „Er rief mir zu, ich solle weiterlaufen. Also tat ich es und rannte den ganzen Weg hierher, trotz des Schnees."

„Hat er deinen Namen gerufen?"

Daran hatte Adele gar nicht gedacht. Hatte Wladimir ihren Namen gerufen, als er sie anwies wegzulaufen? Sie konnte nicht klar genug denken, um sich sicher zu sein.

„Ich weiß es nicht mehr ..." Adele schloss die Augen, in der Hoffnung, dass es ihr helfen würde, sich zu erinnern. „Ich glaube nicht."

„Bist du ganz sicher?"

War sie das? Mit geschlossenen Augen und sich überschlagenden Gedanken durchlebte Adele die erschütternden Momente noch einmal und versuchte, darauf zu achten, ob in der Erinnerung ihr Name gerufen wurde. Die Schreie waren real, ebenso die Schüsse, aber sie hörte Wladimir nicht ihren Namen rufen.

„Nein. Er hat ihn nicht gesagt."

„Gut." Der Arzt tätschelte ihr Handgelenk. „Und was ist mit deinen Händen passiert?"

Ja, richtig. Sie hatte ihm noch nicht gesagt, was die Schnitte verursacht hatte, die sich über ihre Handflächen zogen. „Ich habe zurückgesehen. Wladimir sagte, ich soll wegrennen, und das tat ich auch, aber als ich Schüsse hörte, habe ich mich umgedreht."

Adele ließ zu, dass der Doktor ihre Hand wieder zu sich heranzog. Er untersuchte sie und beugte sich dann vor, um etwas aus der Tasche zu nehmen, die vor seinen Füßen auf dem Boden stand.

„Dann bin ich über eine Kiste gestolpert und hingefallen. Auf der Straße lag Glas von einem zerbrochenen Fenster, und ich wollte den Sturz mit den Händen abfangen. Ich spürte zwar, wie die Scherben in meine Handflächen schnitten, aber ich bin aufgestanden und weitergerannt."

„Sch ... ganz ruhig." Der Arzt versuchte, sie zu beruhigen, als ihr die Tränen über die Wangen liefen. „Wir werden uns darum kümmern. Ich weiß, du machst dir Sorgen um Wladimir, aber du musst ihm vertrauen. Er scheint mir ein fähiger Mann zu sein. Und was die Hände einer Konzertgeigerin angeht – die werden wieder so gut wie neu, das verspreche ich dir."

„Aber was mache ich bis dahin? Wie kann eine Geigerin mit zerschnittenen Handflächen spielen? Sie werden wissen, dass etwas passiert ist, und werden mich ausfragen. Die Wachen haben gesehen, dass jemand da war, der den Auerbachs bei der Flucht half. Und sie haben uns verfolgt. Es wird nicht lange dauern, bis sie es herausfinden. Vielleicht suchen sie bereits nach uns." Adele sprach eindringlich, die Tränen waren nun einem atemlosen Flehen gewichen. „Was soll ich tun?"

„Du bist dir sicher, dass dich niemand gesehen hat?"

Sie nickte.

„Adele, du bist im ganzen Land bekannt. Ich weiß zu schätzen, dass du diesen Menschen helfen wolltest, aber wie kannst du nur dein eigenes Leben aufs Spiel setzen? Du weißt genauso gut wie ich, wer dein Vater ist. Es bräuchte nur einen einzigen Menschen, der dich erkannt hat und es meldet!"

Er hatte recht. Ihr musikalisches Talent war nur einer der Gründe, warum sie in Österreich sehr bekannt war. Als Enkelin eines berühmten Geigers und Tochter einer Konzertpianistin und eines hochrangigen österreichischen Generals war ihr Bekanntheitsgrad garantiert. Auch ihr hellblondes Haar und die blauen Augen, das Markenzeichen der Familie von Bron, hatten Adele über die Bühne hinaus bekannt gemacht. Falls das Licht einer Straßenlaterne auf ihr Gesicht gefallen war, hatte man sie mit großer Wahrscheinlichkeit erkannt.

„Mein Vater weiß nichts von meinen Aktivitäten", gab Adele zu. „Wenn er davon wüsste, würde er mich vermutlich eigenhändig anzeigen."

„Ich hatte auch nicht angenommen, dass dein Vater in das, was du tust, eingeweiht ist."

„Aber wird man mir glauben, dass ich die ganze Nacht zu Hause war? Meine Eltern werden es wahrscheinlich von den Angestellten erfahren. Welche Entschuldigung kann ich vorbringen, wenn sie mein Zimmer betreten und das Bett leer vorfinden?"

„Wie hast du es denn fertiggebracht, aus dem Haus zu kommen?"

„Ich habe vorgegeben, ich hätte Kopfschmerzen, und mich nach dem Abendessen in mein Zimmer zurückgezogen und darum gebeten, nicht gestört zu werden."

„Gut. Das verschafft uns etwas Zeit." Er schien mit ihrer Ausrede zufrieden zu sein und fuhr fort: „Du bleibst hier, bis wir uns überlegt haben, was nun zu tun ist. Wir haben einen Holzofen und ein gemütliches Tagesbett in der Küche, wo du heute Nacht schlafen kannst", erklärte der Arzt, während er sich auf die Mullstreifen konzentrierte, die er um ihre Hände wickelte. „Mach dir keine Sorgen. Hier bist du in Sicherheit. Bis morgen früh haben wir eine Lösung gefunden."

Adele fiel nichts anderes ein, als Danke zu sagen. Sie sagte es leise, aber er reagierte nicht, sondern widmete sich weiter dem Verbinden ihrer Wunden. Dann flüsterte sie es noch einmal, diesmal mit all den unverarbeiteten Emotionen in der Stimme, die sich in ihr aufgestaut hatten. *„Danke!"*

Er sah auf. Adele erwiderte seinen Blick und stellte erschrocken fest, dass ihm Tränen in den Augen standen. Die Aufruhr in seinem Inneren war deutlich zu hören, als er sagte: „Das ist nicht mehr unser Österreich … Was ist nur aus uns geworden? Das kann nicht der Weg Gottes sein!"

Adele musterte das Gesicht des Arztes, den sie ihr ganzes Leben lang als einen freundlichen und besonnenen Mann gekannt hatte. Dann beugte sie sich vor und gab ihm einen Kuss auf die Wange. Wie konnte es sein, dass ein so bescheidener Mensch – ein Mann mit großem Ehrgefühl und einem Gespür für die Ungerechtigkeiten der Welt – in derselben Welt existierte wie ihr Vater, der das genaue Gegenteil dieser Tugenden verkörperte? „Wenn das nicht der Weg Gottes ist, dann müssen wir ihn neu finden."

Er lächelte und strich ihr über die Wange, so wie er es kurz zuvor bei seiner eigenen Tochter getan hatte. „Werte es als gutes Zeichen, dass du am Leben bist. Ich denke, da hat Gott auf dich aufgepasst."

Adele hätte zurückgelächelt, wenn ihr nicht plötzlich etwas eingefallen wäre. Sie wollte den Versuchen des Mannes, ihre angespannten Nerven zu beruhigen, nur allzu gern nachgeben, aber mit einem Mal kam die Angst wieder in ihr hoch.

Er hatte nicht die leiseste Ahnung, dass sie am nächsten Tag ein Konzert für die Größen des Dritten Reichs spielen sollte.

DREI

4. Dezember 1942
Wien

Der Schlaf bot ihr eine willkommene Zuflucht.

Der Arzt hatte sie überredet, etwas von dem Wein zu trinken, und kaum hatte sich Adele hingelegt und die Augen geschlossen, hatte das Getränk seine Wirkung entfaltet. Sie war in die tiefe Schwärze des Schlafes gesunken – so tief, dass keine Erinnerung sie erreichte. Es gab keine Schüsse oder fallenden Körper, keine Angst vor gesichtslosen Patrouillen, die sie mit gezogenen Waffen durch dunkle Gassen jagten.

Erst als sie die Augenlider öffnete, erinnerte sie sich wieder an die vorangegangene Nacht und daran, wo sie jetzt lag, nämlich auf einem Tagesbett im hinteren Teil der Küche des Doktors. Sie blinzelte und blickte durch den schmalen Spalt zwischen den Brokatvorhängen, die den kleinen Bereich abschirmten, in dem sie geschlafen hatte.

Da bereits die Morgendämmerung durch das Küchenfenster hereinkroch, konnte Adele den schwarz-weiß karierten Bodenbelag erkennen, der sich über die gesamte Fläche des großen, aber spärlich eingerichteten Raumes erstreckte. Weiße Bauernschränke und ein kleines Regal mit Einmachutensilien waren die einzigen Dinge, die sie an den Wänden sehen konnte. An dem langen Esstisch aus Eiche in der Mitte standen seltsamerweise nur drei Stühle, und Adele fragte sich, ob die anderen zuletzt den überdimensionalen Holzofen in der Ecke gespeist hatten. Darauf stand ein großer Topf, in dem eine Flüssigkeit kochte, die über den Rand spritzte und zischte, sobald die Tropfen die heiße Herdplatte trafen.

Bei diesem Anblick begann Adeles Magen zu knurren. Wann hatte sie das letzte Mal etwas gegessen?

Ein leises Klopfen an der Tür erregte ihre Aufmerksamkeit. Ohne daran zu denken, dass ihre Hände verbunden waren, stützte sie sich an der Seitenwand der Nische ab und schob sich mühsam hoch.

Der Doktor kam auf sie zu, seine Miene war ernst und seine Augen sahen müde aus. „Fräulein Adele", sagte er und wies auf jemanden im Schatten des Flurs, „Sie haben Besuch."

Ihr Herz begann, heftig zu pochen.

War es ihr Vater? Sicher nicht. Oder Behördenangestellte, die gekommen waren, um sie zu vernehmen? Nein, sie würden einfach in den Raum poltern, wenn das der Fall wäre. Vielleicht war es jemand aus dem Orchester. Aber wer wusste, dass sie hier war? Wer außer …

Als die hochgewachsene Gestalt in das schummrige Morgenlicht trat, verflogen ihre Fragen, und eine Welle der Erleichterung überkam sie. „Wladimir!"

Er stand tatsächlich da, aufrecht und würdevoll, und sah sie an. Zum Glück machte er nicht so eine ernste Miene wie der Arzt. Sein Lächeln war schwach und doch einladend, sodass Adele fast die Wärme darin spüren konnte.

Der Doktor stand schweigend daneben, mit einem Gesichtsausdruck, den sie nicht deuten konnte. Er wirkte irgendwie distanziert und viel ernster, als er es am Abend zuvor gewesen war. Dann sah er von Wladimir zu ihr und atmete tief aus. „Es tut mir leid, Herr Nicolai, ich kann Ihnen nicht mehr als fünf Minuten geben. Dann müssen wir Adele von hier wegbringen."

Entschlossenen Schrittes verließ er das Zimmer.

Im nächsten Moment stürmte Wladimir auf sie zu, zog sie in seine Arme und vergrub das Gesicht in ihrem Haar. „Gott sei Dank, du bist in Sicherheit!"

Adele schloss die Augen ganz fest, genoss das Gefühl seiner Nähe und die Wärme seiner Umarmung. *Gott sei Dank bist auch du in Sicherheit!*

„Bitte entschuldige, dass ich ohne dich geflohen bin", flüsterte er ihr ins Ohr. „Aber ich musste zuerst einen Ort finden, an dem ich Sophie unterbringen konnte. Dann bin ich so schnell wie möglich hergekommen, um dich zu holen."

„Wie spät ist es?"

„Es ist noch früh. Kurz nach sieben."

„Du bist am Leben …" Adele sprach die Worte laut aus; endlich konnte sie ihr Herz glauben lassen, dass er wirklich bei ihr war.

Sie löste sich aus der Umarmung, legte ihm eine ihrer bandagierten Hände an die Wange und war so dankbar, dass sie beide in der Nacht zuvor, in der sie um ihr Leben gerannt waren, durch die Hand Gottes beschützt worden waren.

Schließlich begann sie, seine Arme, Hände und sein Gesicht genau zu betrachten, während er still vor ihr stand. Sie bemerkte einen Riss unter seinem Auge, aber ansonsten fand sie keine Anzeichen für eine Verletzung. Es schien ihm den Umständen entsprechend gut zu gehen.

„Was ist hier passiert?" Sie fuhr mit einer Fingerspitze über die Haut unterhalb der Wunde.

„Das kommt vom Glas der Schaufenster."

Adele atmete schwer, erneut erschüttert darüber, wie nahe sie dem Tod gekommen waren. „Wie?"

„Durch die Schüsse."

Sie ließ die Hand sinken, weil ihr plötzlich bewusst wurde, dass diese mit Mull umwickelt war. Das hatte sie ihm eigentlich nicht zeigen wollen. Aber er musste es gesehen haben, denn seine Miene veränderte sich.

„Und das ist alles?“, fragte sie.

„Ja.“ Er nickte leicht. „Nur der eine Schnitt.“

„Aber was ist, wenn sie fragen –“

Er ließ sie nicht ausreden, sondern erwiderte sogleich mit fester Stimme: „Das werden sie nicht. Wer würde schon nach einer kleinen Wunde im Gesicht eines Kaufmannssohns fragen?“

Sie nickte, fügte aber trotzdem hinzu: „Und wenn sie es doch tun?“

„Dann werde ich eine Ausrede erfinden.“

War es wirklich so einfach, solche Dinge zu vertuschen?

Auf dem Herd hinter ihnen brodelte es immer noch, die Flüssigkeit aus dem Topf kochte über und zischte.

Das Gespräch brach ab und verwandelte sich in eine unangenehme Stille. Schließlich hatte Adele das Gefühl, irgendetwas sagen zu müssen, um das Schweigen zwischen ihnen zu beenden. „Hast du ein wenig geschlafen?“ Warum fragte sie so etwas Belangloses?

„Nein.“

„Und was ist mit –“

„Adele, hör auf mit diesem Geplänkel.“ Er unterbrach ihre Fragerei mit sanftem Tadel in der Stimme. Immer noch vor dem Tagesbett stehend, nahm er ihre bandagierten Hände in seine. „Der Arzt hat es mir schon gesagt.“

Sie versuchte, die Hände zurückzuziehen, aber er hielt sie fest und drückte sie sanft.

„Es geht mir gut“, beteuerte sie.

„Nein“, sagte er und sah sie mit einem Blick an, aus dem nichts als Besorgnis sprach. „Das tut es nicht. Wie um alles in der Welt willst du heute Abend spielen?“

„Ich weiß es nicht.“ Adele schüttelte den Kopf, ihre dichten blonden Locken fielen ihr um die Schultern. In ihrem schläfrigen Dämmerzustand hatte sie das Konzert ganz vergessen. Jetzt war sie erneut mit der Angst und der Ungewissheit konfrontiert. Was sollte sie nur tun?

„Ich habe mit dem Arzt gesprochen. Er meint, mit deinen verwundeten Händen solltest du nicht spielen. Du riskierst eine Infektion oder sogar bleibende Schäden, wenn sich die Fäden lösen."

Nun starrten Wladimirs haselnussbraune Augen ins Leere. Er sah müde aus. Erschöpft. Und besorgt. Obwohl sie in der Nacht nur mit knapper Not mit dem Leben davongekommen waren, schien er sich mehr Sorgen um die Schnitte in ihren Handflächen zu machen als um alles andere.

„Ich muss spielen", erwiderte Adele, zwang sich zu einem Lächeln und zuckte leicht mit den Schultern. „Ich habe keine andere Wahl. Mein Vater erwartet von mir – nein, er *verlangt* –, dass ich spiele. ‚Es ist für Österreich!', sagt er. Er würde mir nie erlauben, einen Auftritt abzusagen, schon gar nicht einen so wichtigen wie diesen."

„Adele, du scheinst den Ernst der Lage nicht zu begreifen!" Eine dunkle Haarsträhne fiel ihm über das rechte Auge, als er sich zu ihr vorbeugte.

Wie sehr sie doch wünschte, ihre Welt wäre anders! Wie sehr sie wünschte, sie könnte ihm das Haar aus dem Gesicht streichen, wann immer sie wollte. Aber in einer Welt wie der ihren konnte sich jemand wie sie – die Tochter aus gutem Hause, die talentierte Geigerin, der Liebling der Nation – unter keinen Umständen mit dem Sohn eines einfachen Kaufmanns abgeben. Egal, wie begabt er als Musiker war. Egal, wie sehr sie ihn liebte. Ihre Beziehung würde für immer ein Geheimnis bleiben müssen.

„Doch, das tue ich! Ich habe gestern Abend dasselbe gesehen wie du. Ich weiß, was in unserem Land vor sich geht, Wladimir." Sie schluckte schwer bei dem Gedanken an die Bilder der vergangenen Nacht. „Ich weiß, welche Risiken es gibt."

„Nein, das weißt du nicht, Adele. Das kannst du gar nicht!"

Adele war sich sicher, dass sie das Mitgefühl in seinen Augen nicht falsch deutete, als er ihre bandagierten Hände betrachtete. Doch es schien, als hielte er sie immer noch für arglos. Und behütet. Nichts ahnend, was außerhalb des perfekt arrangierten Lebens geschah, das ihre Eltern für sie geschaffen hatten. Aber all das war jetzt vorbei! Von einem Moment auf den anderen hatte sich alles verändert.

„Ich habe dich in Gefahr gebracht, indem ich hergekommen bin. Aber ich hatte keine Wahl. Ich musste wissen, ob es dir gut geht –" Wladimir verstummte, als ob es zu schwer wäre, die Wahrheit auszusprechen. Schließlich fuhr er fort: „Die Gestapo hat meinen Vater verhört. Ich glaube, wir werden alle beschattet."

„Nein ..." Adele flüsterte das Wort, schüttelte ungläubig den Kopf und wusste doch genau, was es bedeutete. Sie hatten ihn als möglichen Verräter des Reiches ins Visier genommen.

„Und der Doktor? Wie ist es mit seiner Familie?"

Er schüttelte den Kopf. „Sie sind noch nicht da gewesen, um ihn zu verhören, Gott sei Dank. Sie haben keinen Grund, ihn mit mir in Verbindung zu bringen." Er blickte über die Schulter und senkte die Stimme. „Aber seine Frau setzt ihn unter Druck."

Adele schnappte nach Luft. „Du meinst, damit er uns verrät?"

„Sie hat Angst", antwortete Wladimir und sah selbst ein wenig verängstigt aus.

„Sie will also, dass wir gehen?"

Er nickte und fing an, ihre Sachen einzupacken, die auf einem Stuhl neben dem Tisch lagen. Das Verbandsmaterial verstaute er in seinen Manteltaschen. „Wir können nicht länger hierbleiben. Außerdem müssen wir dich nach Hause bringen und irgendwie vor dem Frühstück reinschmuggeln. Wenn du das Personal bittest, dir das Frühstück aufs Zimmer zu bringen, kannst du deine Verbände verstecken. An einem Esstisch geht das nicht."

„Ich habe gestern Abend beim Abendessen Kopfschmerzen als Entschuldigung vorgetäuscht. Das kann ich auch heute Morgen tun."

„Gut." Wladimir nahm ihren Mantel von der Stuhllehne und blieb stehen, als das schwache Licht auf die Blutflecken fiel. „Den kannst du nicht mit nach Hause nehmen. Wir müssen dir einen anderen besorgen." Er wandte seine volle Aufmerksamkeit dem Flur zu, bevor er flüsterte: „Ich wüsste gern, ob seine Tochter vielleicht einen zweiten Mantel hat ..."

„Und wirst du heute Abend spielen?"

Er drehte sich um und schenkte ihr ein gezwungenes Lächeln. „Ich glaube, für Österreich Cello zu spielen, ist im Moment meine geringste Sorge."

„Wenn du dabei bist, dann kann ich spielen." Adele hob die Hände. „Trotz der Verbände. Ich glaube, ich könnte es schaffen, wenn ich wüsste, dass du hinter mir auf der Bühne stehst."

Die Vorstellung des bevorstehenden Balls war so weit entfernt von dem Blutvergießen, das Adele erlebt hatte, wie es nur irgend möglich war. Sie hatte keine Ahnung, wie sie zu Ballkleidern und Champagnerflöten zurückkehren sollte. Der Gedanke an den Luxus des bevorstehenden Abends verursachte ihr Übelkeit. Als sie Wladimir in die Augen sah, konnte sie sehen, dass auch er mit seinen Gefühlen rang. Aber sie mussten gehen. Sie mussten auftreten. Sie mussten sich hinsetzen und spielen und sich dann unter die Männer mischen, von denen einige vielleicht in der Nacht zuvor Schüsse auf ihre unschuldigen Freunde abgefeuert hatten.

„Ich werde kommen." Wladimir strich ihr mit der Hand über die Wange. „Ich werde kommen, und sei es nur, um ein wachsames Auge auf dich zu haben. Denn all das ist meine Schuld!"

„Wie kann das, was gestern Abend passiert ist, deine Schuld sein?"

„Nicht gestern Abend, Adele. Ich hätte nie zulassen dürfen, dass deine Sturheit über mein besseres Urteilsvermögen siegt. Du hättest von Anfang an nicht in die Sache hineingezogen werden dürfen. Und ab sofort werde ich alles dafür tun, dass du nicht mehr daran beteiligt bist."

Sie beschloss, die Tatsache zu ignorieren, dass er sie stur genannt hatte. „Wer wird dir dann helfen?", forderte Adele ihn heraus und wünschte, ihre Hände würden nicht so wehtun – nur zu gern hätte sie

sie in die Seite gestemmt. „Jemand muss dir helfen, Sophie aus dem Land zu bringen."

„Du jedenfalls nicht. Das werde ich nicht zulassen!"

„Du kannst mich nicht aufhalten", erwiderte sie. „Ich war gestern Abend für Sophie verantwortlich. Ihre Mutter, meine Freundin Elsa, sie hat uns vertraut. Ich kann dieses Vertrauen nicht vergessen, nur weil sie nicht mehr da ist. Wie kannst du glauben, dass ich einfach weitermachen könnte, als sei nichts passiert, ohne ihre Tochter von diesem furchtbaren Ort wegzubringen? Sophie ist die letzte Überlebende ihrer Familie. Wir müssen ihr helfen."

„Ich habe nicht gesagt, dass ich ihr nicht helfen will."

„Sie ist doch noch ein Kind."

„Und sie ist Jüdin." Wladimirs Gesicht zeigte nichts als eiserne Entschlossenheit als Reaktion auf ihr Drängen. „Allein für das Wissen, dass sie noch am Leben ist, würden sie dich umbringen – trotz all der Beziehungen deiner Familie. Sie würden nicht zögern, dich in eines dieser Lager zu schicken oder womöglich etwas noch Schlimmeres mit dir anzustellen. Ich kann nicht zulassen, dass du mit mir in dieser Sache weitermachst."

„Wo ist sie?"

Wladimir seufzte und schüttelte den Kopf. „Das werde ich dir nicht sagen."

„Du erwartest also von mir, dass ich heute Abend auf diesen Ball gehe, ein elegantes Kleid trage, lächle und so tue, als wäre letzte Nacht nichts passiert? Ob ich nun spiele oder nicht, du kennst mich gut genug, um zu wissen, dass ich nicht einfach danebenstehen und nichts tun kann!" Sie konnte nicht glauben, dass er sie jetzt ausschließen wollte.

„Sieh dir deine Hände an, Adele. Das war schon schlimm genug." Wladimir küsste einen der Verbände und ergriff ihren Ellbogen, als wolle er sie zur Tür führen. „Wir sind gestern Abend nur knapp davongekommen, und das werde ich nicht noch einmal riskieren."

„Du kannst mich nicht vor allem beschützen“, beharrte sie und wand sich aus seinem Griff. „Es ist *mein* Leben. Ich kann damit machen, was ich will.“

„Du hast recht. Ich kann dich nicht vor allem schützen, aber ich kann dich hiervor schützen. Das liegt in meiner Hand.“

Wladimir wandte sich zur Küchentür, denn ihre zunehmend lauten Stimmen hatten die Frau des Arztes aufgeschreckt, die jetzt in der Tür stand und sehen wollte, was los war. Mit einem müden Seufzen sagte er zu ihr: „Verzeihen Sie, gnädige Frau. Wir wollten gerade gehen.“

„Und das war's dann? Wir sollen in unser altes Leben zurückkehren, als ob nichts geschehen wäre?“

Als er vorhin zur Tür hereingekommen war, wäre Adele ihm am liebsten um den Hals gefallen. Jetzt wollte sie ihm den Hals umdrehen. Wie konnte er es wagen, sie auszuschließen! Verstand er denn nicht, dass sie mehr als nur oberflächliche Zuneigung für ihn empfand? Wusste er nicht, dass sie etwas Sinnvolles aus ihrem Leben machen wollte, und zwar gemeinsam mit ihm?

„Du hast gesagt, du würdest heute Abend spielen, Adele, und ich glaube, das wirst du auch. Du bist viel zu stur, um dich von ihnen unterkriegen zu lassen.“ Er senkte den Kopf und blickte sie eindringlich an. „Aber was den Rest angeht: Das war das erste und letzte Mal, dass ich zugelassen habe, dass du in Gefahr gerätst.“

Sie verschränkte die Arme vor der Brust und spürte den Abstand, der zwischen ihnen entstanden war.

„Du brauchst einen Mantel“, sagte er und verließ die Küche. Kurz darauf kam er mit einem langen weinroten Wollmantel zurück. „Hier“, flüsterte er und legte ihn ihr um die Schultern.

Adele betrachtete die Perlenknöpfe, die die Vorderseite des Mantels säumten. Sie fuhr mit dem Handgelenk über das weiche, elfenbeinfarbene Satinfutter. „Er ist wunderschön.“

„Er gehört seiner Frau.“

Sie nickte. „Sie hat ihn sehr gut gepflegt. Wahrscheinlich stammt er noch aus der Zeit vor dem Krieg. Er sieht aus wie ein Opernmantel."

„Das ist alles, was sie hatten." Seine Stimme war leise, ungewöhnlich rau und voller mühsam beherrschter Emotionen.

„Wladimir", Adele war es schwer ums Herz, „ich nehme ihren besten Mantel, nicht wahr?"

Er reagierte nicht auf ihre Frage, sondern sah sie mit liebevollem Blick an und flüsterte: „Komm jetzt. Wir müssen sehen, dass du nach Hause kommst."

VIER

Marina von Bron betonte, dass ihre Tochter in dem Ballkleid eine perfekte Erscheinung sei.

Der exklusive champagnerfarbene Satin war für diesen Anlass extra aus Berlin eingeflogen worden, und die Schneider hatten die ganze Woche lang gearbeitet, um sicherzustellen, dass das schulterfreie Modell bis ins letzte schimmernde Detail perfekt genäht worden war. Jetzt stand Adele in ihrem Ankleidezimmer vor dem Spiegel und fühlte sich wie eine Statue, während ihre Mutter um sie herumschwirrte, sie mit blumigem Parfüm einnebelte und an ihrer Frisur herumzupfte.

„Hier, mein Liebes." Marina nahm einen Lippenstift von der Kommode und reichte ihn Adele. „Zieh deine Lippen nach."

Adele tat, wie ihr gesagt wurde, und trug eine dicke Schicht Rot auf, um die natürliche Form ihres Mundes zu betonen. Sie rieb die Lippen aneinander und ließ ein leises Schmatzen hören, als sie den Mund wieder öffnete.

„Wunderschön", erklärte Marina und wandte sich der Schmuckschatulle auf der Kommode zu, um sie zu inspizieren. „Du trägst heute Abendhandschuhe?"

Ihre Mutter warf ihr die Frage leichthin über die Schulter zu, ihr französischer Akzent war heute besonders stark. Adele war erschrocken über die Erwähnung der Handschuhe und versuchte, das Thema schnell abzuhandeln. „Nur, bis wir auf die Bühne gehen."

„Oh ja, sie sind wirklich wunderschön. Kannst du dir vorstellen, bei einem Konzert der Wiener Philharmoniker ohne Handschuhe zu erscheinen? Ich weiß natürlich, dass man darin nicht spielen kann, aber für den Rest des Konzerts sind sie angebracht." Marina schnalzte leise mit der Zunge, während sie weiter das Schmuckkästchen durchforstete, und murmelte: „Cherie! Wo sind die Perlenohrringe?"

Einen kurzen Moment später drehte sie sich mit einem siegreichen Lächeln um und hielt zwei Perlenstecker hoch. „Die Ohrringe deiner Großmutter", zwitscherte sie fröhlich und begann, an Adeles Ohrläppchen zu ziehen. „Sie hat sie an einem Abend wie diesem getragen – sogar an genau dem Abend, an dem sie deinen Großvater kennenlernte. Ich hoffe, du hast genauso viel Glück wie sie." Die Stimme ihrer Mutter verstummte, während sie die Ohrringe befestigte und anschließend ihre Aufmerksamkeit den letzten Details von Adeles Frisur zuwandte. „Heute Abend wirst du in ganz Österreich Herzen brechen."

Sicherlich konnte ihre Mutter hören, wie heftig ihr Herz pochte. Die Frau plapperte vor sich hin; wie konnte sie wissen, dass die Worte Adele ins Herz trafen und sie zutiefst beunruhigten?

Marina neigte den Kopf zur Seite und begegnete dem Blick ihrer Tochter im Spiegel. „Adele? Gibt es da vielleicht einen jungen Mann?"

Ja. Sein Name ist Wladimir, und ich bebe innerlich, weil ich nicht weiß, ob er heute Abend auftaucht … ob er in Wien bleibt … ob er den morgigen Tag erleben wird …

Als Adele den Kopf schüttelte, wandte sich ihre Mutter dem Rock zu, um ihn glatt zu streichen, da sie wie immer voller Sorge war, ihre Tochter könne in der Öffentlichkeit auch nur das kleinste bisschen zerknittert aussehen.

„Ach, mach dir keine Sorgen. Nach dem heutigen Abend wirst du einen haben. Einen jungen Österreicher aus der Stadt. Oder vielleicht einen deutschen Offizier? Ich weiß, dass der eine oder andere deinen Vater bereits gefragt hat, ob er uns einen Besuch abstatten darf. Wäre das nicht schön?"

Adele betrachtete ihr Spiegelbild und war schockiert über die Nonchalance ihrer Mutter, die so tat, als sei ihre größte Sorge die Suche nach dem perfekten Schwiegersohn. Wie realitätsblind war sie eigentlich? Wusste sie nicht, was vor ihrer Haustür geschah? Hörte sie nicht die schnellen Schusswechsel, die nachts durch die Straßen hallten?

Das Grauen, das Adele in der Nacht zuvor erlebt hatte, war nur ein Vorgeschmack, da war sie sich sicher. Wenn es stimmte, was Wladimir gesagt hatte, dann erlebten die Truppen keinen so großen Sieg, wie man die Welt glauben machen wollte – trotz der üppigen Siegeskonzerte, die immer wieder veranstaltet wurden. Jedes öffentliche Ereignis verstärkte die Täuschung, die verdecken sollte, dass sie zunehmend von den Alliierten überrollt wurden. Die Deutschen bauten fieberhaft an befestigten Wachtürmen in der ganzen Stadt, und das schon seit September. Warum sollten sie solche Maßnahmen ergreifen, wenn sie nicht befürchteten, dass eine Angriffswelle der Roten Armee über sie hereinbrechen würde?

„Magnifique!" Marina klatschte in die Hände. „Mein wunderschönes, perfektes Mädchen! Sie werden heute Abend alle von dir hingerissen sein – jeder einzelne Offizier im Publikum –, zuerst mit den Augen und dann mit den Ohren." Ihre Mutter tippte ihr mit dem Finger auf die Nasenspitze. „Denk an meine Worte, Adele."

„Danke, Mama."

Adele betrachtete erneut ihr Spiegelbild und fühlte sich innerlich tot. Wie konnte sie sich so elegant kleiden und gleichzeitig wissen, dass um sie herum so viel Leid herrschte? Dieser Widerspruch raubte ihr den Atem.

„Warum bist du so still, mein hübsches Mädchen?" Adeles Mutter meinte es immer gut, auch wenn ihre Zuneigung meist darin bestand, die Vorzüge einer glänzenden und anmutigen Erscheinung zu preisen. „Bist du nervös wegen heute Abend?"

„Nein. Ich bin nicht nervös." Damit sagte Adele die Wahrheit. Sie hatte schon hundertmal auf der Bühne gestanden. Ihre Mutter hätte es ihr wahrscheinlich sowieso nicht geglaubt, dass die Nerven sie übermannt hatten.

„Und deine Kopfschmerzen sind nicht wiedergekommen?"

Adele schüttelte den Kopf über die Lüge, die sie erzählt hatte, um sich am Abend zuvor aus dem Haus zu schleichen.

„Was ist dann los?" Marina drehte sie zu sich herum und hob mit der Hand ihr Kinn an. „Sag es deiner Mutter."

Adele wusste, dass sie ihr niemals die Wahrheit sagen konnte. Marina von Bron war zu sehr vom Glanz und Glamour ihrer Stellung im Dritten Reich eingenommen, als dass das Schicksal der Juden in der Stadt sie gekümmert hätte. Adele hatte mit angehört, wie sie auf Cocktailpartys über das „jüdische Problem" in Wien geplaudert hatte. Sie hielt die Juden für erbärmliche, seelenlose Kreaturen. Und je schneller Österreich sie alle zu einer nützlichen Beschäftigung in die Arbeitslager schickte, desto besser.

Von einem neuen Gedanken abgelenkt, wandte ihre Mutter sich von ihr ab, ging aus dem Zimmer und kam mit einem wunderschönen weißen Nerzschal in den Armen zurück, um Adeles Schultern damit zu schmücken.

„Fragst du dich nicht, was da draußen passiert, Mama?"

Marina schien verwirrt und blickte zur geschlossenen Zimmertür, während ihre Hände den Pelz um Adeles Hals drapierten. „Unten? Nun, dein Vater hat Gäste, die uns ins Konzert begleiten. Wenn es dir lieber ist, dass wir allein gehen, können wir das selbstverständlich auch tun. Ich kann einen Wagen kommen lassen."

„Nein, ich meinte da draußen." Adele wies mit dem Kopf zu den Fenstern, die einen Blick auf die pittoreske Wiener Altstadt unter ihnen boten. Die Straßenlaternen verbreiteten einen sanften Schein. „Jenseits unserer Heimat, jenseits der Grenzen unserer Stadt. Wo unsere Soldaten kämpfen und sterben und in Särgen nach Hause gebracht werden. Dort draußen, wo die Welt in Trümmern liegt. Jenseits von Feierlichkeiten und Siegeskonzerten ... jenseits eines Geigensolos auf der großen Bühne. Wie sieht es da draußen aus? Wissen wir das überhaupt?"

Marina wirkte durch Adeles Worte beunruhigt. Über Tod und Krieg zu reden, war ein zu gewichtiges Thema angesichts ihrer Vorfreude auf den heiteren Abend, der vor ihr lag.

Sie drehte sich um und sah ihrer Tochter unverwandt ins Gesicht. Dann packte sie Adele an den Oberarmen und drückte sie fest, als wollte sie sie aus einem vorübergehenden Zustand der Verblendung befreien. „Was in aller Welt ist los mit dir?"

„Nichts, ich –"

Ihre Mutter verstärkte den Druck und schüttelte sie. „Sag es mir, und zwar auf der Stelle! Hat es etwas damit zu tun, dass du gestern Abend einen Raum voller Dinnergäste verlassen hast?"

„Ich wollte doch nur –" Adele brach ab und war entsetzt angesichts des wütenden Funkelns, das in den Augen ihrer Mutter aufflackerte. „Ich weiß nicht, ob ich spielen kann, das ist alles."

„Halt sofort den Mund!"

Marinas plötzlicher Zornesausbruch überraschte Adele so sehr, dass sie nicht einmal in der Lage war, eine Antwort zu geben.

„Das wäre eine Beleidigung für deinen Vater und die anderen Männer dort unten. Und für den Führer!" Ihre Mutter verzog das Gesicht, als würde sie allein der Gedanke anwidern. „Was jenseits dieser Mauern geschieht, geht dich nichts an, verstehst du mich? Deine Aufgabe ist es, zu spielen. Das ist es, was du für Österreich tun wirst. Spielen. Du wirst den Führer und deine Familie ehren. Du wirst uns heute Abend nicht blamieren!"

„Ich hatte nicht die Absicht, jemanden zu blamieren."

Ihre Mutter starrte sie an, und die Intensität ihres Blicks ließ Adeles Entschlossenheit schwinden.

„Was ist nur los mit dir, Kind?"

„Keine Ahnung, ich –"

Marina unterbrach sie abermals mit ungewohnter Heftigkeit, diesmal jedoch getarnt in elegantem Tonfall. „Du hast ein seltenes Talent, und ich werde nicht zulassen, dass du es vergeudest, weil du dich plötzlich für Philosophie interessierst."

„Aber wir sind doch Christen, oder nicht?"

„Du siehst mich jede Woche in der Kirche beten und eine Kerze für Österreich anzünden. Was hat Gott mit dem zu tun, was da draußen passiert, außer dass er die Soldaten unseres Landes beschützen soll? Ich bete für ihren Schutz, so wie jeder andere auch", fauchte Marina.

Adele verstand nicht, was ihre Mutter so sehr aufregte. Sie hatte noch nie erlebt, dass Marina von Bron auch nur einer Fliege etwas zuleide getan hätte, geschweige denn, dass sie jemanden so fest an den Armen gepackt hätte, wie sie es in diesem Moment bei ihr tat. Und nun wurde sie zynisch bei der Erwähnung von Gott? Er hatte doch mit allem etwas zu tun, oder nicht? Adele fand, dass sie jedes Recht dazu hatte, Fragen zu stellen – vor allem nach den schrecklichen Ereignissen der vergangenen Nacht.

„Mama, bitte hör mir doch zu." Adele wünschte, sie könnte ihrer Mutter gegenüber die Wahrheit sagen: dass wenn sie wirklich Christen sein wollten, sie nicht gleichzeitig den Nazis folgen konnten. Sie wusste, was auf den Straßen von Wien und in ganz Europa geschah. Sie konnte nicht länger wegsehen. „Wie kann ich inmitten von solchem Leid spielen? Wie kann ich die Augen verschließen vor dem, was um uns herum geschieht? Ich wusste bis jetzt nicht, was es war. Aber was wir dem jüdischen Volk antun, das ist …", sagte sie und hatte Mühe, die Worte laut auszusprechen, daher flüsterte sie nur: „… das ist grauenhaft, Mama!"

Die Ohrfeige traf sie ohne Vorwarnung. Ihre Mutter hatte einen Schritt zurückgemacht und ihr mit aller Kraft auf die linke Wange geschlagen.

Adele war fassungslos.

Sie führte eine behandschuhte Hand an ihr Gesicht und hielt sich die schmerzende Wange – unfähig zu glauben, dass das gerade tatsächlich passiert war.

„Bist du ein Feigling oder bist du Österreicherin?", fragte ihre Mutter zynisch.

Mit glühenden Wangen und aufgewühlten Gedanken flüsterte Adele: „Ich bin Österreicherin."

Marina kam ihr so nahe, dass ihre Nasenspitzen nur noch einen Fingerbreit voneinander entfernt waren. „Dann rate ich dir, dich auch so zu verhalten."

Adele stand mit der Hand an der Wange da und beobachtete, wie ihre Mutter sich umdrehte, um die Schminkutensilien aufzuräumen, die auf dem Frisiertisch im Ankleidezimmer verstreut waren. Sie ließ Lippenstifte und Rougepinsel in die oberste Schublade fallen, dann sammelte sie die Haarnadeln ein und legte sie in eine Perlmuttbox auf der Kommode.

„Ich erwarte, dass du in fünf Minuten unten bist und wir aufbrechen können." Marina nahm ihren Pelzmantel vom Frisierstuhl und ließ Adele ohne einen weiteren Blick in der Kälte des Zimmers zurück.

FÜNF

Gegenwart
Sausalito, Kalifornien

Sera stieg aus dem Mietwagen und blickte erstaunt auf. Vor ihren Augen erstreckte sich ein weitläufiges und hoch über der Bucht aufragendes Anwesen.

Sie drehte sich einmal um sich selbst, während sie das makellos gepflegte Gelände bestaunte. Ein prächtiges Gebäude erhob sich über dem gepflasterten Weg, der zu der blauen Küste weiter unten führte. Mehrere Schaukelstühle auf der Veranda wurden von einer frischen Meeresbrise, die die Luft mit Salzgeruch erfüllte, in ein sanftes Wiegen versetzt. Am liebsten hätte Sera sich in einen der Stühle fallen lassen und den Rest des Tages auf der Veranda verbracht.

Dieses Refugium war mit nichts zu vergleichen, was sie je gesehen hatte. Sera stammte aus Manhattan, dem Stadtteil von New York mit einigen der beeindruckendsten Immobilien überhaupt – aber nichts davon war mit diesem Anwesen zu vergleichen. Nichts glich dem prächtigen roten Ziegelbau, der sich vor ihr erstreckte. Es sah genauso aus wie eines dieser weitläufigen kalifornischen Weingüter, die sie immer auf den Kalenderbildern sah, die über ihrem Schreibtisch in der Galerie hingen.

Ihr Blick wanderte zu einer Rasenfläche mit Blick auf die Bucht. In der Mitte war ein großes weißes Zelt aufgebaut. Daneben standen ein längliches Bühnenpodest und ein Torbogen, der mit unzählig vielen Blumen, elegant drapiertem elfenbeinfarbenem Satin und Lichterketten dekoriert war. Etwas abseits stand ein Lieferwagen, von dem einige Männer silberne Kerzenleuchter und eine Unmenge von Holzkisten abluden, die in das Zelt getragen wurden. Was war hier los? Offensichtlich war eine besondere Veranstaltung geplant.

Sera nahm ihre Sonnenbrille ab, ließ den Blick ein weiteres Mal über das Anwesen, den Zeltpavillon und die Bucht dahinter schweifen und murmelte: „Was in aller Welt machen Sie eigentlich, Mr Hanover?"

„Er war im Immobiliengeschäft."

Sera dachte, sie hätte die Frage nur in Gedanken gestellt, und erschrak, als sie die Stimme hörte. Sie drehte sich um und stand einem Mann gegenüber, der ganz unvermittelt hinter ihr aufgetaucht war. Er war das Abbild eines kalifornischen Sonnyboys: Mitte dreißig, braun gebrannt, leuchtend blaue Augen und eine Red-Sox-Kappe, die er sich in die Stirn gezogen hatte. Dazu trug er Gartenhandschuhe und hatte einen Rechen in der Hand, an dessen Zacken noch ein paar Blätter klebten.

„Edward Hanover besaß eine Immobilien-Investmentgesellschaft", sagte er und stützte sich lässig auf den Stiel der Harke. Seine Lippen verzogen sich zu der kaum wahrnehmbaren Andeutung eines Lächelns. „Ich habe Sie die Auffahrt hochkommen hören", sagte er und deutete auf das von Bäumen gesäumte Tor, durch das sie gefahren war.

„Oh, richtig." Sera nickte und sah ihn einen Moment lang sprachlos an.

„Kann ich Ihnen weiterhelfen?"

„Ja, natürlich ... Ich bin hier, um mich mit den Hanovers zu treffen. Ich habe hier irgendwo einen Flyer von der Galerie." Um ihre Verlegenheit zu überspielen, kramte Sera in ihrer übergroßen Handtasche und suchte den Ausdruck, den Penny ihr gegeben hatte, bevor sie sich auf den Weg zum Flughafen gemacht hatte. Den Ausdruck, der alle Informationen über das Gemälde enthielt. Den Ausdruck, der in das schwarze Loch ihrer Handtasche gefallen und jetzt nicht mehr auffindbar war.

Vergeblich strich sie sich das Haar aus dem Gesicht, in der Hoffnung, der Küstenwind würde sich so weit beruhigen, dass sie auch sehen könnte, was sie tat. Nach einem unangenehmen Moment der Stille gab sie die Suche auf und zog stattdessen eine Visitenkarte aus der Tasche.

„Ja, also, ich bin ...“ Sie beugte sich vor, blinzelte in die Sonne und hielt ihm die Karte hin. „Ich bin Sera James.“

Er sah sie an, während er die Handschuhe auszog und sie in seine Gesäßtasche steckte, und kniff dann die Augen ein wenig zusammen. Ihr Name schien ihm nichts zu sagen.

„Von der *Sera James Gallery* in Manhattan“, sagte sie mit erwartungsvoll hochgezogenen Augenbrauen, fragte sich jedoch im nächsten Moment, warum sie sich die Mühe machte, wenn dieser Mann zum Hauspersonal gehörte.

„Oh ja – die Kunstsache.“ Er nahm die Karte entgegen und schlug sie sich gedankenverloren auf den Handrücken. „Sie sagten, jemand von der Galerie würde bald herkommen. Ich hatte nur nicht damit gerechnet, dass es schon heute sein würde.“ Er wies mit dem Rechen zu dem Platz, wo das Zelt stand, in dem immer noch emsiges Treiben herrschte.

Seras Blick folgte ihm, und schließlich machte es klick. Abgesehen von den zarten Rosa- und Grüntönen der Blumen war jedes einzelne Detail in makellosem Cremeweiß gehalten. Und Cremeweiß konnte nur eines bedeuten. „Eine Hochzeit?“

Er nickte.

Auf dem Anwesen fand eine Hochzeit statt, und niemand hatte sich die Mühe gemacht, es ihr zu sagen? Sera presste die Lippen zusammen. Sie würde Penny eine Standpauke halten, wenn sie nach Hause kam. Wie hatte sie ihr nur dieses wichtige Detail verschweigen können – vor allem, da das Gemälde auf dem Spiel stand?

„Es tut mir so leid. Das wusste ich nicht …“

Doch bevor sie weitersprechen konnte, wurde seine Aufmerksamkeit abgelenkt, und er sagte: „Hey, Manhattan, würden Sie mich für einen Moment entschuldigen?“

Hat er mich gerade „Manhattan“ genannt? Sera stieß hörbar den Atem aus und schüttelte ungläubig den Kopf.

Er ging auf einen jüngeren Mann zu, vielleicht Mitte zwanzig, ebenfalls braun gebrannt und in sportlicher Garderobe, der am Wagen des Blumenhändlers lehnte und sich mit zwei jungen Frauen unterhielt. Wenn dieser Kerl auch zum Hauspersonal gehörte, schien er es vergessen zu haben.

Während Sera die Gruppe beobachtete, hatte sie einen Moment Zeit, ihr Selbstvertrauen zurückzugewinnen.

Atme, Sera. Sie richtete ihren Blazer und holte tief Luft. *Das alles ist beängstigend, aber kein Grund zur Panik. Wenn du das Gemälde finden willst, musst du da reingehen und die Familie davon überzeugen, dir bei der Suche zu helfen.*

Sie beobachtete, wie der Mann mit der Baseballkappe die Gruppe auflöste. Die Mädchen schnappten sich einige Körbe voller Pfingstrosen und eilten davon, als stünden ihre Schürzenbänder in Flammen. Dann sprach er mit dem jüngeren Mann und nickte zu ihr hinüber. Redeten sie etwa über sie?

Als er zu ihr zurückkam, fragte sie ihn: „Was haben Sie zu ihm gesagt?“

Er rieb sich mit einer Hand den Nacken und blickte dem jüngeren Mann nach, der sich auf den Weg zum Vordereingang begeben hatte. „Ich habe ihm vorgeschlagen, lieber unseren Gast ins Haus zu begleiten, wenn er sich schon nicht auf seine Arbeit konzentrieren kann.“

Sera nickte in Richtung Pavillon und runzelte die Stirn. „Niemand hat mir gesagt, dass hier eine Hochzeit stattfindet. Sonst hätte ich einen anderen Zeitpunkt für den Besuch eingeplant.“

„Was … das hier?“ Er zuckte mit den Schultern. „Das braucht Sie nicht zu kümmern. Hier ist immer irgendwas los.“

„Okay, gut“, antwortete sie, während ihre Hand wieder in den Untiefen ihrer Handtasche verschwand.

Er lächelte, als sie weiterkramte. „Sie sind nicht gerade auf einen Tag am Strand eingestellt, wie?“

Sera sah an ihrem schwarzen Hosenanzug hinunter und dann wieder zu ihm hoch. „Sie meinen, ich bin unpassend gekleidet?“

„Ganz und gar nicht, Miss James. Nur eine Beobachtung. Und da Sie wegen des Nachlasses hier sind – wie wäre es, wenn wir Sie zuerst ein wenig herumführen? Der junge Mann dort drüben auf der Veranda ist Paul. Er wartet schon sehnsüchtig darauf, Ihnen das Anwesen zeigen zu dürfen.“

„Ja, sehr gern. Und Sie sind … der Gärtner?“

„Hin und wieder.“ Er schmunzelte, tippte sich an die Krempe seiner Baseballkappe und ging über den Rasen davon.

Eine blonde junge Frau stürmte die Wendeltreppe herunter, als sie durch die Eingangstür traten. „Paul!“ Sie stürzte in seine Arme, und er begrüßte sie, indem er sie fest umarmte und im Kreis drehte. Sie war klein und zierlich und hatte eine jugendliche Ausstrahlung, die vermuten ließ, dass sie kaum älter als zwanzig Jahre sein konnte.

„Macie!“

Die junge Frau strahlte ihn an und drückte ihm einen Kuss auf die Wange. „Ich wusste nicht, dass du so früh hier sein würdest. Wir haben dich erst morgen erwartet, niemand hat mir etwas davon gesagt!“

„Dann wäre es ja keine Überraschung gewesen“, neckte Paul sie und ergriff eine ihrer kinnlangen Locken, um sie zu zwirbeln. „Wann ist das denn passiert?“

Macie griff sich in die Haare und zuckte mit den Schultern. „In der ersten Sekunde, in der Mom mir den Rücken zugedreht hat, habe ich sie mir abschneiden lassen."

„Und wie hat unsere liebe Mutter es aufgenommen?"

„Recht sportlich." Das Mädchen zwinkerte ihm zu. „Sie hat nur eine halbe Stunde lang gejammert, dann hat sie den Stylisten angerufen und eine neue Kurzhaar-Brautfrisur mit ihm besprochen. Sie musste die Blumen umbestellen und den Ausschnitt der Brautjungfernkleider in letzter Minute ändern, aber das hat sie zumindest beschäftigt."

„Ich bin überrascht, dass sie nach dieser Aktion immer noch mit dir redet."

„Ach klar", sagte Macie und winkte ab. „Ich bin immer noch in ihrer Gunst. Schließlich heirate ich, vergiss das nicht. Das bedeutet, dass Eric und ich ihr eines Tages Enkelkinder schenken werden, während du immer noch ganz allein in deiner Junggesellenbude in Boston hocken wirst."

Paul räusperte sich etwas unbehaglich und trat dann zur Seite, sodass Sera ins Blickfeld der jungen Frau geriet. „Macie, das hier ist … Manhattan. Sie ist extra zu diesem Anlass aus New York eingeflogen. Manhattan, das ist meine Schwester – unsere Braut in spe."

Macie wirkte überrascht. Ihre Augen weiteten sich ein wenig, dann strahlte sie erneut übers ganze Gesicht. „Nein, wirklich?" Sie wandte sich Sera zu, die bereits die Vordertür als Fluchtweg ins Auge gefasst hatte. Dieser Plan wurde durchkreuzt, als die Braut sie anlächelte und von oben bis unten musterte. „Deine Begleitung, Paul?"

„Nein", sagte er mit einem leichten Kopfschütteln, „sie ist geschäftlich hier. Ich habe den Auftrag, sie ein wenig herumzuführen."

Macie verzog das Gesicht zu einem vielsagenden Stirnrunzeln. „Na, dann sieh nur zu, dass William euch nicht zu sehen bekommt. Er ist mit mieser Laune aufgewacht und seitdem in seinem üblichen Kommandomodus. Er hat sogar den Hochzeitsplanern Anweisungen gegeben. Wenn er mitkriegt, dass sie hier mitten im Geschehen mit dir herumwandert, kannst du vielleicht nicht für ihre Sicherheit garantieren."

Sera war verblüfft über diese Bemerkung. War William Hanover nicht derjenige, den sie hier treffen sollte? Er hätte sie eigentlich erwarten müssen.

„Sieh dir an, was du angerichtet hast!" Paul boxte seine Schwester spielerisch in die Seite. „Manhattan ist kaum fünf Minuten hier, und schon denkt sie darüber nach, wie sie am besten von hier verschwinden kann – wie ein Reh im plötzlichen Scheinwerferlicht!"

Hatte man das alles in ihrem Gesicht lesen können? Sera musste annehmen, dass es so war, denn genau dieser Gedanke war ihr durch den Kopf gegangen.

Macie trat näher, um ihr die Hand zu schütteln, und flüsterte: „Manhattan? Ist das Ihr echter Spitzname oder hat mein Bruder Ihnen den verpasst?"

„Ich heiße Sera", sagte Sera und lächelte zur Begrüßung.

„Die Männer in der Familie halten sich für witzig, weil sie jedem, der ihnen über den Weg läuft, einen Spitznamen geben. Sonst findet das allerdings kaum jemand lustig. Der gute Paul hier nennt mich Spacey-Macie, seit ich mich mit fünf einmal im Supermarkt verlaufen habe. Seien Sie gewarnt: Die Jungs sorgen dafür, dass niemand, der einmal gebrandmarkt ist, seinen Spitznamen je wieder vergisst – genauso wenig wie sein Umfeld."

„Ich habe jedes Wort gehört", brachte sich Paul in Erinnerung und warf Macie einen strengen Blick zu. „Und zu deiner Information, Schwesterherz: Ich bin nicht derjenige, der ihr diesen Spitznamen verpasst hat."

Sera blickte von einem zum anderen. „Nun", begann sie dann in sachlichem Ton, „ich bin wirklich geschäftlich hier. Nachlassangelegenheiten, um genauer zu sein. Ich soll mich mit Mr William Hanover treffen. Ich denke, er erwartet mich bereits."

„Sie sind hier, um William zu treffen?", fragte Macie und tauschte einen Blick mit Paul, der ein rätselhaftes Grinsen im Gesicht hatte.

Das machte Sera noch nervöser. „Ist das ein Problem?"

„Er erwartet Sie nicht, das können Sie mir glauben, meine Liebe", sagte Macie und schüttelte bedauernd den Kopf.

„Nein?"

„Nun ja, nicht wirklich." Paul bestätigte die Aussage seiner Schwester, allerdings in einem leichteren Tonfall. Er schien sich sogar das Lachen verkneifen zu müssen. „Aber es könnte durchaus sein, dass er weiß, dass Sie hier sind."

„Aber meine Assistentin sagte –"

„Ich bin sicher, Ihre Assistentin hat das schon richtig verstanden. Es geht um das Gemälde, nicht wahr?"

Sera nickte, war sich jedoch nicht sicher, was sie von dem seltsamen Empfang und von der Art halten sollte, wie sich die Familie Hanover ihren Gästen präsentierte.

„Wenn er erfährt, dass Sie hier sind, wird es ihn auf Hochtouren bringen." Macie schenkte ihr ein flüchtiges Lächeln und strich Sera über den Unterarm. „Es tut mir so leid."

„Nun, er könnte bereits wissen, dass sie hier ist, Macie."

Die Braut schüttelte den Kopf. „Niemals. Er hätte etwas gesagt."

„Ich nehme an, Miss James, Sie wussten nicht, dass das Testament meines Großvaters angefochten wird und dass sein gesamter Besitz derzeit in den Händen des Gerichts liegt." Da Sera ihn sprachlos ansah, verschwand das amüsierte Grinsen aus Pauls Gesicht. „Typisch. Natürlich hat man Ihnen nichts gesagt."

„Nein, kein Wort davon." Sera schüttelte den Kopf, verwirrt von der Enthüllung, dass das Gemälde möglicherweise auch für die Hanovers unerreichbar sein könnte. In ein schwebendes Gerichtsverfahren verwickelt zu werden, war immer unerfreulich. „Worum geht es hier eigentlich?"

„Nun, es tut mir leid, Ihnen das sagen zu müssen", sagte Paul kopfschüttelnd, „aber es gibt da etwas, was zwischen meiner Familie und unserem Erbe steht, und dieses Etwas ist das Gemälde. William wird sich daher wohl kaum freuen, Sie zu sehen."

Sera brauchte ein wenig, bis sie den Sinn der Worte begriff, während ihr Blick zwischen der errötenden Braut und deren Bruder hin und her flog. „Wieso …? Er kennt mich doch gar nicht."

„Er weiß alles, was er wissen muss, Miss James: Sie sind zufällig ebenfalls auf der Suche nach dem Gemälde, dessen Besitzer das gesamte Einhundert-Millionen-Dollar-Vermögen von Edward Hanover erben wird."

SECHS

Mit einer Wendung wie dieser hatte Sera nicht gerechnet – und das innerhalb der ersten Stunde, seit sie das Anwesen der Hanovers betreten hatte.

Selbst etwas später, als sie wartend auf einem Stuhl gegenüber dem massiven Schreibtisch saß und wie ein Schulmädchen, das zum Direktor geschickt wurde, nervös mit den Füßen wippte, konnte sie das Ausmaß der Neuigkeit noch nicht begreifen. Aber nun saß sie hier – in einem Business-Outfit, das wohl kaum für Kalifornien geeignet war – und wartete darauf, dass das Oberhaupt des Hanover-Clans die Kommandozentrale des Anwesens betrat und ihre geordnete Welt aus den Bahnen warf.

Wie geplant hatte Paul sie durch das Haus geführt, bevor er sie ins Büro seines ältesten Bruders gebracht hatte. Neun Schlafzimmer. Zwölf Bäder. Ein Pool hier, eine Bibliothek und ein Medienraum dort. Das Haus war prunkvoll, und man hatte einen fantastischen Blick auf die kalifornische Küste. Sera war vermögende Kunden gewohnt und hatte sich auf etwas in der Art eingestellt. Doch als sie den Wert des Familienbesitzes erfahren hatte, war sie von der Summe überwältigt gewesen.

Es konnte einfach nicht wahr sein: Das Gemälde war der springende Punkt? Sera hatte gedacht, sie würde nach einem verschollenen Gemälde suchen, das für niemanden außer ihr etwas wert wäre. Und jetzt hing ein Anwesen im Wert von einhundert Millionen Dollar daran?

Das war mehr als der Preis eines Original-Monets. Und fernab der Preisspanne, die es für sie erschwinglich gemacht hätte.

Sera konnte die Uhr an der Wand ticken hören.

Sie war den ganzen Weg hierhergereist wegen des Geheimnisses, das ein Gemälde umgab, das ihr vor Jahren das Herz gestohlen hatte. Und jetzt war sie in das viel größere Geheimnis um ein Anwesen hineingeraten, dessen Patriarch gerade auf dem Weg war, um sie in diesem pompösen Büro zu treffen.

Die Tür knarrte, und Sera wandte sich um. Was sie sah, war nichts weniger als ein schlechter Scherz. Es war nicht das Feuer speiende hanoversche Ungeheuer, vor dem Macie sie gewarnt hatte. Und auch nicht der abweisende Hausherr, den Paul beschrieben hatte. Stattdessen war der Mann, der den Raum betrat, einer der attraktivsten Männer, die sie je gesehen hatte. Leuchtend blaues Hemd, ebensolche Augen. Dunkles Haar. Er hatte die Red-Sox-Kappe abgelegt und sich umgezogen, aber es war dennoch nicht zu leugnen.

Sera wurde ganz mulmig zumute, als sie erkannte, wer da vor ihr stand. *Und Sie sind der Gärtner?* Sie dachte an die peinliche Frage zurück, die sie ihm draußen gestellt hatte, und wäre am liebsten im Erdboden versunken.

Wunderbar. Was konnte sonst noch schiefgehen?

„Miss James, nicht wahr?“ William Hanover betrat das Büro mit betonter Lässigkeit und nahm hinter dem Schreibtisch Platz. „Es tut mir leid, dass ich Sie habe warten lassen. Wie Sie wissen, war ich mit dem Hauspersonal beschäftigt.“ Er hob das Kinn leicht in Richtung der Fenster mit Blick auf den Vorgarten und zeigte ein schiefes Grinsen. „Sozusagen.“

Sera nickte höflich und versuchte, ein selbstbewusstes Lächeln aufzusetzen. „Das macht gar nichts. Ich habe nicht lange gewartet.“

Lächeln. Ja, das war es. Wenn sie lächeln konnte, konnte sie ihn vielleicht davon überzeugen, dass sie nicht vollkommen auf den Kopf gefallen war. „Es tut mir leid, dass ich Sie zu einem so ungünstigen

Zeitpunkt belästige, aber wie ich schon draußen sagte, hat mich niemand darüber informiert, dass hier eine Hochzeit stattfindet. Ich hatte gehofft, die Sache mit dem Gemälde an einem Nachmittag klären zu können. Hätte ich gewusst, welche rechtlichen Probleme mit dem Nachlass verbunden sind, hätte ich mich für einen geeigneteren Zeitpunkt entschieden."

„Aha ...", murmelte er und lehnte sich in seinem Schreibtischstuhl zurück, sodass das Holz knarrte. „Dann hat Paul Ihnen also von der Erbschaft erzählt."

„Ja, das hat er."

„Und Sie glauben, es gäbe einen geeigneteren Zeitpunkt, mir zu sagen, dass Sie meiner Familie einhundert Millionen Dollar aus der Tasche ziehen wollen?"

Sera rutschte unbehaglich auf ihrem Stuhl herum. „Ich weiß nicht, worauf Sie hinauswollen. Ich besitze nur eine Kunstgalerie. Alles, was mit diesem Anwesen hier zu tun hat, liegt nicht in meinen Händen." In den Händen, mit denen sie in diesem Moment nervös in ihrem Schoß spielte.

„Nun, da irren Sie sich."

„So?"

„Sie befinden sich hier in einer in der Tat ungewöhnlichen Lage. Ich musste feststellen, dass mein Großvater, so edel seine Absichten auch gewesen sein mögen, einen ziemlich tiefen Riss zwischen den Mitgliedern unserer Familie verursacht hat. Als er im November letzten Jahres verstarb, war sich die Familie – einschließlich meines Vaters und seiner jüngeren Schwester – darüber einig, wohin das Geld gehen sollte. Es gab ein Testament. Es war 2007 unterschrieben und notariell beglaubigt worden, und zu diesem Zeitpunkt war mein Großvater noch bei völlig klarem Verstand. Aber in den letzten Jahren hat er sich verändert. So sehr, dass wir annehmen müssen, dass er nicht im Vollbesitz seiner geistigen Kräfte war, als er bestimmte Entscheidungen bezüglich des Nachlasses traf."

„Ist das Juristensprache für: ‚Er hat es sich anders überlegt, und wir sind nicht glücklich darüber'?"

Er öffnete eine Schreibtischschublade, holte eine Mappe heraus und legte sie offen auf den Schreibtisch. Dann beugte er sich vor, stützte die Ellbogen auf und sah sie direkt an.

„Darf ich ganz offen sprechen, Miss James?"

„Haben Sie das nicht bereits getan, Mr Hanover?"

Sein Gesichtsausdruck veränderte sich ein wenig. Sera bemerkte das fast unscheinbare Zucken eines Muskels, als sich sein Kiefer anspannte.

Kein Zweifel: Dieser Punkt ging an sie.

An seiner Reaktion konnte sie auch erkennen, dass viel auf dem Spiel stand. Der Mann war kultiviert, sah unverschämt gut aus und schien sich sicher zu fühlen. Aber sie würde seinen subtilen Bemühungen, sie in einem Büro einzuschüchtern, das größer war als ihr gesamtes Apartment in der Lower East Side, nicht nachgeben.

Ein nervöses Kitzeln in ihrem Hals brachte sie zum Husten, doch Sera reckte das Kinn ein wenig höher. Sie würde ihm selbstbewusst gegenübertreten, auch wenn es sie alles kostete.

„Wissen Sie, was ich hier habe?", fragte er und trommelte mit den Fingerspitzen auf den Ordner.

„Nein, ganz sicher nicht."

„Es ist eine Kopie des Testaments meines Großvaters, unterschrieben vor etwas mehr als einem Jahr. In diesem Dokument wird festgelegt, dass der gesamte Nachlass jemandem vermacht werden soll, von dem keiner von uns je etwas gehört hat. Jemandem ohne Namen. Nämlich dem Besitzer des besagten Gemäldes. Wir haben ein solches Bild in unserem Besitz, aber es ist eine Kopie des Originals. Mehr noch, wir wissen nicht, wo sich das Original befindet oder wem es gehört. Sie können sich vorstellen, was das für eine Überraschung für unsere Familie war! Das Geschäft meines Großvaters musste am Leben erhalten werden, ohne dass über das dazugehörende Vermögen verfügt werden konnte. Können Sie sich vorstellen, dass ich als Leitender Geschäftsführer der Firma meines Großvaters von dieser Entwicklung ein wenig, sagen wir mal, negativ überrascht bin?"

„Ich denke, das kann ich."

„Würden Sie mir dann vielleicht auch darin zustimmen, dass ich durchaus das Recht habe, besorgt zu sein, wenn plötzlich irgendeine New Yorker Galeristin mit einer rührenden Geschichte hereinspaziert kommt und sagt, dass sie nach einem verlorenen Gemälde sucht – *unserem* Gemälde, wohlgemerkt –, und sich anschickt, den Besitz meines Großvaters abzuräumen, für den er sein ganzes Leben gearbeitet hat?"

Instinktiv hob Sera die Hand, als eine stumme Bitte, ihrerseits das Wort ergreifen zu dürfen. „Einen Moment mal. Sie denken, ich bin hier, weil ich hinter Ihrem Geld her bin?"

Er zuckte nicht einmal mit der Wimper. „Sind Sie das etwa nicht?"

Das war doch wohl nicht sein Ernst! Der Mann dachte, sie sei auf der Suche nach dem Gemälde, um das hanoversche Familienvermögen abzustauben? „Natürlich nicht! Sie können doch nicht ernsthaft annehmen, dass ich zu so etwas fähig wäre!"

Seine Augen funkelten ein wenig. „Ich denke, dass jeder dazu fähig wäre, wenn man bedenkt, dass es um ein Vermögen in Höhe von einhundert Millionen Dollar geht. Das ist der Grund, weshalb wir versucht haben, diese Angelegenheit geheim zu halten. Keine Medien – das werden Sie sicher verstehen. Wenn es herauskäme, dass der Nachlass an den Besitzer eines verschollenen Gemäldes geht, würden alle Glücksjäger und Nachrichtenagenturen des Landes innerhalb kürzester Zeit vor unserer Haustür auftauchen."

Die Situation war ohne Zweifel schwierig. Es half Sera, dass sie nun ein wenig von der Vorgeschichte kannte, sodass das Ganze einen Sinn ergab. Aber genau da hörte ihr Verständnis auf. Dieser Mann war ein Fremder, und doch meinte er, sie durchschaut zu haben.

Sie spürte, wie ihr heiß wurde, heißer noch als die kalifornische Sonne draußen. „Hören Sie: Meine Assistentin ist zufällig auf Ihr

Gemälde gestoßen. Wir haben die letzten zwei Jahre nach dem Original gesucht und gehofft, dass dies der Schlüssel dazu sein könnte."

Er zog die Augenbrauen hoch. „Sie suchen seit zwei Jahren nach demselben Gemälde wie ich?"

„Sieht ganz danach aus."

William schwieg eine Zeit lang, dann legte er den Kopf ein wenig schief und fragte: „Und was ist Ihre Erklärung dafür, warum Sie es haben wollen?"

Sera konnte ihm nicht die Wahrheit sagen. Nicht jetzt. Es war das Beste, die Tatsache nicht zu erwähnen, dass sie alles tun würde, um das Original zu finden und somit die Erinnerung an ihren Vater lebendig zu halten. Daher sagte sie: „Die Tatsache, dass dieses Gemälde im Testament Ihres Großvaters erwähnt wird, hat nichts mit mir zu tun. Ich mache nur meine Arbeit als Kunsthistorikerin. Wir erwerben Kunst aus der Zeit des Holocaust für unsere Galerie. Meine Aufgabe ist es, das Gemälde zu finden – Ende der Geschichte."

„Hat Sie jemand beauftragt, es zu finden?"

„Nein."

„Nun, Miss James, dann haben Sie und ich wohl ein gemeinsames Interesse an dieser Geschichte."

„Und das wäre?"

„Was auch immer unsere Beweggründe sein mögen, ich möchte den rechtmäßigen Besitzer dieses Gemäldes ebenso finden wie Sie. Und wenn ich ihn gefunden habe, werde ich das Vergnügen haben, ihm oder ihr eine Vorladung zu überreichen. Unsere Familie muss das Testament anfechten. Wir haben keine andere Wahl."

„Sie würden deswegen jemanden vor Gericht bringen?"

Er antwortete nicht. Das brauchte er auch nicht. Sie konnte es deutlich genug sehen, wenn sie sich umsah. Geld. Das Erbe. Der verschwenderische Lebensstil, den er gewohnt sein musste. Natürlich würde die Familie Hanover das nicht aufgeben wollen. Wer würde das schon? Dieser Mann würde vermutlich alles tun, um das Vermögen seiner Familie zu schützen. Und sie könnte dabei eine wichtige Rolle spielen.

„Warum haben Sie mich gebeten herzukommen?"

„Als ich hörte, dass Sie das Gemälde suchen, nahm ich an, dass Sie hinter unserem Besitz her sind. Daher dachte ich, wir sollten uns einmal persönlich unterhalten."

Einen Moment lang saß Sera schweigend da. Eine Erinnerung blitzte vor ihrem inneren Auge auf. Ihr Vater, der mit ihr in eine Pariser Galerie ging, um mit einem früheren Kollegen zu sprechen. Und da hing es – hinten an der Wand. Nicht an einem prominenten Platz, sondern versteckt in einer staubigen Ecke, als ob die schöne Geigerin von der Zeit vergessen worden wäre.

Sie stand auf und hängte sich ihre Tasche über die Schulter. „Nun, wenn Sie denken, dass ich nur hinter Ihrem Erbe her bin, werde ich nicht bleiben und die Hochzeit Ihrer Schwester mit meiner Anwesenheit stören. Für den Fall, dass Sie über Geschäftliches reden wollen, steht die Adresse meiner Unterkunft auf der Rückseite meiner Visitenkarte."

Sera ging zur Tür – trotz allem mit einer gewissen Zuversicht. Erbschaft hin oder her, sie würde das Gemälde finden. Mit oder ohne seine Hilfe.

„Ach, und wenn Sie im Hotel anrufen – ich wohne dort unter dem Namen ‚Manhattan'."

SIEBEN

4. Dezember 1942
Wien

Konnte Schnee Erinnerungen festhalten? Die Frage setzte sich in Adeles Kopf fest. Die Flocken fielen jetzt dicht, genau wie an so vielen anderen Abenden, an denen sie auf ihn gewartet hatte. Und obwohl es schon Jahre her war, konnte sie sich immer noch an das erste Mal erinnern, als sie auf der Bank in dem Gartenversteck gesessen und gewartet hatte, während die Minuten bis zu ihrem ersten Konzert verronnen waren. Sie war so jung gewesen und ihr Glaube noch unerprobt – so ganz anders als die Frau, die sie jetzt war.

„Ein Glück, du bist hier." Sie hörte Wladimir herankommen, die gefrorenen Gräser knirschten bei jedem seiner Schritte. „Ich weiß – wir wollten uns schon vor über einer Stunde treffen."

„Ich hätte bis zur letzten Sekunde vor der Vorstellung hier gewartet, in der Hoffnung, dass du noch kommen würdest." Sie drehte sich auf der Bank gerade so weit zur Seite, dass sie sehen konnte, wie er hinter ihr auftauchte.

Wladimir Nicolai war resolut und kräftig, sein dunkles Haar fiel ihm so weit in die Stirn, dass es die Wimpern berührte. An diesem Abend trug er einen tadellosen schwarzen Smoking, einen Mantel aus schwarzer Wolle und einen cremeweißen Schal, der in einem leichten Winterwind tanzte.

„Sag mir, dass du nicht schon die ganze Zeit hier draußen wartest." Er rieb sich die Hände und blies hinein. „Es ist eiskalt."

„Nein. Ich war eine Zeit lang drin." Sie zuckte mit den Schultern. „Aber es macht mir nichts aus."

Das tat es wirklich nicht, obwohl sich ihre Beine wie Eisblöcke anfühlten. Wem würde es schon einfallen, in einem hauchdünnen Satinkleid bei Schneefall draußen zu warten? Aber die schmerzhaft kalte Nacht zu ertragen, war nichts im Vergleich zu ihrem Warten, Hoffen und Beten, dass er kommen würde. Tatsächlich wäre sie auch die ganze Nacht hier draußen geblieben, Konzert hin oder her.

Sie stand auf, sah, wie er auf sie zukam, und fürchtete sich vor ihrer eigenen Reaktion, wie immer, wenn sie ihm so nah war.

Seit dem Moment, als sie sich vor mehr als drei Jahren kennengelernt hatten, war Adele in ihn verliebt. Sie war damals noch sehr jung gewesen und war ihm wahrscheinlich wie eine kleine Schwester vorgekommen. Auch er war jung gewesen. Und ahnungslos, was ihre Zuneigung betraf. Aber etwas hatte sich verändert. Und jetzt war der groß gewachsene junge Mann erwachsen geworden. Mitten in einem Krieg war er zu einem Mann geworden, der ihr mit jedem Schritt in ihre Richtung den Atem raubte.

Eine Armlänge von ihr entfernt blieb er stehen und sah sie an. „Warum trägst du das?"

Sie blickte auf den Pelzschal hinunter, der ihre Schultern über dem Satinkleid bedeckte. „Was, das?", fragte sie und hielt eine Ecke des Pelzes hoch.

„Ja. Das, das Kleid – alles."

„Stimmt etwas nicht damit?"

„Nein …" Fast hätte er gelächelt, aber dann neigte er den Kopf zur Seite, als denke er über etwas nach. „Woher hast du denn Satin bekommen?"

Sie zuckte leicht mit den Schultern. „Meine Mutter …"

Nach allem, was kurz vor ihrem Aufbruch zum Konzert geschehen war, wollte sie gar nicht an ihre Mutter denken. Der Rest brauchte keine Erklärung, dachte sie. Jeder kannte Marina von Bron und ihre Vorliebe für übertriebene Extravaganz. Adele hatte sich noch nie so lächerlich gefühlt wie in Satin und Perlen mitten im Krieg.

„Musst du denn zu deinem Auftritt nicht Schwarz tragen?" Er kam noch einen Schritt näher, schien aber diesmal abgelenkt und trat ihr beinahe auf die Zehen. Jetzt stand er direkt vor ihr und sah zu ihr herunter.

„Es ist eine Siegesfeier zu Ehren des Führers, das weißt du doch. Und ich habe ein Solo", sagte sie und wurde plötzlich nervös. Warum war dieser Abend so anders als alle anderen? „Ist es übertrieben?" Das musste sie fragen. Edler Satin, Perlenohrringe – sie war damit aufgewachsen, dass ihre Mutter Putz und Pomp dieser Art liebte, hatte aber selbst nie Gefallen daran gefunden. Zweifellos sah sie aus wie ein Kind, das Verkleiden spielt.

„Nein, nicht übertrieben. Überhaupt nicht übertrieben." Er sah sie immer noch an, ungewöhnlich ruhig. „Und, kannst du spielen? Mit deinen Händen?"

Sie hatte sie gefaltet, ohne es zu bemerken. Das Schmerzmittel, das ihr der Arzt verabreicht hatte, hatte wohl seine Wirkung gezeigt, denn sie spürte kaum noch ein Stechen. „Der Doktor hat mir etwas gegeben, damit ich die Vorstellung überstehe." Sie hielt eine behandschuhte Hand hoch, und er nahm sie und legte sie in seine.

„Ich bin schuld daran, dass du deine Hände in Handschuhen verstecken musst." Er führte die Hand an seine Lippen und drückte einen Hauch von Kuss darauf. „Es tut mir so leid. Du kannst dir gar nicht vorstellen, wie leid es mir tut."

Sie sah zur Seite, weil sein Blick nun so eindringlich war.

„Hast du mich gehört, Schmetterling?"

Schmetterling. Er hatte ihr den Kosenamen gegeben, als sie das erste Mal zusammen auf der Bühne gestanden hatten.

„Alles wird gut."

Auch das hatte er damals zu ihr gesagt.

Er war etwas älter als sie und hatte zu jenem Zeitpunkt schon viele Male mit dem Orchester gespielt. Sie war an diesem ersten Abend gerade siebzehn gewesen – unerfahren und wahnsinnig nervös. Er war zu spät zur Aufführung gekommen, aber gerade noch rechtzeitig, um zu verhindern, dass sie ohnmächtig wurde, bevor sie die Bühne betrat. Er war durch den Hintereingang gelaufen und mit ihr zusammengestoßen, als sie nach draußen in den Garten wollte, in dem sie jetzt standen. Damals war es Frühling gewesen, ein lauer, warmer Abend, und ebenso warm und unschuldig war ihr Blick auf die Welt gewesen. Adele konnte nicht umhin, zu vergleichen – und sie stellte fest, wie kalt jetzt alles geworden war.

„Weißt du noch, wie nervös du warst? Bei der ersten Vorstellung?"

Sie nickte. Sie hatten also beide die gleichen Gedanken. „Natürlich weiß ich das. Du hast mir gesagt, ich müsse genauso spielen wie bei den Proben – die Musik fühlen, sie zur Ehre Gottes aus meiner Seele aufsteigen lassen. Und wir haben einen Schmetterling gesehen. Er hat das Gleiche getan, schwebte herum und tanzte von einem Blatt zum anderen, genau hier in unserem Garten. Er hat sich auf unsere Bank gesetzt." Ihre Finger glitten über die Rückenlehne der Bank, während sie sprach, und sie erinnerte sich an den Moment, als wäre es gestern gewesen. „Du hast gesagt, ich solle jetzt da reingehen und keine Angst haben zu spielen und die Gabe, die Gott mir gegeben hat, mit anderen teilen."

„Genau das habe ich gesagt." Er lächelte. „Und was hast du gemacht?"

„Ich bin reingegangen und habe gespielt."

„Und hast der ganzen Nation gezeigt, wie zauberhaft und talentiert du bist", sagte er mit einem Schmunzeln. „Ich war beeindruckt von dem jüngsten Mitglied unserer Truppe. Du hast allen gezeigt, dass ein kleiner Schmetterling von einem Mädchen eine Gruppe von arroganten Männern in den Schatten stellen kann. Und das, Adele, war der Moment, in dem Österreich dich als seinen Liebling auserkoren hat."

„So habe ich es nicht in Erinnerung." Sie verdrehte die Augen und blickte auf ihre Riemchensandalen hinunter, deren goldene Farbe im Mondlicht funkelte.

„Ich werde nicht zulassen, dass du in Gefahr gerätst. Ich habe es ernst gemeint, als ich das heute Morgen gesagt habe."

„Ich weiß."

„Warum siehst du mich dann nicht an?"

„Weil ich Angst habe, dass du es wirklich so gemeint hast und ich dich nach heute Abend nie wiedersehen werde." Sie fühlte, dass ihr Kinn zitterte, und war betroffen von ihrer unbewussten Reaktion, die Worte laut auszusprechen.

„Adele, sieh mich an." Wladimir hob ihr Kinn an, bis ihre Blicke sich trafen. „Ich werde gleich nach der Vorstellung heute Abend fortgehen." Er hielt inne, vielleicht wissend, dass er sich eingestehen sollte, dass dies ein Moment war, den sie für lange Zeit nicht wieder erleben würden. „Ich werde wegbleiben, bis dieser Krieg vorbei ist. Aber ich werde zurückkommen."

„Dann haben sie dich also eingezogen?"

Er schüttelte den Kopf. „Du weißt, dass ich aus gesundheitlichen Gründen nicht dafür infrage komme. Das ändert sich auch nicht."

„Warum musst du dann gehen?"

„Weil so viele junge Musiker zum Militär eingezogen wurden, haben sie einen musikalisch begabten Kaufmannssohn in eines der größten Orchester der Welt berufen. Man hat mir gesagt, ich könnte für Österreich Cello spielen. Das wäre meine Aufgabe für das Dritte Reich, sagten sie. Um meine Loyalität zu zeigen! Und das, obwohl ich von vielen als Feigling bezeichnet werde."

„Du bist kein Feigling. Du kannst nichts dafür, dass du von klein auf ein Herzleiden hast."

Er schüttelte erneut den Kopf, diesmal ein wenig trotzig. „Du verstehst nicht, Adele. Was andere von mir denken, ist mir egal. Ich würde nie in den Krieg ziehen, wie sehr ich mein Land auch liebe. Ich will mein Leben für etwas Bedeutsames einsetzen und auf andere Weise kämpfen. Aber auf einer Bühne vor Hitlers Handlangern zu spielen, ist nicht die richtige Art, das zu tun."

„Und was ist es dann?"

Er senkte den Blick. „Das kann ich dir nicht sagen."

Sie fragte nicht weiter, wohin er ging oder was er dort tat. Er würde es ihr sowieso nicht sagen – egal, wie oft sie fragte. Stattdessen wollte sie nur wissen, wann er zurückkehren würde. „Aber was ist, wenn dieser Krieg niemals endet?"

„Er wird enden."

„Und woher weißt du das?" Hörte sie sich an, als würde sie flehen? Es war ihr egal. Ihre Worte waren in der eisigen Luft erstarrt, und das letzte bisschen Wärme war aus ihrem Körper gewichen.

„Du musst Glauben haben", sagte er. Schlichte Worte, aber Wladimir schien sie aus tiefster Überzeugung zu sagen. „Glaube daran, dass Gott das Böse dieses Krieges zum Besten nutzen wird. Irgendwie wird ihm das gelingen."

„Und woher weiß ich, dass du in Sicherheit bist?" Ihre Stimme versagte beinahe ob der Wucht ihrer unterdrückten Gefühle. Stotternd fügte sie hinzu: „Wie kann ich wissen, ob du überhaupt noch *am Leben* bist?"

Nach den qualvollen Stunden der letzten Nacht, in der sie nicht gewusst hatte, ob er noch lebte oder irgendwo in einer Gasse lag, konnte sie die Vorstellung, diese Angst noch einmal erleben zu müssen, nicht ertragen. Nicht noch einmal.

„Wenn du mich auf der Bühne siehst", sagte er mit sanfter Stimme und wies mit dem Kopf in Richtung Hintertür, „da drin, das wird uns immer verbinden. Dort wird immer unser Platz sein. Die Musik. Dieser Ruf zu spielen … den werden wir immer gemeinsam haben."

Sie zitterte, als sie eine Windbö in ihrem eisigen Tanz umwehte.

Adele von Bron – verliebt in den Sohn eines Kaufmanns? Ihre Eltern hatten schon einmal versucht, es zu verhindern. Aber wenn sie erführen, dass ihre kleine Geigerin bereit war, für diesen Mann alles aufzugeben, würden sie sie sofort wegschicken. Ihre Eltern hielten ihn für nicht standesgemäß – und das, auch ohne zu wissen, was in der Nacht zuvor geschehen war. Würden sie die Wahrheit kennen – die Wahrheit, dass sie ihn für seine Tapferkeit bei dem Versuch, die Auerbachs zu retten, nur umso mehr liebte –, sie würden ihn auf der Stelle ans Messer liefern.

„Woran denkst du?", fragte er.

„An gestern Abend. Und jetzt das – ein extravagantes Siegeskonzert, jetzt, da Wien jederzeit von den Russen belagert werden könnte. Überall in der Stadt werden Wachtürme gebaut. Das hat ja mit Sicherheit einen Grund."

Er nickte. „Die Deutschen haben Angst."

„Wir haben alle Angst." Sie schüttelte den Kopf. „Unsere ganze Welt wird sich verändern."

Dann überraschte er sie, indem er einen Arm um ihre Taille legte und sie ganz nah zu sich heranzog. „Ich glaube, das hat sie schon", flüsterte er und war plötzlich ganz nah an ihren Lippen. Er gab ihr einen Kuss, zart und leidenschaftlich zugleich, der den Schnee unter ihren Füßen hätte schmelzen lassen können.

Als sich ihre Lippen voneinander lösten, schmiegte sich Adele fest an ihn. Sie genoss die Wärme seiner starken Arme, die sie vor der beißenden Kälte der Nacht schützten, und spürte dem angenehmen Gefühl nach, dass immer dann in ihr aufstieg, wenn sich ihre Seele der seinen so nahe fühlte. Er war ihr engster Vertrauter und Freund; und auch wenn die Zukunft ungewiss schien, war er der Mann, mit dem sie ihr Leben verbringen wollte. Die Finsternis des Nationalsozialismus überschattete zwar ihre Zukunftsträume, aber Adele wagte zu hoffen, dass das alles eines Tages ein Ende haben würde und dass sie ihre Liebe dann nicht mehr verstecken müssten. Sie wagte zu hoffen, dass dieser Kuss nicht der letzte sein würde.

Wladimir fuhr mit der Hand durch Adeles Locken in ihrem Nacken, die weich und wie ein Vorhang auf ihre Schultern fielen. Sie schmiegte sich noch fester an ihn und schmolz förmlich dahin bei der Erinnerung an die Zärtlichkeit des Kusses.

Plötzlich trat er einen Schritt zurück.

Das unvermittelte Gefühl der Leere machte Adele sprachlos. Falls er wirklich fortgehen wollte, war ihm vielleicht bewusst geworden, dass die Nähe und enge Vertrautheit den Abschied umso schwerer machten. Sie sah ihn fragend an.

Er hob die Hand und zeichnete die Konturen ihres Kinns nach.

„War das ein Abschiedskuss?" Adele nahm all ihren Mut zusammen und fügte hinzu: „Bitte sag mir, dass dies nicht das Ende ist."

„Ich würde dich mitnehmen, wenn ich könnte." Er strich mit der Hand über das Haar an ihrer Schläfe und schob es ihr sanft aus der Stirn. „Aber hier bei deinen Eltern bist du sicher."

„Wenn du zurückkommst, werden meine Eltern nicht zulassen, dass wir uns sehen."

„Ich weiß, Schmetterling."

Sie blinzelte und wusste, dass Tränen in ihren Augen glänzten. „Bitte nimm mich mit!"

„Das kann ich nicht. Nicht dahin, wo ich hingehe." Er drückte ihre Hand. „Es würde dich nur unnötig in Gefahr bringen. Und ich werde nicht zulassen, dass du noch einmal verletzt wirst. Hast du mich verstanden?" Abrupt zog er sich noch ein Stück weiter zurück. „Nie wieder!"

Er wollte sich wegdrehen, aber sie hielt ihn fest und zwang ihn, sie wieder anzusehen. „Ich habe mir das selbst so ausgesucht, schon vergessen?"

Er reagierte nicht auf ihre Worte. Stattdessen stand er mit versteinerter Miene da und sagte nur: „Du wusstest nicht, was du tust."

„Doch, das wusste ich sehr wohl. Ich war diejenige, die die Auerbachs zu dir gebracht hat, weißt du das nicht mehr? Sie waren meine

Freunde. Ich war diejenige, die versprochen hat, sie rauszuholen – alle! Und ich bin zu dir gekommen. Was glaubst du wohl, warum ich das getan habe?"

Weil ich dir vertraue. Ihr Herz wünschte, es könnte ihn zwingen, das zu verstehen. *Sag es. Sag, dass du weißt, dass ich dir damals vertraut habe und dass ich es auch jetzt tue … Sag mir, dass ich mir unsere Liebe nicht nur eingebildet habe. Sag mir das, und ich werde für immer davon zehren.*

Irgendwo schlug eine Uhr und durchbrach mit ihrem sehnsuchtsvollen, einsamen Ton die Stille. Sie verkündete, was sie beide längst wussten.

„Wir müssen gehen", flüsterte Adele, und auf einmal reichte der Pelz nicht mehr aus, um zu verhindern, dass ihr die Kälte der Nacht einen Schauer über den Rücken jagte.

Sie drehte sich um, doch er fasste sie sanft am Handgelenk. „Ich verspreche dir, dass wir uns nicht zum letzten Mal sehen." Seine Augen suchten die ihren und betrachteten ihr Gesicht mit einer Leidenschaft, auf die sie nicht vorbereitet war. „Glaubst du mir?"

Sie konnte nicht Ja sagen. Ihr Herz konnte sich nicht darauf einlassen. Die Angst war zu mächtig, dass dies ihre letzte Begegnung sein könnte. „Zweimal zwinkern", sagte sie stattdessen. Es war das Signal, das sie immer auf der Bühne benutzten. An ihrem ersten Abend, an dem sie zusammen aufgetreten waren, hatte er ihr zweimal zugezwinkert, um ihr Mut zu machen, nicht aufzugeben. Seitdem war das eine stille Botschaft zwischen ihnen. „Ich werde dir zweimal zuzwinkern, wenn ich dich auf der Bühne sehe, wie immer."

Er schüttelte den Kopf. „Ich glaube nicht, dass das für mich noch funktionieren wird. Ein Zeichen, das so etwas besagt wie ‚Alles gut, mein Freund', scheint mir nicht mehr angebracht zu sein", sagte er und schenkte ihr ganz unvermittelt ein atemberaubendes Lächeln. „Jedenfalls nicht nach diesem Kuss gerade eben."

Adeles Inneres wurde von einer Wärme geflutet, die ihre Wangen so rot wie ihre Lippen werden ließ.

„Was unsere Freundschaft angeht, so möchte ich, dass sie weiterbesteht." Er tippte ihr mit dem Finger auf die Nasenspitze. „Der Rest? Wir werden sehen, ob wir das auf dreimal zwinkern ausweiten können, wenn ich zurückkomme."

Dreimal zwinkern? Ich. Liebe. Dich?

Adele lächelte, obwohl die Welt um sie herum gerade in Trümmer zu zerfallen drohte. Zum ersten Mal seit Monaten hatte sie etwas, auf das sie hinleben konnte. Sie konnte in ihre Zukunft blicken und endlich ein Ende des Krieges und den Beginn eines gemeinsamen Lebens mit Wladimir sehen. Das Versprechen dieses dreimaligen Zwinkerns erfüllte sie mit Hoffnung, und sie hatte das Gefühl, dass es ihr helfen würde, durchzuhalten, bis er zurückkam.

„Ich sehe, du ziehst es in Erwägung?"

Sie nickte und wischte sich eine gefrorene Träne von der Wange. „Ja, das tue ich."

Das war alles, was sie zu sagen hatte.

„Gut", sagte er und legte einen Arm um sie, um sie Richtung Hintertür zu führen. Dann beugte er sich zu ihr herunter und flüsterte dicht an ihrem Ohr: „Du schaffst das, Schmetterling!"

Um sie herum fielen die Flocken in einem endlosen Tanz vom Himmel.

ACHT

Adele betrat die Bühne.

Sie spürte, wie sich die Augen aller Anwesenden in sie bohrten. Den Blick ihrer Mutter, die zweifellos irgendetwas Unpassendes an ihrem Kleid fand, und den ihres Vaters, der sich aufplusterte wie der stolze Pfau, der er war. Und auch der Rest der betuchten Gäste – die mit Juwelen und Pelzen behangenen Damen, die sich an den Arm irgendeines Nazi-Offiziers klammerten – starrte sie an. All das widerte sie an. Es war das erste Mal in ihrem Leben, dass sie ihre Begabung hasste. Sie wollte sie nicht auf diese Weise nutzen und konnte sich auch nicht vorstellen, dass Gott es wollte, dass sie vor diesem Publikum spielte!

Das Klacken ihrer Absätze hallte von der Decke wider, als sie die Bühne überquerte, bis sie vor dem Orchester stand. Nervosität stieg in ihr auf. Von ihren Händen, die sie von den Handschuhen und der Gaze befreit hatte, waren nur die unversehrten Seiten zu sehen. Die Verletzungen waren auf der einen Seite in den Falten ihres Kleides und auf der anderen unter ihrer Geige verborgen. Und als sie schon dachte, sie könnte nicht spielen, als sie in Erwägung zog, einfach die Bühne zu verlassen, sah sie auf. Nicht mit einer Bewegung des Kopfes, nur mit den Augen. Sie warf einen Blick auf den vorletzten Stuhl in der hinteren Reihe.

Da saß er. Wladimir. Er lächelte, ermunterte sie zum Weitermachen. Sagte ihr mit seinem Blick, dass es in Ordnung war, zu spielen, die Gabe der Musik zu nutzen, die Gott in ihr Herz gelegt hatte. Und dass sie sich nicht zu schämen brauchte, ihr Talent mit dem Rest der Welt zu teilen – auch wenn es in diesem Fall eine Welt voller SS-Offiziere war. Er neigte ein wenig den Kopf und zwinkerte. Nicht zweimal, sondern dreimal.

Adele spürte, wie etwas in ihr zum Leben erwachte. Vielleicht nur für diesen Abend, aber sie hatte plötzlich das Gefühl, als würde Gott ihr durch Wladimirs bestätigende Geste die Erlaubnis erteilen, zu spielen. Nicht, um den Führer zu ehren, sondern zur Ehre Gottes.

An diesem Abend würde Adele für die Verlorenen spielen. Sie würde für Elsa spielen, ihre Freundin. Für Elsas Mann Abram und ihren kleinen Jungen Eitan. Sie würde ihre Geige in die Hand nehmen, den Bogen ansetzen und die fröhliche Melodie für das kleine jüdische Mädchen Sophie spielen, das Wladimir irgendwo in der Dunkelheit der Stadt versteckt hatte. Und sie würde für all die anderen spielen, für den Verlust der Unschuld in der Welt und gegen die Kälte des Hasses, der die Liebe überwältigen wollte, von der sie wusste, dass sie aus Gott geboren war.

Sie würde spielen.

Der Dirigent hob den Arm, und Adele war bereit, ihre Aufgabe für Österreich zu erfüllen und so zu spielen, wie sie es nie für den Führer des Dritten Reiches getan hätte. Sie reihte sich in das Spiel der anderen ein und ließ die Töne aus den Fingerspitzen und aus ihrer Seele tanzen. Sie ließ zu, dass der Zauber der Schöpfung jede Faser ihres Körpers ergriff und die Klänge aus ihrem tiefsten Herzen hervorholte.

Dann kam der Moment für ihr Solo.

Adele spielte jede einzelne Note mit Präzision. Sie kämpfte gegen die Tränen und fühlte sich, als hätte ihre Seele endlich das getan, wozu Gott sie berufen hatte. Da wurde ihr klar, dass eine Künstlerin es spürt … dass sie es weiß, wenn sie ihre Gabe meisterhaft beherrscht, wenn sie ihr volles Potenzial ausschöpft. Adele spürte es – vielleicht zum ersten Mal in ihrem Leben. Sie spürte, wie die Musik von innen heraus lebendig wurde, wie sie den Schrecken der vorangegangenen Nacht vertrieb und einen tiefen Frieden über sie ausgoss.

Es kam ihr vor wie Stunden, als sie dort oben stand – ganz versunken im Augenblick, während sie Gott, ihrem Schöpfer, ihre Anbetung darbrachte. Und obwohl sie sich so leidenschaftlich dem magischen Tanz der Musik ihrer Seele hingab, verspürte sie keinen körperlichen Schmerz. Adele war verwundert, dass ihre Hände überhaupt nicht schmerzten. Nein, sie waren nicht so hinderlich, wie sie gedacht hatte. Sie bewegten sich mit Geschick zu jeder Note, die sie zu spielen hatten. Sie flogen hin und her, tanzten geradezu über die Saiten und waren eins mit der Dynamik der Musik und den eindringlichen Klängen jeder Melodie.

Es war ein wunderbares Gefühl, ihre Angst zu überwinden, zu spielen, ohne dass die Ungewissheit der Zukunft wie ein drohender Tyrann alles überschattete. Adele fühlte sich auf dieser Bühne beschwingt und lebendig, wie sie es nie erwartet hatte.

Sie ließ den letzten Ton ausklingen und senkte Geige und Bogen. Zusammen mit dem Rest des Orchesters nahm sie den donnernden Applaus entgegen, während von ihren Händen Blut auf ihr Kleid zu tropfen begann.

NEUN

Gegenwart
Kalifornien

Das Telefon klingelte, als Sera ihr Zimmer im *Ivy Ridge Bed and Breakfast* betrat. Sie ließ ihre Taschen auf den Boden fallen und warf sich auf das Bett, um den Anruf entgegenzunehmen, wobei sie sich die Hand am Nachttisch anschlug.

„Au!" Sie klemmte sich den Hörer zwischen Ohr und Schulter und rieb sich die schmerzenden Finger. „Warte mal kurz." Beinahe hätte sie den Hörer fallen lassen bei dem Versuch, ihn neu zu positionieren. „Penny, ich bin so froh, dass du anrufst", sagte sie, in der Annahme, dass niemand anderes sie hier anrufen würde. „Ich bin gerade erst ins Zimmer gekommen und habe mir auch noch die Hand am Nachttisch angeschlagen. Und mein Treffen mit William Hanover war katastrophal. Du wirst es nicht glauben, dieser Mann denkt tatsächlich, ich sei hinter seinem Geld her." Sie schüttelte ungläubig den Kopf und stieß einen müden Seufzer aus.

„Wer ist Penny?"

Sera zuckte erschrocken zusammen, als sie eine männliche Stimme am anderen Ende der Leitung hörte.

„Meine Assistentin", gab sie automatisch zurück, während ihr Bauchgefühl ihr sagte, sie sollte lieber „Falsch verbunden" rufen und schnell auflegen. Oder ihre Lippen versiegeln. So oder so fürchtete sie sich vor der Bestätigung, wer am anderen Ende der Leitung war. „Oh, Entschuldigung. Wer ist da?"

„Sie werden enttäuscht sein, es zu erfahren. Hier ist William."

Sie schloss die Augen und ließ den Kopf auf die Brust sinken. Konnte es noch schlimmer werden? Er würde ihr niemals helfen, das Gemälde zu finden, wenn er sich von ihr beleidigt fühlte.

Sofort begann sie mit einer holprigen Entschuldigung. „Mr Hanover, ich … ich versichere Ihnen, dass ich diese Bemerkung nicht so gemeint habe – ich meine nur, dass … ich habe nicht … das heißt, dass ich erwartet habe, dass jemand anderes in der Leitung ist und …"

„Machen Sie sich keine Gedanken!"

Lachte er etwa? Es hörte sich fast so an. Seine Stimme war viel heller als vorhin in seinem Büro.

„Störe ich?"

„Nein. Ich bin nur gerade erst ins Zimmer gekommen."

„Nun, ich möchte Ihre Zeit nicht länger in Anspruch nehmen als nötig. Deshalb komme ich gleich zur Sache. Ich hoffe, dass wir eine Vereinbarung treffen können."

Sera justierte den Hörer in ihrer Hand. Seine Worte hatten sie hellhörig gemacht. „Ich bin ganz Ohr."

„Wir wollen beide das Original des Bildes finden."

„So ist es."

Das war die Wahrheit. Wenn sie mit ihm zusammenarbeitete, dann würde sie das womöglich ihrem Herzenswunsch näher bringen: das Original des Bildes zu finden. Sie mochten unterschiedliche Motive haben, aber sie hatten beide dasselbe Ziel.

„Und wir wissen beide, dass diese Suche bei meinem Großvater beginnen muss."

Auch darin musste Sera ihm recht geben, auch wenn sie das lieber nicht getan hätte. „Deswegen bin ich den weiten Weg hierhergekommen."

„Genau. Ich habe eine Verbindung zu diesem Gemälde, und Sie haben die erforderlichen Kunstkenntnisse, um es zu finden. Jeder von uns hat etwas, was der andere braucht."

„Was ist das für eine Vereinbarung, von der Sie eben sprachen?"

„Wir arbeiten zusammen. Ich stelle Sie ein, und Sie sagen mir, was Sie bereits wissen."

„Besser, man hat seine Feinde im Blick, was?"

„Nicht ganz." Er sagte es leichthin und freundlich, und Sera glaubte die Andeutung eines Lächelns in seiner Stimme wahrzunehmen. „Ich rufe an, um Sie zum Essen einzuladen."

„Zum Essen?"

„Ist das eine Frage?"

„Nein", sagte Sera völlig verblüfft und sank auf die Bettkante. „Ich hatte nur nicht erwartet …"

„Dass ich höflich sein könnte, wenn es um das Familienerbe geht?"

„So würde ich es nicht ausdrücken."

„Ich werde mal nicht erwähnen, dass ich weiß, dass Sie lügen. Jedenfalls dachte ich, wir könnten uns beim Essen unterhalten. Und wenn Sie dann immer noch Interesse haben, können wir uns gegenseitig helfen."

„Heute Abend?" Sie musste morgen früh ein Flugzeug erwischen, also müsste es, wenn überhaupt, an diesem Abend sein.

„Ja, wann immer es bei Ihnen passt."

„Leger oder schick?" Sera konnte nicht glauben, dass sie gerade seine Einladung annahm. Ein Abendessen mit dem Patriarchen des Hanover-Clans konnte einen schon unter Druck setzen. Und sie hatte nur ein einziges Outfit, das für ein formelles Dinner geeignet war – ein kleines Schwarzes und cremefarbene High Heels. Sie hoffte, das würde reichen.

„Das überlasse ich Ihnen. Alles, worin Sie sich wohlfühlen."

Was konnte es schaden, mit ihm essen zu gehen? Sera zuckte mit den Schultern. Essen musste sie sowieso. Aber mit einem gut aussehenden

Mann, während im Hintergrund die kalifornische Sonne unterging? Ein Lächeln umspielte ihre Lippen, als sie daran dachte, was Penny ihr wohl raten würde. Ja, ihre Freundin wäre definitiv begeistert, wenn sie wüsste, dass ein Mann Sera zum Essen einlud – selbst wenn es rein platonischer Natur war. Sie würde keine Sekunde zögern und „Sag schon Ja!“ rufen.

„Miss James?“

„Ja, ich bin noch da“, sagte sie und schreckte aus ihren Gedanken auf.

„Also, was sagen Sie? Soll ich Sie um sieben abholen?“

Unwillkürlich musste Sera lächeln. „Um sieben. Gern.“

„Gut. Bis dann“, sagte er und klang irgendwie selbstsicherer. „Und, Miss James? Sie sollten Ihre Hand kühlen.“

Williams Wagen fuhr Punkt sieben Uhr vor dem *Ivy Ridge* vor.

Sera sah aus dem Fenster ihres Zimmers im zweiten Stock und geriet sofort in Panik, als sie ihn in kakifarbenen Shorts und T-Shirt aus dem Jeep steigen sah.

William hatte gesagt, sie solle etwas wählen, worin sie sich wohlfühlte, was ihrer Meinung nach angemessen war. Aber Sera hatte es so verstanden, dass sie etwas für ein Geschäftsessen brauchte, das dem hanoverschen Lebensstil entsprach, den sie am Vormittag erlebt hatte. Wo also war sein Anzug? War dies nicht eine geschäftliche Verabredung? Sie zog sich immer elegant an, wenn sie Kunden traf.

Sera warf einen Blick in den Spiegel. Ihr Spiegelbild sagte Cocktailparty, nicht zwangloses Freizeitvergnügen. Aber an dem schwarzen Kleid konnte sie jetzt nichts mehr ändern – abgesehen davon war es das einzige Kleidungsstück, das sie dabeihatte, worin sie in einem Jeep mit offenem Verdeck nicht schmoren würde. Aber was den Rest anging, musste sie dringend etwas unternehmen.

Ihr blieben etwa dreißig Sekunden, um ihr Aussehen in Ordnung zu bringen. Also zog sie hastig die Haarnadeln aus dem eleganten Dutt in ihrem Nacken, schüttelte den Kopf vornüber und fuhr sich mit den Händen durchs Haar. Dann richtete sie sich wieder auf und ließ die Wellen locker über ihre Schultern fallen.

Sie drehte sich um und betrachtete sich erneut im Spiegel.

Hm. Nicht genug.

Sie nahm die ausgefallenen langen Ohrringe und den goldenen Armreif ab und legte beides auf den Nachttisch. Stattdessen entschied sie sich für ein Paar schlichte Gold-Ohrstecker und tauschte die hochhackigen Schuhe gegen rote Ballerinas aus. Ein letzter Blick in den Spiegel zeigte ihr, dass ihr Outfit so lässig wie in dieser Situation irgend möglich war.

Rasch schnappte sie sich ihre Handtasche vom Bett.

„Nun, Mr Hanover", murmelte sie vor sich hin und ging zur Tür. „Dann wollen wir mal."

Sera war nicht darauf vorbereitet, wo sie den Abend verbringen würde.

Ganz und gar nicht vorbereitet.

William fuhr mit seinem Jeep direkt an den Strand und parkte den Wagen nicht weit von einer Gruppe von Leuten, die sich um ein großes Lagerfeuer herum verteilten. Manche hatten sich mit ihren Tellern voller Speisen und Sektgläsern ungezwungen auf Decken im Sand niedergelassen, andere saßen auf Stühlen an Tischen, die extra dafür aufgestellt worden waren.

Sera bekam eine Gänsehaut und rieb sich über die Arme. Ob die Ursache dafür Unsicherheit war oder die kühle Brise, die vom Wasser herüberwehte, spielte keine Rolle. Es änderte nichts an der Tatsache, dass er sie zu einer Strandparty mitgenommen hatte und dass sie, die hier keine Menschenseele kannte und als Einzige ein schwarzes Cocktailkleid trug, sich wie die Außenseiterin des Abends fühlte.

William sah kurz zu ihr herüber, sagte aber nichts. Hätte sie seine Gedanken erraten müssen, würde sie vermuten, dass er sich fragte, wie in aller Welt jemand ein Cocktailkleid am Strand tragen konnte. Sicher fand er, dass sie lächerlich aussah. Die Vorstellung ärgerte sie, sodass sie ihre Gedanken laut aussprach: „Zu meiner Verteidigung: Sie haben nicht gesagt, dass wir zu einer Strandparty gehen, um über Geschäftliches zu reden."

Seine Mundwinkel verzogen sich zu einem etwas eigenwilligen Grinsen, dann griff er auf den Rücksitz, zog eine kakifarbene Jacke hervor und legte sie ihr auf den Schoß. „Sie ist Ihnen vielleicht ein bisschen zu groß, aber sie wird Sie schön warm halten", sagte er und sprang aus dem Jeep.

Sera sah auf das Kleidungsstück hinunter und war verlegen. Und das war nicht das erste Mal, nachdem sie in seiner Gegenwart den Mund aufgemacht hatte. Sie streifte sich die Jacke über, während er an die Beifahrertür trat, um diese für sie zu öffnen.

Wieder eine unerwartete Tugend – er ist also doch ein Gentleman, dachte sie und stieg aus. Nun stand sie direkt vor ihm und bemerkte, um wie viel er sie überragte. Und in ihrem kleinen Schwarzen und der Jacke, die fast bis zum Saum des Kleides hinunterreichte, musste sie wirken wie ein unsicheres kleines Mädchen am ersten Schultag.

„Und nur fürs Protokoll …", sagte er leise und beugte sich vor, um die Autotür hinter ihr zu schließen. Dann betrachtete er für ein paar Sekunden die Konturen ihres Gesichts, bevor er fortfuhr: „Ich hätte gesagt, Sie sehen hübsch aus, wenn Sie mir die Gelegenheit dazu gegeben hätten."

Sera schluckte schwer und war bemüht, sich nicht von der Offenheit seines Blicks einwickeln zu lassen. Er lächelte und deutete mit dem Kinn in Richtung der Gruppe am Strand. Die Gäste dort hatten sich verstreut. Einige saßen plaudernd und lachend auf großen Decken, während andere in Richtung Büfett schlenderten und ein paar Jungs Fußball spielten. Der Horizont erstrahlte in sanften Blau- und Goldtönen und bildete die perfekte Kulisse für eine Strandparty.

„Kommen Sie." Er gab ihr ein Zeichen, ihm zu folgen, und stapfte in seinen Flip-Flops durch den Sand. „Macie wird Sie begrüßen wollen."

Sera holte ihn ein und zupfte ihn am Ärmel, um seine Aufmerksamkeit einzufordern. „Moment mal, Sie haben mich zu einem Familienessen mitgenommen?"

Er sah sie mit erstauntem Blick an. „Ist das ein Problem? Sie kennen sie ja schon, also dachte ich …", er zuckte lässig mit den Schultern, „… es würde Ihnen nichts ausmachen."

Ein Abendessen mit der Familie, kurz vor einer Hochzeit – die Erkenntnis traf Sera wie der Blitz. „Haben Sie mich etwa zum Hochzeitsprobeessen Ihrer Schwester eingeladen?" Sie blieb wie erstarrt stehen und bohrte die Füße in den Sand. Der Mann konnte doch nicht so ahnungslos sein, was solche Dinge anging. „Nein. Da möchte ich mich nicht aufdrängen. Auf keinen Fall."

Er warf einen Blick in die Runde und drehte sich dann wieder zu ihr. „Es ist in Ordnung, Sera. Alle wissen, dass Sie mit mir hier sind. Ich dachte, unter diesen Umständen wäre es in Ordnung."

„Unter den gegebenen Umständen denkt Ihre Familie wahrscheinlich, dass ich sie um ihr Erbe bringen will."

„Ich dachte, Sie hätten gesagt, das wollen Sie nicht?"

„Will ich auch nicht!", schoss sie zurück.

„Gut. Dann gibt es auch kein Problem", sagte er, ergriff ihre Hand und zog sie mit sich in Richtung der Gruppe, die um das Feuer herumstand.

Sie befreite sich aus seinem Griff, blieb stehen und stemmte die Füße in den Sand wie eine Statue. „Ob es Ihnen gefällt oder nicht, ich bin der Feind. Ich bin auf der Suche nach dem Bild, das ihr Leben ruinieren könnte."

„Sie sind nicht der Feind, wenn wir Sie einstellen."

Sera schüttelte den Kopf. „Aber ich dachte, alle würden mich hassen ..." Das war schlimmer, als sie gedacht hatte. Ein Probeessen mit den Leuten, die davon ausgingen, sie sei hier, um ihre Bankkonten zu plündern? Sie würden sie auf keinen Fall akzeptieren.

„Niemand hasst Sie."

„Nein?"

„Nein", bestätigte er und schüttelte den Kopf.

Sie schob das Kinn vor. „Aber Sie schon."

William begann zu schmunzeln. Doch dieses Mal verriet das herzerfrischende Lächeln, dass er sich über ihre Bemerkung aufrichtig amüsierte und nicht nur versuchte, höflich zu sein.

„Das habe ich nie gesagt", seufzte er. „Paul hat es vielleicht gesagt, und ich werde das später mit ihm klären. Aber ich habe es nie gesagt." Er hielt inne und trat etwas unbehaglich auf der Stelle. „Hören Sie, ich muss mich bei Ihnen entschuldigen."

Musste er das?

„Tatsächlich?"

„Ja. Nachdem Sie gegangen waren, ist mir klar geworden, dass Sie nicht schuld sind an der Situation. Sie sind jetzt zwar in gewisser Hinsicht mit hineinverwickelt, aber Sie konnten ja nicht wissen, in was Sie hineingeraten. Und ich war ..." Er sah aus, als wäre er irgendwie mit Entschuldigungen vertraut. Wahrscheinlich gehörte er zu der Sorte, die erst schießt und sich dann dafür entschuldigt. „Ich war unhöflich, und ich möchte mich entschuldigen. Als Ihr potenzieller Arbeitgeber möchte ich Sie bitten, den ersten Eindruck zu vergessen."

Sie beäugte ihn in dem Versuch, ihn einzuschätzen. Irgendetwas sagte ihr, dass sie bei ihm vorsichtig sein sollte, obwohl er eigentlich den Eindruck machte, ehrlich zu sein.

Offensichtlich hatte er das schwache Lächeln gesehen, mit dem sie ihm zustimmte, denn er nickte und reichte ihr den Arm, um sie zu den anderen zu führen.

Macie entdeckte sie als Erste. Mit einem Schwung jugendlicher Energie sprang sie von ihrer Decke auf und lief ihnen entgegen.

Und damit war Sera in die Gesellschaft aufgenommen.

Macie nahm sie bei der Hand und stellte sie ihrem Verlobten Eric vor, dann den Trauzeugen und Brautjungfern und schließlich der großen Gruppe von Gästen, die um das Feuer versammelt war. Überraschenderweise stellte Sera fest, dass sie sich nicht ganz so fremd fühlte, wie sie erwartet hatte. Die Menschen lächelten sie freundlich an, unterhielten sich mit ihr, stellten Fragen über ihr Leben in New York. Was hatte sie dort hingebracht? Und wie lange hatte sie vor, in Kalifornien zu bleiben? Und was machte sie hier mit diesem Kerl? (Letztere Frage kam natürlich von Paul, während er auf seinen älteren Bruder zeigte, der bei diesen Worten erstarrte.) Bei einem Teller Krabbenküchlein mit gebratenen Muscheln erlebte Sera etwas, was sie in diesem Kontext nie erwartet hätte: Diese Familie, die Gefahr lief, alles zu verlieren, nahm sie in ihren Kreis auf, ohne Fragen zu stellen.

Sera war sich nicht sicher, wie sie mit dieser Art von Akzeptanz umgehen sollte, denn so etwas war sie nicht gewohnt. Doch nach mehr als einer Stunde angeregter Unterhaltung, einem Toast auf das Brautpaar und Live-Gitarrenmusik von Paul fühlte sie sich völlig entspannt. Entspannt und dankbar.

Eine flüchtige Erinnerung flüsterte ihr etwas ins Herz und erinnerte sie an den Gott, an den sie sich so lange nicht mehr gewandt hatte. Sie hatte ihm ein Dankeschön zugeflüstert, als das Bild in ihrer Galerie aufgetaucht war. Aber die Erkenntnis dieses Augenblicks, dass sie sich eigentlich wünschte, wieder in engerem Kontakt mit Gott zu sein – das überraschte sie selbst.

Danke.

„Möchten Sie noch etwas?" William kam zu ihr und hielt ihr einen Teller mit gebratenen Meeresfrüchten hin.

Sera schüttelte den Kopf. „Nein, danke. Es war wunderbar, aber ich habe schon viel zu viel gegessen."

Er setzte sich neben sie und stellte den Teller auf der karierten Wolldecke zu ihren Füßen ab. „Ich habe versucht, meiner Mutter klarzumachen, dass sie zu viel bestellt. Aber Sie können sich vielleicht vorstellen, dass die Mutter der Braut sich so etwas nicht so leicht sagen lässt. Sie bestand darauf, dass wir schließlich eine hungrige Hochzeitsgesellschaft zu verpflegen hätten, und hat alle Meeresfrüchte von hier bis Seattle aufgekauft." Er lachte und fuhr sich mit der Hand durchs Haar.

Sera bemerkte die Geste. Diese hatte etwas Entlarvendes, denn sie ließ so etwas wie Verwundbarkeit erkennen – eine überraschende Eigenschaft für den Ältesten des Hanover-Clans, der fast einen patriarchalischen Status hatte. Der Gedanke weckte in ihr die Frage, warum der Vater der Braut beim Probeessen nicht anwesend war.

„Ich habe gehört, dass Sie einspringen, um die Braut zum Altar zu führen." Ihre Stimme war kaum laut genug, um gegen das Rauschen der Wellen anzukommen. „Das ist ziemlich ehrenwert, wenn Sie mich fragen."

„Ach das." Es schien ihm peinlich zu sein, denn er schüttelte den Kopf und lachte leise. „Macie hat es Ihnen erzählt, hm? Das hätte sie nicht tun sollen."

Sera lächelte unwillkürlich. „Ich glaube, sie wollte mich davon überzeugen, dass Sie mehr sind als die grimmige Gallionsfigur der Familie Hanover. Und dann hat sie mir noch gesagt, ich solle Ihnen nicht nachgeben, was das Bild angeht."

„Sie hält mich also für einen Tyrannen." Er lachte und hielt sein Glas Eistee hoch, wie um einen Toast auszubringen. „Schön zu wissen, dass jemand auf meiner Seite ist."

„Ich glaube, sie hat einfach gehofft, dass ich Ihnen diesen Vormittag nicht übel nehme. Ich wusste wirklich nichts von dem Testament."

„Ich weiß", bestätigte William und ließ seinen Blick, den er eine Zeit lang auf den Horizont gerichtet hatte, zurück zu ihr wandern. „Und entgegen dem, was meine Geschwister sagen, kenne ich durchaus nicht nur Arbeit. Macie meint es gut mit mir. Aber sie ist jung", sagte er und sah zu dem Brautpaar hinüber, das etwas entfernt von ihnen auf einer Decke saß. Auch Sera betrachtete die beiden im flackernden Licht des Feuers, das ihre strahlenden Gesichter am Vorabend ihres großen Tages erhellte. „Sie hat keine Ahnung von der wirklichen Welt. Wir haben alles getan, um sie möglichst abzuschirmen. Im letzten Jahr hat sie eine Menge durchgemacht. Eric scheint sie glücklich zu machen, und ich bin froh, dass jemand für sie da ist."

„Sie hat viel durchgemacht?"

„Nun, das letzte Jahr war sehr herausfordernd. Zum Glück ist sie nicht allein."

„Ja", sagte Sera und beobachtete, wie Macie sich eine Haarsträhne hinters Ohr steckte und laut über etwas lachte, was ihr Verlobter gesagt hatte. Sie war jung. Bezaubernd. Und charmant auf eine Weise, wie es nur eine Braut sein kann. Dann legte Eric Macie den Arm um die Schultern und gab ihr einen Kuss auf die Schläfe. „Das ist wirklich ein Segen. Und sie scheint ihn auch glücklich zu machen", bemerkte sie, während sie sich im Anblick der glücklichen Szene verlor.

William nickte zustimmend. „Ja, das denke ich auch."

Plötzlich wurde Sera von der Erinnerung überwältigt, dass sie selbst einmal eine junge Braut gewesen war, und wandte sich ab. Der Gedanke drängte sich auf, aber sie wollte ihm keinen Raum geben. Damals hatte sie Gott gebeten, die Verletzung zu heilen. Und in der Zwischenzeit war sie es leid geworden, sich über sehr viel mehr Gedanken zu machen als über ihre Arbeit, die sie sich mit der Galerie aufgebaut hatte.

Beschäftigt zu sein, betäubte den Schmerz. Sie hatte vergessen, dass sie jemals verliebt gewesen war, dass sie selbst einmal eine Braut gewesen war … all das hatte sie tief in sich begraben, nachdem ihr Verlobter die Zeremonie am Tag ihrer Hochzeit abgesagt hatte. Außerdem wollte sie nicht mehr zurückblicken.

„Mein Vater hat uns vor etwa einem Jahr verlassen."

Williams Worte rissen Sera aus ihrer Erinnerung. Blinzelnd sah sie auf, während er in den flackernden Schein des Feuers starrte.

Hatte sie ihn richtig verstanden? „Verlassen?“

Seine Gesichtszüge verhärteten sich, als er bestätigend nickte. „Kurz vor Macies zwanzigstem Geburtstag. Er verließ unsere Mutter, das Unternehmen – einfach alles. Nach fast fünfunddreißig Jahren Ehe. Eines Tages beschloss er, dass er das alles nicht mehr wollte. Er hatte erwartet, dass er eine große Summe Geld erhalten würde, als Großvater starb, aber das war nicht der Fall. Mein Großvater war ein guter Mann, daran gibt es keinen Zweifel. Aber das Verhältnis zwischen ihm und den Männern der Familie war oft angespannt.“

„Warum?“

„Dafür gibt es eine Reihe von Gründen.“ William schüttelte den Kopf und schien nicht bereit zu sein, näher darauf einzugehen.

„Wo lebt Ihr Vater jetzt?“

Er zuckte mit den Schultern und warf ein Stück Treibholz, das er vor seinen Füßen gefunden hatte, in den Sand. „Das weiß ich nicht genau. Das Letzte, was wir gehört haben, ist, dass er wieder nach London gezogen sei. Mein Großvater stammte aus Großbritannien, und daher verbrachte mein Vater einen Teil seiner Kindheit dort. Ich schätze, er wollte an einen Ort zurückkehren, an den er gute Erinnerungen hat.“

„Aber er wird doch kommen, oder? Zur Hochzeit, meine ich …“

„Ich denke, nicht. Aber er weiß davon.“

Sera war entsetzt, dass der Mann seine Frau und seine Kinder verlassen hatte. Die arme Macie. Ihr eigener Vater ließ sie an dem Tag im Stich, der eigentlich der wichtigste Tag ihres Lebens sein sollte. Und wofür? Um frei zu sein von Verantwortung? Sie konnte sich nicht vorstellen, warum der Senior der Hanovers eine solche Entscheidung für sein Leben getroffen hatte, aber es erschien ihr irgendwie sinnlos und einfach nicht richtig.

Und sie sah ja, wie sehr die Familie darunter litt.

„Es tut mir sehr leid.“

„Meine Mutter versucht, sich beschäftigt zu halten.“ Williams Blick wanderte zu der Frau mit dem rotbraunen Haar und dem einladenden Lächeln, die auf der anderen Seite des Feuers saß. „Die Hochzeit tut ihr gut. Sie wissen schon. Sie lenkt sie ab. Und Paul – der fällt immer auf die Füße, würde ich sagen. Um ihn muss ich mir nie Sorgen machen. Er ist tiefenentspannt und kann auch der schlimmsten Situation noch etwas Gutes abgewinnen.“

Seras Blick wanderte zu Paul, der in einiger Entfernung die Gäste unterhielt, dann blickte sie wieder zur Braut und spürte, wie eine Welle von Mitgefühl über sie hereinbrach. Sie verstand, was es bedeutete, von jemandem verlassen zu werden, von dem man gedacht hatte, man würde den Rest seines Lebens mit ihm verbringen. Sera kannte das Gefühl der Verlassenheit, das Macie und der Rest der Familie erlebt haben mussten. Und dieser neue Blickwinkel auf die Familie Hanover veränderte etwas in ihrem Denken.

„Es geht also nicht nur um das Geld.“ Sie flüsterte die Worte fast.

„Nein“, antwortete William prompt und stand auf. „Es ist meine Aufgabe, diese Familie zusammenzuhalten, und wenn wir alles verlieren, was uns geblieben ist, wäre das ein Unglück zu viel, fürchte ich. Ich kann nicht zulassen, dass das geschieht.“

Er reichte ihr die Hand, um ihr aufzuhelfen. Sera nahm sie und war dankbar für den kleinen Einblick in sein Privatleben. Er kam ihr jetzt irgendwie vertrauter vor und nicht so streng und distanziert, wie sie zuerst gedacht hatte.

„Wollen wir einen kleinen Spaziergang machen?“ Er wies mit dem Kopf Richtung Strand. „Das Geschäftliche besprechen?“

Sera nickte und war froh, ihre Gedanken mit etwas anderem beschäftigen zu können.

Sie ging neben ihm her, sagte nichts und spürte bei jedem Atemzug, wie die salzige Luft ihre Lungen füllte. Es war ein angenehmer, beruhigender Spaziergang, unbeschwert und frei von gewichtigen Themen – und auf eine Art erfrischend, die sie nicht erklären konnte. Und es fühlte sich nicht mehr so an, als trennten sie Welten von William. Während des kurzen gemeinsamen Spaziergangs durch den Sand hatte William Hanover sich von einem Feind in jemanden verwandelt, der vielleicht ein Freund werden konnte.

„Es tut mir leid. Ich hatte keine Ahnung, was Ihre Familie durchmachen musste."

„Wie könnten Sie auch?" Er warf einen Stein ins Wasser, den er irgendwo unbemerkt aufgelesen hatte und der nun durch die schwarze Nacht schwirrte und dann in die aufgewühlte Dunkelheit des Meeres fiel.

Konzentrier dich auf das Wesentliche, Sera. Du reist morgen ab. Erlaube dir nicht, mit diesem Mann zu vertraut zu werden.

„Also, Ihr Großvater – wie lange hatte er das Gemälde, das Sie mir geschickt haben?"

„So lange ich denken kann. Es hat immer in seinem Büro gehangen. Aber ich wusste nicht, dass es eine Kopie eines Originalgemäldes ist. Das ist eine neue Information."

„Hat er Ihnen etwas darüber erzählt, wie er es erworben hat?"

„Er hatte es all die Jahre. Ich habe einfach angenommen, dass es ihm eben gefiel", sagte er und schüttelte den Kopf. „Ich habe nicht einmal daran gedacht, ihn zu fragen." Die letzten Worte sagte er sehr leise, fast so, als spräche er sie mit Bedauern aus.

Sera betrachtete ihn, wie er auf das Wasser hinausstarrte. Dann fragte sie: „Also, gibt es irgendetwas, was Sie über das Gemälde wissen möchten? Sie haben mich den weiten Weg hierhergeholt. Sie sollten das vielleicht nutzen, um ein paar Informationen von mir zu erhalten."

Er schwieg eine Weile, dann sagte er: „Das Mädchen … Wissen Sie, wer sie ist?"

Sera schlang sich die Arme um die Taille, als eine frische Meeresbrise aufkam, und drehte das Gesicht in den Wind, sodass ihr Haar über die Schultern geweht wurde. „Ja. Ihr Name ist Adele von Bron. Sie war Österreicherin, und vor dem Krieg war sie Konzertgeigerin in Wien."

„Vor dem Krieg? Und was geschah danach?"

„Sie meinen ihren rasierten Kopf und die Tätowierung?"

„Nein. Das kann ich mir denken", antwortete er und steckte die Hände in die Taschen. „Ich habe mich gefragt, ob Sie irgendwelche Informationen darüber haben, was mit ihr im Konzentrationslager geschehen ist. Ich habe meinen Großvater vielleicht nie nach dem Bild gefragt", sagte er und atmete tief aus, „aber das heißt nicht, dass ich es nicht genau betrachtet habe."

„Darüber weiß ich nichts, aber ich denke, das sollten wir vielleicht als Nächstes versuchen herauszufinden."

Er drehte sich zu ihr um, und mit einer fast jungenhaften Neugier im Gesicht blickte er sie an. „Okay. Fangen wir dort an. Denken Sie, wir können sie ausfindig machen? Sie könnte doch noch am Leben sein, oder? Das ist zumindest nicht völlig ausgeschlossen. Wir sollten also versuchen, sie zu kontaktieren, und herausfinden, ob sie möglicherweise meinen Großvater kannte."

Sera schüttelte den Kopf. „Das können wir leider nicht."

„Warum nicht?"

Betroffen antwortete sie: „Weil wir glauben, dass sie 1944 in Auschwitz umgekommen ist."

ZEHN

4. Dezember 1942
Wien

Adele saß im Arbeitszimmer ihres Vaters, die verbundenen Hände ruhten in ihrem Schoß.

Es war still im Raum. Und gespenstisch dunkel. Viel dunkler, als sie es erwartet hatte, selbst in Anbetracht der Situation, in der sie sich befand.

Sie warf einen Blick auf den riesigen Kamin aus Marmor mit dem geschnitzten Holzaufsatz. Die tanzenden Flammen darin waren ihr immer so warm und einladend erschienen, wenn sie sich als junges Mädchen auf das Sofa in dem opulenten Raum gekuschelt hatte, um zu lesen. Aber jetzt? Das Schnitzwerk des Kamins erschien ihr plötzlich wie ein verschlungenes Geflecht aus Wasserspeiern, die sie mit bedrohlicher Überlegenheit verhöhnten; und darunter loderte ein Feuer, das den ganzen Raum zu verschlingen drohte. Plötzlich spürte sie das Böse um sich herum. Es war, als hätte sich das gewohnte und vertraute Zuhause in eine unmittelbar drohende Gefahr verwandelt.

Die Tür öffnete sich knarrend. Adele hörte schwere energische Schritte, dann schlug die Tür wieder zu. Bei dem Geräusch zuckte sie zusammen.

Der strenge und abgebrühte Friedrich von Bron ging an ihr vorbei und knallte seine Uniformmütze und die Handschuhe auf den

Schreibtisch. Ohne aufzublicken, begann er zu sprechen. „Ich frage dich nur ein einziges Mal, Adele, und du wirst mir die Wahrheit sagen."

Sie saß da und konnte vor Entsetzen kein Wort herausbringen. Doch eines stand ihr klar vor Augen: In dem Moment, als ihre Hände angefangen hatten zu bluten, war sie in den Fokus der Ermittlungen geraten. Sie hatte es vor dem Konzert nicht mitbekommen, aber die Behörden hatten erfahren, dass jemand – wer auch immer den Auerbachs geholfen hatte – in der Eile gestürzt war. Die Blutspuren auf den Glasscherben am Tatort hatten verraten, dass der Gesuchte ähnliche Verletzungen haben musste wie sie. Und dennoch waren die SS-Männer im Konzertsaal genauso geschockt wie alle anderen. Niemand wäre auf die Idee gekommen, die Tochter des Generals mit dem Vorkommnis in Verbindung zu bringen.

Selbstverständlich wollte man keine Szene auf der Bühne vor der versammelten Prominenz Österreichs. Daher wurde Adele in die Garderobe gebracht, wo man ihr befahl, ein einfaches marineblaues Kleid anzuziehen, das man dort im Schrank gefunden hatte. Adele stand mit zitternden Händen in dem schwach beleuchteten Raum, befreite sich aus ihrem blutbefleckten Kleid und streifte sich das Tageskleid über. Sie war überrascht, dass der Schmerz nicht schlimmer war. Nein, ihre Hände zitterten jetzt vor Angst. Sie wusste es. Sie konnte spüren, wie sich ihr Puls beschleunigte, während ihre Finger mit den Knöpfen des Kleides kämpften.

Oh nein … was habe ich nur getan?

Ihr blieb nichts anderes übrig, als sich umzuziehen und zu warten. An der Tür waren Wachen postiert, sodass es keine Möglichkeit gab, auf diesem Weg zu entkommen. Sie überprüfte die beiden Fenster im Garderobenraum, sah aber auch hier keine Chance zu fliehen – sie waren fest verriegelt.

Adele fragte sich, was aus ihr werden würde. Würden die Soldaten kommen und sie mitnehmen? Womöglich mit gezogenen Waffen, wie sie es am Abend zuvor gesehen hatte?

Sie ging im Raum auf und ab und fühlte sich wie ein gefangenes Tier, das auf die Rückkehr des Jägers wartet.

Daher war es eine Überraschung für sie, dass es ihr Vater war, der sie mehr als eine Stunde später abholte. Ohne ein Wort zu sagen, ging er mit steinerner Miene neben ihr her, während er sie durch die hinteren Gänge der Konzerthalle führte und dann in das wartende Auto zerrte. Anschließend fuhren sie durch den Schnee, der noch vor Kurzem im Garten mit Wladimir so romantisch gewirkt hatte – jetzt hatte er sich in einen elenden Eisregen verwandelt und prasselte von allen Seiten gegen die Autoscheiben.

Schließlich war sie wieder im Gefängnis ihres Zuhauses angekommen, in das Arbeitszimmer ihres Vaters gezerrt worden und hatte dann in den folgenden Stunden niemanden gesehen außer dem Hausarzt. Der Mann hatte sich um ihre Verletzungen gekümmert, ohne ein Wort zu sprechen, und dann den Raum wieder verlassen. Er hatte eisern in einem beklemmenden Schweigen verharrt; zweifellos, weil es ihm befohlen worden war.

An all das erinnerte sich Adele jetzt, als ihr Vater vor ihr stand, kalt wie immer, und von ihr verlangte, dass sie beantwortete, was immer er sie fragen würde.

„Welche Art von Beziehung besteht zwischen dir und Wladimir Nicolai?“

Adele schluckte schwer.

Ihr Vater wollte nicht von ihr wissen, ob sie in der Nacht zuvor mit einer jüdischen Familie auf der Straße unterwegs gewesen war. Er verlangte nicht zu wissen, ob sie bei dem Arzt, den sie beide kannten, übernachtet hatte. Er schien sich nicht einmal dafür zu interessieren, was passiert war, dass sie sich die Hände verletzt hatte. Nein – es lief alles auf Wladimir hinaus, und das war das Gefährliche! Wenn sie zugeben würde, dass sie mehr als nur eine platonische Beziehung zu ihm hatte, dann würde sie indirekt auch alles andere zugeben. Und wenn sie alles zugab, würde sie den Mann, den sie liebte, mit hineinziehen.

Es fühlte sich an, als ob ihr eigener Vater versuchte, ihr eine Falle zu stellen.

Adele antwortete vorsichtig: „Er ist ein Bekannter aus dem Orchester."

Friedrich von Bron schüttelte den Kopf. „Lüg mich nicht an", sagte er schroff und ohne das geringste bisschen Wärme in der Stimme.

Er wusste es also. Sie vermutete, dass er dann wahrscheinlich auch alles andere wusste. Wozu sollte es dann noch gut sein, die Wahrheit zu verschleiern? Immerhin war er ihr Vater. Er würde nicht zulassen, dass ihr etwas Schlimmes passierte. Vielleicht sollte sie auf diese Weise an ihn appellieren. „Was auch immer sie dir erzählt haben – es gibt eine Erklärung."

„Ich komme aus dem Krieg zurück, und man erzählt mir eine haarsträubende Geschichte über meine einzige Tochter. Sie soll bei einem Verbrechen verletzt worden sein, auf das eine harte Strafe steht. Da ich davon ausgehe, dass das nicht wahr sein kann, möchte ich nun hören, wie du diese Geschichte widerlegst."

„Welche Geschichte, Vater?"

Er atmete scharf ein, seine Haltung war steif wie ein Schürhaken. Er starrte sie an, und sein buschiger Schnurrbart bewegte sich seltsamerweise nicht, als er fragte: „Wo warst du letzte Nacht?"

Adeles Herz begann zu rasen. Zweifel überfielen sie. Am Abend zuvor hatte sie dem Doktor gegenüber noch erwähnt, dass wenn ihr Vater wüsste, was sie getan hatte, er sie eigenhändig anzeigen würde. Jetzt hatte sie Angst, dass es zur grausamen Wahrheit werden könnte.

Sie öffnete den Mund, um etwas zu sagen, wurde aber von einem schrillen Schrei abgelenkt, der irgendwo draußen auf dem Flur ertönte.

Adele richtete den Blick auf die geschlossene Tür, obwohl sie nichts sehen konnte. Das kehlige Kreischen war beängstigend. Die Laute stammten von einer Frauenstimme – war es ihre Mutter? Sie schrie unkontrolliert: „Das kann doch nicht wahr sein!“ Und schlug sie jemanden? Es hörte sich an, als ob jemand versuchte, ein wildes Tier zu bändigen, und nicht wie eine kultivierte Konzertpianistin, die in den gesellschaftlichen Kreisen der Wiener Elite hoch angesehen war.

Während der ganzen Tirade zuckte ihr Vater nicht einmal mit der Wimper. Er stand regungslos da, als draußen Fäuste gegen eine Tür schlugen und irgendetwas zerbrach – vielleicht die Porzellanvase von dem Tisch im Flur? Kurz danach hörte man jemanden die Treppe hinabsteigen, und das animalische Jaulen entfernte sich, bis es nur noch als leise Ahnung eines Wehklagens im unteren Stock verklang.

Lieber Gott … schrie Adeles Herz. *Was geht hier vor?*

Ihr Vater musste den Anflug von Erschütterung in ihrem Gesicht gesehen haben, denn er sprach es direkt an: „Ja. Das war deinetwegen.“

„Aber was …“ Adele konnte es nicht aussprechen. Was hatte das zu bedeuten? Was hatten sie mit ihr vor?

In dem kalten Blick, den ihr Vater ihr jetzt zuwarf, war kein Funke Gefühl vorhanden; nichts mehr von dem Mann, der sie als Kind liebevoll zu Bett gebracht hatte. Nein, er war jetzt der General. Der Mann, den andere fürchteten – und jetzt auch sie.

In seinen nächsten Worten war nichts als Kälte. „Bringt ihn herein.“

Adele wandte sich zur Tür, und im Bruchteil einer Sekunde brach ihre Welt zusammen.

Sie sprang auf, als Wladimir hereingeschleppt wurde, kaum in der Lage zu stehen, weil er so heftig zusammengeschlagen worden war. Seine Hände waren vorn gefesselt, und aus der Lippe tropfte Blut auf seinen weißen Smokingkragen und die Fliege, die von seinem Hals baumelte. Ein Auge war geschwollen, aber immer noch offen, und er blickte sie so intensiv an, wie sie es noch nie an ihm gesehen hatte.

Sie konnten sich nicht berühren, wagten nicht miteinander zu sprechen … Da war er – ihre große Liebe –, zerbrochen und zerschunden. Und alles, was sie tun konnte, war, die erdrückende Entschuldigung in seinem Blick zu akzeptieren.

„Erzähl mir von deiner Beziehung zu diesem Mann."

„Was?"

Wladimir schüttelte den Kopf und sagte ihr wortlos, dass sie besser schweigen solle. Einer der Wachmänner, die ihn festhielten, stieß ihn in die Rippen und bellte einen Befehl, als er merkte, dass Waldimir versuchte, ihr etwas zu signalisieren. Wladimir gab den Versuch auf, aber seine Miene zeigte weiterhin seine stählerne Entschlossenheit.

„Alles, was ich brauche, ist die Bestätigung der Wahrheit, die ich bereits kenne, Adele."

Sie wandte ihre Aufmerksamkeit wieder ihrem Vater zu. „Ich verstehe nicht, was du von mir willst."

„Antworte mir! Warst du gestern Abend mit diesem Mann am Hafen?"

Sie blickte von ihrem Vater zu Wladimir und wieder zurück. Der Instinkt zu fliehen überwältigte sie beinahe. Sollten sie nicht versuchen, zu Wladimirs Bekannten in der Schweiz zu gelangen? Könnten sie fliehen und sich irgendwo in der Stadt verstecken? Vielleicht könnte der befreundete Arzt sie irgendwo unterbringen? Das konnte doch nicht das Ende sein!

Als sie weiterhin nicht antwortete und die einzige Bewegung, die sie spürte, das Zittern ihres Kinns war, zerbrach die Stille. Ohne einen Hauch von Zögern oder Bedauern gab ihr Vater den Befehl: „Erschießt ihn!"

„Was?!", schrie sie, aber die Wachen hatten Wladimir bereits in die Knie gezwungen und einer der Männer zückte seine Pistole.

Instinktiv flehte sie: „Nein, bitte nicht!"

Selbst jetzt noch kämpfte Wladimir darum, sie vor dem Schrecken dessen zu schützen, was passieren könnte, wenn sie noch etwas sagen würde. „Sieh nicht hin, Adele!", rief er, während man ihm den Kopf hochriss und ihm den Pistolenlauf gegen die Schläfe drückte. „Sieh nicht hin!"

„Halt die Klappe!“ Einer der Wachmänner schlug ihm den Kolben der Pistole auf den Kopf. Wladimir fiel auf alle viere nach vorn, seine gefesselten Handgelenke verhinderten, dass sein Körper auf dem Boden zusammensackte.

„Halt!“ Tränen fluteten Adeles Augen. Konnte das wirklich wahr sein? *Oh Herr, was kann ich tun?* „Bitte“, schluchzte sie laut. „Vater?“

Sie blickte zu ihm und hoffte, ja bettelte, dass sie in seinen Augen noch irgendeinen Schimmer von Mitgefühl finden würde. Aber es war vergebens. Ihr Vater sah durch sie hindurch und nickte dem Wachmann mit der Waffe zu.

Im Bruchteil einer Sekunde, in der Adele eine Entscheidung treffen musste, schrie sie die Worte, die sie schon immer sagen wollte, und warf sich vor Wladimir auf den Boden. „Ich liebe dich!“

Ihre Worte durchschnitten die Luft und zogen eine schwer lastende Stille nach sich.

Ihr Vater sah aus, als flösse geschmolzene Lava unter seiner Haut, und die Röte in seinem Gesicht steigerte sich zu einem Ausdruck von unbändiger Wut. Seine Hände ballten sich zu Fäusten, und sein Brustkorb hob und senkte sich mit jedem seiner schweren Atemzüge. Die ebenfalls verblüfften Wachen sahen zwischen ihm und dem auf dem Boden liegenden Körper hin und her und warteten auf ein Zeichen, was sie als Nächstes tun sollten.

Adele sah nur Wladimir, und überwältigt von ihren Gefühlen murmelte sie: „Es tut mir so leid!“ Denn sie wussten beide, was sie gerade getan hatte.

Wladimir hatte versucht, ritterlich zu sein. Wenn sie nichts zugegeben hätte, hätte er die Schuld allein auf sich genommen. Er hätte ihr Geheimnis bis ins Grab bewahrt, um sie zu schützen – dafür liebte sie ihn umso mehr. Und der schwindende Traum von einer gemeinsamen Zukunft wurde umso schmerzhafter, als sie einander gegenüber auf dem Boden knieten und einer im Herzen des anderen las.

Wladimir schüttelte leicht den Kopf, und Tränen glitzerten in seinen Augen.

„Das liegt jetzt nicht mehr in meiner Hand, Adele."

Ihr Vater trat zu den Flügeltüren des Arbeitszimmers und riss diese auf. Sie erschrak, als sie das zweite Stockwerk des großen Hauses voller bewaffneter SS-Wachen vorfand. Wladimir ließ den Kopf hängen, als mehrere Wachen hereinstürmten.

Zwei Männer griffen Adele unter den Armen und zogen sie hoch, ein weiterer fesselte ihre Hände. Ihr Vater sah dem Treiben nur emotionslos zu.

„Du hast es also schon gewusst?" Sie wagte es, ihrem Vater diese Frage zu stellen, denn sie hatte nichts mehr zu verlieren.

Friedrich von Bron nickte ihr lediglich knapp zu, obwohl sie glaubte – oder zumindest hoffte –, einen Hauch von Traurigkeit in seinen Augen zu sehen, als er sie ansah.

„Aber woher?"

Ihr Vater hielt nichts davon, irgendjemandem etwas vorzumachen, auch nicht aus Rücksichtnahme. „Dieters Frau", sagte er. „Diese Närrin. Sie hat euch beide angezeigt, weil sie dachte, das würde den Verdacht von ihnen ablenken. Aber du warst in ihrem Haus und hast sie alle in Gefahr gebracht. Wenn sie hingerichtet werden, klebt ihr Blut an deinen Händen, Adele."

„Aber der Doktor … er ist ein Freund der Familie! Ich kenne ihn schon mein ganzes Leben lang."

„Ein Freund, der ein Verräter an Österreich ist." Ihr Vater hielt inne, aber nur für einen Sekundenbruchteil. „Genau wie du, Adele. Österreich wird dich nach heute Abend aus dem Gedächtnis streichen!" Jetzt schwang Emotion in seiner Stimme mit, und doch war seine Entschlossenheit kalt wie Eis. „Ich hoffe, du begreifst, welches Schicksal du gewählt hast." Und damit verließ er den Raum und ließ sie mit der Furcht einflößenden Gruppe von SS-Leuten zurück.

Und dann nahmen die Dinge ihren Lauf.

Wladimir wurde ebenfalls hochgezerrt, und gemeinsam wurden sie in den Flur und dann die Treppe hinuntergezogen.

„Wohin werden sie uns bringen?" Als Wladimir nicht antwortete, blickte Adele fragend zu den Wachen um sie herum. Doch keiner konnte oder wollte ihr antworten. Man gab ihr keine Gelegenheit, irgendetwas aus ihrem Zimmer zu holen – nicht die Ohrringe ihrer Großmutter, die sie nach dem Konzert abgenommen hatte, nicht ihre Bibel oder das Tagebuch. Sie durfte nichts mitnehmen. Stattdessen warf man ihr achtlos einen Mantel über die Schultern und führte sie in den Eingangsbereich des großen Hauses. Die gläsernen Fronttüren standen bereits offen, und die Kälte der Nacht griff mit eisigen Fingern nach ihr.

„Geben Sie ihr das."

Adele drehte sich um, als sie die Stimme ihrer Mutter hörte.

Sie rang nach Atem, und das Entsetzen in ihrem Herzen wuchs von Augenblick zu Augenblick. Was würden sie mit ihr machen? War dies das letzte Mal, dass sie die Schwelle ihres Elternhauses übertrat? Würde sie die Stimme ihrer Mutter nie wieder hören?

Doch sosehr sich Adele auch nach dem Mitgefühl ihrer Eltern sehnte – der Geigenkasten war alles, was man ihr zugestand. Einer der Wachmänner drückte ihn ihr in die Hand, während sich ihre Mutter mit Tränen in den Augen abwandte und Richtung Wintergarten verschwand. Es war ihre Übungsgeige, und sie war nicht so hochwertig wie die Konzertgeige des Orchesters, die sie dort spielte, aber es war dennoch eine Art tröstender Begleiter.

Adele drückte sich den Geigenkasten an die Brust, als man sie zur Tür hinausführte. Der eisige Schneeregen war unnachgiebig, und sie spürte winzige Hagelkörner auf den Wangen.

Sie drehte sich noch einmal um und sah zu Wladimir. Im selben Moment schaute er zu ihr auf – vielleicht eine Seelenverbundenheit. Adele wusste nicht, was als Nächstes geschehen würde, denn alles hatte sich anders entwickelt, als sie beide gehofft hatten. War er zornig, weil sie sich nicht selbst gerettet hatte? Würde er ihr eine letzte Geste der Zuneigung verweigern, wie es ihre Eltern getan hatten?

Aber Wladimir blickte sie direkt an mit seinen wunderschönen Augen, die jetzt voller herzzerreißender Emotionen waren, und flüsterte: „Ich liebe dich auch", bevor er zu einem Wagen geführt wurde, im Inneren verschwand und von der Dunkelheit der Nacht verschluckt wurde.

ELF

Gegenwart
Kalifornien

Sera saß auf der Veranda und war erleichtert, als sie sah, dass William den Weg zu ihrer Pension heraufkam.

Bis der Jeep in die Einfahrt gefahren war, hatte sie sich Gedanken gemacht, ob er überhaupt kommen würde. Eigentlich war sie sich nicht einmal sicher gewesen, ob sie selbst noch da sein würde. Ungefähr zwei Stunden vor ihrer geplanten Abfahrt zum Flughafen hatte ihr Wecker geklingelt, und anschließend hatte sie im Bett gelegen und darüber gegrübelt, was sie tun sollte.

Die Vorstellung, mit William Hanover zusammenzuarbeiten und auf diese Weise das Geheimnis um das Gemälde zu lüften, war sehr verlockend. Immerhin hatte Sera zwei Jahre lang nach dem Bild gesucht und keine heiße Spur gehabt. Aber wenn sie jetzt blieb, würde sie dann alles aufs Spiel setzen? Der letzte Abend mit ihm hatte sie überrascht. William war kein kalter, berechnender Geschäftsmann. Er hatte eine sensible und warmherzige Seite gezeigt, und das hatte sie ziemlich verunsichert.

Da sie wusste, dass heute die Hochzeit stattfand, hatte sie Zweifel gehabt, ob er kommen würde. Doch er überraschte sie erneut, indem er nun mit einem unbekümmerten Lächeln und zwei Papp-Kaffeebechern die Veranda betrat.

„Guten Morgen", sagte er fröhlich und hielt ihr einen Kaffeebecher hin. „Ich habe mal auf gut Glück einen Latte macchiato für Sie bestellt. Ich hoffe, das war richtig."

Sera stellte fest, dass es ihr inzwischen leichter fiel, in seiner Gegenwart zu lächeln, und auch er kam ihr ein wenig entspannter vor. Sie vermutete, dass es daran lag, dass sie am Abend zuvor Frieden geschlossen hatten. Seine abgewetzte Jeans und das lässige T-Shirt passten zu dem unbekümmerten Lächeln, mit dem er sich auf dem Stuhl neben ihr niederließ.

„Danke." Sie nahm den Becher entgegen und führte das warme Getränk an ihre Lippen. „Ich glaube, ich habe noch nie einen Latte macchiato bekommen, der mir nicht geschmeckt hätte. Ich bin aus New York – wir leben praktisch von Koffein."

„Ich habe mich ja gefragt, ob Sie heute Morgen noch hier sein würden oder vielleicht doch schon im Flieger zurück an die Ostküste sitzen."

„Warum das denn?"

Er zuckte mit den Schultern und nahm einen Schluck von seinem Kaffee. „Gestern Abend schien es, als hätten Sie alles gesagt, was es zu sagen gibt – über das Gemälde, meine ich."

Unwillkürlich lächelte Sera, biss sich aber auf die Unterlippe, um es zu verbergen. „Offen gesagt, das hatte ich auch gedacht."

Er nickte. „Aber Sie sind noch hier."

„Mir wurde angeboten, das Flugticket umzubuchen, also ja. Ich bin noch hier. Aber was ist mit Ihnen? Sind Sie sicher, dass es in Ordnung ist, dass Sie hier sind? Wegen der Hochzeit und so …"

„Es sind noch einige Stunden bis dahin – das geht schon in Ordnung." Er betrachtete die Arbeitsutensilien, die um sie herum verstreut waren: Laptop, Aktenordner, Handy, Notizblock. „Wie ich sehe, sind Sie schon mitten in der Recherche."

„Wir stecken seit mehr als zwei Jahren bis über beide Ohren in der Recherche", sagte Sera und legte einen dicken Ordner vor ihm auf den

Tisch. „Aber wie ich gestern Abend schon sagte, stecken wir jetzt in einer Sackgasse fest."

Er stellte seinen Kaffeebecher auf dem Tisch ab, nahm die Mappe zur Hand und blätterte darin. „Was ist das?"

Sera atmete hörbar aus. „Das ist eine Sammlung aller bekannten Aufzeichnungen über das Mädchen auf dem Bild. Alles, was wir über sie finden konnten, endet im Oktober 1944. In Auschwitz wurde nicht in allen Fällen dokumentiert, wer in die Gaskammern geschickt oder von SS-Wachen willkürlich hingerichtet wurde. Wir wissen also nicht, was mit ihr geschehen ist."

„Orchesterunterlagen ... Fotos ..." Er hielt ein paar Ausdrucke von Schwarz-Weiß-Fotos hoch und drehte die Bilder jeweils von der Horizontalen in die Vertikale, um jedes Bild eingehend zu betrachten.

„Ja, die oberen sind aus ihren Jugendjahren. Das ist alles, was ich finden konnte. Und hinten in der Mappe sind noch ein paar andere." Sera nahm einen Schluck von ihrem Kaffee. „Sie werden gleich sehen, was ich meine!"

Sie saß da und beobachtete ihn. William blätterte den Stapel mit Fotografien durch – seine Miene war undurchdringlich. Er betrachtete jedes einzelne Bild: Fotos von der jungen Adele mit einem strahlenden Lächeln auf den Lippen, das blonde Haar ordentlich frisiert. Aufnahmen von ihr mit ihrer Geige und als Solistin auf der Bühne. Sera hatte sogar ein, zwei Bilder von Adeles Familie und Freunden gefunden, eines von Adele mit einer Gruppe Studentinnen an der Wiener Universität, wo sie studiert hatte, und einen Schnappschuss von ihr in einem Übungsraum der Philharmonie, auf dem sie zu sehen war, wie sie sich im Zauber des Geigenspiels verlor.

Dann richtete sich William abrupt auf. Er hielt ein Foto in der Hand, betrachtete es genauer und hielt es sich dann dicht vor die Augen. „Das ist doch nicht echt ... oder?"

Sera wusste, welches Foto er meinte. Es zeigte eine Aufführung des Mädchenorchesters von Auschwitz, das vor einer Schar SS-Leute spielte. „Doch“, sagte Sera und zeigte auf eine junge Frau am Rand des Fotos. „Das ist sie.“

„Ich –“ William brach ab, schluckte schwer und ließ den Blick in die Ferne schweifen, bevor er die Sprache wiederfand. „Ich wusste nicht, dass es so etwas in den Konzentrationslagern gab.“

„Die meisten Leute wissen das nicht. Ich selbst wusste lange Zeit auch nichts davon“, gestand Sera. „Doch dann habe in einem Kunstgeschichtskurs erfahren, dass es Musiker in den Lagern gab, und sogar Lyriker und Maler, die ihre Arbeiten versteckten. Als die Lager befreit wurden, fanden die Soldaten unzählige Kunstwerke. Gemälde ... Skizzen ... sogar Gedichte, die in Barackenwände geritzt waren. Ja, sie hatten Musiker, die in den Lagerorchestern spielten. Ich wusste nicht viel darüber, bis ich auf meiner Suche nach dem Bild anfing, in der Vergangenheit zu graben. Und dabei habe ich das alles herausgefunden. In den letzten zwei Jahren haben wir nach und nach erfahren, was Adele durchgemacht haben muss.“

„Wie haben Sie überhaupt etwas über sie herausgefunden?“

Sera hatte erwartet, dass er danach fragen würde, und legte eine Fotokopie des Gemäldes auf den Stapel der Fotos. „Wir haben sie anhand der Identifikationsnummer gefunden“, erklärte sie und deutete auf die Zahl auf dem Unterarm des Mädchens. „Die Tätowierung.“

„Und Sie sind sicher, dass dieses Mädchen Adele von Bron ist?“

„Ziemlich sicher.“

Er streckte ihr das Foto hin, das er immer noch in der Hand hielt. „Wann wurde dieses Bild aufgenommen?“

Sera nahm es und betrachtete es eingängig. „Nun, das hier ist ziemlich einzigartig. Es gibt fast keine Fotos aus den Lagern, nur ganz wenige ... Dieses hier wurde vermutlich von einem SS-Offizier aufgenommen. Es ist ein Foto von einem ihrer letzten Auftritte, es muss also Ende September 1944 gewesen sein.“

„Es gab ... Konzerte ... in den Lagern“, sagte William leise. Es war eine Feststellung, keine Frage. Immer noch schockiert wanderte sein

Blick über die Musikerinnen auf dem Bild, die alle ein Instrument in der Hand hielten.

„Ich denke, gelegentliche Konzerte waren noch das Geringste, was man ihnen zugemutet hat."

„Wie meinen Sie das?" William beugte sich vor und sah sie eindringlich an.

Sera spürte eine seltsame Spannung zwischen ihnen und wich ein Stück zurück. In dem Bemühen, davon abzulenken, drehte sie ihren Laptop so, dass sie beide auf den Bildschirm sehen konnten, und tippte einen Suchbegriff ein.

„Haben Sie jemals den Begriff ‚Selektion' im Zusammenhang mit den Ereignissen in den Lagern gehört?"

„Nein." Er schüttelte den Kopf, als die Suchergebnisse auf ihrem Bildschirm auftauchten. „Aber ich kann mir denken, worum es dabei ging."

Sie drehte den Laptop weiter in seine Richtung. „Darum ging es", sagte sie. „Die Entscheidung darüber, wer leben und wer sterben würde."

William begann, sich durch eine Reihe von Fotos aus einem Holocaust-Archiv zu klicken. Ein Bild nach dem anderen zog über den Bildschirm – erschöpfte Häftlinge, die in den Lagern ankamen; Mütter mit kleinen Kindern, einige in Mänteln mit einem großen Davidstern darauf; Familien, die sich aneinanderdrängten oder umarmt hielten, während sie ahnungslos die Lagerstraße zu den Gaskammern entlanggingen.

„Die SS-Wachmannschaften nahmen Selektionen vor, wenn neue Konvois im Lager eintrafen. In Auschwitz wurden diejenigen, die als arbeitsfähig galten, nach rechts geschickt. Wer zum sofortigen Tod verurteilt war, wurde direkt in die Gaskammern geschickt, die sich auf der linken Seite befanden."

„Nicht zu fassen", murmelte William und klickte sich weiter durch die Bilder.

„Stopp – hier, das ist es." Sera berührte seine Hand, um ihn am Weiterklicken zu hindern. Überrascht über ihre eigene Vertraulichkeit, zog sie die Hand schnell wieder zurück und ließ sie in den Schoß sinken. „Da ist das Orchester. Die Historiker sind sich nicht ganz einig, aber die meisten glauben, dass die Musiker gezwungen wurden, während der Selektionen zu spielen. Adele müsste also auch dabei gewesen sein."

„Sie haben gespielt, obwohl sie wussten, dass vor ihren Augen Menschen in den Tod geschickt werden?"

Sera konnte es selbst kaum glauben, aber es war wahr. Sie nickte. „Man geht davon aus, dass sie gezwungen wurden, fröhliche Lieder zu spielen, wenn die Häftlinge morgens zur Arbeit in die Außenbezirke gingen und abends ins Lager zurückkehrten – Märsche, Mozart, ungarische Volksmusik ... Können Sie sich das vorstellen? Tagein, tagaus, während Tausende von ahnungslosen Menschen an ihnen vorbeizogen. Mütter. Familien. Kinder ..." Sera stockte, als sie versuchte, sich vorzustellen, wie es sich angefühlt haben musste, in eine so schreckliche Situation gezwungen zu werden. „Am schlimmsten war es wohl zwischen 1944 und 1945, als die Deportation von ungarischen Juden nach Auschwitz stattfand. Hunderttausende von ihnen wurden bei ihrer Ankunft direkt in die Gaskammern geschickt. Und die Orchester spielten dazu – die ganze Zeit. Es heißt, dass die Selbstmordrate unter den Musikern eine der höchsten unter den Häftlingen in den Lagern war. Ich frage mich, wie sie überhaupt weitermachen konnten."

William saß reglos vor dem Stapel mit Fotografien. Minutenlang herrschte Schweigen zwischen ihnen. Dann sagte er: „Jetzt verstehe ich diese tiefe Traurigkeit." Er drehte sich halb um und sah Sera an. „Ich meine, in dem Gemälde. Adeles Augen sehen aus, als blickten sie weiter und tiefer als durch das Bild hindurch. Sie spiegeln alles, was sie gesehen hat – all die Menschen, die sie in den Tod gehen sah. Und ihre Machtlosigkeit, irgendetwas zu tun, um es zu verhindern."

Sera räusperte sich. „Wir können das gewaltige Ausmaß der Ereignisse nur erahnen. Was tatsächlich geschehen ist, wissen wir nicht. Und es gibt lediglich Aufzeichnungen über knapp zwei Jahre, die Adele dort verbracht hat. Mehr konnten wir nicht finden."

William schüttelte den Kopf. „Dann war sie Jüdin? Wurde sie deshalb deportiert?"

„Nein. Und das ist ein weiterer Teil des Rätsels." Angeregt von neuem Tatendrang – wie sie es häufig bei der Recherche einer Geschichte, die hinter einem Kunstwerk stand, verspürte –, sagte Sera: „Sehen Sie mal hier." Sie öffnete einen weiteren Aktenordner und drückte ihn William in die Hand. Seine Augenbrauen hoben sich, als sie ihm das Foto eines Mannes in Uniform präsentierte.

„Wer ist das?"

Sera wies auf den Namen am unteren Rand des Fotos. „Friedrich von Bron."

„Adeles Vater war Funktionär des Dritten Reiches?"

„Er war ein österreichischer General", bestätigte Sera und nickte. „Und aufgrund seiner Position wissen wir, dass, was immer passiert ist, schwerwiegend gewesen sein muss. Es wurde allerdings geheim gehalten. Wir haben keine Zeitungsberichte oder sonstigen Hinweise auf Adeles Verhaftung gefunden. Offiziell wurde sie zur Umerziehung weggeschickt. Das bedeutete damals, dass sie als Strafe für ein Vergehen Zwangsarbeit leisten musste. Anfang 1943 wurde sie nach Auschwitz-Birkenau gebracht – das war zu einem Zeitpunkt, als Häftlinge noch tätowiert wurden, um sie zu erfassen. Allerdings wurden diejenigen, die direkt in die Gaskammern geschickt wurden, nicht registriert oder tätowiert – ebenso wenig wie die Umerziehungshäftlinge."

„Aber sie war tätowiert!"

„Genau das ist ja das Seltsame."

William lehnte sich in seinem Stuhl zurück und verschränkte die Arme vor der Brust. „Es gibt hier ein paar Details, die nicht zusammenpassen."

„Richtig“, stimmte Sera zu. „Allein der Rang ihres Vaters und ihre Bekanntheit. Jemand wie sie wäre niemals ins Lager geschickt worden. Sie war in Wien bekannt – in ganz Österreich. Sie war Konzertgeigerin, ein Publikumsliebling. Schön und begabt, und sie hatte ihr ganzes Leben noch vor sich. Wie um alles in der Welt ist sie also dort gelandet?“

Plötzlich sah William sie mit einem Blick an, den Sera nicht deuten konnte, und legte das Foto zurück in die Mappe. Dies verursachte ihr ein flaues Gefühl in der Magengegend. Spürte er ebenfalls diese seltsame Vertrautheit zwischen ihnen?

„Was überlegen Sie?“, fragte sie und ergriff einen Bleistift, um ein Datum auf der Rückseite des Fotos zu notieren.

„Mir ist gerade etwas klar geworden“, sagte er und beugte sich wieder nach vorn, während seine Stimme bis fast auf ein Flüstern sank. „Auch für Sie geht es um mehr als nur um Geld, nicht wahr?“

Sera spürte das ehrliche Interesse hinter seiner Frage, nicht nur die bloße Neugier. Und sie hatte das Gefühl, dass sie ihm nicht zu antworten brauchte; irgendwie konnte er die Worte erahnen, die sie ihm gegenüber noch nicht über die Lippen gebracht hatte.

„Warum?“, fragte er ohne Umschweife, aber wie selbstverständlich. „Warum ist das alles wichtig für Sie? Denn dass es das ist, kann ich sehen.“

Sera legte den Bleistift zur Seite und schob sich eine Haarsträhne hinters Ohr, um ihre Nervosität zu überspielen.

Die Wahrheit war, dass sie die Suche nach dem Porträt von Adele von Bron aus der Not heraus begonnen hatte. Sie war damals am Ende gewesen, ihr Herz war gebrochen, und sie hatte einen Halt gesucht – irgendetwas anderes, auf das sie sich konzentrieren konnte. Sie war zutiefst verletzt worden. Ja, sie glaubte an Gott, aber ihr Glaube war damals gründlich erschüttert worden. Denn auch ihr Verlobter war Christ. Und er hatte gesagt, er würde sie lieben und heiraten wollen. Doch dann war er einfach aus ihrem Leben verschwunden und hatte sie mit einem gebrochenen Herzen zurückgelassen.

Das Rätsel um das Gemälde schien die perfekte Ablenkung zu sein. Aber das wollte sie nicht preisgeben. Daher sagte sie: „Ich nehme an, es ist die große Geschichte dahinter … zu sehen, dass ein Ausdruck von Menschlichkeit immer noch lebendig ist in etwas, was uns hinterlassen wurde …“ Sie zuckte mit den Schultern. „Vielleicht denken Sie jetzt, ich bin verrückt – es ist ja nur Farbe auf Leinwand. Aber dieses Bild spricht zu mir. Es ist eine lebendige, atmende Aufzeichnung des Lebens der Menschen, die uns vorangegangen sind.“

Sie fuhr mit den Fingerspitzen über den Rand eines Fotos, auf dem Adele und einige andere Mitglieder der Wiener Philharmoniker zu sehen waren. „Sehen Sie sich das an“, sagte sie und reichte ihm das Foto. „Es wurde im Frühjahr 1942 für die Studentenzeitung aufgenommen. Sehen Sie nur, wie glücklich sie hier ist. Ein ganz anderer Mensch als später auf dem Gemälde.“

William nickte. Er schwieg eine Weile, dann fragte er sie: „Ist das wirklich der Grund, weshalb Sie das alles hier tun? Für diese Frau?“ Und nach einer kurzen Pause setzte er noch hinzu: „Oder machen Sie es doch eher für sich selbst?“

Seltsam, dass dieser Mann, der doch praktisch immer noch ein Fremder für sie war, genau den einen Punkt treffen konnte, den Sera sich nicht eingestehen wollte. Dass er scheinbar Gedanken lesen konnte. Es war beunruhigend. Sie durfte ihm auf keinen Fall erzählen, dass sie das Originalgemälde schon einmal gesehen hatte. Diese Erinnerung war zu persönlich.

„Wir sollten zuerst mehr über Adele herausfinden“, sagte sie und nahm ihm das Foto wieder ab, in dem Bemühen, seine Gedanken in eine andere Richtung zu lenken. Die Stapel von herumliegenden Fotos aufzuräumen, schien ihr ein geeigneter Weg zu sein. „Und was das Ganze mit mir persönlich zu tun haben könnte, damit kann ich mich später noch beschäftigen.“

„Nachdem Sie das Bild gefunden haben.“ Es war eine schlichte Feststellung. So einfach auf den Punkt gebracht, dass es Sera veranlasste, ihm in die Augen zu schauen. Er nahm einen letzten Schluck seines Kaffees und stellte den Becher dann auf einem der Beistelltische ab.

„Na, dann wollen wir mal anfangen", sagte er und krempelte die Ärmel hoch. „Sagen Sie mir einfach, was ich tun soll."

„Nun, ich habe ja ziemlich genau gesagt, was wir bereits wissen und wo die Stolpersteine sind. Als ich hierhergekommen bin, hatte ich eigentlich gehofft, dass wir gemeinsam herausfinden könnten, was Ihr Großvater mit der Sache zu tun hat. Jede neue Erkenntnis könnte helfen."

„Als ich erfuhr, was in dem Testament steht, habe ich natürlich nach einer Verbindung zu dem Gemälde gesucht. Ich muss allerdings gestehen, dass ich nicht viel gefunden habe." William zog die Augenbrauen hoch und fuhr fort: „Das heißt, bis ich einen Anruf von Ihrer Assistentin erhielt und Sie ins Spiel kamen."

Sera nickte. „Und wir waren selbst gerade in einer Sackgasse angekommen. Ich kann lediglich die Informationen weitergeben, die wir bereits haben. Ich weiß, es ist womöglich weit hergeholt, aber vielleicht sollten wir diese Fotos noch einmal ganz genau überprüfen, um sicherzugehen, dass nicht irgendwo ein junger Edward Hanover darauf zu sehen ist. Sie haben ja gesagt, Ihr Großvater sei in jungen Jahren viel gereist."

„Ja, das stimmt." William blätterte weiter durch die Fotografien, ohne aufzublicken. „Aber das ist nicht das, wonach ich suche."

„Was dann?" Seine Worte weckten ihr Interesse.

Er machte sich daran, ein paar Bilder in eine Reihe zu legen. Es waren alles Fotos von Adele, die sie schon mehrfach gesehen hatte.

„Da." Er legte ein letztes Foto dazu und sah Sera an. „Fällt Ihnen etwas auf?"

Sera beugte sich vor, um einen genaueren Blick auf die Fotoreihe zu werfen.

Adele war auf jedem Foto zu sehen, lächelnd und glücklich, so wie immer auf den Fotos mit den anderen Musikern der Wiener

Philharmoniker. Daran war nichts Ungewöhnliches. Nur ein Meer von lächelnden Gesichtern. Wenn es hier etwas zu entdecken gab, dann sah Sera es jedenfalls nicht.

William wies mit dem Finger auf einen der jungen Männer auf dem ersten Bild in der Reihe. Dann zeigte er auf denselben Mann auf dem nächsten Bild. Und wieder auf dem nächsten, bis er ihr denselben Mann auf jedem Bild gezeigt hatte. Er hielt das letzte Foto in der Reihe hoch und zeigte auf das Gesicht des jungen Mannes. „Wer ist das?"

Sera war überrascht, dass es ihr bisher nicht selbst aufgefallen war. Aber jetzt, da die Fotos nebeneinanderlagen, war es offensichtlich. Obwohl das Orchester in unterschiedlicher Besetzung gespielt hatte, war der junge Mann mit dem Cello und dem strahlenden Lächeln auf jedem Bild zu sehen. „Ich weiß es nicht. Aber er scheint überall zu sein, wo auch Adele zu sehen ist."

„Richtig. Aber warum?" William vertiefte sich in den nächsten Stapel Fotos.

Sera rechnete ihm hoch an, dass er es entdeckt hatte. Möglicherweise hatten sie eine neue Spur! „Dieser Cellist ist auf allen Fotos zu sehen, allerdings nicht immer direkt neben ihr. Wahrscheinlich ist er mir noch nie aufgefallen, weil wir immer nur Adele angesehen haben."

Er nickte. „Ich denke, wir dürfen nicht immer an der gleichen Stelle suchen, sondern sollten stattdessen die Sache einmal aus einem anderen Blickwinkel betrachten."

„Wir könnten versuchen herauszufinden, wer dieser Mann war, und sehen, ob die Spur zu Adele führt. Glauben Sie, er könnte noch am Leben sein?", überlegte Sera laut.

„Daran habe ich auch schon gedacht", gab William zurück, während er sich mit dem nächsten Stapel Fotos und Computerausdrucken aus einem weiteren Ordner beschäftigte.

Plötzlich entdeckte Sera etwas. Der Hinweis war zwar leicht zu übersehen, wenn man nicht konkret nach einem solchen Detail suchte. Aber jetzt, da sie es erkannte, verschlug es ihr fast die Sprache.

Sie durchstöberte ihre Computertasche, bis sie die kleine Leselupe fand, die sie immer dabeihatte. Dann hielt sie das Glas auf das Bild – und war sich hundertprozentig sicher. Sie hatten nach den falschen Indizien gesucht. Mit spitzen Fingern schob sie das Foto über die Tischplatte, bis es direkt vor William lag. „Sehen Sie mal", sagte sie und deutete auf einen winzigen Punkt auf dem Foto. „Sehen Sie auf die Falten ihres Rocks. Sie versucht es zwar zu verstecken, aber es ist trotzdem eindeutig."

William sah sich das Foto genauer an – dann sog er unwillkürlich scharf den Atem ein. „Sie hält seine Hand!"

ZWÖLF

12. März 1943
Polen

Ja, Schnee konnte Erinnerungen festhalten. Adele musste es nicht länger infrage stellen. Nicht, nachdem man sie in den Zug zum Arbeitslager verladen hatte.

Sie stand in einem Viehwaggon an der Wand, das Holz rau und voller Splitter, die sie selbst durch die dicke Wolle ihres Mantels spürte. Aber sich anzulehnen, war die einzige Möglichkeit, um überhaupt so lange stehen zu können. Alle anderen um sie herum standen ebenfalls, und zwar so dicht zusammengedrängt, dass man gar keine Möglichkeit hatte, sich hinzusetzen. Oder einen klaren Gedanken zu fassen. Selbst das Atmen fiel ihr schwer bei dem stechenden Gestank des Waggons.

Sie waren wie Tiere hier hineingetrieben worden, ohne Essen und Wasser und ohne Heizung, die sie vor der Kälte geschützt hätte. Das war vor zwei Tagen gewesen – zwei qualvoll langen Tagen.

Adeles altes Leben gab es nicht mehr. Der fallende Schnee draußen war die einzige verbleibende Verbindung zu der Welt, die sie bis jetzt gekannt hatte. Alles andere erschien ihr wie ein schrecklicher Albtraum. Eine beängstigende neue Realität, die sich um sie zusammengezogen und sie verschlungen hatte.

Die Behörden hatten sie zur Arbeit in einem Umerziehungslager verurteilt – Adele hatte immer noch keine Ahnung, was das bedeutete.

Doch immerhin war man so rücksichtsvoll gewesen, ihr überhaupt einen Prozess zu machen – auch wenn weder ihre Eltern an der Verhandlung teilgenommen hatten noch sonst jemand, den sie kannte. Tief in ihrem Herzen hatte sie gewusst, dass die Strafe feststand, bevor die Verhandlung überhaupt begonnen hatte – eine reine Formalität. Und womöglich eine höfliche Geste wegen ihres Familiennamens und des militärischen Ranges ihres Vaters. Denn auch wenn sie für immer Schande über ihre Familie gebracht hatte – der Name von Bron hatte doch noch einen gewissen Wert. Die Zuweisung zur Umerziehung in einem Arbeitslager war eine ausgemachte Sache gewesen. Schließlich wog Adeles Vergehen schwer genug, um ein Todesurteil nach sich zu ziehen – und sie war sich dieser Tatsache nur allzu bewusst.

Sie war zu acht Wochen Arbeitslager verurteilt worden. Nach dieser Zeit würde sie entlassen und zu ihren Eltern zurückgeschickt werden. Seltsam war nur, dass sie für zwei Monate Arbeit so weit fortgebracht wurde – von Österreich nach Polen –, wo man sie doch auch viel näher an ihrer Heimat hätte arbeiten lassen können.

Adele wandte ihre Aufmerksamkeit wieder den Menschen zu, die um sie herumstanden. Einige weinten, die meisten waren seltsam still. Eine Kinderstimme fragte: „Wo fahren wir hin, Papa?“, eine andere: „Wann sind wir endlich da?“ Sie hörte Sprachen, die sie nicht verstand. Sie hörte Gebete, Gemurmel und gedämpftes Schluchzen, während der Zug holpernd und ratternd seine lange Reise durch die karge polnische Landschaft bestritt.

Adele stand nah an einem Fenster – sofern man das vergitterte Loch als solches bezeichnen wollte –, und auch wenn der Luftzug, der hereinwehte, eisig war, so brachte er doch ein wenig Erleichterung angesichts der stehenden Luft im Waggon. Die Eisenstäbe, die ihr die Aussicht versperrten, waren kein Trost. Dahinter zog nichts als ein endloses Meer von vereisten Feldern vorbei; sie sah den einen oder anderen Baum, der mit seinem knochigen Stamm, den kahlen, blattlosen Ästen und dem grauen Himmel im Hintergrund wie ein Schatten des

Todes anmutete. Die Welt dort draußen war genauso gespenstisch wie die im Inneren des Zuges, daher fühlte sich Adele bei dem Anblick noch verzweifelter.

Sie umfasste mit zitternden Händen die Gitterstäbe, doch auch dadurch fand sie keinen Kontakt zu der hereinbrechenden Nacht dort draußen. Sie konnte die Freiheit nicht mehr spüren, und das, zusammen mit der tödlichen, eisigen Stille um sie her, erschreckte sie bis ins Mark.

Schweigen.

Schweigen war der ständige Begleiter für sie alle in diesem Zug – ein steinernes Schweigen, das nur gelegentlich durch einen erbärmlichen Klagelaut von irgendwoher im Waggon unterbrochen wurde. Da man selbst voller Sorgen war, die man kaum aushielt, konnte man niemandem das Schluchzen übel nehmen; und dennoch war es kaum auszuhalten. Irgendwer im Waggon brachte die weinende Stimme dann zum Schweigen, sei es durch Zureden oder Drohen, und anschließend setzte sich die Fahrt wieder in tödlicher Stille fort.

„Gott?“ Das Wort taumelte zitternd über Adeles Lippen, während ihr Atem in der eisigen Luft fast gefror. Es folgte ein unterdrücktes Aufschluchzen. Irgendwo tief in ihrem Inneren suchte sie nach Kraft. Dann begann der Kreislauf von Neuem. Jedes Mal wenn sie zu beten versuchte, war es dasselbe – der stockende Atem, ein zitterndes, ersticktes Schluchzen, wieder und immer wieder, bis sie nichts anderes mehr sagen konnte als seinen Namen. Sie murmelte die Worte, flüsterte sie, hauchte sie mit dem Atem aus … „Vater im Himmel …“

„Wo ist mein Sohn?“ Eine gebrechliche alte Frau fast ohne Zähne im Mund und mit Furcht in den Augen hatte ihr schon den ganzen Tag lang immer wieder die gleiche Frage gestellt. Sie war mitleiderregend in ihrer Angst, ihrem Entsetzen und ihrer Unfähigkeit, mit der Realität fertigzuwerden. „Mein Sohn. Wissen Sie, wo er ist?“

Adele schüttelte zum gefühlt hundertsten Mal den Kopf. „Nein, es tut mir leid. Ich fürchte, ich kenne Ihren Sohn nicht.“

Die Frau hatte den Namen ihres Sohns zu oft gemurmelt, als dass Adele ihn hätte vergessen können. Aber sie sagte ihn trotzdem noch einmal, und Tränen liefen ihr über die Wangen, als das letzte Aufflackern der Hoffnung in ihren Augen erlosch. „Viktor. Er heißt Viktor."

„Es tut mir leid."

Die geflüsterte Antwort war alles, was Adele ihr geben konnte. Sie hatte schon früher versucht, der Frau die Hand zu halten, um sie zu trösten, aber das hatte nur dazu beigetragen, dass sich die Frau noch mehr in ihre eigene Welt zurückgezogen hatte. Irgendwann hatte sie sich so fest an Adele geklammert, dass diese meinte, ersticken zu müssen, weshalb sie die Hand der Frau wieder von der ihren gelöst hatte. Seither presste sie sich an das schmerzhaft raue Holz der Waggonwand. Sie hatte all ihre verbliebene Kraft aufbieten müssen, um nicht vor lauter Schuldgefühlen in Tränen auszubrechen.

Mütter. Verlorene Söhne. Eine Geigerin, die vor dem Beginn dieser Reise keine Ahnung gehabt hatte, wie die Welt wirklich war. Töchter. Verängstigte Familien. So viele Fremde. Sie alle waren hier zusammengedrängt. Jung und Alt. Menschen, die sich zuvor zwar nie begegnet, nun aber auf seltsame Weise miteinander verbunden waren, weil sich ihre Wege auf dieser schrecklichen, beängstigenden Reise gekreuzt hatten.

Alle waren sie hungrig und durstig. Und alle wünschten sie sich verzweifelt, dies wäre nur ein Traum, aus dem sie jeden Moment erwachen würden.

„Ich sehe etwas!", rief einer.

Alle Köpfe drehten sich in merkwürdigem Gleichklang in dieselbe Richtung, und die Bewegung löste ein elektrisiertes Beben in Adeles Herzen aus. Hinter den Eisenstäben des kleinen Fensters konnte sie Rauch sehen – in einiger Entfernung, nicht in der Nähe der Gleise, auf denen der Waggon dahinrollte. Jemand schrie auf, als er ihn ebenfalls sah. Eine andere Stimme wimmerte. Neben Adele brach ein Mann in Schluchzen aus, und sein verzweifeltes Weinen jagte ihr mehr Angst ein als die ungedämpften Schreckensschreie der Frauen und Kinder.

Der Wagen wurde langsamer. Adele hielt sich mit einer Hand an einer Eisenstange fest und drückte mit der anderen den Geigenkasten fest an ihre Brust.

Ein schrilles Quietschen verkündete, dass der Zug bremste. Hörte sie Hundegebell? Das hatte sie nicht erwartet. Dann der Geruch von brennendem Schwefel, der die Luft mit einer widerwärtigen Schärfe zerschnitt. Durch jede Ritze in den hölzernen Wänden des Waggons drang der faulige Gestank, der ihr den Magen umdrehte. Einige husteten. Eine Frau weinte wieder, und jemand sagte, sie solle still sein. Ein Baby schrie – vor Hunger? Sein Geschrei buhlte mit dem Bellen der Hunde um die Aufmerksamkeit der mit Adele zusammen eingepferchten Gefangenen.

Schließlich kam der Wagen zum Stehen.

Das erdrückende Dasein im Viehwaggon war vorüber, und sie würden bald eine neue Welt vorfinden.

Die Türen wurden aufgerissen, und der Luftzug, der hereinwehte, trug ein wahnsinniges, hektisches Durcheinander mit sich. Hunde. Schreie. Jemand stieß sie von hinten. Wachen mit Gewehren. Ein weiterer klagender Schrei von irgendwo weiter hinten im Waggon. Draußen eine milchige Dämmerung. Die verwirrte Frau vor ihr fragte die Wachen, wo ihr Sohn sei.

„Raus!" Der Befehl wurde gebrüllt. Die bellenden Stimmen waren Unheil verheißend und kalt. „Raus! Raus!"

Adele wurde aus dem Waggon gezerrt und hätte sich fast den Knöchel verstaucht, als sie auf dem gefrorenen Matsch neben den Gleisen umknickte. Wieder wurde sie von hinten geschubst. Als sie sich umdrehte, sah sie ein Meer von braunen und grauen Wollmänteln mit gelben Sternen, darüber erbärmlich bleiche Gesichter mit dunklen Augen, die ihr emotionslos entgegenblickten; ergeben angesichts eines Schicksals, das verlangte, dass sie losmarschierten.

Es entstand ein qualvoll wogender Strom, der schneller dahinzog, als sie aufgrund der Menschenmassen um sie herum erwartet hätte. Entsetzen packte Adele, und unwillkürlich flüsterte sie: „Vater im Himmel … was geschieht hier?"

Jeder Schlag ihres Herzens wurde zu einem stummen Ruf nach Gott, in endloser Wiederholung, wie ein Trauertanz, wie der wehmütige Klang der Geige, den sie von irgendwoher vernahm. Es war ihr einziger Trost. Das Einzige, was ihr in diesem Moment wirklich real erschien. Und Gott? War er auch da? Würde er ihren angstvollen Schritten durch den Schlamm folgen, wenn sie zu ihm rief? Würde er bei ihr sein in allem, was ihr hier begegnete?

Adele drehte sich um, da sie nicht wusste, in welche Richtung sie gehen sollte, und folgte der Menge der Frauen, die man von den Männern und Jungen trennte.

„Frauen und Kinder – links!" Es wurde geschrien. Gebellt. „Rechts! Rechts! Männer nach rechts!"

Von überallher hörte sie verzweifeltes Schluchzen, sah sie die Qual in den Blicken, als Kinder ihren Müttern entrissen wurden, und Tränen der Angst als Aufschrei der Seele in jedem Gesicht. Alles geschah so schnell, und doch schien es, als würde sich die Welt um sie in einer qualvollen Zeitlupe bewegen; als wäre sie in einem schrecklichen Albtraum gefangen.

Ein Meer von Menschen wogte hin und her; Taschen und Koffer wurden abgeladen, die mit hastig gekritzelten Namen und früheren Adressen versehen waren und sich auf dem Bahnsteig zu Bergen türmten. Männer in gestreiften Uniformen, die fast wie Schlafanzüge aussahen, trieben die Menge an hohen Stacheldrahtzäunen entlang. Waren das Häftlinge? Und warum all diese Zäune? Was um alles in der Welt war hier los?

Was sie da sah – es konnte unmöglich wahr sein! Würde es etwas bringen, sich zu kneifen?

Oh Herr! Siehst du das?

Adele schauderte und schlang die Arme fester um ihren Geigenkasten. Es war fast zu kalt zum Atmen an diesem Frühlingsmorgen Anfang März. Sie konnte kaum denken. Sie verspürte weder Hunger noch Durst … Sie konnte nur noch sehen. Ihre Augen durchdrangen den Nebel und blickten nach vorn zu dem Ungetüm von Backsteinbau, der sich jenseits der Gleise abzeichnete. Ihre anderen Sinne mochten taub sein, aber sie konnte sehen – und sie sah, was hier geschah, denn der Anblick des Lagers war dunkel und bedrohlich. Sie hatte das Gefühl, dass sich diese Szene für immer in ihre Seele einbrennen würde.

„Frauen – hier lang!"

Sie wurde in eine Reihe geschoben. Näher und näher kam sie dem Ungetüm.

Vor ihr lief ein Mädchen mit gesenktem Kopf, um die Kälte abzuwehren. Kein Lachen oder Hüpfen, wie Kinder es normalerweise tun. Die Kleine ging an der Hand ihrer Mutter; ein entzückendes Kind mit einem Kopftuch, das unter dem zarten Kinn zusammengebunden war. Sie war noch ein Kleinkind. Und so zierlich. Zu einem Schritt ihrer Mutter machte sie zwei, ihre Beine waren viel zu kurz, um mit dem raschen Tempo Schritt zu halten, zu dem die Wachen die Frauen mit gebellten Kommandos antrieben.

Was würde mit diesem Kind geschehen?

Adele hatte sich noch nie im Leben so allein gefühlt. War das, was hier passierte, das Gleiche, was ihr Wladimir erlebte? Das Gedränge, Geschiebe, die Schlangen vor einem kalten, leblosen Lager?

Oh himmlischer Vater, gehört er etwa auch zu den sonst so starken Männern, die auf dem Transport schluchzend zusammenbrechen?

Sie ging weiter und sah direkt in den Schlund des Backsteinungetüms. Breite Tore hießen ihre Beute willkommen, während ein gespenstischer Schnee fiel, jede Flocke ein stummer Zeuge der Szene – wie sie selbst. Doch war das überhaupt Schnee? Was sonst? Aber warum waren die Flocken nicht kalt, wie es ein früher Märzschnee hätte sein müssen, der herabfiel und dann auf der Haut schmolz?

Die Flocken wirbelten im Wind wie aufstiebende Ascheflocken aus dem Kamin zu Hause.

Asche fällt vom Himmel? Adele sog entsetzt die Luft ein.

Oh Herr … was ist das für ein Ort?

Man hatte Adele ihre Geige gelassen.

Das hatte sie nicht erwartet.

Die Aufseher hatten sie in aller Eile durch die Registrierung gehetzt – ein Horror, von dem sie noch immer ganz benommen war. Gemeinsam mit den anderen Frauen aus dem Transport hatte sie in einer langen Schlange gestanden. Aber die meisten von ihnen, vor allem die mit Kindern, die sich an sie klammerten, waren in einen Gang aus Ziegelmauern und Stacheldraht getrieben worden. Und sie war zurückgeblieben.

Adele wusste nicht, wohin die anderen gebracht wurden, aber sie wünschte, mit ihnen gehen zu können. So hätte sie zumindest hier und da ein Wort wechseln können, hätte eine Verbindung zu einem menschlichen Wesen spüren können, das die lange Zugfahrt mit ihr gemeinsam überstanden hatte. Aber es war ihr nicht vergönnt. Die Frauen wurden über den Gang weggeführt, und Adele wurde in die andere Richtung geschoben.

Die SS-Wachen hatten sie in der Menge gesehen – und in ihr womöglich „Österreichs Liebling" erkannt? Adele hasste diese Bezeichnung, das Produkt einer sorgfältigen Vermarktung durch ihre Eltern, doch das spielte jetzt keine Rolle mehr. Aber wer hätte sie in der Gruppe, mit der sie angekommen war, erkennen sollen? Sie war genauso ausgehungert und schmutzig, genauso verwahrlost wie alle anderen.

Sie schienen sich jedoch für ihre Geige zu interessieren. Der schwarze Koffer, an den sie sich klammerte, war sofort das Gesprächsthema, als sie vorn in der Schlange ankam. Die anderen Frauen und Kinder stapften langsam durch den morgendlichen Nebel davon, während Adele sich wünschte, nicht allein zurückzubleiben.

Die Männer verlangten Antworten auf unzählige Fragen und erwarteten, dass sie zügig antwortete. Ob sie Deutsch spreche? Ja. Nachdem das festgestellt war, ging es fieberhaft weiter. War sie Jüdin? Nein. Gut. Und wie war ihr Name? Ihre Nationalität? Warum hatte sie ein Instrument dabei? Es gehörte also ihr? Interessant. Wie lange spielte sie schon? War sie Profi oder Amateur?

Warum wollte Adeles Verstand ihr einfach nicht gehorchen?

Sie grub die Fingernägel in die Handflächen, in der Hoffnung, endlich aus dem Albtraum zu erwachen. Oder ihre Lippen dadurch in Aktion zu versetzen.

Sie antwortete, sie sei Adele von Bron, Österreicherin, und ja, sie spiele Geige. Sie habe Erfahrung mit den Wiener Philharmonikern. Daran schienen sie zu zweifeln, wahrscheinlich weil sie so jung war und weil das Wiener Orchester keine Frauen als Mitglieder aufnahm, aber Adele hielt den skeptischen Blicken stand. Professionelle Ausbildung? Nein. Sie habe auf Empfehlung bei den Wiener Philharmonikern vorgespielt. Sie sei Studentin an der Universität in Wien. Und wie lange schon? Seit drei Jahren, im Fachbereich „Musik und darstellende Kunst".

Die beiden SS-Wachen vor ihr flüsterten miteinander, einmal warfen sie ihr einen Blick zu und musterten sie genau.

Was geschah hier gerade?

Schließlich wurde Adele weggeführt. Das erschreckte sie so sehr, dass sie kaum noch atmen konnte. Einer der Offiziere befahl ihr, ihm zu folgen, was sie auch tat. Ihre Füße waren schwer wie Blei und stolperten über Kieselsteine und strauchelten auf dem Weg, der von dem Bahnsteig wegführte.

Ihr Atem ging kurz und stoßweise. Ihre Füße schleppten sich mühsam vorwärts. Der junge Mann, der vor ihr ging, sprach kein Wort. Er hielt den Rücken steif wie ein Brett, die Waffe in seinem Gürtel war sichtbar und griffbereit. Sie gingen an dreistöckigen Backsteingebäuden vorbei. Die Stacheldrahtzäune summten von der Elektrizität, die sie durchströmte. Alles sah gleich aus und wirkte bedrohlich. Die Gebäude und Zäune waren kahl und erschreckend geisterhaft in ihrer Emotionslosigkeit.

Adele sah sich um und stellte fest, dass außer den Wachen keine Männer oder Jungen in dem Bereich waren, in den sie gebracht wurde. Sie befand sich – wie sie inzwischen wusste – in Auschwitz, wo es auch ein Arbeitslager für Frauen gab. Aber einige der Frauen, die sie auf dem Transport gesehen hatte, waren schon sehr alt, und andere hatten Kinder, sogar Babys auf dem Arm. Wie sollten sie arbeiten? Gab es in diesem Lager eine Betreuung für die Kinder? Vielleicht kümmerten sich die älteren Häftlinge um die Kleinen, während die Mütter arbeiteten.

In diesem Moment wurde Adeles Blick von der Betrachtung des Lagers auf einen unerwarteten Horror gelenkt. Der Weg, den sie gingen, führte an der hohen Backsteinmauer eines zweistöckigen Gebäudes vorbei, das man vom Ort der Registrierung aus nicht hatte sehen können. Und plötzlich stand alles still. Ihr Atem, ihre Gedanken, sogar ihre Schritte erstarrten kurz. Aber aus Angst, die Wache könnte es bemerken, zwang sie sich weiter vorwärts.

Auf der linken Seite gellte ihr von der langen Ziegelmauer das untrügliche Zeichen des Todes entgegen: Blutspritzer in Kopfhöhe und in regelmäßigen Abständen – als wären die armen Seelen erst vor wenigen Augenblicken an die Wand gestellt worden. Auch die Erde darunter war rötlich braun, der kalte und noch halb gefrorene Märzboden war überzogen mit einer dunkelroten Flüssigkeit, die durch die dünne Schneeschicht hindurchschimmerte.

Adele wusste, was es war. Sie hatte es in der Nacht gesehen, als die Familie Auerbach erschossen worden war. Die Erinnerung daran schien die Narben an ihren Händen zum Brennen zu bringen.

Der Tod war hier. Genauso wie die Geschehnisse, die sie Monate zuvor am Hafen von Wien erlebt hatte, erzählte auch dieses Bild hier eine andere Geschichte, als dass der Ort ein Arbeitslager war.

Oh Herr! Will er mich … erschießen?

Adele spürte, wie sich ihr Magen zusammenzog, während der Wachmann sie an der Ziegelmauer vorbeiführte. Ob er die Todesmale wahrnahm, wusste sie nicht. Sie schienen ihn jedenfalls nicht zu kümmern, denn er ging in schnellem Tempo daran vorbei. Er blieb nicht stehen, er zog auch nicht die Pistole aus dem Holster an seinem Gürtel, um sie auf Adele zu richten. Doch mit jedem Schritt, den er machte, blitzte das Metall auf und jagte ihr einen Schauer über den Rücken.

Sie zwang sich, weiterzugehen und dabei tief ein- und auszuatmen, um nicht ohnmächtig zu werden.

Vielleicht sollte sie versuchen zu fliehen? Doch Adele bezweifelte, dass sie entkommen konnte. Sie gingen durch ein Labyrinth aus Gebäuden und Elektrozäunen. Sie hätte nicht gewusst, wohin sie gehen sollte, selbst wenn sie versucht hätte, vor ihm wegzulaufen.

Als der Wachmann sie in eines der Gebäude führte, stieg ein vorübergehendes Gefühl von Erleichterung in ihr auf. Er würde sie nicht töten, zumindest nicht hier und jetzt an dieser schrecklichen, vom Tod gezeichneten Wand.

Sie trat durch eine Tür, von der die Farbe blätterte, und sah sich erneut einem schockierenden Anblick gegenüber: Überall standen Behälter mit Kleidung, Brillen und Schuhen herum. Das Erdgeschoss des zweistöckigen Gebäudes war dunkel, nur durch die winzigen Fenster fiel ein wenig Tageslicht herein, und die Luft war innen so kühl wie außen. Es roch feucht und muffig. Und dann noch mehr Behälter. Sie waren überall. Und was war das? … Haar? Haufenweise. Massenhaft. Koffer stapelten sich an den Wänden bis hinauf zur Decke und bildeten eine Mosaiktapete aus verwittertem Leder, einige gut erhalten und mit Goldinitialen darauf, andere ziemlich abgenutzt und schäbig.

Was passierte hier? Wollten sie ihr das Haar schneiden? Oder würden sie ihr andere Kleidung geben? Ein fadenscheinigeres Kleid als das rötlich braune, das sie trug, konnte es kaum geben. Und obwohl ihr Mantel in einem einigermaßen guten Zustand war, bot er ihr keine echte Wärme. Vielleicht würde man ihr Sträflingskleidung geben, so wie sie die Männer draußen am Bahnsteig trugen. Für den Fall, dass sie hier arbeiten sollte, musste sie sich wohl an die klirrende Kälte gewöhnen, die sie bereits auf der Fahrt verspürt hatte. Denn sie nahm an, dass der Rest des Gebäudes in einem ähnlichen Zustand war.

Adele umklammerte ihre Geige fester, als sie weitergingen, und dachte daran, was sich im Samtfutter des Koffers befand. Sie hatte ihren Schatz dort vor langer Zeit versteckt, damit ihre Mutter ihn nicht fand. Und jetzt, an diesem Ort des Schreckens, war er das Einzige auf der Welt, was ihr Trost spendete. Wenn sie ihre Bibel nicht haben konnte, dann würde wenigstens dieses kleine Andenken als Verbindung zu ihrem bisherigen Leben dienen.

Sie umklammerte den Geigenkasten mit eisernem Griff.

„Halt!“, bellte der Wachmann und zeigte auf den Boden vor ihren Füßen.

Adele gehorchte und blieb in einem Gang zwischen den Regalen stehen.

Wo waren die anderen? Hier sah es aus wie in einer brachliegenden Lagerhalle. Keine Menschen. Keine Anmeldeschlangen. Keine Wachen. Die einzigen Zeugen dessen, was mit ihr geschehen würde, waren leblose Gegenstände aus Wolle und Leder, die bis zur Decke hinauf gestapelt waren.

Ihr Herz klopfte wild in ihrer Brust, fast wie das Flattern eines Vogels, der jeden Moment aus seinem Käfig befreit wird.

Der Wachmann öffnete eine Tür am Ende des Korridors, schritt hindurch und ließ sie einen Spaltbreit geöffnet, sodass Adele eine Frau sehen und gedämpfte Stimmen hören konnte. Er gestikulierte und wies dann in Adeles Richtung.

Sie schluckte schwer.

Sollte sie hier arbeiten?

Das ergab alles keinen Sinn.

An einem eiskalten Frühlingsmorgen in diesem feuchten Lagerraum zu stehen, ergab keinen Sinn. Das Blut an der Backsteinmauer dort draußen – es war purer Wahnsinn! Vielleicht war sie durch den Spiegel in ein höllisches Wunderland versetzt worden? Sie hatte Lewis Carrolls klassische Kinderromane gelesen und sich nie vorstellen können, dass sie eines Tages das gleiche Schicksal wie Alice erleiden würde, nämlich in die Tiefen einer grotesken Albtraumwelt zu stürzen, in der nichts einen Sinn ergab.

Die Frau nickte dem Wachmann zu, und ohne ein weiteres Wort ging er an Adele vorbei und marschierte den Gang hinunter. Sie hörte, wie die Absätze seiner Stiefel bei jedem seiner zackigen Schritte auf dem Betonboden klackten, und Sekunden später wurde die Außentür zugeschlagen.

„Wie heißt du?", fragte die Frau, öffnete die Tür etwas weiter und kam dann ein paar Schritte auf sie zu.

Adele konnte in einen Raum sehen, der wie eine Art Gemeinschaftsraum wirkte. An den Seitenwänden standen einfache Pritschen, es gab zwei vergitterte Fenster hoch oben an den Wänden, Licht kam von zwei nackten Glühbirnen, die an Drähten von der Decke hingen, und ein winziger schwarzer Ofen stand mittig an der Rückwand. Der Raum war schummrig und schien bis auf die Frau, die jetzt vor ihr stand, verlassen zu sein. Sie war mittleren Alters und durchschnittlich groß, ihr braunes Haar war an den Schläfen von grauen Strähnen durchzogen. Um die Augen zeigten sich Lachfalten, die an einem Ort wie diesem völlig fehl am Platz wirkten.

„Ich habe nach deinem Namen gefragt." Die Frau war nicht barsch, nur sachlich. „Hier werden Fragen sofort beantwortet. Und wahrheitsgemäß. Und tu genau das, was man dir sagt, oder du wirst es nicht überleben. Hast du verstanden?"

Nicht überleben?

Endlich funktionierte ihr Mund, auch wenn die Worte nur stotternd herauskamen. „Adele. Adele von Bron."

„Und du spielst Geige?"

Sie nickte. „Ja."

„Gut. Komm rein." Sie führte Adele in den kargen Raum und schloss die Holztür hinter sich.

Es war niemand sonst da, genau wie Adele vermutet hatte. Und so schien es ihr an der Zeit, zumindest eine Frage zu stellen – irgendetwas, was dem Wahnsinn, der sich um sie herum abgespielt hatte, einen Sinn gab. Aber was sollte sie zuerst fragen? Was waren das für seltsame Flocken, die herabfielen, als sie aus dem Zug gestiegen war? Hatte diese Frau die Blutspritzer auf der Ziegelmauer draußen gesehen? Adele dachte an Sophie und Eitan Auerbach und machte sich furchtbare Sorgen, was für Grausamkeiten Kinder an einem solchen Ort wohl erleben würden. Wo waren all die Kinder, die mit ihr auf dem Bahnsteig gewesen waren? Auf dem Weg durch das Lager hatte sie kein einziges Kind mehr gesehen.

„Was geschieht hier?" Diese eine Frage schien alles abzudecken, und so stellte Adele sie ziemlich heftig, während ihr Blick das Gesicht der Frau fokussierte. Letztere schien jedoch ganz auf ihre eigenen Gedanken fixiert zu sein, denn anstatt zu antworten, ergriff sie einen Holzstuhl und stellte ihn in die Mitte des Raumes.

„Setz dich", befahl sie Adele, die den Geigenkasten noch immer in den Armen hielt. Dann zog die Frau einen weiteren Stuhl heran und stellte ihn ihr gegenüber.

Sie setzte sich und sagte mit ruhiger, beherrschter Stimme: „Ich möchte, dass du deine Geige herausnimmst und mir vorspielst. Wenn du gelogen hast und nicht spielen kannst, dann schicke ich dich wieder nach draußen. Der Wachmann ist noch da. Er wird eine Zigarette rauchen, während er darauf wartet, dein Spiel zu hören – nicht länger als fünf Minuten. Wenn ich dich nicht nach draußen schicke, wird er seiner Arbeit nachgehen und du bleibst hier. Und jetzt muss ich hören, wie du spielst."

Adele wusste nicht, warum man ihr befahl, Geige zu spielen. Aber wie die Frau ihr geraten hatte, würde sie keine Fragen stellen. Sie öffnete den Koffer auf ihrem Schoß und nahm ihre Übungsgeige heraus, deren Holz im schwachen Licht des Raumes kirschrot schimmerte. Sie nahm den Bogen zur Hand und stellte den Kasten vor sich auf den Fußboden.

„Was soll ich denn spielen?"

Im Gesicht der Frau zeigte sich keine Gefühlsregung, als sie sagte: „Irgendetwas."

Adele holte tief Luft und setzte das Instrument an. Sie legte den Bogen auf die Saiten und begann zu spielen. Schon seltsam, dass ihr letzter Auftritt in Satin und Perlen und vor einem großen Auditorium mit einigen der hochrangigsten Vertreter des Dritten Reiches stattgefunden hatte. Jetzt spielte sie in einem heruntergekommenen Schuppen, und die Bewegung ihrer Arme wirbelte modrigen Staub auf. Trotzdem spielte sie, so gut sie konnte, denn sie hatte das Gefühl, dass die Kunstfertigkeit, mit der sie es tat, hier in irgendeiner Hinsicht entscheidend sein würde.

Es war nicht mehr so wie bei dem Konzert in Wien. Damals hatte die Musik etwas in ihrer Seele freigesetzt. Es war ein Gottesdienst gewesen, der Einsatz ihrer Gabe für etwas, was dem Schöpfer des Universums Ruhm und Anbetung brachte. Aber hier? In diesem Moment ging es nur ums Überleben. Adele spielte, wie es sich für eine begabte Geigerin gehört, auch wenn ihr Herz mit jedem Ton ein Stückchen weiter starb.

Die Musik hier sang vom Bösen.

Die Frau hob die Hand, um ihr Spiel zu unterbrechen. „Das reicht."

Adele brach ab, und obwohl ihre Hände zitterten, versuchte sie, das Instrument so ruhig wie möglich in ihrem Schoß zu halten. Intuitiv wusste sie, dass sie der Frau gegenübersaß, die über ihr Schicksal entscheiden würde.

„Du spielst sehr gut."

Adele war sich nicht sicher, wieso die Frau das einschätzen konnte, aber sie schien darin geübt zu sein, das Spiel von Musikern zu beurteilen.

Sie nickte, anstatt zu antworten. Komplimente hatten an einem solchen Ort nichts zu suchen, so wenig, dass sie sich nicht dazu durchringen konnte, sich zu bedanken.

„Du brauchst dir keine Sorgen zu machen", sagte die Frau. „Eine Künstlerin wie dich schicke ich nicht fort."

Adele stieß einen tiefen Atemzug aus, den sie unbewusst gehalten hatte, und mit ihm sackten ihre Schultern nach unten. Sie starrte auf das Instrument in ihrem Schoß und biss sich auf die Lippen, um die Tränen zurückzudrängen.

„Und wenn Sie mich hinausgeschickt hätten ..."

„Du musst nicht mehr darüber nachdenken, was hätte passieren können."

„Oh Gott!" Die Worte sprudelten aus Adeles Mund, bevor sie sie aufhalten konnte. „Sie wollten mich umbringen!" Panik stieg in ihr auf und schnürte ihr die Luft ab. Es geschah schneller, als es ihr gelang, diese Realität zu begreifen.

Sie war nur einen winzigen Schritt davon entfernt gewesen, eine Kugel in den Kopf zu bekommen.

„Versuch zu atmen, Kind." Die Frau klang irgendwie freundlich. Ihre Worte waren sachlich, und doch schwang eine gewisse Herzlichkeit darin mit. Sie stand auf und durchquerte das Zimmer. Adele lauschte den Schritten auf dem Betonboden. Einige Sekunden später kam sie mit einem Blecheimer in der Hand zurück und stellte ihn vor Adele ab. „Musst du dich übergeben?", fragte sie und streckte die Hände aus, um die Geige entgegenzunehmen.

Daran hatte Adele bis zu diesem Moment gar nicht gedacht. Sie ließ das Instrument los, als es ihr aus dem Schoß genommen wurde, und versuchte, in den Eimer zu würgen, während die Frau über ihr stand. Aber nachdem sie mehr als zwei Tage lang nichts gegessen oder getrunken hatte, brachte sie nicht viel heraus.

„Besser?"

Adele nickte, obwohl sie sich nur leer fühlte. Das Hungergefühl in ihrem Magen war so groß geworden, dass der Versuch, etwas herauszuwürgen, ihr körperliche Schmerzen bereitete.

Die Frau kniete sich neben sie und legte die Geige mit sanften, fast liebevollen Händen zurück in den Kasten.

In all der Dunkelheit, die sie umgab, empfand Adele die Frau unwillkürlich als eine Quelle des Friedens. Und etwas in ihrem Herzen wollte in Tränen ausbrechen, wollte sich dieser Frau in die Arme werfen und darum betteln, aus dem höllischen Albtraum befreit zu werden.

„Danke." Das war alles, was sie über die Lippen brachte. Wie in jener Nacht vor so vielen Wochen, als sie den Arzt um Hilfe gebeten hatte und er so bereitwillig die Wunden an ihren Händen versorgt hatte, so konnte sie auch jetzt keine anderen Worte finden. Nichts anderes war in diesem Moment von Bedeutung.

Die Frau nickte ihr zu, stand auf und machte sich dann im Raum zu schaffen. Sie stellte den Eimer hinten in der Ecke ab und ging zu der Reihe von Holzpritschen an der Wand, um ein Laken auf eines der Betten zu ziehen. Die anderen hatten anscheinend Strohmatratzen, die mit schmuddeligen Tüchern bedeckt waren, denn der Betonboden darunter war mit dem Strohstaub bedeckt, der entsteht, wenn sich jemand auf einem Strohsack herumwälzt.

„Wo sind die anderen?"

„Die anderen?" Die Frau drehte sich nicht zu ihr um, als sie mit ihr sprach. Stattdessen hantierte sie weiter an der Pritsche herum.

„Es gibt hier sechs Betten." Das bedeutete, dass man in dem mäßig großen Raum mindestens vier weitere Frauen unterbringen konnte. Aber wenn Adele recht hatte mit ihrer Vermutung, würden sie sich ihn schon bald mit weit mehr als vier weiteren Frauen teilen.

„Die Pritschen wurden gerade erst hergebracht."

Darum also das Stroh auf dem Boden.

„Und du bist die Erste."

Adele verstand nicht. „Die Erste von was?"

Die Frau schwieg einen Moment. War das vielleicht eine typische Eigenart von ihr? Wenige Worte, und diese sorgfältig gewählt? Dann fragte sie: „Du weißt, wo du bist, oder?"

„In Auschwitz."

„Du bist in Birkenau. Das ist das zweite Lager von Auschwitz."

Adele stand auf und ging quer durch den Raum auf die Frau zu, die Hände in den Taschen zu Fäusten geballt, die Seele hungrig nach Antworten. „Was geschieht hier? Ich habe von diesem Ort gehört, als ich im Gefängnis auf meinen Prozess wartete. Ich wusste, dass man mich in ein Arbeitslager schickt und dass die Leute hier rücksichtslos sein können, aber ..."

„Aber *das* hast du nicht erwartet." Die Frau hatte ihre Gedanken gelesen. Eine weitere Eigenschaft, die aus mehr als nur der Erfahrung im Lager geboren zu sein schien.

„Nein. Nicht annähernd!" Adele wusste nicht, was sie sonst sagen sollte. Und vielleicht brauchte sie auch nicht mehr zu sagen. Der Bahnsteig. Die grausame Mauer des Todes entlang des Weges. Die Wachen und die Häftlinge in gestreiften Uniformen. Die Familien, die man sofort nach der Ankunft auseinanderriss ... Worüber könnte sie sprechen, was diese Frau nicht selbst gesehen oder gehört hätte?

Ihr fiel nur eine weitere Frage ein. „Wie heißen Sie?"

Die Andeutung eines Lächelns schlich sich auf das Gesicht der Frau, verschwand aber augenblicklich wieder. Sie würde nicht lächeln. Nicht an diesem Ort. Nicht in Auschwitz. Niemand würde das tun.

„Mein Name ist Omara Kraus. Nenn mich Omara."

„Und wovon bin ich die Erste, Omara? Warum bin ich hier?"

Die Frau sah ihr direkt in die Augen und sagte ohne die geringste Spur von Emotion: „Du wirst im Mädchenorchester von Auschwitz spielen."

DREIZEHN

„Hier gibt es ein Orchester?"

Omara machte sich weiter im Raum zu schaffen, als hätte sie die Frage nicht gehört.

„Aber warum?"

Die Antwort auf diese Frage kam prompt und ohne Umschweife. „Weil sie schlau sind." Omara warf ein paar Holzspäne in den Ofen, ohne aufzublicken.

Kalt. Das könnte diese Leute beschreiben. Unmenschlich vielleicht. Gnadenlos. Mörderisch. Adele fielen jede Menge Eigenschaften ein, um sie zu beschreiben, aber nicht schlau.

„Hast du schon mal den Namen Maria Mandel gehört?"

Adele schüttelte den Kopf. Dann bemerkte sie, dass die Frau ihr immer noch den Rücken zukehrte, und sagte: „Nein, das habe ich nicht."

„Sie ist eine überzeugte Nationalsozialistin und steht hinter der Staatsführung und allem, was hier geschieht. Aber sie versteht auch etwas von Musik und misst ihr große Bedeutung bei. Im letzten Herbst wurde sie zur Kommandantin des Frauenlagers ernannt. Und auch wenn es für dich und für mich unbegreiflich sein mag – sie schätzt musikalisches Talent bei den Häftlingen. Das andere Lager in Auschwitz hat ein Orchester. Also hat sie beschlossen, dass Birkenau auch eins haben soll."

„Das Orchester ist also ihre Idee?"

„Ich glaube, sie sieht es als ihre Pflicht." Omaras Kiefer spannte sich an, als wäre kurz etwas von der Abscheu, die sie in ihrem Inneren verschloss, auf ihr Gesicht übergeschwappt. „Im Stammlager Auschwitz gibt es ein Männerorchester. Und sie möchte hier ihr eigenes Projekt haben. Das meine ich mit schlau: Sie sind gerissen! Sie nutzen die von Gott gegebene Gabe der Musik insofern aus, als dass sie verstehen, inwiefern die Künste mit vielen Dingen in Verbindung gebracht werden können – beispielsweise mit Erinnerungen an das Glück eines früheren Lebens. Nicht dass es sie interessieren würde, ob wir glücklich sind oder an was wir uns erinnern, aber es ist ihnen wichtig, dass die Häftlinge leichter zu manipulieren sind. Unser Geist soll bezwungen werden, bis wir nichts anderes mehr tun, als mechanisch vor uns hinzuarbeiten, als wären wir Maschinen. Und die Musik dient ihnen dabei als Werkzeug. Für sie sind wir Tiere. Sie nehmen uns den Namen und die Identität", sagte sie und schob den Ärmel ihres rostbraunen Kleides hoch, um eine Zahlenfolge zu enthüllen, die auf ihren linken Unterarm tätowiert war, „und ersetzen sie durch eine Nummer. Sie nehmen uns die Erinnerung und verwandeln sie in etwas Böses."

„Woher weißt du das?"

„Weil ich es mit eigenen Augen gesehen habe."

Adele widerstand dem Drang, sich in den Arm zu kneifen und sich zu sagen, sie solle endlich aufwachen. Das hier war real. Omara hatte gesehen, welche Grausamkeiten man den Menschen hier antat. Alles hier entsprach ganz dem, was Wladimir ihr einst beschrieben hatte. Damals schien es so weit weg zu sein.

Jetzt hatte sie diese Realität vor Augen. „Was hast du gesehen?"

Noch immer auf dem Boden kniend, wandte sich Omara zu ihr um. Sie sah aus, als hätte man sie mit einem Eimer Eiswasser übergossen. Jede Weichheit war aus ihren Zügen verschwunden, und sie presste die Lippen zusammen, als ob die schrecklichen Erinnerungen in ihrem Kopf darum kämpften, endlich laut ausgesprochen zu werden. „Dieses Lager wurde 1942 eröffnet. Ich war eine der Ersten hier." Sie stand auf und durchquerte den Raum.

„Du bist seit mehr als einem Jahr hier?"

„Beinahe."

Adele war fassungslos. In ihren Gedanken machte sich die Befürchtung breit, dass ihre Strafe von acht Wochen Umerziehungslager möglicherweise länger dauern und viel schrecklicher sein könnte, als sie bisher angenommen hatte. Omara war seit einem Jahr im Lager, und es schien sie nicht aus der Fassung zu bringen, diese Tatsache zu erwähnen. Was konnte das bedeuten?

„Ich war Professorin für Geisteswissenschaften an der Universität in Berlin", fuhr Omara fort und setzte sich auf den Rand einer der Strohmatratzen.

Die Frau wirkte nicht geschwächt. Vielmehr machte sie den Eindruck einer weisen alten Geschichtenerzählerin, die es als tröstlich empfindet, ihre Begabung zu nutzen und die Geschichte immer und immer wieder zu erzählen.

Omara faltete die Hände im Schoß und starrte ins Leere, als wäre die Ziegelsteinmauer weggeschmolzen und eine Vision ihrer Erinnerung dahinter lebendig geworden. „Wir waren nicht frei, unsere Meinung zu sagen. Schon gar nicht, wenn die Stimme von einem Juden kam. Nach 1933 wurden uns mehr und mehr Bürgerrechte entzogen. Damit wollten die Nazis die Kontrolle über uns erlangen. Damit fing alles an. Gegen die Juden, meine ich."

„Und du bist Jüdin?"

„Ja." Omara reckte das Kinn ein wenig höher in die Luft. „Ich bin Jüdin. Ein Geschöpf Gottes. Aus dem gleichen Stoff gemacht wie sie. Ein Mensch aus Fleisch und Blut. Eine Frau, die durch Gottes Hand in diesem Augenblick noch am Leben ist. Und wenn ich sehe, dass der Hass auf irgendeine menschliche Volksgruppe wächst, egal, mit welcher Begründung, kann ich nicht schweigend zusehen."

„Du hast also nicht geschwiegen, sondern deine Meinung gesagt? Hast du öffentlich die Machenschaften der Nazis verurteilt?"

„Ja." Omara nickte. „Das habe ich."

Mehr musste Adele nicht hören, um ein flaues Gefühl in der Magengrube zu verspüren.

Sie erinnerte sich an einen Abend im Tanzsaal, der nun fast vier Jahre zurücklag. Sie erinnerte sich daran, wie Wladimir ihr erzählt hatte, dass Deutschland Polen angegriffen habe.

Polen sei „in Besitz genommen" worden, so hatte ihr Vater es wiederum genannt. Er hatte gemeint, dass sie gemeinsam nun wieder stark sein würden. Sie könnten wieder stolz sein. Aber Adele dachte daran, wie sie sich an diesem Abend gefühlt hatte. Sie hatte nichts als Scham empfunden.

Auch jetzt schämte sie sich wieder und fühlte sich schuldig, dass sie blindlings mitgemacht hatte. Sie bedauerte, dass sie nicht mehr getan hatte, um Menschen wie den Auerbachs zu helfen.

„Du hast sie verurteilt, und jetzt zahlst du den Preis dafür."

„Nicht mehr als jeder andere, der durch den Stacheldraht in das grausame Innere dieses Lagers kommt. Und ich zahle viel weniger als die armen Seelen, die man den Hügel hinunterschickt."

„Den Hügel hinunter?"

Omaras Blick ging zur Nordseite des Gebäudes, und sie nickte in diese Richtung. „Geh nie an dieses Ende des Lagers, Adele. Das Ende, wo die Birken und die kleinen Backsteinhäuser stehen."

„Warum? Was ist dort?" Adele stellte sich Hunderte Backsteinmauern vor, die genauso aussahen wie die blutverschmierte Wand, die sie draußen gesehen hatte. Konnte es etwas Schlimmeres geben als das, was sie bereits gesehen hatte?

„Es ist der Tod. Dort kannst du ihn hören. Das Wehklagen, das nur von den schmächtigen Bäumen abgeschirmt wird. Die Verurteilten – sie stöhnen auf. Sie klagen. Sie ahnen nicht, was mit ihnen geschieht, bis es zu spät ist. Es ist das Grauen in Rauch und Asche."

„Aber was für ein Horror ..." Adele schluckte schwer. „Sag es mir. Was für ein Tod erwartet sie dort?"

„Die Art von Tod, vor der dich deine Musik bewahren wird. Du musst nicht mehr wissen, als dass du spielen musst. Sie haben verlangt, dass wir ein Orchester gründen, und genau das werden wir tun. Wir werden spielen. Wir *müssen* spielen, wenn wir überleben wollen. Es ist unsere einzige Chance."

Adele stand da, starrte vor sich hin und fragte sich, wann der Schock ihren Körper verlassen würde. Er war noch nicht abgeklungen.

„Siehst du, Kind? Deine Musik ist eine Eintrittskarte ins Leben."

Adele blickte sich in dem Raum um, während Omara die Betten für die neuen Bewohnerinnen vorbereitete. Mit seinen kahlen Backsteinwänden, den winzigen vergitterten Fenstern und der spärlichen Beleuchtung wirkte er düster und trostlos. Adele hustete wegen des starken Schimmelgeruchs und schlang die Arme um ihren Oberkörper.

Wie um alles in der Welt sollten sie an diesem Ort verhindern, dass sie krank wurden? Schon jetzt, am ersten Tag hier, spürte sie die Kälte bis ins Mark. In der Hoffnung, dass der Raum nur eine Art Übergangsquartier sein würde, fragte sie: „Wo sind wir?"

„In Kanada."

Omaras Antwort verwirrte Adele. Sie sah sich in dem muffigen Hinterzimmer des Lagerhauses um und erinnerte sich an die Behälter, die bis zum Überlaufen mit ausgedienten Sachen gefüllt waren. Sachen, die keinen Besitzer mehr hatten. „Und was ist Kanada?"

„Es ist das Land des Reichtums." Omara ging zur Tür, öffnete sie und gab den Blick auf die langen Reihen von Behältern frei, die Adele bereits gesehen hatte, als die Wache sie hereinführte.

„Sieh dich um. Hier lagern jede Menge Sachwerte. Aber die Häftlinge dürfen nichts davon benutzen. Du wirst feststellen, dass im Winter viele ohne Schuhe und ohne Mantel sind und sterben werden. Aber hier in diesem Lager könnte jeder von ihnen etwas finden, was ihm helfen würde, zu überleben. Sei froh, dass du hier in diesem Ein-Zimmer-Luxusapartment bist. In den anderen Baracken wimmelt es von Ratten und Läusen, die Kojen sind schmutzig, im Stroh lauern

Krankheit und Tod. Viele Häftlinge verhungern, während das Orchester wenigstens zu essen bekommt. Sie haben schmutzige Kleidung, die sie das ganze Jahr über tragen, aber du hast ein Kleid. Und sie haben dir dein Haar gelassen."

Instinktiv flog Adeles Hand zu der dicken blonden Mähne in ihrem Nacken. Ihr Haar war nach mehreren quälenden Tagen im Viehwaggon zwar schmutzig, aber wenigstens war es noch da. „Warum sollten sie mir die Haare abschneiden?"

„Das Haar eines Juden ist verseucht, sagen sie. Sie haben dir nur aus dem Grund den Kopf nicht geschoren, weil du keine Jüdin bist."

„Den Kopf geschoren?" War das der Grund für die vielen Haare im Lager? Adele drehte den Kopf – wie von einer Schnur gezogen – und blickte zu dem Berg von Haaren im hinteren Teil des Raumes.

Als Omara weitersprach, klang ihre Stimme fast spöttisch. Sie griff nach oben und betastete ihren Kopf. „Oder dachtest du, ich trage mein Haar freiwillig so kurz geschnitten?"

„Und man hat alle so rasiert?"

„Ja."

Adele versuchte zu verstehen, aber es gelang ihr nicht. „Alle?"

„Die allermeisten Lagerhäftlinge wurden rasiert. Nummeriert. Tätowiert. Entmenschlicht. Die Häftlinge arbeiten. Tagein, tagaus, egal, ob sie krank, hungrig oder verrückt geworden sind. Sie treten zum Morgenappell an, stehen da manchmal stundenlang – auch im strömenden Regen oder im Sommer in der brütenden Hitze. Ich habe sie sogar schon im Schnee stehen sehen, die Gesichter schmerzverzerrt, während sich um ihre Knöchel Eis bildete." Omara hustete, als hätte sie einen Kloß im Hals, und fuhr dann fort: „Und wenn sie sterben – und sie werden sterben –, wird ihr Körper nur noch eine Nummer sein, die in ein Massengrab geworfen wird."

„Ich …" Die Worte wollten nicht über Adeles zitternde Lippen kommen. Es war so … grausam. Unwirklich. Und die Worte, die sie einst zu ihrer Mutter gesagt hatte, kamen ihr in den Sinn. Sie konnte sie nur hauchen. „Das ist grauenhaft. Ich kann das nicht glauben. Menschen können doch nicht so grausam sein!"

Omara legte die Hände auf Adeles Schultern und zwang sie, ihr in die Augen zu sehen. „Es ist nicht wichtig, ob du mir glaubst. Wichtig ist nur, dass du arbeitest, wenn man es dir sagt, und dass du spielst, wenn man es dir sagt. Nur so kannst du an diesem Ort überleben. Hast du das verstanden?"

Überleben?

„Aber ich wurde nur der Form halber hergeschickt." Adele biss sich auf die Lippen, um zu verhindern, noch mehr kindische Gedanken zu äußern. Naivität war ein Luxus, den sie sich nicht mehr leisten konnte. „Ich dachte, es wäre nur eine Strafmaßnahme und dass sie mir dieses Arbeitslager nur aus Formalität auferlegt hätten, um mich zu demütigen und dann zu meinen Eltern zurückzuschicken."

„Sie verschwenden ihre Zeit nicht mit Demütigungen. Du wirst in Kanada arbeiten", Omara ging zu der offen stehenden Tür und nickte in Richtung des gut gefüllten Lagers, „und im Orchester, wenn die Zeit gekommen ist."

Adele sah zu den Regalen hinüber und fühlte sich von der Fülle an Gegenständen, die sie vor sich sah, wie erdrückt. „Aber wenn diese Sachen doch alle hier sind, warum werden sie dann nicht an die Häftlinge ausgegeben? Die Deutschen können doch keine Verwendung haben für alte abgelegte Anzüge und ausgetretene Schuhe. Wären die Menschen hier nicht bessere Arbeitskräfte, wenn sie vor Krankheiten geschützt würden? Eine Jacke und Schuhe wären sicher hilfreich!"

„Meine Liebe, du wirst schnell lernen, dass sie keine Verwendung für uns haben. Für keinen von uns. Selbst wenn wir spielen können, sind wir es in ihren Augen nicht wert, am Leben zu sein." Sie schloss die Tür mit einem Ausdruck der Verachtung im Gesicht. „Sie würden eher das Lagerhaus niederbrennen, als dem Juden einen Mantel zu geben."

VIERZEHN

Gegenwart
Kalifornien

„Sera, was in aller Welt ist los?“ Penny am anderen Ende der Leitung klang besorgt. „So habe ich dich schon lange nicht mehr erlebt. Du bist ja ein einziges Nervenbündel!“

„Ich bin auf der Hochzeit seiner kleinen Schwester! Er hat mich eingeladen – was hätte ich denn sagen sollen?“

„Na, ich hätte auch Ja gesagt.“

Sera hörte ein leises Glucksen durchs Telefon und fragte: „Penny, lachst du etwa über mich?“

„Genau, meine Liebe. Und ich genieße es, wenn ich das hinzufügen darf.“

Die Ironie war ihr nicht entgangen.

Normalerweise war Penny diejenige von ihnen, die impulsive Entscheidungen traf, wenn es um Männer ging; sie hatte schon so manche Beziehung hinter sich. Und Sera war das komplette Gegenteil: Sie war zurückhaltend und vergrub sich meist ganz in der Arbeit. Die Tatsache, dass sie sich jetzt in einem der überdimensionalen Badezimmer des hanoverschen Anwesens eingeschlossen hatte, wo sie nervös hin und her lief und ihr Äußeres kritisch unter die Lupe nahm, war also kein gutes Zeichen.

„Penny, der Mann ist mein Auftraggeber – das macht ihn quasi zu meinem Boss." Seras schwarze Pumps klackten auf dem Marmorboden. Als sie Penny erneut lachen hörte, blieb sie abrupt stehen. „Danke, dass du mich ernst nimmst."

„Du musst schon zugeben, dass es sich komisch anhört, Sera. Du schließt dich im Badezimmer deines neuen Arbeitgebers ein, rufst deine Assistentin an und –"

„Freundin."

„Okay, Freundin. Der Punkt ist, dass du hier mit mir telefonierst, während du eigentlich dort draußen auf der Feier sein solltest, um dich zu amüsieren! Kuchen essen. Champagner schlürfen. Tanzen. Lachen und dir zur Abwechslung mal ein paar nette Stunden gönnen! Du hast es dir verdient."

„Ernsthaft?", rief Sera ins Telefon, senkte die Stimme dann aber zu einem rauen Flüstern, als sie hörte, dass jemand auf dem Flur vor der geschlossenen Badezimmertür vorüberging. „Du weißt genau, dass ich das nicht tun kann!"

„Was kannst du nicht tun? Dich amüsieren und einfach mal das Leben genießen? Warum überrascht mich das nicht?"

„Du weißt, was ich meine, Penny. Ich weiß nicht, ob das ein Date ist oder nicht … Ich brauche dringend deinen Rat."

„Du musst schon sehr verzweifelt sein, wenn du ausgerechnet mich in dieser Frage anrufst. Ich hatte letzte Woche drei Verabredungen mit drei verschiedenen Männern", gab Penny zurück. „Ich blicke ja schon bei mir selbst nicht mehr durch."

„Dann sag mir bitte, dass ich den Verstand verloren habe. Sag mir, dass ich nicht anfangen darf, diesen Mann zu mögen. Es geht hier doch um Geschäftliches – das ist doch alles total verrückt, oder?"

Als Penny keine Antwort gab, stampfte Sera leicht mit dem Fuß auf und zischte: „Ich bewege mich jetzt nicht von der Stelle, bis du mir antwortest. Als deine Freundin verlange ich von dir, dass du mir einen vernünftigen Grund nennst, warum ich bleiben sollte. Also los. Nur einen Grund!"

Am anderen Ende der Leitung herrschte weiterhin Schweigen.

Schließlich gab Penny genau das von sich, was Sera von ihrer jüngeren, viel unkonventionelleren Assistentin erwartet hätte. „Wie sieht er aus?"

„Penny!"

„Ach, komm schon. Du kannst es mir ruhig sagen. Ist er ein Hingucker?" Sera hörte, wie Penny im Hintergrund auf die Tastatur ihres Laptops hämmerte. „Vergiss es. Ich werde ihn googeln. Das geht schneller, als eine Antwort aus dir herauszuquetschen."

„Lass das sein! Auf der Stelle!"

Penny hatte das Feingefühl einer Dampfwalze. Und sie konnte sich einfach nie zurückhalten, wenn es um das Thema Männer ging.

„Penny, nach einem Bild von ihm zu suchen, bringt doch nichts."

„Ach nein? Ich muss wissen, wie sich die Situation darstellt, über die wir hier reden. Ich meine, wenn er fantastisch aussieht, dann kommst du vielleicht nie wieder nach Hause, und ich verliere meinen Job. Aber wenn der Typ abstehende Ohren oder eine riesige Nase hat, dann kann ich in der Mittagspause wenigstens ein Modemagazin durchblättern, statt die Zeitung nach Stellenanzeigen zu durchforsten. Außerdem würde ich gern das Gesicht des Mannes sehen, der es geschafft hat, die Mauer um Sera James' gepanzertes Herz einzureißen. So etwas hat es noch nie gegeben! Ich bin daher gezwungen zu schlussfolgern, dass dieser junge Mann attraktiv genug ist, um auf dem Cover eines Hochglanzmagazins zu erscheinen."

„Niemand hat irgendetwas eingerissen", flüsterte Sera, während sie im Hintergrund immer noch das Klappern der Laptop-Tastatur hörte.

Nein, es war William Hanover nicht gelungen, auch nur einen einzigen Stein zu bewegen. Ganz und gar nicht! Abgesehen von der Tatsache, dass Sera am Nachmittag losgelaufen war, um sich ein passendes Outfit für diesen Anlass zu kaufen, und jetzt dastand und versuchte, die Falten aus dem knielangen rosa Kleid zu streichen. Und sich selbst davon zu überzeugen, kein hoffnungsloser Fall zu sein.

Nach einer Pause und einem weiteren Blick in den Spiegel gab sie dem Drang nach, ehrlich zu Penny zu sein. „Ich habe mir ein Kleid gekauft."

„Du hast ein Kleid für diesen Kerl gekauft? Oh, wow! Dann ist es ernster, als ich dachte."

„Nicht für den Kerl – für die Hochzeit!"

Am anderen Ende blieb es still, sodass sich Sera fragte, ob die Verbindung unterbrochen worden war. Dann hörte sie ein klickendes Geräusch, als würde Penny nachdenklich mit einem Stift auf die Schreibtischplatte klopfen.

„Bist du noch da, Penny?"

„Wirst du ihm von Michael erzählen?"

„Michael? Warum in aller Welt sollte ich ihm von Michael erzählen?"

Penny schwieg einen Moment, dann antwortete sie: „Ich weiß nicht ... Ein neuer Mann könnte es interessant finden, dass du nur Stunden davon entfernt warst, vor den Altar zu treten, als dein Verlobter die Hochzeit abgesagt hat, und dass du dir seitdem geschworen hast, keinen Mann mehr anzugucken. Seit ... mehr als zwei Jahren, oder?"

„Ich habe mir überhaupt nichts geschworen!"

„Dann muss ich mich wohl getäuscht haben." Penny seufzte. „Hör zu, Sera, du merkst es vielleicht nicht, aber du hast praktisch jeden aus deinem Leben ausgeschlossen. Du verkriechst dich in deiner Wohnung, wenn du nicht auf der Arbeit bist. Du hast deine Mutter seit fast einem Jahr nicht mehr besucht. Und ich erinnere mich noch genau an das letzte Mal, als ich dich zu einem Date zu viert überredet habe: Du hast dich um halb acht verdrückt und das Lokal verlassen, obwohl ich einen netten jungen Mann aufgetrieben hatte, der dich zum Abendessen und ins Kino einladen wollte. Du hättest wenigstens bis zum Nachtisch bleiben können."

„Wann soll das gewesen sein?" Sera versuchte, sich zu erinnern. „War es das Date mit Brents Cousin?"

„Ja. aber sein Name ist Brad, nicht Brent“, schimpfte Penny. „Aber das ist nicht der Punkt!“

Sera hörte, wie es draußen auf dem Korridor lauter wurde. „Ich fürchte, ich muss Schluss machen, hier bildet sich gerade eine Schlange vor der Tür.“

„Du verkriechst dich“, erklärte Penny.

Stimmte das? Das Kleid war passend, hoffte sie. Sie hatte mehrere Stunden gebraucht, um eins zu finden, das ihrer Meinung nach geeignet war.

„Du hast recht, Penny.“ Sie verkroch sich vor William. Sie floh vor dem Leben. Alles nur, weil sie Angst hatte, noch einmal verletzt zu werden.

Hatte sie sich auch vor Gott verkrochen?

„Also, was willst du jetzt tun?“

„Das Einzige, was mir übrig bleibt: mich aus dem Badezimmer wagen und zu dem Fest gehen.“ Sie nahm ihre schwarze Handtasche vom Waschtisch und sagte: „Ich bin dann mal weg.“

„Okay. Ruf jederzeit an, wenn du mich brauchst.“

„Mach ich.“

Sera hatte schon fast aufgelegt, als Penny noch hinzufügte: „Oh, und Sera?“

„Ja?“

Sie konnte Penny kichern hören. „Hüte dich, zu tief in diese unfassbar blauen Augen zu schauen!“

„Ist alles in Ordnung?“ William zog den Stuhl für sie zurück und wartete, bis sie sich gesetzt hatte.

„Ja. Ich musste nur kurz telefonieren.“

Er setzte sich neben sie. Nah – ein bisschen zu nah. Sie konnte den Duft seines Aftershaves riechen.

Inmitten der funkelnden Lichter und trotz des fröhlichen Tumults um sie her hatte Sera mit einem Mal das Gefühl, als hätten sie einen Moment nur für sich – obwohl es eine riesige Hochzeit mit einer Unzahl an Gästen war. Sie saßen mittendrin, und während er schwieg, beschäftigte sie die Frage, was in aller Welt er wohl denken mochte. Es kam ihr fast vor, als wären sie allein.

„Darf ich Sie etwas fragen?"

Williams Frage riss Sera aus ihren Gedanken.

„Natürlich."

„Warum haben Sie Ja gesagt? Als ich Sie zur Hochzeit eingeladen habe, meine ich. Warum haben Sie zugestimmt, mich heute Abend zu begleiten? Ich hatte nämlich das Gefühl, Sie hätten mir lieber eine Abfuhr erteilt."

Sera dachte kurz über seine Frage nach und zuckte dann mit den Schultern. „Ein leckeres Abendessen. Eine fantastische Aussicht. Und … Kuchen? Eine Dame sagt niemals Nein zu Kuchen."

„Oh, ist das so?"

„Berühmte Worte meiner Assistentin." Sie neigte das Kinn ein wenig und schenkte ihm ein leichtes Lächeln, in der Hoffnung, dass sie selbstbewusster wirkte, als sie sich fühlte. „Oder ich könnte Sie auch einfach nur um den Finger wickeln wollen. Sie wissen schon, damit Sie mir das Gemälde überlassen, wenn die Sache vorbei ist."

„Mich um den Finger wickeln, ja?"

„Richtig verstanden, Mr Hanover."

„Und verraten Sie mir, Manhattan", er wandte sich zu ihr und sah ihr direkt in die Augen, „woher haben Sie eigentlich dieses wunderhübsche Kleid?"

Ihre Hände wanderten nach oben zum Kragen ihres exquisiten rosa Outfits. „Das Kleid? Wieso?" Sera schluckte.

„Es lag ja wohl nicht zufällig in Ihrem Koffer, oder?"

Sie versuchte, ihn mit so viel Lässigkeit wie möglich abzuspeisen. „Nun, ein Hosenanzug aus Manhattan wäre für eine Hochzeit nicht passend gewesen. Er hätte allen Gästen sofort verraten, wo ich herkomme. Aber zu meinem Glück gibt es in Kalifornien Läden wie in New York, und ich habe sehr schnell etwas Passendes gefunden."

„Wer hätte das gedacht?" Er lächelte amüsiert – ein Echo auf den leichten humorvollen Ton, in dem sie gesprochen hatte.

„Genau. Wer hätte das gedacht? Ich habe einfach das erste Kleid gekauft, das ich im Schaufenster sah." *Nachdem ich zuvor zwanzig andere anprobiert habe.*

Er lehnte sich zurück und musterte sie ganz unverhohlen. Und auch wenn er in seinem Smoking blendend aussah und dazu noch sehr gut roch, ermahnte sich Sera, jegliche Gefühle zu unterbinden, bevor sie auch nur auftauchen konnten.

Eine sanfte Meeresbrise wehte herein und brachte die Lichterketten unter der Decke des Pavillons zum Schaukeln. Die Kerzen auf dem Tisch flackerten. Der Windstoß fuhr Sera durchs Haar und wehte ihr ein paar lange Locken ins Gesicht. Sie versuchte, die Strähnen mit einer Hand zu bändigen, und kämpfte gleichzeitig gegen die Versuchung an, die Hand zurückzuziehen und darauf zu hoffen, dass er ihr das Haar aus dem Gesicht streichen würde.

„Sind Sie immer so förmlich?"

„Förmlich? Ich glaube nicht, dass ich besonders förmlich bin." Sera dachte daran, wie sie ihre Freitagabende verbrachte: alles andere als förmlich auf der Couch kuschelnd, mit Essen vom Chinesen um die Ecke auf dem Schoß und alten Schwarz-Weiß-Filmen auf dem Bildschirm. Sie musste lächeln, als sie an ihr dunkelblaues Lieblingssweatshirt mit dem kleinen Loch im Ärmel dachte.

„Dann sind wir uns einig, dass Sie mich nicht mehr Mr Hanover nennen dürfen? Ich höre das nur im Büro, und selbst da mag ich es nicht. Ich bin William. Oder Will, für meine Familie und Freunde."

„Ah, dann sind wir jetzt also Freunde? Das hatte ich noch gar nicht mitbekommen." Sie versuchte, leicht und amüsiert zu klingen, doch der ernste Blick, mit dem er sie ansah, sagte ihr, dass er nicht scherzte.

„Jedenfalls würde ich das gern glauben, Sera. Wir haben jetzt ungefähr die letzten achtundvierzig Stunden zusammen verbracht. Vielleicht können wir diese Sache gemeinsam als Freunde angehen? Denn ich sehe, dass sie dir wichtig ist."

Der nächste Windstoß spielte mit seinem Haar statt mit ihrem. Die Spannung zwischen ihnen wurde dadurch allerdings nicht gebrochen.

Sera holte tief Luft, als seine blauen Augen intensiv ihr Gesicht betrachteten. *Okay, Gott. Was auch immer du mir sagen willst, du hast meine volle Aufmerksamkeit!*

Als sie nicht antwortete, veränderte sich Williams Gesichtsausdruck. „Aber da steckt noch mehr dahinter, oder?"

„Vielleicht."

„Sera", sagte er leise und legte den Kopf ein wenig zu Seite. „Was ist es, was du mir nicht sagen kannst oder willst?"

Sie wandte den Blick von ihm ab und sah hinauf zu dem beleuchteten Zeltdach über ihr, das wie ein Sternenhimmel anmutete. Es war ein wunderschöner Anblick. Zu schön, um den Moment mit einer Erinnerung zu verdunkeln, die sie so lange verdrängt hatte.

Das Einsetzen der Musik unterbrach das Schweigen, das sich zwischen ihnen aufgebaut hatte.

Statt ihr weitere Fragen zu stellen, stand William auf und zog seine Smokingjacke aus, warf sie über die Lehne seines Stuhls und sah dann zu ihr hinunter. In einem unvermutet sanften Tonfall sagte er: „Tanz mit mir", und streckte ihr eine Hand hin.

„Wie bitte?"

„Komm schon. Du hast zugestimmt, dass wir Freunde sind. Und Freunde dürfen miteinander tanzen."

Er hielt ihr noch immer die Hand hin, obwohl Sera keine Anstalten machte, sie anzunehmen.

„Ich habe schon lange nicht mehr getanzt", flüsterte sie, damit es sonst niemand hören konnte, aber trotzdem stieg ihr eine leichte Röte ins Gesicht. Hoffentlich konnte er nicht sehen, dass sie die Hände ganz verkrampft im Schoß vergraben hatte, um das Zittern unter Kontrolle zu bekommen.

„Gut. Ich auch nicht." Als sie immer noch keine Anstalten machte, seine Hand zu nehmen, fügte er mit einem jungenhaften Lächeln hinzu: „Ich führe mit der falschen Hand, und du kannst mir sogar auf die Zehen treten, wenn du willst. Komm, wir werden das schon irgendwie hinbekommen."

Die Band spielte jetzt einen Oldie aus den 1940er-Jahren, den die meisten Gäste gut kannten. William wandte den Kopf in Richtung Bühne. Die Sängerin begann mit ihrer seidigen Stimme den Jazzsong „The Very Thought of You" zu singen, und Sera und er lächelten unwillkürlich.

„Klingt, als wäre das unser Lied", sagte er und wartete immer noch mit geöffneter Handfläche. „Willst du das etwa ablehnen?"

Sera brachte das Gedankenkarussell in ihrem Kopf zum Stehen. Dieses eine Mal wollte sie nicht davonlaufen, sondern das tun, was ihr Herz ihr sagte. Zwei Jahre oder hundert – es spielte keine Rolle, wie lange sie sich dem Leben verschlossen und ihr Herz eingesperrt hatte. Vielleicht könnte sie es tatsächlich wagen, wieder jemandem zu vertrauen.

Vielleicht könnte sie ihm vertrauen.

Sera legte ihre Handtasche auf den Tisch, nahm seine Hand und ließ sich zur Tanzfläche führen.

Mit der leichten Berührung seiner Hand in ihrem Rücken und der anderen Hand, die ihre hielt, fühlte sich plötzlich alles richtig an. Sie tanzten. Langsam und sanft wiegten sie sich im Takt der Musik, als hätten sie schon hundertmal zusammen getanzt. Und irgendwann, während er sie in den Armen hielt, vergaß Sera, dass sie nicht allein waren. Die Tanzfläche war voll, aber keiner von beiden schien es zu bemerken.

Sera schloss die Augen, während sie tanzten, während er sie hielt, während sie den Gedanken zuließ, dass sie eines Tages wieder so etwas wie Liebe empfinden könnte. Gleichzeitig befürchtete sie, ihr Herz könnte vergessen, dass sie sich auf gefährlichem Boden bewegte, während sie in William Hanovers Armen über die Tanzfläche schwebte.

„Glaubst du, sie haben zu diesem Lied getanzt?", fragte er leise, das Gesicht nah an ihrer Schläfe.

Sera schlug die Augen auf. „Du meinst, Adele und der junge Musiker?", fragte sie im Flüsterton.

„Ja. Es war zur damaligen Zeit sicher sehr beliebt."

Sera spürte die Wärme seines Atems auf ihrer Stirn und erschauerte. Er musste denken, dass sie fröstelte, denn er zog sie sanft näher an sich heran und hielt sie dicht an seinem Oberkörper, sodass sie seine Wärme spüren konnte und ihr Kopf bei jedem melodischen Wiegen leicht sein Kinn streifte. „Ich glaube, schon. Wahrscheinlich in der Version von Billie Holiday oder irgendeiner anderen populären Sängerin aus dieser Zeit. Aber wenn ich den Song höre, dann immer in der Fassung von Nat King Cole."

„Aus den Fünfzigern?"

„Mhm."

Er nickte, und sein Kinn berührte ihre Stirn. Schweigend tanzten sie weiter und wiegten sich im Takt der Melodie.

„Und glaubst du an zweite Chancen?" Williams Worte waren kaum mehr als ein Flüstern.

Wie meinte er das? Sera wünschte, sie wüsste es. „Zweite Chancen?"

„Wenn die beiden ein Paar waren, wie wir vermuten, hätten sie dann nicht alles dafür gegeben, wenigstens eine weitere Chance zu haben, das zu tun, was wir jetzt tun? Vor allem, wenn man bedenkt, was ihnen hätte passieren können?"

Sera schüttelte den Kopf. Sie war auf der Suche nach dem Gemälde der jungen Geigenspielerin – nicht auf der Suche nach einer längst vergangenen Romanze. Die Liebe war für sie schon lange kein Thema mehr – seit ihr damals jemand das Herz gebrochen hatte. Warum also sollte sie sich jetzt Gedanken über zweite Chancen machen? Was enthielten sie denn anderes als gebrochene Versprechen?

Falls er ihr Zögern bemerkte, schien er gewillt, es zu ignorieren, denn er flüsterte ihr ins Ohr: „Was also sollen wir mit diesem gestohlenen Moment anfangen?"

Sera spürte, wie sich ein flaues Gefühl in ihrem Magen ausbreitete. In zwölf Stunden würde sie abreisen. Das war es dann. Sie würde in einem Flugzeug sitzen und Tausende Meilen weit wegfliegen von Kalifornien und von diesen unfassbar blauen Augen.

„William, ich reise morgen ab und –"

Er verstärkte den Druck seiner Hand in ihrem Rücken und lachte leise. „Siehst du? Du hast mich nicht Mr Hanover genannt. Ich wusste, dass du es schaffst, wenn du es dir nur vornimmst."

„Es ist egal, wie wir uns anreden", stimmte sie zu und versuchte, die richtigen Worte zu finden, um die Wahrheit abzuschwächen. „Ich bin nur … nicht sicher, ob ich bereit bin für … das hier."

„Ist es, weil ich dich angestellt habe? Oder ist es etwas anderes?" William lehnte sich zurück, sodass sich ihre Blicke trafen. Ihr Tanz wurde langsamer, jeder Schritt bewusster. Sogar verbundener. „Noch etwas anderes als das Gemälde?"

Sie neigte ihr Kinn zu einem sanften Nicken. „Das war es schon immer."

Er sah sie an, als würde er die Antwort bereits kennen, und fragte: „Wer hat dich verletzt, Sera?"

Sie erwiderte seinen Blick und wich etwas zurück vor der Eindringlichkeit dieser Augen, die nun ihr Gesicht zu ergründen suchten. So gut war es ihr also gelungen, es zu verbergen?!

„Jemand, der das Versprechen halten wollte: ‚Bis dass der Tod uns scheidet.'" Sie seufzte. „Aber er konnte es nicht einmal lange genug halten, um gemeinsam mit mir vor den Altar zu treten."

Williams Stimme war ernst, als er sagte: „Sera, das tut mir sehr leid."

Sie holte tief Luft und kämpfte gegen die Tränen an, die ihr in die Augen zu steigen drohten. „Ich habe über das alles hier nachgedacht. Sehr viel. Und –"

„Du hast an mich gedacht?" Williams Mund verzog sich zu einem plötzlichen Schmunzeln.

„Nein, so meinte ich das nicht." Sie schüttelte den Kopf, irritiert darüber, dass sie in seiner Gegenwart nicht klar denken konnte. Vor lauter Nervosität stolperte sie über ihre eigenen Schritte und hätte fast ihren Absatz in seine Schuhspitze gebohrt. „Tut mir leid", entschuldigte sie sich und blieb stehen. „William, wir tragen beide Altlasten mit uns herum. Nur verschiedene Arten. Wir sind beide auf der Suche nach etwas, was weit über das hinausgeht, was mit Adele geschehen ist – und es ist reiner Zufall, dass dein Weg sich mit meinem gekreuzt hat. In Anbetracht der Tatsache, dass das Gemälde zwischen uns und die Zukunft deiner Familie auf dem Spiel steht, ist es einfach unrealistisch, dass wir Freunde sein können."

„Gut."

Gut?

Hatte sie richtig gehört? Sera hob den Kopf und sah ihm direkt in die Augen. „Du findest das gut?"

„Ich dachte, das könnte deine Aufmerksamkeit erregen", sagte er leise, hob die Hand und strich ihr sanft über die Wange. Es war eine zärtliche Berührung, die sie nicht erwartet hatte. „Ich glaube auch nicht, dass ich mit dir befreundet sein möchte."

FÜNFZEHN

1. September 1939
Wien
Rückblick – kurz vor Kriegsbeginn

„Siehst du? Er schaut schon wieder zu dir her!"

Margret zupfte am Ärmel von Adeles blau-weiß geblümtem Kleid, während sie ihre Beobachtungen über den gut aussehenden jungen Mann kundtat, der kurz zuvor den Tanzsaal betreten hatte. Er lehnte am anderen Ende des Raumes an der Wand und sah immer wieder in ihre Richtung. Die Tanzkapelle spielte, Paare tanzten, die Lichter über der Tanzfläche waren gedämpft – aber all das schien ihn nicht zu interessieren.

Adeles Herz schlug schneller, während er einfach nur mit überkreuzten Beinen dastand und zu der Ecke herüberblickte, in der sie mit ihren Freundinnen saß. Margret und die anderen Mädchen hielten es sicher für eine zufällige Begegnung.

„Hast du mich gehört?" Margret stieß sie in die Schulter, um ihre Aufmerksamkeit zu erregen. „Der Traumprinz da drüben starrt dich ständig an. Ganz sicher. Alle paar Sekunden schaut er in deine Richtung. Siehst du?" Vielsagend zog sie die Augenbrauen hoch und grinste. „Da, schon wieder! Ich glaube, er verguckt sich gerade in unsere hübsche kleine Geigerin."

Adele rührte mit dem Strohhalm in ihrer Colaflasche und versuchte, so lässig wie möglich zu wirken. „Wirklich? Ist mir gar nicht aufgefallen.“

Margret durchschaute sie allerdings sofort. Das tat sie immer. Sie war die erste Freundin, die Adele im Herbst zu Beginn ihres Studiums gefunden hatte; und obwohl Margret verrückt nach Jungs war, genoss Adele ihre Kameradschaft. Die anderen Mädchen, Felicitas und Greta, waren beide fleißige Musikstudentinnen wie sie selbst. Sie waren liebenswert und anständig und viel zurückhaltender als ihre inoffizielle Anführerin.

„Ich wette, er fordert dich gleich zum Tanz auf, Adele.“ Greta bedachte sie mit einem vielsagenden Augenaufschlag, während ihr Lächeln die Konturen ihres Gesichts weich werden ließ. „Und das an deinem Geburtstag!“

Adele spürte, wie sich ihre Wangen röteten. Natürlich hoffte sie, dass er sie an ihrem Geburtstag zum Tanzen auffordern würde. Das war ihr allergrößter Wunsch!

„Na, das sollte er aber besser auch, so wie er dich anstarrt. Und das ist dir gar nicht aufgefallen?“ Margret verdrehte die Augen, was bei den beiden anderen Mädchen am Tisch ein kollektives Kichern auslöste. „So etwas sollte dir aber auffallen, Adele. Sieh ihn dir nur an – wie gut er aussieht! Der perfekte Mann für Österreichs Liebling!“

„Lass doch das Thema, Margret. Sie möchte auch einmal einen Abend lang vergessen, wer sie ist. Kann sie nicht einfach mal Adele sein? Warum muss das Orchester schon wieder ins Spiel kommen?“

„Er spielt auch bei den Philharmonikern, nicht wahr?“

Adele nickte und versuchte, sich zu beherrschen und nicht zu ihm hinzusehen. Stattdessen starrte sie auf die Colaflasche, die sie in den Händen drehte. „Ja. Er ist ein neuer Cellist.“

„Siehst du, Felicitas? Sie tut nur so ahnungslos. Unsere Adele ist wahrscheinlich in den geheimnisvollen Unbekannten dort drüben verliebt und …“, Margret ließ sich mit einem übertriebenen Seufzer gegen Adeles Schulter sinken, „… seien wir doch mal ehrlich: Ich kann es ihr nicht verdenken. Ich bin auch hin und weg von ihm. Seit Wochen versuche ich nun schon, ihr etwas über diesen großen Unbekannten zu entlocken, aber nie hat sie irgendwelche Details preisgegeben. Findet ihr das nicht auch etwas seltsam? Ich glaube, sie sind heimlich befreundet, und sie will es uns einfach nicht sagen."

Adele musste unwillkürlich lächeln. Seit er durch die Tür getreten war, hatte sie ihn nicht mehr aus den Augen gelassen. Tatsächlich hatte Adele den ganzen Abend auf ihn gewartet, auch wenn sie das vor ihren Freundinnen nie zugeben würde. Die saßen herum wie liebeskranke Kätzchen und schnurrten über jeden dunkelhaarigen Mann, der auch nur die Andeutung eines Lächelns in Richtung ihres Tisches warf. Doch als Wladimir hereingekommen war, war ein kollektiver Seufzer durch die Gruppe gegangen.

Aus irgendeinem Grund zögerte Adele, ihnen mehr zu erzählen. Vielleicht lag es daran, dass sie befürchtete, ihre Eltern könnten von ihrer Freundschaft zu Wladimir erfahren. Oder vielleicht wollte sie sich selbst nicht eingestehen, dass sie dabei war, sich über beide Ohren in ihn zu verlieben? Sicherlich sah der etwas ältere Wladimir in ihr nicht mehr als eine junge Gastsolistin seines Orchesters.

Adele trug an diesem Abend einen Perlenkamm im Haar. Sie hatte es vorn und an den Seiten hochgesteckt, sodass ihr der hintere Teil in einer Lockenpracht über den Nacken und auf die Schultern fiel. Viele Mädchen trugen ihr Haar so. Aber der Kamm? Der war für ihn, nur für ihn. Sie hoffte, es würde ihm auffallen und dass er in ihr nicht nur die kleine Studentin sah, die mit ihm auf der Bühne stand. Sie wünschte sich, dass er etwas von der Frau in ihr sehen konnte!

„Die Chancen stehen gut, dass er in den nächsten fünf Minuten rüberkommt." Margret, die sich immerzu dem romantischen Traum von einem edlen Prinzen in schimmernder Rüstung hingab, lächelte sie wissend an. „Und du, mein Fräulein, wirst nur so dahinschmelzen."

„Aber eine von uns wird vielleicht nicht hier sein, um das zu erleben", flüsterte Felicitas und stieß sie mit dem Ellbogen an. „Schau!"

Ein gut aussehender Offizier kam in ihre Richtung. Er blieb vor dem Tisch stehen, neigte den Kopf zu der Gruppe und wandte sich dann … Adele zu.

„Verzeihung, mein Fräulein. Darf ich um die Ehre eines Tanzes bitten?"

Margret trat ihr unter dem Tisch gegen das Schienbein. Adele blickte sie an und sah, das ihre Freundin vielsagend lächelte, erwartungsvoll mit dem Kopf nickte und lautlos mit den Lippen die Worte „Bist du verrückt? Sag ja!" formte. Auch Felicitas und Greta starrten sie mit großen Augen an, während der Offizier auf ihre Antwort wartete.

Instinktiv ließ Adele den Blick zu Wladimir schweifen, in der Hoffnung, er würde es bemerken und sie an anstelle des jungen Mannes zum Tanzen auffordern.

Aber der Platz an der Wand war leer.

Ihre Augen suchten den Raum ab, aber sie entdeckte nicht die leiseste Spur von ihm. Wann war er gegangen?

Ein dezentes Räuspern brachte sie aus ihren Gedanken zurück an den Tisch. Adele wandte ihre Aufmerksamkeit wieder dem Offizier zu, der geduldig wartete, und den Freundinnen, die atemlos schienen, während die Sekunden vergingen, bis sie in der Lage war, zu antworten. Was sollte sie jetzt tun? Wladimir hatte sie nicht zum Tanzen aufgefordert. Sicher hatte er das auch nie vorgehabt, sonst hätte er sich wohl bemerkbar gemacht.

Also nickte Adele und erhob sich lächelnd von ihrem Stuhl. Der Offizier erwiderte das Lächeln und reichte ihr eine behandschuhte Hand, die sie ergriff, und gemeinsam gingen sie zur Tanzfläche.

Obwohl er etwas nervös wirkte, war der junge Mann ein guter Tänzer. Wahrscheinlich hatte man ihn genauso gut geschult wie sie als junges Mädchen.

Ihre Mutter hatte immer davon geträumt, dass Adele einen Moment wie diesen erleben würde, eine zufällige Begegnung auf der Tanzfläche mit einem Offizier, der so privilegiert war wie sie und mit dem sie gemeinsam in einem Rolls Royce mit roten Nazi-Flaggen in den Sonnenuntergang fahren würde. Und zweifellos hätte der höfliche und gut aussehende junge Mann die Wünsche ihrer Mutter mit Glanz und Gloria erfüllt. Aber in Adeles Augen konnte er dem mittellosen Cellisten, von dem sie sich wünschte, er hätte sie zum Tanz aufgefordert, niemals das Wasser reichen.

Sie lächelte ihren Tanzpartner höflich an und hörte ihm so aufmerksam zu, wie sie konnte. Sie tanzte fast mechanisch und verspürte nicht die geringste Zuneigung, während er weiterredete. Obwohl sie sich wünschte, etwas zu empfinden, war es sinnlos. Ihre Augen wanderten alle paar Sekunden durch den Raum, während der junge Mann sie steif im Arm hielt. Adele konnte es kaum erwarten, dass das Lied zu Ende war, damit sie endlich fliehen konnte. Aber jedes Mal wenn sie versuchte, von der Tanzfläche zu verschwinden, nahm ein anderer eifriger Tänzer den Platz des vorherigen ein. Es vergingen drei weitere Tänze, bevor sie einen Moment Zeit hatte, zu Atem zu kommen. Und trotz ihrer forschenden Blicke bei jeder Drehung auf dem Parkett hatte sie Wladimir nicht mehr entdeckt.

Sie brauchte etwas frische Luft.

Gleich als die letzten Töne des laufenden Musikstücks verstummt waren und der Applaus einsetzte, bedankte sie sich höflich bei ihrem Tanzpartner und steuerte geradewegs auf den Ausgang zu.

Glücklicherweise war es draußen nicht so kalt, dass sie zurück an den Tisch hätte gehen müssen, um ihren Mantel zu holen. Ihre Freundinnen hätten die Tränen in ihren Augen bemerkt und ihr zweifellos Fragen gestellt.

Ohne zurückzublicken, stürmte Adele durch die Eingangstür und wäre beinahe in eine Gruppe von jungen Offizieren gelaufen, die draußen standen, um zu rauchen. Einer von ihnen pfiff ihr hinterher, als sie vorbeiging, daher beschleunigte sie ihre Schritte.

Vielleicht sollte sie einfach direkt nach Hause gehen? Es war nicht sehr weit, aber es würde ihr genug Zeit verschaffen, die Fassung wiederzugewinnen, bevor sie jemandem gegenübertreten musste. Denn zweifellos würde ihre Mutter noch wach sein und darauf warten, jede Einzelheit des Abends zu erfahren: mit wem sie getanzt hatte, ob überhaupt geeignete junge Männer dort gewesen waren ... Es war immer das Gleiche. Und die Tränen in ihren Augen würde sie vor ihrer Mutter nicht verbergen können.

„Adele?"

Sie hörte Schritte hinter sich und blieb stehen, als sie den Klang von Wladimirs Stimme erkannte. Ihr Herzschlag beschleunigte sich, und sie wischte sich hastig über die Augen. Dann drehte sie sich um.

„Wohin gehst du?", fragte er und blieb atemlos vor ihr stehen.

„Nach Hause." Sie schenkte ihm ein gezwungenes Lächeln. „Ich bin müde."

„Aber du hast deine Sachen vergessen", sagte er und hielt ihr den pfauenblauen Mantel und ihre Lederhandtasche hin.

Sie nahm die Sachen entgegen und murmelte ein irritiertes „Danke", während sie sich den Mantel über die Schultern legte.

Jetzt verstand sie überhaupt nichts mehr.

Da hatte er die ganze Zeit im Tanzsaal gestanden und sie angestarrt, aber nicht zum Tanzen aufgefordert. Für die anderen, die sie der Reihe nach um einen Tanz gebeten hatten, war sie doch auch gut genug gewesen!

Aber Wladimir war etwas älter. Und wahrscheinlich auch erfahrener in Herzensangelegenheiten. Adele nahm an, dass er in ihr nur ein Kind sah. Als ihr das klar wurde, wünschte sie sich nichts sehnlicher, als sich den Perlenkamm aus dem Haar zu reißen und in der Nacht zu verschwinden, nur weg von ihm.

Das hier war schlicht und einfach eine Schulmädchenschwärmerei.

„Ich habe dich gesucht!" Er zog ein Taschentuch aus der Tasche und reichte es ihr. „Hast du geweint?"

„Nein", log sie, nahm das Taschentuch aber entgegen und tupfte sich damit die Augenwinkel ab.

„Schon in Ordnung, Adele. Du bist nicht die Einzige, die sich darüber aufregt."

Wovon redet er? Sie bemerkte plötzlich, dass sie mitten auf der Straße standen.

Er musste es ebenfalls bemerkt haben, denn er sah sich um und zog sie dann mit sich auf den Gehweg am Rand eines Parks. Als das Licht der Straßenlaterne auf sein Gesicht fiel, verflog Adeles Verärgerung schlagartig. Sie konnte sehen, dass er einen ernsthaft besorgten Gesichtsausdruck hatte. „Wladimir, was ist los?"

„Hast du es nicht gehört?"

Sie schüttelte den Kopf. „Was gehört?"

Er legte den Kopf schief und trat einen Schritt zurück, die Arme vor der Brust verschränkt. „Du meinst, du weißt gar nicht, was passiert ist?"

„Nein, ich …" Sie hielt inne und sah sich um. Dann spürte sie, wie sich in ihrem Magen ein seltsam flaues Gefühl ausbreitete. Sie blickte die Straße hinunter und sah, wie die Menschen aus den Eingangstüren des Tanzsaals strömten. Einige jubelten und hüpften über den Gehweg, während sie sich die Mäntel anzogen und Hüte überstülpten. Männer legten jungen Damen tröstend den Arm um die Schultern. Und dafür, dass es schon spät am Abend war, schien auf der Straße plötzlich ungewöhnlich viel Verkehr zu sein.

„Wladimir!", rief sie, während sie das Treiben beobachtete. „Was um alles in der Welt ist hier los?"

Er schien nicht bereit zu sein, ihr eine Antwort zu geben. Stattdessen fragte er: „Wenn du nicht gehört hast, was passiert ist, warum bist du dann gegangen?"

„Du hast gesehen, dass ich gegangen bin?"

Er schüttelte den Kopf. „Nein. Ich bin kurz von meinem Platz an der Tanzfläche weggegangen, und als ich zurückkam, warst du verschwunden. Deine Freundinnen haben gesehen, dass du nach draußen gegangen bist."

„Hast du mich beobachtet?"

Erneut ignorierte er ihre Frage, um selbst eine zu stellen. „Warum weinst du?"

Adele seufzte. „Ich weine nicht."

„Hat einer der Kerle da drinnen es bei dir versucht? Denn wenn ja, dann werde ich –"

„Nein, nichts dergleichen", sagte sie und legte ihm beruhigend eine Hand auf den Arm, während sich seine Hände zu Fäusten ballten. Er sah aus, als wäre er dazu bereit, ihren Tanzpartnern der Reihe nach die Hälse umzudrehen, wenn sie ihn nicht davon abhielt. „Ich bin nur müde."

Wladimir schien ihr zwar nicht zu glauben, aber er entspannte sich deutlich. „Und wenn du müde bist, weinst du?"

Adele wusste, dass er ihr die Verlegenheit ansehen konnte. Sie spürte, wie ihr die Hitze in die Wangen stieg, und das war etwas, was sie an sich selbst nicht leiden konnte – ihre Gefühle standen ihr immer ins Gesicht geschrieben.

Er zog die Augenbrauen hoch und sah sie an, während er auf eine klare Antwort wartete. „Wenn du nicht willst, dass ich zurückgehe und demjenigen, der dich zum Weinen gebracht hat, gründlich das Fell über die Ohren ziehe, schlage ich vor, du sagst mir, was los ist!"

In diesem Moment hätte Adele beinahe laut losgelacht. Denn der Mistkerl stand direkt vor ihr. Das Einzige, was ihr blieb, war der Versuch, das Thema zu wechseln. Um sie herum feierten die Menschen, sie riefen und winkten aus den Fenstern der Autos und stürmten aufgeregt über die Gehwege.

„Sag mir, was hier los ist, Wladimir!"

Die Leute drängten und hetzten mittlerweile die Straße entlang. Als ein junges Paar an ihnen vorbeikam, rempelte der uniformierte Mann sie an und entschuldigte sich in aller Eile, um die weinende Frau in seinen Armen zu trösten.

Wladimir zog sie etwas weiter von dem Trubel weg und wandte sich zu ihr um. „Es ging alles so schnell. In einem Moment war der Tanzsaal noch voller Leben, dann hörte die Band mitten im Lied auf zu spielen", sagte er und fuhr sich seufzend mit den Fingern durchs Haar. „Ich hatte es selbst gerade erst erfahren. Ein Freund hatte sein Autoradio an und kam herein, um mir die Neuigkeit zu erzählen."

„Welche Neuigkeit?"

„Hitler hat Polen angegriffen."

Adele schnappte nach Luft und schlug sich eine Hand vor den Mund. Einen Moment lang stand sie einfach nur da, unfähig, in irgendeiner Form zu reagieren. Während sie dem Tumult um sich herum weiter zusah, versuchte sie, die Nachricht zu verarbeiten.

Das war es also, was die Leute so in Aufregung versetzte. Aber es ergab keinen Sinn. Wenn die deutsche Armee in Polen einmarschiert war ... warum um alles in der Welt sollte man darüber glücklich sein?

„Polen angegriffen ... das ist ja furchtbar", stammelte sie schließlich. „Aber ... warum feiern sie das?"

„Weil es Krieg gibt. Der ist jetzt unvermeidlich. Es ist nur noch eine Frage der Zeit, dass Frankreich und Großbritannien den Krieg erklären."

Sie schüttelte ungläubig den Kopf. „Willst du damit sagen, dass wir einen Krieg begonnen haben?"

Auch Wladimir musste die Absurdität der Tatsache, dass die jungen Offiziere jetzt jubelnd auf der Straße standen, bemerkt haben, denn er warf einen Blick über die Schulter und schüttelte den Kopf. „Sieht ganz danach aus."

„Aber warum sind sie dann so fröhlich?"

„Ich bezweifle, dass sie wirklich froh darüber sind." Er drehte sich wieder zu ihr um, die Sorge stand ihm ins Gesicht geschrieben. „Diese Männer sind jung und naiv. Sie wissen nicht, was auf sie zukommt."

„Bedeutet das nicht, dass viele von ihnen einberufen werden und kämpfen müssen?“

„Ja, das wird so kommen.“

„Und du?“, fragte Adele entsetzt. Die Vorstellung raubte ihr fast den Atem. „Wirst du auch gehen?“

Wladimir schwieg einen Moment, bevor er antwortete: „Wenn sie diese jungen Männer einberufen, werde ich sicher auch gehen müssen. Aber ich glaube nicht, dass ich kämpfen kann, zumindest nicht für dieses Land.“

„Wie meinst du das? Du willst doch nicht desertieren, oder? Sie würden dich ins Gefängnis stecken!“ Sie schüttelte den Kopf und versuchte zu verstehen, was er ihr sagen wollte.

„Ich werde das tun, wovon ich überzeugt bin, dass ich es tun muss, Adele. Du hast keine Ahnung, was hier vor sich geht!“

„Dann sag es mir, damit ich es verstehen kann!“

Er schüttelte den Kopf. „Du bist in deinem Umfeld gut geschützt und in Sicherheit. Das werde ich nicht aufs Spiel setzen.“

„Was wirst du nicht aufs Spiel setzen? Behandle mich nicht wie ein Kind!“ Sie wollte mit dem Fuß aufstampfen, aber genau das wäre kindisch gewesen. Daher faltete sie lieber die Hände vor dem Bauch und wartete mit erhobenem Kinn auf seine Antwort.

„Ich habe nie gesagt, dass du ein Kind bist. Du bist nur … unschuldig.“

Unschuldig. Das war genauso schlimm, als würde man sagen, sie gehöre mit Zöpfen auf ein mit Kreide gemaltes Hüpffeld auf dem Spielplatz. Doch sie blieb mit entschlossener Miene vor ihm stehen und blickte ihm in die Augen, ohne auch nur im Geringsten zu zucken. Sie musste ihm zeigen, dass sie nicht so naiv war, wie er sie einschätzte. „Ich gehe nicht eher, bis du es mir sagst!“

Er zögerte einen Moment, doch dann begann er zu sprechen. „Erinnerst du dich an die Eingliederung im letzten Jahr? Als Hitler in Wien einmarschierte und die Macht übernahm?“ Er wandte den Kopf zur

Seite und blickte zu Boden, offensichtlich voller Abscheu. „Ich habe gesehen, was danach mit den Juden passiert ist. Gute Menschen. Ladenbesitzer, Freunde meines Vaters. Jungs, mit denen ich aufgewachsen bin, deren Familien aus der Stadt vertrieben und deren Geschäfte in Brand gesetzt oder beschlagnahmt wurden. Nach den Kristallnacht-Pogromen besaßen sie so gut wie nichts mehr. Diese Menschen konnten damals glücklicherweise entkommen. Aber ich mache mir Sorgen um die, die noch da sind. Für sie könnte es jetzt zu spät sein."

Die Kristallnacht – Adele hatte in der Zeitung davon gelesen, nur nicht so, wie Wladimir es jetzt darstellte. Es ging darum, dass diejenigen, die sich weigerten, Österreich zu unterstützen, schmutzige Anschuldigungen verbreiteten – zumindest hatte ihre Mutter das gesagt. Der Abschaum und die Kriminellen von Wien. Sie unterstützten die Juden und verbreiteten diese Kristallnacht-Idee als Vorwand, um Krawalle in der Stadt zu provozieren. Die gesetzlosen jüdischen Gemeinden behaupteten, dies erkläre die zerbrochenen Schaufensterscheiben der jüdischen Geschäfte, die im November zuvor in ganz Deutschland und Österreich zu sehen gewesen waren. Aber diese Geschäfte hatten Kriminelle beherbergt. Staatsfeinde, die die Regierung schon während des Großen Kriegs nicht unterstützt hatten und es auch jetzt nicht taten.

Aber dass Menschen getötet wurden, nur weil sie Juden waren? Davon hatte Adele noch nie etwas gehört. „Hitler hat den Menschen doch geholfen, oder nicht? Er hat unsere Nationen wieder aufgerichtet und sie aus der Weltwirtschaftskrise herausgeführt. Mein Vater hat mir Geschichten über den Großen Krieg erzählt, wie schrecklich das alles war. Davor sind wir bewahrt worden."

„Nicht wirklich, Adele. Nicht, wenn Menschen getötet werden, weil sie Juden sind."

„Aber bist du denn sicher, dass es so ist? Gibt es Beweise dafür?"

„Nein, aber ich brauche keine weiteren Beweise als das, was ich mit meinen eigenen Augen gesehen habe."

Adele war sich nicht mehr sicher, was sie noch glauben sollte. Die Juden konnten doch nicht so schlecht behandelt worden sein, oder doch? Sie konnte sich nicht vorstellen, dass ihnen die gesamte Lebensgrundlage weggenommen wurde, dass sinnlose Gewalttaten verübt wurden, die dazu führten, dass Menschen starben. Sie konnte nicht glauben, dass ihr Vater eine solche Regierung so bedingungslos unterstützt hätte! Immerhin hatten sie und ihre Mutter ihn zu der Parade von genau diesem „Anschluss Österreichs" begleitet, von dem Wladimir gerade gesprochen hatte.

Sie erinnerte sich sogar daran, den Führer gesehen zu haben. Er wirkte ziemlich streng, das stimmte, aber sie hielt ihn nur für einen verkannten Militärstrategen. Er war ein eindrucksvoller Redner, daran erinnerte sie sich. Unmengen von Menschen hatten die Straßen gesäumt, um ihn mit wehenden Fahnen zu feiern. Sie verehrten ihn. An jenem Tag im März waren sie so erfüllt von der Hoffnung auf den Wohlstand eines wiedererblühenden Reichs gewesen, dass das rote Flaggenmeer vor Begeisterung regelrecht pulsiert hatte.

Deutschland hatte jeden Grund, einen wirtschaftlichen Aufschwung herbeizusehnen. Warum sollte Österreich da nicht mitziehen?

Adele erinnerte sich, dass sie an jenem Abend im März 1938 auf einem Empfang gespielt hatte. Natürlich war es nicht so, als hätte sie für den Führer selbst gespielt, aber ihre Mutter und ihr Vater waren dennoch stolz auf ihre sechzehnjährige Tochter gewesen, als sie die Hakenkreuzbinde – das Symbol für Patriotismus und Triumph – um den Arm getragen hatte. Der Führer, für den das Symbol stand, konnte doch nicht so schlimm sein, dass er die Tötung unschuldiger Menschen billigte?

„Du hast gesehen, wie Juden getötet wurden?" Sie konnte nicht glauben, dass Wladimir ein so schreckliches Geheimnis mit sich herumtrug. Er hatte noch nie darüber gesprochen.

Er nickte. Langsam. Nur ein einziges Mal.

Adele senkte den Blick. Sie musste ihm glauben. Warum sollte er eine so ungeheure Anschuldigung erfinden? Stumm stand sie da und war hin- und hergerissen zwischen der Welt, die sie kannte, und jener, für die Wladimir ihr gerade die Augen öffnete. Eine Welt, die nichts mit ihrem bisher so behüteten Leben zu tun hatte.

Nach einer kleinen Ewigkeit, wie es ihr vorkam, sah sie schließlich zu ihm auf. „Ich kann nicht glauben, dass Gott diesen Weg für Österreich vorgesehen hat – oder für uns.“ Adele murmelte die Worte. Irgendwie wusste sie, dass es in seiner Gegenwart in Ordnung war, sie selbst zu sein. „Ich muss wohl viele Dinge infrage stellen, die mir gesagt wurden.“

Wieder vergingen ein paar Minuten, in denen sie schwieg, versunken in die Gedanken, die auf sie einstürmten, und bemüht zu begreifen, was das alles bedeutete. „Was jetzt beginnt, wird ein anderes Leben sein“, sagte sie schließlich. „Der Krieg wird alles verändern, nicht wahr?“

„Ja, das wird er“, stimmte Wladimir ihr betroffen zu.

Adele wartete nicht einmal einen Atemzug, bevor sie hinzufügte: „Dann will ich hoffen, dass er auch mich verändert.“

Und in diesem Moment überraschte Wladimir sie.

Er lächelte.

Es war nicht dieses umwerfende Strahlen, das sie von ihm kannte. Aber in diesem Moment sah er … stolz aus! War er das tatsächlich? Bedeuteten dieses Lächeln und der Ausdruck in seinen Augen, dass er irgendwie stolz auf sie war?

Er tippte mit einem Finger auf den Perlenkamm in ihrem Haar. „Wann hast du den bekommen?“

Sie zuckte mit den Schultern. Neue Kämme. Geburtstage. Wie konnten solche Dinge jetzt wichtig sein, da sie im Krieg waren? „Letzte Woche. Meine Mutter hat mich wieder mal zum Einkaufen mitgenommen.“

Wladimir steckte die Hände auf fast jungenhafte Weise in die Taschen. „Sieht hübsch aus.“

Er hatte sie also im Tanzsaal bemerkt, aber einfach nicht gehandelt? Keine guten Aussichten!

„Aber wenn du schon einen trägst, was mache ich dann hiermit?"

Als Adele aufsah, hielt er zu ihrem Erstaunen eine kleine Schachtel in der Hand. „Herzlichen Glückwunsch zum Geburtstag … Schmetterling", sagte er und überreichte ihr eine kleine samtene Schmuckschatulle, die mit einer hübschen kirschroten Schleife umwickelt war.

Ehrlich überrascht nahm sie das Kästchen entgegen. „Ich dachte schon, du –"

„Ich weiß. Du hast angenommen, ich hätte es vergessen." Er zuckte mit den Schultern, fast verlegen. „Aber du wirst deine Annahmen über mich ändern müssen. An wichtige Dinge kann ich mich nämlich sehr wohl erinnern."

Mit zitternden Händen löste Adele das Band und öffnete den Deckel. Zum Vorschein kam eine zarte goldene Haarspange in Form eines Schmetterlings.

Wladimir nahm sie heraus und tauschte behutsam den Perlenkamm in ihrem Haar gegen den funkelnden Schmetterling mit den filigranen goldenen Flügeln. „So. Jetzt siehst du aus wie die Frau, die ich in dir sehe."

Nach all den Proben, in denen sie gemeinsam gespielt hatten, und all den Abenden, an denen sie sich im Garten getroffen hatten, um über das Wetter oder andere banale Dinge zu reden, wusste Adele nun sicher, dass sie ihr Herz an Wladimir verloren hatte. Es würde keine Rolle spielen, wie viele Offiziere sie zum Tanzen aufforderten; sie würde immer nur an ihn denken können.

„Komm, Schmetterling", sagte er und legte den Arm um ihre Schultern. „Ich bringe dich nach Hause."

Wie selbstverständlich er ihr anbot, sie nach Hause zu begleiten! Und obwohl Wladimir unterwegs versuchte, eine unbeschwerte Unterhaltung zu führen, spürte Adele die sich ausbreitende Dunkelheit um sie herum.

Es war Zeit, erwachsen zu werden – nicht nur durch einen weiteren Geburtstag. Der Krieg kam. Und er kam schnell.

Tief in ihrem Herzen verspürte Adele einen Stich – sie hatten noch nicht einmal miteinander getanzt.

SECHZEHN

2. April 1943
Auschwitz-Birkenau

Die goldene Schmetterlingsspange und das kleine Bild von Wladimir waren seitdem in dem zerknitterten Samtfutter ihres Geigenkastens versteckt gewesen. Ihre Mutter war nie auf die Idee gekommen, den roten Plüschstoff des Koffers zurückzuschieben, ebenso wenig wie die Aufseher, als Adele im Lager registriert worden war. Und jetzt, nach fast einem Monat in Birkenau, waren das Foto und die Spange ihre wertvollsten Besitztümer. Tatsächlich waren sie ihr einziger nennenswerter Besitz, abgesehen von dem braunen Kleid, das sie trug, und den Schuhen an ihren Füßen, die ihr zwei Nummern zu groß waren, da ihre eigenen Schuhe in der ersten Nacht verschwunden waren.

Niemand hatte ihr gesagt, sie solle die Schuhe nachts anlassen, sonst würden sie ihr gestohlen werden. Zum Glück hatte sie den Geigenkasten in der Nacht fest umklammert, sonst wäre er vielleicht auch verschwunden. Adele erinnerte sich daran, wie sie an jenem ersten Morgen aufgewacht war. Ihr ganzer Körper hatte geschmerzt, vom Liegen auf der harten Holzpritsche; ihr Rücken war wund vom Piksen der trockenen Strohhalme; ihre Füße waren nackt und kalt wie Eis.

Von den Frauen, die im Lauf des ersten Tages noch zu ihnen gestoßen waren, hatte keine den Diebstahl zugegeben. Omara war diejenige, die ihr schließlich sagte, sie hätte mit ihren Schuhen schlafen sollen. Im Nachhinein war das nicht sehr hilfreich gewesen. Denn obwohl sie in einem Lager arbeiteten, das voll war mit Schuhen in allen Formen und Größen, konnte der Diebstahl eines der Paare für jede von ihnen den Tod bedeuten. Das wäre zu riskant. Daher mussten die Ersatzschuhe, die sie von Omara bekommen hatte, so lange reichen, bis sie etwas Besseres auftreiben konnte.

Jeden Abend nahm Adele das Foto heraus und steckte es in den rissigen Ziegelstein neben ihrer Koje, damit sie Wladimirs lächelndes Gesicht ansehen konnte. Sie hielt die Spange in der Hand und fuhr mit den Fingerspitzen über die glatten Flügel, während sie betete. Sie hoffte einfach, dass Gott ihre Gebete erhörte und Wladimir beschützte, wo immer dieser auch war.

Oh Herr! Ist er am Leben? Ist er auch an einem so grauenhaften Ort wie Auschwitz?

Auch an diesem Abend lag sie in ihrer Koje, mit dem Gesicht zur Wand, den Rücken fest an Omara gelehnt. Nur das spärliche Mondlicht, das durch das winzige Fenster schien, beleuchtete das Foto. Und so malte Adele sich in Gedanken ein Bild von dem großen Mann mit dem beherzten Lächeln und den haselnussbraunen Augen aus ihrer Erinnerung. „Wir haben nie miteinander getanzt. Weißt du das?“, flüsterte sie vor sich hin, als sie sich an jene Nacht im Tanzsaal vor fast vier Jahren erinnerte.

Omara regte sich neben ihr, sagte aber nichts.

„Alles hat sich verändert. Und ich hätte ich nie gedacht, dass Tanzen etwas sein würde, wonach ich mich sehne.“ Adele hauchte die Worte, während sie in ihren Träumen mit Wladimir über eine große Tanzfläche schwebte, weit weg von der harten Realität eines Gefangenenlagers.

„Sie redet nichts als Unsinn“, zischte Marta. Sie war Geigerin, kam aus Nordpolen und war eiskalt. Adele konnte kaum einen Satz sagen, ohne dass Marta ihn bissig kommentierte.

Wie Omara vorausgesagt hatte, war ihr kleines Orchester gewachsen. Statt der erwarteten sechs Frauen waren nun zwölf in dem Raum untergebracht. Sie lagen zu zweit in ihren Kojen. Nach einer langen Woche voller Arbeit und Proben bis spät in die Nacht sehnten sich alle nach Schlaf.

Adele hatte den Gedanken lediglich vor sich hin geflüstert und daher nicht mit einer solchen Reaktion gerechnet. „Es ist kein Unsinn, an eine glückliche Erinnerung zu denken, oder?", sagte sie nun und wünschte sich voller Verzweiflung, sie könnte sich abermals das Bild des tanzenden Paares vor Augen führen.

Aber wie schon zuvor ließ Martas gereizte Reaktion nicht auf sich warten und machte den Traum im Nu zunichte. „Jemand muss dem Goldmädchen sagen, dass es die Klappe halten und schlafen soll!"

Adele hasste den Namen, den Marta ihr verpasst hatte, noch mehr als den, den ihre Eltern ihr gegeben hatten. In Wien war es ihr peinlich gewesen, „Österreichs Liebling" genannt zu werden. Aber als unter den anderen Frauen des Orchesters die Rede darauf kam, dass Adele vor Auschwitz ein privilegiertes Leben geführt hatte, machten sie keinen Hehl daraus, dass sie sie dafür verabscheuten.

Es war offensichtlich, dass der Spottname sich nicht nur auf die Farbe ihres Haars bezog.

Adele rechnete damit, dass die anderen in Martas Sticheleien einstimmen würden, wie sie es sonst auch taten. Und auch Omara überraschte sie, indem sie nichts sagte, um das Gespräch zu unterbinden. Stattdessen drehte sie sich auf den Rücken und flüsterte in die Dunkelheit. „Ich habe einmal getanzt."

Adele drehte ihren vor Kälte steifen Körper um, sodass sie Omara sehen konnte. Das Mondlicht warf einen sanften blauen Schimmer auf ihre Gesichtszüge. „Magst du davon erzählen?"

„Es ist lange her … zu lange, um sich heute daran zu erinnern." Omaras Versuch, etwas Nettes zu sagen, war merklich schwach, und ihre Stimme klang müde. „Aber es ist gut, dass du an so etwas denken kannst. Du wirst solche Erinnerungen brauchen, um die kommende Zeit zu überstehen. Du wirst dich noch nach sehr vielen Dingen sehnen."

„Sie ist erst seit vier Wochen hier. Warte mal ab, was sie in ein paar Monaten sagt. Sie wird eher um schimmeliges Brot beten als um Tanzschuhe. Dafür werden diese Seelenmörder schon sorgen." Eines der anderen Mädchen warf ihr diese Worte aus dem Dunkel des Raumes entgegen.

Einige der jungen Frauen waren aus einem der Gettos in Polen hergekommen und nur allzu vertraut damit, was es hieß, kurz vor dem Verhungern zu sein. Und auch mit der Art, wie seelenlos SS-Männer vorgingen.

„Ruf die Wachen. Sag ihnen, dass sie den Rest von uns vom Schlafen abhält!", kam es schneidend von Marta.

Fränze, die kleine Flötistin aus Warschau, fügte dem Gezänk ein vorsichtiges „Schschhhh!" hinzu.

„Lasst sie in Ruhe!", sagte Omara streng und brachte den Raum zum Schweigen. Dann setzte sie sanfter und leise hinzu: „Hör nicht auf sie, Adele. Sie wollen dir nur Angst einjagen. Und urteile nicht zu hart darüber, wie hart andere sind. Wir können nicht wissen, was sie durchgemacht haben – besonders Marta. Sie war vorher in einem Getto und hat ihre ganze Familie verloren."

Adele war besänftigt. „Oh nein!"

„Doch. Ich fürchte, es ist leider so", sagte Omara und seufzte. „Als es in den Gettos schlimm wurde, hatten sie weder Essen noch Wasser. Manche versuchten, durch die Kanalisation zu fliehen. Sie wollten Marta überreden, mit ihnen zu gehen, aber sie konnte ihre kranke Mutter nicht zurücklassen. Ihre Mutter war alles, was sie noch hatte."

„Und was ist dann passiert?"

Omara seufzte. „Sie hat sie bei der Ankunft hier verloren."

Das hieß, dass sie für arbeitsunfähig erklärt worden war. Und „arbeitsunfähig“ bedeutete immer das Gleiche. Sie war in die Gaskammer gebracht worden.

Adeles Herz zog sich förmlich zusammen bei dem Gedanken, was Marta durchgemacht haben musste. Adeles Eltern hatten ihr vielleicht nicht verziehen, dass sie Österreich verraten hatte, aber zumindest hatte sie nicht zusehen müssen, wie sie vor ihren Augen starben.

„Danke.“ Sie flüsterte das Wort, vor allem, damit Marta es nicht hörte und dachte, sie wolle sich Omaras Gunst erschleichen.

„Schlaf jetzt, Adele. Halb vier Uhr morgens wird für uns alle wieder viel zu schnell kommen.“

Adele konnte den Gedanken kaum ertragen, dass der Morgenappell nur noch wenige Stunden entfernt war. Bald würden sie alle in Reih und Glied dasitzen und spielen, eine zynische Begleitmusik für die Häftlinge, die zu einem langen Arbeitstag weggeführt wurden. Und obwohl sie zutiefst erschöpft war, fand sie keinen Schlaf. Die Erschöpfung sickerte in ihre Seele wie Wasser, das einen Abfluss sucht. Es brannte sie genauso aus wie all die anderen, die täglich die schreckliche Angst vor dem Tod zu ertragen hatten.

Also lag sie da, das Foto in der Hand, und starrte hinauf zu der alten Holzdecke. „Was machst du, wenn du zu müde zum Schlafen bist?“

Omara schien die Bedeutung der Frage zu verstehen und über eine Antwort nachzudenken. Wenn man kaum etwas aß und sich durch die elf Stunden Proben schleppte, die einem manchmal abverlangt wurden, konnte man sich nichts anderes wünschen, als die Augen zum Schlaf zu schließen. War es nicht irgendwie falsch, ihn jetzt nicht zu finden?

„Schlaf für ihn.“

Der Gedanke überraschte Adele so sehr, dass heftige Emotionen in ihr aufstiegen. „Was hast du gesagt?“

„Du hast mich gehört, Kind. Liebst du den Mann auf dem Foto?“

Sie nickte einmal und wünschte, ihre Augen könnten noch Tränen hervorbringen.

„Dann schließ die Augen und schlaf für ihn. Bleib stark. Kämpfe darum, zu überleben."

Adele fuhr zärtlich mit dem Finger über den Rand des Fotos, als sei es Wladimirs Gesicht. „Ich erinnere mich an den ersten Abend, an dem er mich nach Hause begleitete. Er fragte, ob er mir den Hof machen dürfe. Kannst du dir das vorstellen? Er war so höflich, dass ich fast gelacht hätte. Er hat nicht einmal versucht, mich zu küssen, obwohl ich es ihm ehrlich gesagt erlaubt hätte. Er hat mir ein Geschenk gemacht – eine Haarspange", erinnerte sie sich und lächelte in die Dunkelheit. Die Erinnerung an diesen Moment wärmte sie. „Er stand unter einer Straßenlaterne und sagte mir, er wolle meinen Vater um Erlaubnis fragen. Er wollte alles richtig machen. Er sagte, ich hätte es verdient."

Als sie schwieg, flüsterte Omara: „Ja, und weiter? Was hat dein Vater gesagt?"

Adele hielt das Foto fest in der Hand, als wolle sie so das Geheimnis ihrer Liebe bewahren. „Er sagte, was wohl jeder Vater von Stand sagen würde. Wladimir Nicolai sei ein begabter Musiker, aber als Verehrer seiner Tochter sei er nichts Besseres als ein gewöhnlicher Arbeiter mit schmutzigen Händen."

„Er hat eure Beziehung also beendet?"

„Nur die Beziehung, von der er wusste", flüsterte Adele und erinnerte sich an die Kälte in der Stimme ihres Vaters, als er ihr befahl, den „Kaufmannsjungen" nicht mehr zu sehen. „Danach haben wir uns heimlich getroffen, in unserem Garten, wann immer wir konnten."

„Wenn du in Zukunft mit ihm tanzen willst, dann musst du das Jetzt überleben. Bitte Gott, dass er dir die Kraft gibt, jeden Tag durchzuhalten, denn du wirst sie an diesem Ort brauchen. Wir alle werden sie brauchen", sagte Omara etwas lauter, damit ihre Stimme bis zu den Ohren aller Frauen im Raum drang. „Kraft? Die beginnt mit Schlaf."

Adele hatte seit Wochen nicht mehr über den Augenblick hinausgedacht. Im Lager wagte man nie, an morgen zu denken. Man lebte im Hier und Jetzt. Das war ihr inzwischen klar geworden. Anfangs hatte sie geglaubt, dass ihre „Umerziehung" an diesem düsteren Ort schnell ein Ende finden würde. Doch mittlerweile wusste sie, dass diese Umerziehung nicht so aussah, dass man einfach durch das Tor gehen konnte, wenn der Kalender sagte, dass die Arbeit hier beendet war. Hätte Adele so einen Kalender besessen, wäre das Datum fett und rot eingekreist gewesen.

Was spielte es jetzt für eine Rolle, wo oder wie lange sie schlief? Sie würde die Welt außerhalb der Stacheldrahtzäune von Auschwitz nie wiedersehen.

„Ich werde nie nach Hause kommen, oder?"

„Warum sagst du so etwas?" In Omaras Worten schwang Verwunderung mit.

„Sie hätten mich bei meiner Ankunft fast erschossen. Weißt du nicht mehr?"

„Wir wurden alle bei der Ankunft fast erschossen."

Es gab keinen Schleier der Unschuld mehr. Adele fragte und konnte sich immer darauf verlassen, dass Omara ihr eine ehrliche Antwort gab, selbst wenn die Wahrheit schmerzte.

„Wie bist du dann in eine so einflussreiche Machtposition gekommen?"

„Ich habe keine Macht, Adele. Nicht hier. Ich tue, was sie mir sagen. Ich halte ihre musikalischen Schoßhündchen in Schach."

„Und wenn ich gar nicht Geige spielen könnte, wenn ich ein verängstigtes junges Mädchen gewesen wäre, das um Gnade für eine Lüge gefleht hätte – sie hätten sie mir nicht gewährt. Was wäre also gewesen, wenn ich zu dir hereingekommen wäre und nicht hätte spielen können?"

Omara sah sie mit ernster Miene an. „Dann hätte ich es dir schnell beigebracht."

Adele traute ihren Ohren nicht. Meinte diese Frau tatsächlich, dass sie für sie gelogen hätte? Gegenüber der SS? Wenn das jemand herausgefunden hätte, wäre die Folge wahrscheinlich die sofortige Hinrichtung gewesen. Und das hätte sie für eine kleine Geigerin aus Wien riskiert? Ihre eigenen Eltern hätten das nicht getan.

„Warum?"

„Warum was, Adele?"

Sie musste die Wahrheit hören. Egal, wie grausam die Details auch waren, Adele wollte wissen, warum sie verschont geblieben wäre. „Warum hättest du mich nicht zurückgeschickt?"

Omara antwortete mit einem Seufzer, der etwas von ihren Gefühlen erkennen ließ. „Weil ich glaube, dass auch dies alles hier von Gott benutzt werden wird. Irgendwie wird diese Geschichte, die er schreibt, weiterleben."

„Wie schreibt er denn die Geschichte?"

Wasser tropfte im Hintergrund, wie um die Frage zu unterstreichen. Und obwohl sich niemand von den anderen rührte, wusste Adele, dass auch die anderen Frauen darauf warteten, dass Omara mit ihrer Antwort einen Funken Hoffnung verbreiten würde.

„Er schreibt sie durch die Kunst der Schöpfung. *Seiner Schöpfung.* Und er schreibt sie durch jede Einzelne von uns, die überlebt."

SIEBZEHN

Gegenwart
New York

„Du siehst richtig erholt aus!“ Penny platzte in dem Moment mit dem Kommentar heraus, als Sera durch die Bürotür trat.

„Danke.“

„Wo warst du gestern?“

Sera ließ ihre Handtasche auf den Schreibtisch fallen. „Auf dem Rückflug.“

„Ach so, stimmt. Also …“ Penny drehte ihren Bürostuhl so, dass sie Seras Schreibtisch im Blick hatte, und rollte dann in ihre Richtung durch das gemeinsame Büro. Sie stützte die Ellbogen auf die Armlehnen und lehnte sich vor wie ein Teenager, der nur Unsinn im Kopf hat. „Wie war's in Kalifornien?“

Sera hatte nicht vor, auf dieses Thema anzuspringen, schon gar nicht am frühen Morgen, daher sagte sie nur: „Es war sonnig.“ Dann nahm sie einen Schluck von ihrem Karamell-Macchiato, stellte den Becher auf dem Schreibtisch ab und schickte sich an, so schnell wie möglich mit der Arbeit zu beginnen. Sie schaltete den Monitor ein, schloss den Laptop an und nahm ihre Unterlagen aus der Tasche, in dem Bemühen, äußerst beschäftigt zu wirken.

„Sonnig also, okay.“ Penny hörte sich allerdings nicht so an, als würde sie sich damit zufriedengeben.

Sera zog ihre Jacke aus und hängte sie an den antiken Messinghaken hinter der Bürotür. „Ja. In Kalifornien ist es im April sonnig. Direkt an der Küste allerdings ein bisschen kühl. Ich musste mir seine Jacke leihen."

Penny sprang von ihrem Stuhl auf und hätte sich fast auf sie gestürzt, beherrschte sich dann aber und packte sie nur spielerisch an den Schultern. „Du kannst mich nicht so im Ungewissen lassen! Was ist passiert?"

„Nichts."

„Nichts?" Penny warf ihr einen ungläubigen Blick zu. „Das kannst du mir nicht erzählen."

„Ich habe dir eine Mail geschickt. Da stehen alle Einzelheiten drin."

„Stimmt, die habe ich bekommen. Ich bin es ja gewohnt, auch am Wochenende dienstliche E-Mails von dir zu erhalten. Und ich habe sie gelesen. Ich gebe zu, dass ich fast rückwärts vom Stuhl gefallen wäre, als ich las, dass du einen Tag später zurückkommen würdest. Wohlgemerkt mit einem Hundert-Millionen-Dollar-Problem im Gepäck, wenn ich das noch erwähnen darf."

Sera spürte, wie eine Welle der Nervosität sie überfiel. Sie war noch nicht bereit, darüber zu sprechen, wie nah sie William an sich herangelassen hatte und dass sie ihn nun mit anderen Augen sah. Denn wenn sie das erzählen würde, könnte das Ganze für sie noch realer werden.

Sie sah sich in der leeren Galerie um. „Gibt es hier nichts, was dringend erledigt werden muss?"

„Nein." Penny schüttelte den Kopf und stemmte herausfordernd die Hände in die Hüften. „Erst wenn du sagst, was Sache ist, Sera."

Sera seufzte und wand sich unter dem intensiven Blick ihrer Freundin. „Es gibt nichts zu sagen", beteuerte sie.

„Oh doch, das gibt es sehr wohl. Du rufst mich aus einem Bad im Haus dieses Mannes an – besser gesagt, in seiner Luxusvilla. Und du lässt ganz zufällig den Teil aus, in dem wir beauftragt werden, ein

Gemälde zu finden, an dem sein Familienvermögen hängt. Das Telefonat war höchst aufschlussreich, meine Liebe! Du warst noch nie so neben der Spur, und ich kenne dich jetzt seit drei Jahren."

„Vier." Sera ließ sich in ihrem hölzernen Drehstuhl nieder und tippte lustlos auf der Tastatur herum. Sie spürte, dass Penny sie mit Blicken durchbohrte, und sah schließlich auf. „Vier Jahre."

„Gut. Vier." Penny setzte sich auf die Schreibtischkante blickte sie eindringlich an. „Und in diesen vier Jahren habe ich nur einmal erlebt, dass du dich wegen eines Mannes so benommen hast."

„Michael."

Penny schien zu merken, dass sie eine schmerzhafte Erinnerung wachgerufen hatte. „Hör zu, ich will keine alten Wunden aufreißen. Aber ich habe dich schon lange nicht mehr so erlebt. Ich wollte mich schon für dich freuen –" Sie brach ab, weil das Telefon klingelte.

Beide blickten gleichzeitig auf. Es war kaum neun Uhr. Wer konnte das sein?

Wer außer …

Penny nahm den Hörer ab. „*Sera James Gallery*, Penny am Apparat."

Sera hatte gehofft, wenigstens ein paar Tage Zeit zu haben, um sich auf das nächste Mal vorzubereiten, wenn sie seine Stimme am Telefon hören würde. Die Vorstellung war seltsam, dass dieselbe Person, die sie aus meilenweiter Entfernung hören würde, ihr noch vor einem Tag so nahe gewesen war. Sie berührte ihre Wange und verlor sich in der Erinnerung.

„Ja, einen Moment, bitte." Penny drückte eine Taste, um das Gespräch zu halten, und hielt Sera den Hörer hin. „Er ist dran."

„Tatsächlich?" Es bedurfte keiner weiteren Erklärung, wer damit gemeint war.

Penny nickte lange und übertrieben und zog ihren Stuhl näher an Seras Schreibtisch. Dann ließ sie sich darauf nieder, in der festen Absicht, dort zu bleiben, solange das Gespräch dauern würde. „Also?"

Sie hielt ihr den Hörer unter die Nase und nickte ihr auffordernd zu. „Hast du eine Ahnung, wie spät es in Kalifornien ist?"

„Hast du … hast du nichts anderes zu tun?"

Penny schüttelte den Kopf. „Nein, rein gar nichts. Diese Galerie läuft praktisch von selbst."

Glücklicherweise läutete im nächsten Moment die Messingglocke über der Eingangstür und ein älteres Ehepaar kam herein. Seras Herz machte einen Sprung. Kunden! Sie hätte sie küssen können oder ihnen ein Bild umsonst schenken. Irgendetwas, um sich für ihr absolut perfektes Timing zu bedanken.

Sie wies mit dem Kopf zur Tür und hob vielsagend die Augenbrauen.

Als Penny begriff, dass ihr Plan, das Gespräch zu belauschen, durchkreuzt worden war, stand sie auf und murmelte übertrieben: „Aber natürlich, Madame James. Erlauben Sie." Ihre Absätze klackten auf dem Boden, als sie ging. An der gläsernen Bürotür angekommen, legte sie eine Hand auf den Knauf und fragte: „Offen lassen oder zumachen?"

Sera verdrehte die Augen. Als ob sie das fragen musste! „Zu! Danke."

„Sechs Uhr früh. Das ist die Uhrzeit in Kalifornien." Penny zwinkerte, schloss die Tür hinter sich und schlenderte erhobenen Hauptes davon. Sera wusste, warum. Penny war mit Sicherheit angetan von der Vorstellung, dass ihre vereinsamte Chefin nach zwei langen Jahren endlich wieder offen für die Liebe sein könnte.

Nachdem Penny um die Ecke verschwunden war, starrte Sera auf das Telefon. Das blinkende rote Signallicht spielte mit ihrem ohnehin schon angeschlagenen Nervenkostüm. Sie klopfte mit einem Bleistift auf die Tischplatte, während sie überlegte, ob sie den Anruf annehmen sollte.

Die Aussicht, mit William zu sprechen, war fast so schlimm wie die Vorstellung, dass er gar nicht angerufen hätte. Aber Sera hatte keine Ahnung, wie sie die richtigen Worte über die Lippen bringen sollte.

Schließlich drückte sie die Taste, um den Anruf entgegenzunehmen. „Hier spricht Sera."

„Guten Morgen!"

Seine Stimme zu hören, weckte in ihr ein Gefühl der Vertrautheit, das sie überraschte und erröten ließ. Dazu kam die Tatsache, dass William seinen Namen nicht genannt hatte, was ebenfalls eine gewisse Verbundenheit voraussetzte.

„Du musst in deinem Büro in Manhattan sehr beschäftigt sein. Ich warte schon seit einer Weile."

„Tatsächlich?"

„Ja", sagte er nach einer kurzen Pause. „Fast zwei Minuten."

Sie hörte, dass er sie aufzog, und ging auf seinen spielerischen Tonfall ein. „Nun, das tut mir leid, Mr Hanover. Ich bin sicher, dass Sie eine derart unzumutbare Wartezeit nicht gewohnt sind." Sie schob die Aktenordner auf ihrem Schreibtisch hin und her und kramte nach dem Ordner mit den Unterlagen zu dem Gemälde. „Aber ich habe meine Unterlagen gleich parat. Im Flugzeug habe ich darin gelesen und ein Detail entdeckt, das uns weiterbringen könnte. Ich weiß, dass es hier irgendwo sein muss …"

„Könnte dieses Detail sein Name sein?"

Ihre Hände erstarrten. „Der junge Musiker auf den Fotos? Du weißt, wie er heißt?"

„Vielleicht …"

„Wie? Ich meine, ich bin gerade erst weg aus Kalifornien und –"

„Und du denkst, das Einzige, was dieser kalifornische Jungunternehmer kann, ist den ganzen Tag hinter dem Schreibtisch sitzen und Anweisungen geben. Oder im Garten arbeiten."

Sera lehnte sich in ihrem Stuhl zurück. „Und?"

„Moment. Erst wenn du zugibst, dass du nicht gedacht hast, dass ich mit etwas anderem als Fragen anrufe."

„Okay, habe ich nicht", gab sie zu und lachte leise. „Zufrieden?"

„Na gut." Er schien ihre Antwort zu akzeptieren, denn sie konnte hören, dass er auf seiner Computertastatur herumtippte. „Ich schicke dir gleich eine Mail“, er machte eine Pause, und sie hörte ein Klicken, „jetzt. Sieh in deinen Posteingang.“

Sera machte sich daran, ihr Mail-Programm zu öffnen.

Der Impuls, die Luft anzuhalten, überkam sie – so groß war die Aufregung. Nach monatelangem Stillstand, nach all den Stunden, die Penny damit verbracht hatte, Kunstauktionsseiten zu durchforsten, nach all den langen Abenden, die sie beide in der Galerie verbracht und bis zum Hals in Recherchen gesteckt hatten, ergab sich nun endlich eine realistische Chance für sie, das Original-Gemälde von Adele von Bron zu finden.

Mit leicht zitternden Händen gab Sera ihr Passwort ein.

Und da war er – sein Name. Er starrte sie vom Computerbildschirm aus an. „Wladimir Nicolai.“

„Richtig.“ Sie konnte William fast durch das Telefon lächeln hören.

„Und woher weißt du, dass er das ist?“

Williams Stimme wurde ganz sachlich. „Ich habe mich an das österreichische Nationalarchiv in Wien gewandt und mit der Kuratorin des Museums gesprochen. Sie hat mir den Kontakt zu einem Kollegen bei den Wiener Philharmonikern vermittelt, und nach ein paar Gesprächen konnten wir per Mail eine kleine Recherche durchführen. Ich schickte ihm die Bilder, und er schickte mir den Namen.“

„Bei dir hört sich das so einfach an“, murmelte sie, während sie den Abschnitt mit den Informationen zu dem Namen in der Mail überflog. „Penny und ich haben schon eine ganze Weile nach einem solchen Hinweis gesucht.“

„Aber ihr wusstet nichts von der Verbindung zwischen Adele und Wladimir. Jetzt wissen wir davon.“

„Stimmt.“

William räusperte sich. „Vielleicht sollten wir das persönlich besprechen?“, sagte er und machte eine kurze Pause. „Ich bin nächste Woche in New York.“

„Ja?“ Sie las weiter, ohne wirklich zu registrieren, was er da gerade gesagt hatte.

„Ja. Freitag in einer Woche“, sagte er.

„William, hier steht, dass es nach Januar 1945 keine Aufzeichnungen über Wladimir Nicolai gibt. Das ist der Zeitpunkt, an dem die sowjetische Armee Auschwitz befreit hat. Wenn er also vor dem Krieg Konzertcellist war, dann frage ich mich, warum er danach nicht wieder damit angefangen hat. Hier steht, dass es nach Kriegsende keine Aufzeichnungen über einen Auftritt mit seinem Namen im Programm gab. Du liebe Zeit –“ Sie brach ab und fragte sich, ob Adele und Wladimir das gleiche Schicksal erlitten haben könnten. „Möglicherweise war er auch in Auschwitz.“

Sie überflog die restlichen Informationen in der Mail auf der Suche nach irgendetwas Auffälligem.

„Ich dachte, wir könnten vielleicht zusammen zu Abend essen.“

Williams Vorschlag hätte sie vermutlich nicht überraschen sollen, so eng, wie er vor zwei Tagen mit ihr getanzt hatte. Die Hochzeit hatte einen ganz besonderen Zauber um sie herum entfaltet, und sie waren sich sehr nahegekommen. Seitdem konnte sie kaum noch an etwas anderes denken. Dennoch zögerte Sera.

„Zu Abend essen?“ Sie schluckte. „Du meinst, um über das Bild zu sprechen?“

Fragte er sich ebenfalls, ob das, was sie auf der Tanzfläche empfunden hatten, etwas Echtes war? Ein Bild von Michael tauchte vor ihren Augen auf. Die Erinnerung an ein ausgemustertes Hochzeitskleid und zurückgegebene Geschenke …

„Nur ein Abendessen.“

„Nein, nein … ich meine, ich weiß! Es ist nur so …“ Wie sollte sie ihm sagen, was sie wirklich beunruhigte? „Ich habe nicht damit gerechnet, dass du so schnell nach New York kommen würdest.“

Sie stützte sich mit dem freien Arm auf dem Schreibtisch ab und lehnte die Stirn darauf. Ihr Herz rebellierte. *Nein, nein, nein. Ich bin noch nicht so weit, dir zu vertrauen. Bitte verlang das nicht von mir!* Sie biss sich auf die Unterlippe, um den Gedanken nicht laut auszusprechen.

Schließlich wartete er nicht länger auf eine Antwort, sondern sagte nur: „Grab weiter. Ich ruf dich nächste Woche an, dann kannst du mich auf den neuesten Stand bringen."

ACHTZEHN

30. Juni 1943
Auschwitz-Birkenau

Adele und die übrigen Mitglieder des jüngst gegründeten Orchesters waren aus ihrem Einraumquartier in den Block zwölf – den sogenannten Musikblock – des allgemeinen Lagers verlegt worden.

Direkt nach ihrem Eintreffen in Auschwitz vor drei Monaten hätten Adele die plötzlichen Veränderungen und kurzfristigen Beschlüsse der Befehlshaber vielleicht noch überrascht. Aber jetzt? Inzwischen hatte sie so vieles gesehen, was an diesem Ort geschah, dass sie nichts mehr hinterfragte. Um am Leben zu bleiben, taten sie und die anderen jungen Frauen in ihrer Gruppe, was man ihnen sagte: Stundenlang standen sie stramm oder knieten nieder, stellten sich in der brütenden Hitze auf oder spielten ihre Instrumente nach Lust und Laune der Wachen. Die Mitglieder des Orchesters, ob Juden oder nicht, hatten einen Sonderstatus unter den Lagerhäftlingen. Es hatte nicht lange gedauert, bis Adele klar geworden war, dass das Orchester ihr Mittel war, um zu überleben.

Die bunt zusammengewürfelte Gruppe von Musikerinnen war mittlerweile gewachsen. Adele konnte sich nicht mehr daran erinnern, wie es dazu gekommen war, aber als sie sich zum ersten Mal als Orchester trafen, war sie erstaunt, wie viele Instrumente zusammengekommen waren. Mehrere Geigen, zwei Celli – von denen Omara eines spielte.

Sogar eine Mandoline und ein Akkordeon waren hergebracht worden und lagen nun bei dem Vorrat an Instrumenten, um die sie sich zu kümmern hatten.

Obwohl sie umgezogen waren und nun im Musikblock lebten und probten, arbeiteten die Orchestermitglieder weiter in Kanada und spielten nebenbei für die SS-Leute, wann immer diesen nach einem musikalischen Ständchen war. Sie rechneten damit, dass sie künftig noch häufiger proben mussten, aber ob das bedeutete, dass gleichzeitig ihre Arbeitszeit im Lagerhaus reduziert werden würde, konnten sie nicht sagen. Denn Fragen stellte hier niemand. Sie funktionierten. Sie arbeiteten. Sie taten, was ihnen gesagt wurde. Niemand tanzte aus der Reihe oder hatte eigenständige Gedanken – schon gar nicht bei den täglichen Appellen im Hof. Das Orchester war Teil dieses Ablaufs, wurde dadurch aber auch vor einigen Schrecken bewahrt, denen die anderen Häftlinge ausgesetzt waren, die kaum bekleidet und jeder Würde beraubt stundenlang im Regen stehen oder knien mussten, während die Lagerärzte durch die Reihen gingen und entschieden, welche der armen Seelen den nächsten Morgen erleben würden.

Adele erinnerte sich, wie naiv sie gewesen war, als sie ins Lager gekommen war. Sie hatte gedacht, die Todesmauer sei das Schlimmste.

Die Frauen des Orchesters mussten im Warenlager die nützlichen Gegenstände katalogisieren und sie dann nach Deutschland zurückschicken. Die Arbeit war besonders bitter angesichts der Tatsache, dass Tausende von Gefangenen nur noch Lumpen am Körper trugen und barfuß liefen.

Als Adele nun im Warenlager stand, dachte sie wieder einmal daran zurück, wie unbefangen sie in den ersten Wochen gewesen war. Wie hatte sie in so kurzer Zeit so abgehärtet werden können? Stechende Schmerzen fuhren ihr immer wieder durch die Schienbeine, nachdem sie wochenlang auf dem kalten Betonboden gestanden hatte.

Sie ergriff eine alte wollene Anzugjacke mit Ellbogenbesätzen aus rissigem Leder und fuhr mit der Hand an den Nähten entlang. Das

Kleidungsstück war in einem eher traurigen Zustand und hatte ein kleines Loch im Revers, wo eine hungrige Motte eine verräterische Spur hinterlassen hatte. Aber es war kein Geheimnis, dass die Juden Geld, Familienschmuck, Erbstücke und andere Dinge, die ihnen vielleicht eine kleine Summe dringend benötigtes Geld einbringen würden, in den Säumen ihrer Kleidung versteckten, um sie in Sicherheit zu bringen.

Adele fuhr mit den Fingerspitzen über jede Naht, wobei sie der unteren Kante und dem Taschenfutter besondere Aufmerksamkeit schenkte. Die Wolle war aufgeraut, aber unter der Oberfläche glatt. Da Adele keine Hinweise auf versteckte Gegenstände fand, warf sie die Jacke auf einen entsprechenden Stapel, damit er katalogisiert werden konnte. Die Waren, die für den Rücktransport ungeeignet waren, wurden vernichtet.

Immerzu katalogisieren und abheften. Und wieder katalogisieren ... Jedes kleinste Detail aufzuzeichnen, schien für die Machthaber derart von Bedeutung zu sein, dass Adele richtig schwindlig wurde. Sie konnte sich nicht erklären, warum es so wichtig war, jeden einzelnen Gegenstand, der in die Lager kam, zu erfassen, während gleichzeitig die lebenden und atmenden Seelen mit einer so erbärmlichen Missachtung behandelt wurden.

„Bist du mit diesem Behälter fertig?" Omara kam mit einem Klemmbrett in der Hand auf sie zu.

Adele nickte.

„Gut. Du kannst gehen", sagte sie und schrieb etwas auf das Papier auf dem Brett. „Wir werden morgen wieder sehr früh rausmüssen. Geh dich ausruhen."

„Mach ich."

„Und, Adele?", fügte Omara hinzu und sah sie mit einem strengen, aber fast mütterlichen Blick an. „Du musst dich unbedingt waschen! Ich kann nicht zulassen, dass du krank wirst, verstanden?"

Mit einem weiteren Nicken war sie entlassen und trottete gemeinsam mit einigen anderen Frauen zum Schlafraum im Musikblock. Diese mussten genauso müde sein wie sie, denn niemand war auf eine Unterhaltung aus. Bevor sie sich hinlegten, wuschen sie sich schweigend an einem Wascheimer, den sie sich teilten. Dazu hatten sie eine kleine Sammlung an Gegenständen zur Verfügung, Kleider und dergleichen, die sie gemeinsam benutzten.

Inzwischen machte sich niemand mehr über ihr Haar lustig. Einige der anderen – die Jüdinnen – waren kahl geschoren. Von der Feindseligkeit, die die Frauen ihr in den ersten Wochen entgegengebracht hatten, war nichts mehr übrig. Vielleicht verübelten manche Adele ihr früheres Leben noch immer, aber es wurde zumindest nicht mehr laut ausgesprochen. Außer im Fall von Krankheit oder der Aussortierung hatten die Musikerinnen keine andere Wahl, als zusammenzuhalten, wenn sie überleben wollten.

Adele hatte kaum die Augen geschlossen, als Omaras drängende Stimme sie wieder aus dem Schlaf riss. „Du musst aufwachen, Adele. Wach auf!"

Sie blinzelte, bis sie Omaras Gesicht vor sich sah, und schreckte instinktiv von der Strohmatratze hoch, während sie sich noch im Dämmerzustand befand. „Was ist?"

„Steh auf!", wies Omara sie an und zog ihr das Laken von den Beinen. „Zieh das an."

Im schummrigen Licht der Baracke konnte Adele erkennen, dass Omara ein feines Kleid aus dunklem Samt mit einem weißen Spitzenkragen trug und ihr kurzes Haar gekämmt war. Doch bevor sie etwas sagen konnte, ließ Omara ein Paar hochhackige Schuhe und ein Stoffbündel auf die Pritsche fallen, das im Mondlicht schimmerte. Adele fuhr mit der Hand über den Stoff – Chiffon, das weiche Gewebe war unverkennbar.

Wo in aller Welt hatte Omara Chiffon gefunden?

Sie entfaltete das Bündel, das sich als ein langes beigefarbenes Kleid entpuppte. „Wofür ist das?"

„Still", schimpfte Omara leise. „Weck die anderen nicht auf."

„Warum nicht?"

„Weil niemand etwas davon erfahren darf."

Adele hatte keine Ahnung, was das alles zu bedeuten hatte. Omara hatte bisher immer alles in ihrer Möglichkeit Stehende getan, um für die Sicherheit der jungen Frauen des Orchesters zu sorgen. Und obwohl es ziemlich seltsam war, mitten in der Nacht mit einem Festkleid auf dem Schoß dazusitzen, konnte Adele auch jetzt nichts anderes tun, als der Frau zu vertrauen. Sie beugte sich vor und senkte die Stimme zu einem Flüstern. „Was soll das bedeuten?"

„Sie haben angeordnet, dass wir spielen."

Adele blickte zum Fenster hinauf und sah, dass der Mond hoch am Himmel stand. „Aber es ist mitten in der Nacht."

„Wir stellen keine Fragen, Adele, schon vergessen?" Omara legte noch weitere Sachen auf das Bett: eine Haarbürste, eine Handvoll Haarnadeln und einen Lippenstift. „Hier", sagte sie und packte Adele am Ellbogen, um sie zum Aufstehen zu bewegen. „Zieh dein Kleid aus und das hier an." Omara musterte sie kritisch und runzelte dann die Stirn. „Wir müssen etwas mit deinem Haar machen."

„... mit meinem Haar?"

„Beeil dich." Omara half ihr, die Knöpfe zu öffnen. Dann ging sie zu der Kiste in der Ecke, in der sich die spärlichen Hygieneartikel befanden, die sich die Frauen teilten. Sie wühlte darin herum, während Adele sich aus dem rostbraunen Kleid befreite. Es stank nach Schweiß und Schimmel. Sie rümpfte die Nase, als das Kleidungsstück über ihre Knöchel zu Boden fiel; der Geruch haftete auch an ihrem Körper. Das abendliche Waschen mit kaltem Wasser hatte wenig geholfen.

„Ich habe Seife." Omara nahm kein Blatt vor den Mund. Allerdings würde wohl niemand unter den gegebenen Umständen Rücksicht auf irgendwelche zarten Gefühle nehmen. Schließlich rochen sie alle, als lebten sie in einem modrigen Keller.

Adele hatte seit fast fünf Monaten keine echte Seife mehr gesehen. „Seife? Aber woher in aller Welt –"

„Keine Fragen. Wasch dich!" Omara kam näher, ließ den kleinen Klumpen in Adeles Handfläche fallen und machte sich dann wieder an den Sachen zu schaffen, die sie auf die Pritsche gelegt hatte.

„Danke." Adele nahm die Seife und wusch sich. Und zum ersten Mal seit Monaten fühlte sie sich wieder wie eine Frau. Der schwache Duft von Rosen erfüllte den Raum.

Omara versuchte, ihr die Haare zu frisieren, während Adele sich abtrocknete und das Kleid anzog. „Wie passt es?", fragte die ältere Frau, während sie Adele das Haar bürstete. Mit ein paar Haarnadeln steckte sie ihr die Locken hoch.

Adele strich mit den Händen über das Kleid, um die Falten zu glätten. Beim Überprüfen der Passform bemerkte sie einen Reißverschluss an der Seite. „Es ist ein bisschen groß." Ihre Hand glitt über den fließenden weichen Stoff, und sie versuchte, das Gefühl des luftigen Chiffons an ihren knochigen Hüften zu ignorieren. „Aber es ist trotzdem … wunderschön."

Es war noch gar nicht so lange her, dass sie zuletzt ein solch elegantes Kleid getragen hatte. Es hatte ihre Kurven umschmeichelt, bei jeder anmutigen Bewegung hatte der Saum getanzt und ihre Sanduhrfigur betont. Die Vorstellung war kaum zu ertragen, dass ihr Leben noch vor wenigen Monaten voller Festlichkeiten, Konzerte, eleganter Kleider und rotem Lippenstift gewesen war. Und Essen und Trinken im Überfluss. Adele versuchte, nicht an den fortwährenden Schmerz in ihrem Magen zu denken.

Oh Herr, bitte lass mich nicht zusehen müssen, wie sie essen …

„Es passt? Gut." Omara packte sie an den Schultern und drehte sie zu sich herum, um ihre Erscheinung zu begutachten. Sie öffnete den Lippenstift und drehte ihn hoch. Soweit man es in der Dunkelheit erkennen konnte, kam ein leuchtendes Rot zum Vorschein. „Hier, trag den auf."

Es ging alles so schnell, dass Adele keine Zeit blieb, ihre Reaktion zu kontrollieren. Als ihr das letzte Mal jemand geholfen hatte, sich für ein Konzert anzuziehen, war sie am Ende des Abends verhaftet worden – es war der Abend gewesen, für den ihre Mutter ein Satinkleid in Berlin hatte anfertigen lassen.

Der Lippenstift von Omara lag kaum eine Sekunde in ihren Händen, als ihre Finger zu zittern begannen und er auf den Boden fiel und unter Martas Bett rollte.

„Adele", flüsterte Omara, aber es hatte immer noch die Strenge eines Vorwurfs, „was ist los mit dir, Kind? Sie warten auf uns!" Sie kniete sich auf den Boden und streckte ganz vorsichtig den Arm unter die Pritsche des schlafenden Mädchens.

Adele kniete sich ebenfalls hin, in der Hoffnung, den Lippenstift wiederzufinden. „Es tut mir leid ... Ich bin unheimlich nervös."

Omara winkte ab. „Die Schuhe", raunte sie, „zieh die Schuhe an, ich suche den Lippenstift."

Adele nickte verbissen und ließ sich vorsichtig auf ihre Pritsche sinken. Sie saß auf der Bettkante, ihr Herz pochte heftig, und die Tränen brannten in ihren Augen. In einem Kleid wie diesem hätte sie sich schön fühlen müssen – mit den glitzernden goldenen Schuhen an den Füßen und Lippen, die bald kirschrot leuchten würden. Aber es war der extreme Kontrast des Augenblicks, der ihr die Seele in der Brust brennen ließ. Innerlich schrie Adele auf, als sie feststellte, dass sie monatelang allem Elend standgehalten hatte, nur damit ihre Widerstandskraft jetzt an etwas so Banalem wie einem Lippenstift scheiterte.

Die Erinnerung an die Nacht des Konzerts zerriss ihr das Herz. Es war das letzte Mal gewesen, dass sie ihre Eltern gesehen hatte. Es war auch der Abend gewesen, an dem sie Wladimir zum letzten Mal gesehen hatte; und jetzt in dieser Situation fühlte sie das ganze Ausmaß dieser zentnerschweren Last. Sie war ganz allein nach Auschwitz gekommen und – wie alle anderen auch – aus ihrer Familie und ihrem früheren Leben herausgerissen worden.

Omara kam mit dem Lippenstift in der Hand zu ihr. „Hier, Kind", sagte sie und hielt ihn hoch, „trag ihn auf."

Adele schluckte den wachsenden Kloß in ihrem Hals hinunter. Und mit Omaras Hilfe, die vor ihr kniete und ihre zitternde Hand führte, trug sie im silbern schimmernden Mondlicht die wachsartige Farbe auf. Sie presste die Lippen aneinander und verteilte die Farbe sanft, ohne einen Laut von sich zu geben.

Mit einer Tiefe an Gefühl, die Adele in dieser Hölle auf Erden nicht erwartet hatte, strich Omara ihr mit einer Hand über die Wange. „Du schaffst das, Adele."

Sie nickte. Leise schniefend atmete sie ein. „Bist du sicher?"

„Du musst." Omara reichte ihr ein Stück Stoff und bedeutete ihr, sich damit die Nase abzutupfen.

Adele tat wie geheißen und bemerkte die Weichheit, mit der das Tuch über ihre Haut strich. Alles an diesem Moment – das Kleid, die Weichheit des Stoffes an ihrem Gesicht, sogar der Rosenduft, der in der Luft lag … Sie konnte es beinahe nicht fassen, dass schöne Dinge oder auch nur ein winziger Anflug von Freundlichkeit an einem Ort wie diesem existierten.

„Ich weiß, dass du das nicht hören willst, aber du siehst wunderschön aus."

Adele brachte keinen Dank heraus. Nicht in diesem Moment, in dem sie voller Angst war, für *sie* spielen zu müssen. Sie schloss die Augen, denn die Angst drohte die Oberhand zu gewinnen und die Zartheit des Augenblicks zu zerstören. Die Hände in ihrem Schoß ballten sich unwillkürlich zu Fäusten.

Gott? Vater im Himmel! Bitte geh mit mir, ich habe solche Angst …

Sie kämpfte gegen den Instinkt an, in Tränen auszubrechen, und setzte alle verbliebene Willenskraft ein, damit ihre Gefühle sich wieder in den abgestumpften Zustand zurückzogen, in dem sie sich schon so lange befanden. Wenn sie nichts mehr fühlte, war sie sicher, dachte sie. Sie konnte es schaffen. Sie konnte sich auf das Überleben konzentrieren und nichts anderes zulassen. Aber die Angst war jetzt so stark, die Erinnerungen waren wieder so lebendig geworden.

Die Wärme von Omaras Hand, die sich auf ihre geballten Fäuste legte, ließ Adele die Augen öffnen. Ihre Freundin nickte, und im Mondlicht sah Adele die Wärme in ihrem Blick, als sie ihr den Geigenkasten hinschob. Sie hatte nicht einmal gewusst, dass er hier war.

„Hier." Omara nahm Adeles Hand und legte sie betont auf den Deckel des Koffers. „Du nimmst auch ihn mit."

Wladimirs Bild.

Die Sinne von der Intensität des Augenblicks geschärft, stand es Adele mit einem Mal glasklar vor Augen: Die ganze Zeit über hatte sie sich an Wladimir geklammert, mit seinem Bild geredet, mit reiner Willenskraft zu erzwingen versucht, dass er am Leben blieb … und nie hatte sie begriffen, dass die Erinnerung an ihre letzte Nacht auf der Bühne alles sein könnte, was ihr von ihm geblieben war. Der eine gestohlene Kuss im Garten, dieses eine Aufblitzen einer gemeinsamen Zukunft – es könnte alles gewesen sein, was sie jemals zusammen haben würden.

Adele bohrte die Fingerspitzen so heftig in den Deckel des Geigenkastens, dass sich ihre Nägel in das Leder gruben.

„Du weißt", flüsterte Omara, „dass sie uns alles nehmen wollen. Aber was sie uns nicht nehmen können, ist das, was hier drin lebendig ist." Sie deutete mit dem Finger auf Adeles Herz und schüttelte den Kopf. „Er ist hier. Was auch immer du tust, lass sie nicht an ihn herankommen."

Adele nickte.

Sie konnte und wollte nicht mehr weinen. Sie durfte auch nichts mehr fühlen. Es war zu riskant, wenn sie überleben wollte. Sie erhob sich, und mit dem unbändigen Willen, am Leben zu bleiben, strich sie das Kleid an ihren Hüften glatt. Sie nahm einen langen, tiefen Atemzug und erklärte voller Entschlossenheit: „Ich bin so weit."

Schokolade.

Es war das Erste, was Adele auffiel, als sie in den Saal geführt wurde – Pralinen, die in eleganten Minitürmchen in regelmäßigen Abständen über die gesamte Länge der riesigen Festtafel aufgeschichtet waren. Dazwischen standen Körbe mit knusprigem Brot und süßem Gebäck. Und Obst! Sie zählte mehrere Schalen mit frischen Blaubeeren und Bergen von Äpfeln und Birnen.

Adele konnte sich nicht erinnern, wann sie das letzte Mal solche Köstlichkeiten gesehen oder etwas anderes als diese schreckliche lauwarme Rübensuppe gegessen hatte, die sie im Lager bekamen. Der berauschende Duft von Orangen stieg ihr in die Nase und quälte ihren schmerzenden Magen.

Zusammen mit Omara war sie mit einem Fahrzeug nach Solahütte gebracht worden, dem SS-Erholungszentrum, das nur wenige Kilometer von Auschwitz entfernt war. Die Anlage lag idyllisch unter Bäumen und zog sich am Ufer der Sola entlang. Adele war aufgefallen, wie frisch die Luft hier war, nicht beladen mit dem Gestank von Dreck und Verwahrlosung, an den sie sich gewöhnt hatten.

Während der Fahrt hatte sie Omara gefragt, wo man sie hinbringen würde. Weniger aus Angst als vielmehr aus echter Neugier, denn sie wusste, dass man sich nicht die Zeit genommen hätte, sie so anzuziehen, wenn es zu einer Verabredung mit dem Tod gehen würde.

Omara hatte ihr erklärt, dass sie zu einer Art Erholungsort fuhren, wo SS-Leute, die verdienstvollen Einsatz gezeigt hatten, mit ein paar Tagen Urlaub belohnt wurden. Und zu der Ruhe und Entspannung zählte offenbar auch Geselligkeit.

Doch Omara hatte sie auch gewarnt, dass dieser Ausflug kein Privileg sei. Es war ein Befehl, dem sie zu folgen hatten, ein weiterer Auftritt und sonst nichts. Adele war wohl im Lager einigen SS-Wachen aufgefallen, und einer von ihnen hatte sie als Österreichs Liebling erkannt und seinen Vorgesetzten den Hinweis gegeben, sie könne doch bei der nächsten Feierlichkeit ihr musikalisches Talent zum Besten geben.

Sie dürfe nicht mit den Gästen sprechen, hatte Omara gesagt, nur spielen, natürlich gekonnt, und das war's. Es würde keine Gespräche geben, keine Abweichung von dieser Vorgabe. Kein Angebot von der SS, sich etwas zu essen zu nehmen, und schon gar keine Extravaganzen. Sie würden spielen und dann ins Lager zurückkehren.

All das hatte Omara ihr während der Fahrt zugeflüstert. Und die beiden Posten, die sie begleiteten, hatten deutlich gemacht, dass jeder Fluchtversuch zwecklos wäre. Adele bezweifelte das nicht und nahm es nicht auf die leichte Schulter. Da sie sich die Zeit genommen hatten, davor zu warnen, war es mit Sicherheit keine leere Drohung, sondern eine Tatsache.

Jetzt saß sie auf der Bühne des belebten Bankettsaals und starrte auf die Unmengen von Essen. Fast jede freie Fläche der Tische und Tresen war beladen mit Schalen, die von Speisen überquollen.

Adeles Hände umklammerten die Geige, während sie auf den Befehl wartete, mit dem Spielen zu beginnen. Omara hatte man auf einem Stuhl neben ihr platziert, und auch sie wartete auf eine Anweisung. Doch während Adele von der Opulenz der Szene beeindruckt war, schien Omara in einer ganz anderen Verfassung zu sein und innerlich zu kochen. Ihre sonst so weichen Gesichtszüge waren zu verbitterten Falten erstarrt, die sie um Jahre älter aussehen ließen. Ihre Augen waren zu schmalen Schlitzen zusammengekniffen, sodass sie fast geschlossen wirkten. Ihre Abscheu war nur allzu offensichtlich, während sie die jungen Wachmänner betrachtete, die sich lächelnd unter die weiblichen Mitglieder der SS mischten.

Adele konnte nicht glauben, dass die sonst so beherrschte Omara ihre Verachtung so deutlich erkennbar zeigen konnte. „Alles in Ordnung?", flüsterte sie.

„Ja." Omara wandte den Blick sichtlich angewidert von der feiernden Menge ab und zog das Cello etwas näher zu sich heran.

„Sie sagten, wir warten noch auf zwei Musiker aus dem anderen Lager", flüsterte Adele und starrte weiter auf das geschäftige Treiben, das sie umgab. „Aber sollten wir nicht lieber anfangen? Wir könnten ein Duett spielen, um die Zeit zu überbrücken."

Als die ältere Frau nicht antwortete, fragte Adele erneut nach. Es war seltsam. Omara offenbarte ihre zutiefst empfundenen Gefühle, von denen sie in den Monaten zuvor, seit Adele sie kannte, nicht das Geringste gezeigt hatte.

„Omara?" Sie beugte sich zu ihrer Freundin, um sie dazu zu bringen, etwas anderes zu tun, als voller Abscheu auf die Szene vor ihnen zu starren. „Sollen wir spielen? Bach vielleicht? Oder Beethovens Fünfte?"

Omara schüttelte den Kopf.

„Oder einen der deutschen Märsche? Die mögen sie doch, und ein Marsch passt gut zu einem Fest", flüsterte Adele.

Es stimmte. Sie hatte zwar keinen der Anwesenden auf dieser Feier als Wachpersonal von Birkenau erkannt, aber Adele wusste, dass sie dort die beschwingten Märsche genossen.

„Omara?"

Wieder keine Antwort.

„Vielleicht den Arbeitslagermarsch? Es ist eines ihrer Lieblingsstücke, und es ist etwas flotter."

„Nein!"

Die Antwort kam mit einer solchen Schärfe, dass Adele verblüfft zurückzuckte.

Was war nur mit Omara los? Konnte sie womöglich nicht spielen? Oh nein, Gott möge ihnen helfen, wenn sie es nicht konnte. Adeles Angst hatte sich gelegt, als Omara ihr bei den Vorbereitungen für diesen Anlass so ruhig und besonnen geholfen hatte. Und jetzt? Das untypische Verhalten der Frau ließ ihre Angst schlagartig zurückkehren.

„Ich glaube wirklich, wir sollten etwas spielen." Adele flüsterte die Worte durch die zusammengepressten Lippen. Sie sah sich um und bemerkte, dass ein paar der uniformierten Gäste ihre Aufmerksamkeit nun auf sie gerichtet hatten. Einige flüsterten miteinander, dann rief einer: „Musik!"

Die Gäste schienen irritiert zu sein, dass die Musikerinnen zu Statuen erstarrt waren, anstatt das zu tun, wofür sie hergebracht worden waren. Adele stellte sich bereits vor, wie Pistolen aus den Gürteln gezogen wurden, und spürte, wie ihr eine Gänsehaut über die Arme lief.

„Omara, alle starren uns an. Wir sollten uns für ein Stück entscheiden!“

„Kennst du die Händel-Halvorsen-Passacaglia?“

Adeles Kopf zuckte unwillkürlich zurück, damit sie ihre Freundin ansehen konnte. „Ja“, sagte sie, und das Herz schlug ihr bis zum Hals. „Aber es ist ein unglaublich komplexes Stück für ein Duett, und ganz besonders für Geige und Cello.“ In Wahrheit bezweifelte sie, dass ihr abgestumpfter Verstand und ihre erschöpften Arme einem so anspruchsvollen Stück gewachsen waren.

Was dachte sich Omara dabei?

„Gibt es sonst nichts?“, drängte Adele. „Etwas weniger Herausforderndes vielleicht? Ein Marsch oder ein Volkslied?“

Omara ignorierte Adeles offensichtlichen Abwiegelungsversuch. „Kannst du das Stück gut genug, um es auswendig zu spielen?“

Adele hätte lügen und Nein sagen können. Es war ein höchst anspruchsvolles Stück, keine Frage. Aber irgendetwas sagte ihr, dass sie die Anweisung befolgen sollte.

Sie nickte und antwortete: „Ja, kann ich.“

„Gut“, sagte Omara und hob ihren Bogen. „Auf vier.“

Beide konzentrierten sich ganz auf die Instrumente, und Omara gab den Einsatz.

Die ersten Noten der Melodie ertönten im Gleichklang. Die Musik begann in einem kraftvollen Schwung, und ihre Bögen flogen über die Saiten, als wollten sie den Festsaal in Brand setzen. Und bald wandten sich ihnen die Köpfe zu. So viel bekam Adele mit, obwohl sie sich auf die Musik konzentrierte und es nur erahnen konnte. Auch das Getümmel im Raum hatte sich deutlich beruhigt. Und Adele hörte jetzt nur noch den süßen Klang von Harz auf Saiten, der in der Luft tanzte.

Sie spielten das ganze lebhafte, triumphale Stück. Und fast alle Gäste quittierten den unglaublichen Anblick zweier wertloser Häftlinge, die so engelsgleiche Musik spielten, mit einem Lächeln – einem Lächeln, das nur spöttisch gemeint sein konnte. Adele sah es aus den Augenwinkeln. Denn sie spielte nicht so, wie sie sonst spielte. Sie überließ sich nicht dem Zauber des Augenblicks, sie weigerte sich, sich von der Musik mitreißen zu lassen. Nein, dies war ein leeres, formales, wenn auch akkurates Spiel. Sie brachte nur das absolute Minimum ihrer Fähigkeiten ein, sie hielt die Augen geöffnet; und Finger und Arme führten die mechanischen Bewegungen aus, die die Töne erzeugten.

Adele war sicher, dass Gott den Einsatz ihrer Gabe vor einem solchen Publikum nicht gutheißen konnte. Außerdem hatte Omaras merkwürdiges Verhalten in ihr den Eindruck erweckt, sie müsste diejenige sein, die die Situation in die Hand nahm. Sie spürte, dass Omaras sonst so fester Überlebenswille gerade unter irgendeiner unbekannten Last zu brechen drohte. Und vielleicht war der Zwang, für ein solches Auditorium spielen zu müssen, der Tropfen, der das Fass zum Überlaufen brachte.

Als der letzte Ton verklang, senkte Adele den Bogen. Sie hielt einen Moment inne und blickte in die vielen Augen, die sie wie gebannt anstarrten. Und der Anblick überraschte sie. Es war der Ausdruck in den Gesichtern; nirgends sah sie auch nur den geringsten Anflug von Spott. Stattdessen schienen die uniformierten Männer und Frauen um sie herum … beeindruckt?

Dann brach aus der Stille Jubel los, und aus dem Publikum kamen Hochrufe. Adele widerstand dem Drang, sich von dem Moment einfangen zu lassen. Es war ihr egal, was diese Leute von ihrem Spiel hielten. Dort, wo die Gefühle wohnten, spürte sie nur eine große Leere. Und Omara? Adele sah ihre Freundin an und stellte fest, dass sie immer noch vor Zorn bebte. Sie schien angewidert zu sein von der Zustimmung der Männer, angewidert davon, dass diese Leute etwas

Schönes an denselben Menschen finden konnten, die sie tagsüber im Lager wie Tiere behandelten.

„Sollen wir noch ein Stück spielen?", flüsterte Adele, die sich nun nach den beiden anderen Mitgliedern des Auschwitz-Orchesters umsah, mit denen sie ein Quartett bilden sollten.

Sie tauchten den ganzen Abend lang nicht auf.

Adele und Omara spielten noch einige weitere Stücke, allesamt beschwingte, patriotische Melodien, für die mittlerweile zumeist betrunkenen Feiernden. Es war schon tief in der Nacht, bald würde es zu dämmern beginnen. Als sich die Gesellschaft auflöste, bekamen sie den Befehl, ihre Instrumente einzupacken und ins Lager zurückzukehren.

Omara ging zu den sie begleitenden Wachen und dem Fahrer, um die Rückfahrt zu organisieren, und ließ Adele allein im Bankettsaal zurück. Adele war erleichtert, dass nur noch wenige Gäste anwesend waren. Aber die Tatsache, dass sie nun die einzige Gefangene hier war, zurechtgemacht, sodass sie wie eine normale Musikerin aussah, gab ihr das Gefühl, ausgeliefert zu sein.

Sie drehte dem Raum den Rücken zu und begann, ihre Instrumente zusammenzupacken, damit sie beschäftigt wirkte und gehen konnte, sobald Omara zurückkam. Sie bewegte sich bewusst sehr langsam und hoffte, dass sie sich so lange überzeugend betätigen konnte, bis ihre Freundin wieder an ihrer Seite war.

„Ich kenne dich doch." Die Stimme des Mannes hinter ihr ließ Adele zusammenzucken. Mit klopfendem Herzen drehte sie sich um. Wie es von ihr erwartet wurde, hielt sie den Blick gesenkt, aber sie verspürte ohnehin keinerlei Wunsch, mit ihm zu sprechen. Sie senkte den Kopf noch tiefer, in der Hoffnung, dass ihn das von weiteren Unterhaltungsversuchen abhalten würde.

Aber ohne Erfolg.

„Adele von Bron, nicht wahr? Die berühmte kleine Geigerin aus Wien!"

Es war eine Ewigkeit her, dass sie ihren Namen gehört hatte, den vollen Namen – so lange her, dass sie mehr gewesen war als eine Nummer auf einer Liste … Wie sollte sie antworten? Wieder nickte sie nur, sie wollte kein Gespräch führen.

Omara hatte sie schon vor langer Zeit gewarnt: „Wenn du überleben willst, Adele, dann werde unsichtbar. Lass sie vergessen, dass du je existiert hast."

Ein guter Rat – aber schwer umzusetzen, wenn ein junger deutscher SS-Offizier laut ihren Namen aussprach.

„Ist das dein Name?"

Sie hob den Kopf ein wenig, nickte automatisch und murmelte mit der Angst im Nacken: „Ja."

„Ich wusste es. Ich habe dich vor gut zwei Jahren in Berlin spielen hören. Du warst mit einem Gastensemble unterwegs, nicht wahr? Und du warst fantastisch! Ich weiß noch, wie das Publikum nach einer Zugabe verlangte."

Adele dachte an den Auftritt von vor zwei Jahren zurück.

Sie war auf einer Benefiz-Tournee durch Deutschland unterwegs gewesen – einige Monate nachdem der Krieg begonnen hatte. Es schien eine Ewigkeit her zu sein. Und das junge Mädchen, das damals mit seiner Mutter ins „Reich" gereist war, war ein völlig anderer Mensch gewesen.

„Ja. Ich habe in Berlin gespielt."

Er schüttelte den Kopf. Seine Augen waren leicht getrübt vom Alkohol, und er schenkte ihr ein dümmliches Lächeln. „Ich wusste, sie würden dich herholen. Als ich gesagt habe, dass die berühmte Wiener Geigerin hier in Auschwitz ist, wollten sie es nicht glauben. Aber ich wusste, dass du bei irgendeiner Festivität auftauchen würdest." Er lachte. Er lachte tatsächlich, während er so mit ihr sprach!

Irgendetwas an seiner Art zu sprechen schien so unbeschwert, als wären sie beide Gäste auf einem Empfang und er versuchte seine beste Anmache. War das sein Ernst? Es fiel Adele schwer, nicht derart offensichtlich angewidert zu wirken, wie es bei Omara den ganzen Abend über der Fall gewesen war.

In der Absicht, sich so gut wie möglich vor jeglicher Vertrautheit zu schützen, wandte sie sich ab, um sich wieder ihren Instrumenten zu widmen. Er fasste sie am Arm, und instinktiv zuckte sie zurück, fast wie ein Rehkitz, das vom Jäger verfolgt wird. Sie umklammerte den Geigenkasten vor der Brust wie einen armseligen Schild zwischen sich und ihm.

„Ich will …“, sagte er, anscheinend überrascht von ihrer abwehrenden Reaktion. „Ich will dir nicht wehtun.“

„Es tut mir leid.“

Hatte sie sich gerade bei einem Nazi entschuldigt?

Adeles Zunge fühlte sich an, als würde sie verbrennen. Wie sie es hasste, dass die strikte Etikette ihrer Mutter ihren Sinn für Höflichkeit so stark geprägt hatte, dass sie es fertigbrachte, sich bei einer Person zu entschuldigen, die in der nächsten Sekunde ihr Leben beenden könnte. Oder das von Omara oder irgendeinem der Mädchen im Orchester.

„Nein, mir tut es leid. Es tut mir leid, dass du in dieser Situation steckst“, sagte er und sah sich um. „Du bist doch keine Jüdin, oder? Es ist offensichtlich, dass du nicht zu denen gehörst. Du hast das nicht verdient. Du gehörst nicht hierher, nicht zu diesen Untermenschen.“

Die Worte schnitten Adele ins Herz, wie ein heißes Messer durch Butter schneidet. Weil sie Österreicherin war und keine Jüdin, hatte sie in seinen Augen einen gewissen Wert. Vielleicht keinen großen, schließlich war sie ein Häftling. Aber es bestand kein Zweifel, dass „Jude“ für ihn eine Kategorie war, die meilenweit unter allem anderen stand.

Der Offizier drehte sich um und warf einen Blick auf das Büfett. „Darf ich dir etwas zu essen anbieten?“

Die Pralinentürme waren eingestürzt, das Obst verstreut und das

Gebäck verzehrt, aber das, was da vor ihren Augen ausgebreitet war, war immer noch ein Festmahl für Könige.

Er nahm einen Porzellanteller vom Stapel und hielt ihn ihr hin. „Bitte. Nimm etwas. Sonst landet es im Mülleimer."

Adele hatte keine Ahnung, was sie tun sollte. Sie stand da wie eine Statue, den Blick auf den Teller in seiner Hand gerichtet.

„Wir müssen gehen." Plötzlich war Omara neben ihr, nahm sie bei der Hand und zog sie mit sich. Adele klemmte sich den Geigenkasten unter den Arm, und gemeinsam folgten sie den beiden Wachen, die sie zum Ausgang führten. Zu ihrer Erleichterung hatte sie keinen Moment Zeit, sich von dem Offizier zu verabschieden. Das Letzte, was sie wollte, war irgendeine Art von Vertrautheit mit einem von ihnen. Und schon gar nicht, wenn es sich um einen der Wachtposten handelte, denen sie am nächsten Tag wieder dabei zusehen musste, wie sie Häftlinge misshandelten.

Omara zerrte sie regelrecht mit sich. Adele folgte ihr, halb verängstigt, halb erleichtert, dass sie in den Musikblock zurückkehren konnten. Sie würden vor Arbeitsbeginn am nächsten Tag keinen Schlaf bekommen, aber das machte nichts. Es war besser, als gezwungen zu sein, mit der SS zu kokettieren, ihre Orangen zu riechen und ihre riesigen Pralinentürme bestaunen zu müssen.

„Wartet!"

Adele hörte die Stimme des jungen Mannes hinter sich, und Entsetzen packte sie. Würde er sie zwingen, zurückzukommen und wieder für sie zu spielen? Würde er ihr ansehen, dass sie ihn für ein Monster hielt? War die Abscheu in ihrem Gesicht zu sehen? All diese Dinge gingen ihr durch den Kopf, bevor sie bemerkte, dass er kein weiteres Wort gesagt, sondern ihr etwas in die Hand geschoben hatte. Sie drehte sich um und sah in ein Gesicht, in dem ein Ausdruck ehrlichen Interesses erkennbar war.

Adele faltete die Serviette in ihrer Hand auf und fand darin eine großzügige Handvoll Blaubeeren, die er für sie eingepackt hatte.

„Für dich. Als Dank dafür, dass du für uns gespielt hast", sagte er und blieb in der Tür stehen, während Omara sie zu dem wartenden Auto zog.

Sie wurde neben Omara auf den Rücksitz gestoßen, ihre Instrumente wurden ihnen achtlos auf den Schoß geworfen.

„Was war das denn?", fragte Omara und beäugte den jungen SS-Mann, der noch immer im Lichtschein der Eingangstür stand.

„Nichts", sagte Adele und verbarg die Serviette mit den Blaubeeren neben sich. „Er hat mir nur gesagt, wo ich hingehöre."

„Und das wäre?"

Adele sah ihrer Freundin direkt in die Augen. „Jedenfalls nicht hierher, so viel ist sicher."

Das Duett, das sie mit Omara gespielt hatte, war wie eine Hymne auf das Leben gewesen. Sie waren noch nicht umgekommen. Die Musik hatte ihnen die Luft zum Atmen für einen weiteren Tag gesichert. Ob Jüdin oder nicht – Adele war eine von ihnen, sie war einer der Häftlinge im Gefangenenlager Auschwitz-Birkenau und ein Teil des Orchesters, das ihr inzwischen zur Familie geworden war. Und das war etwas, was der junge SS-Offizier nie verstehen würde.

„Sie werden versuchen, dich zu ihrem Schoßhündchen zu machen, jetzt, da sie wissen, dass du in Wien eine berühmte Violinistin warst."

„Ich will damit nichts zu tun haben", flüsterte Adele, erdrückt von den Gedanken an den Stacheldrahtzaun, hinter den sie bald wieder zurückkehren würden. Sie verabscheute den Hauch von Freiheit, den sie auf der Feier verspürt hatten. Denn in einer Welt, die um sie herum zusammenbrach, wurden sie wieder in eine unmenschliche Gefangenschaft zurückgezwungen.

Das andere Geschenk, das sie in der Hand hielt, empfand Adele als eine Hymne auf das Leben in einer anderen Welt. Bevor die Wachen zu ihnen ins Auto stiegen, öffnete sie das Fenster und warf die Serviette samt Inhalt hinaus in die Dunkelheit.

Ob die Beeren im Graben landeten oder nicht, war ihr egal. Sie dachte nicht mehr an die Früchte, als das Auto die Straße hinunterfuhr, um sie in den Stacheldrahtkäfig zurückzubringen.

~

„Wo wart ihr denn bloß?“ Martas Stimme bebte, und sie hätte die beiden fast am Kragen gepackt, als sie in den Musikblock zurückkamen. Es dämmerte schon. „Wir dachten … wir wussten nicht, wo ihr seid …“ Sie fiel Omara um den Hals. Und Fränze, die Marta gefolgt war, schloss Adele in die Arme.

„Mit uns ist alles in Ordnung“, sagte Omara, aber ihr ganzes Gebaren sprach eine andere Sprache.

Sie schien sich zwar wieder besser im Griff zu haben, aber Adele hatte einige Fragen an die Frau.

„Geht jetzt. Ihr müsst spielen“, sagte Omara und entließ Marta mit einem sanften Klaps auf den Oberarm. „Adele und ich kommen gleich. Wir müssen uns umziehen.“

Den anderen war natürlich aufgefallen, was für Kleider sie trugen, und Fränze, mit ihren vierzehn Jahren die jüngste und offenherzigste von ihnen, sah sie neugierig an. Auch Marta schien irritiert zu sein. Doch ihre Art, damit umzugehen, war immer, zuerst kratzbürstig zu werden und sich dann zu entschuldigen. „Na, Schätzchen, hattest du eine Verabredung mit dem Führer?“

Bevor Adele antworten konnte, stellte sich Omara zwischen sie und die anderen. Sie warf ihnen einen derart strengen Blick zu, dass sie alle ohne ein weiteres Wort den Raum verließen.

Als sie allein waren, konnte Adele endlich aufatmen. Martas Worte hatten sie getroffen, vor allem nach dem, was sie in der Nacht durchgemacht hatte. Aber zurückzuschlagen – was würde das bringen?

Sie drehte sich um und konzentrierte sich auf die Aufgabe, die sie vor sich hatte, nämlich wieder zu spielen. Auch wenn sie nicht geschlafen hatte, ihr alle Glieder wehtaten und sie innerlich total erschöpft war, musste sie sich darauf vorbereiten, einen weiteren Tag durchzustehen, an dem sie Geige spielen würde.

Adele sprach ein kurzes Gebet und begann, sich aus dem Festkleid zu schälen. „Was war da drin mit dir los?", hakte sie nach, obwohl Omara nicht im Geringsten geneigt schien, ihr seltsames Verhalten auf der Feier zu erklären. „Du warst nicht nur wütend ... es war viel mehr als das!" Sie zog sich das Chiffonkleid über den Kopf und legte es vorsichtig auf ihre Pritsche.

„Ja, so wird es wohl gewesen sein", sagte Omara leise, während ihre Hände damit beschäftigt waren, die Nadeln aus Adeles Haar zu entfernen. „Es war zu viel, sie unterhalten zu müssen."

„Aber das tun wir doch jeden Tag."

„Ja. Am Lagertor, wenn die anderen zur Arbeit ausrücken, und dann, wenn weniger zurückkommen, als am Morgen ausgezogen sind. Vielleicht finden sie das unterhaltsam."

Adele zerrte sich ihr schmutziges Lagerkleid über den Kopf und spürte sofort den Unterschied. Mit dem Kleid legte sich ein Schmutzfilm über ihre Haut. „War es, weil die anderen Musiker nicht aufgetaucht sind? Hast du dich gefragt, was mit ihnen geschehen ist?"

„Natürlich. Wer hätte das nicht?"

„Dann war es das?"

Omara sammelte die Kleidungsstücke vom Bett auf und sagte: „Adele, ich achte dich inzwischen mehr, als ich je gedacht hätte. Du bist als jemand geboren, der es gewohnt ist, Privilegien zu haben. Aber du verhältst dich hier wie alle anderen auch. Ich glaube, du hast ein sehr mitfühlendes Herz. Aber ich muss dich warnen, sehr dringend warnen: Lass dich nicht mit ihnen ein."

„Du meinst den SS-Mann vorhin?"

„Ja. Was hast du ihm gesagt?" Omaras Blick war eindringlich genug, um ihre innersten Tiefen zu erforschen.

„Nichts. Er hat mich angesprochen."

Omara hielt inne. Es war kalt an diesem Morgen, seltsam kalt für einen Sommermorgen, und ihr Atem kondensierte zu einem feinen Nebel. Dann sprach sie weiter: „Wenn du nicht aufpasst, meine Liebe, dann werden sie dich zu ihrem Spielball machen. Das willst du nicht sein."

Adele hatte heute schon Kritik von Marta einstecken müssen. Es schien ihr nicht gerechtfertigt, dass sie dieses Misstrauen nun auch noch von ihrer einzigen Vertrauten in der Gruppe zu hören bekam, die ihr sonst eher mütterliche Gefühle entgegenbrachte.

„Was muss ich tun, um meine Loyalität gegenüber dieser Gruppe zu beweisen? Oder muss ich sie sogar dir gegenüber beweisen?"

Omara hielt mitten in der Bewegung inne und suchte Adeles Blick.

Sie hatte keine Familie. Sie hatte kaum noch Luft zum Atmen. Wenn Adele von den Menschen, die ihr am nächsten waren, kein Vertrauen mehr erfuhr, was blieb ihr dann noch?

Als Omara sprach, war ihre Stimme sanft. „Dieses Gebäude hier direkt vor der Tür – es hat keinen Hinterausgang."

Das Krematorium IV. Adele kannte es gut. Sie konnten es von ihrem Block aus sehen und kamen täglich daran vorbei, wenn sie hinausgingen, um heitere Melodien zu spielen. Sie hielten die Köpfe gesenkt, wenn sie an den Scharen nichts ahnender Häftlinge vorbeikamen, die in Reihen standen und warteten, das Feuer zu nähren, das schwarzen Rauch aus den Schornsteinen spuckte.

Omara hatte recht. Das Krematorium hatte keinen Hinterausgang. Es war die Todesmaschine inmitten dieses höllischen Ortes, und Adele wusste, dass nur Gottes schützende Hand sie davor bewahren konnte.

„Du verstehst, was ich meine?"

Adele nickte. „Ja."

„Und das ist alles, was ich zu sagen habe. Ich möchte, dass du lebst. Das ist alles."

„Aber wie kann ich ihr Spielball sein?"

„Spielball. Liebling. Schoßhündchen. Ein Glanzstück, das sie der internationalen Kunstgemeinschaft vorführen werden – das ihnen aber egal ist. Du hast Talent und einen Namen. Und sie sind Meister der Ausbeutung. Und hier in diesem Lager? Hier sind sie die Torwächter des Todes. Hier hast du keine Macht über auch nur eine einzige dieser Tatsachen. Und sie werden dich bis zu deinem letzten Atemzug benutzen, wenn sie können."

Adele dachte an die Blaubeeren und den SS-Offizier und an den seltsam friedlichen Ort nur wenige Kilometer entfernt von den Schlingen des Todes, die sie alle umgaben. Sie konnte das alles nicht verstehen. Aber eines war klar: Wenn sie in diesem Horrorszenario jemanden mit einem berühmten Namen fanden, dann würden sie versuchen, ihn zu benutzen.

Sie würden versuchen, *sie* zu benutzen.

„Ich verstehe."

Rasch konzentrierte sie sich wieder darauf, sich umzuziehen. Sie war müde, und ihre Fingerspitzen waren rissig und bluteten fast, nachdem sie die halbe Nacht gespielt hatte. Aber dieser Schmerz und die Erschöpfung, die sie jetzt fühlte, waren erträglich im Vergleich zu dem Schicksal derer, die vor dem Block aufgereiht standen. Adele wusste, dass sie dort stehen würden und dass sie gezwungen sein würde, an ihnen vorbeizugehen, mit dem Wissen um ihr Schicksal.

Es war einfach zu viel, um es zu ertragen.

„Wie können wir das tun? An ihnen vorbeigehen? Spielen, während das Urteil über Leben oder Tod fällt? Und dabei wissen, dass die Alten, die Mütter und ihre Kinder direkt in die Gaskammern geschickt werden? Und dass die, die überleben, langsam verhungern werden? Sie schreien nach Essen! Sie verdursten! Sie verwandeln sich vor unseren Augen in Skelette! Und wir spielen Musik, zu der sie marschieren sollen. Ich kann es nicht ertragen."

Omara nahm ihre Hand und drückte sie. Und mit der Stärke, die sie alle an ihr schätzten und die ihnen allen schon so oft geholfen hatte, sagte sie ruhig: „Gott ist hier. Er sieht uns. Er weiß, was an diesem Ort geschieht."

„Aber wie kann das sein? Ich habe jeden Tag gebetet, ihm jede Nacht mein Herz ausgeschüttet, während wir gefroren haben und wie Tiere in einem Block zusammengepfercht waren. Aber ich bekomme keine Antwort!" Adele kämpfte mit den Tränen und spürte, wie sie an ihren Wangen brannten wie Säure. Denn Tränen hatten an einem Ort wie diesem keinen Raum. „Gott hatte immer den ersten Platz in meinem Herzen, aber jetzt habe ich Zweifel - auch wenn ich mich dafür schäme. Wo ist er? Warum hört er all die Gebete der armen Menschen hier nicht? Warum antwortet er nicht?"

„Er wird antworten", versicherte Omara, „und er hat jeden deiner Schreie gehört und jede einzelne Träne gesehen. Er ist ein Gott der Gerechtigkeit. Und das werden sie alle hier bald erfahren."

Adele fand es befremdlich, ihre Gedanken laut auszusprechen, aber sie wollte Klarheit. „Wie kannst du das wissen? Dass er ein Gott ist, der Gerechtigkeit übt?"

Omara nickte, als ob sie etwas wüsste, aber nicht dazu bereit war, es zu erzählen. Schließlich antwortete sie: „Ich weiß es, weil wir es für ihn tun werden, wenn es sein muss."

NEUNZEHN

Gegenwart
New York

„Ich sehe schon, sie ist hier in guten Händen."

William hatte unbemerkt die Galerie betreten, während Sera damit beschäftigt war, ihren stets überquellenden E-Mail-Posteingang zu bearbeiten. Sie bemerkte ihn erst, als er seinen Kommentar zu dem Porträt von Adele äußerte. Den ganzen Tag hatte sie die Tür im Blick gehabt und darauf gewartet, dass er kam. Aber irgendwie hatte er es geschafft, sich hereinzuschleichen.

Nun stand er da, mitten in der menschenleeren Galerie und wie immer lässig gekleidet in Jeans und ein verwaschenes T-Shirt. Nach einem halbherzigen Blick auf seine Armbanduhr zuckte er mit den Schultern und lächelte sie entschuldigend an. „Ich weiß. Ich habe dir nicht direkt eine Uhrzeit genannt."

„Hallo erst mal." Was für eine trottelige Begrüßung, aber mehr brachte Sera nicht über die Lippen. Sie war einfach zu nervös, um etwas halbwegs Sinnvolles zustande zu bringen.

„Auch hallo", erwiderte er. Dann vergrub er die Hände in den Hosentaschen und schenkte ihr ein unwiderstehliches Lächeln.

Fast wie von selbst formten sich Seras Lippen ebenfalls zu einem Lächeln, und sie spürte, wie ihr die Hitze in die Wangen stieg. Ja, sie freute sich, dass er da war.

„Schönes Wetter habt ihr hier", sagte er und ging ein paar Schritte auf ihr Büro zu, wobei er sich umsah, als wäre die alte Decke des Gebäudes die Kulisse eines malerischen Sternenhimmels. „Lust auf einen Spaziergang durch Manhattan an diesem Frühlingsabend?"

Sera nickte und holte tief Luft, als er näher kam. „Ja, gern. Lass mich nur rasch den Computer runterfahren", sagte sie und hantierte an ihrem Laptop herum.

„Das steht dir."

„Was?" Sie klappte den Bildschirm zu und schaltete die Schreibtischlampe aus.

Er kam noch ein paar Schritte näher und lehnte sich lässig in den Türrahmen. „Die Galerie. All die Kunstwerke und der weite, offene Raum. Irgendwie passt das zu dir."

„Danke." Sie nahm ihre Handtasche aus der unteren Schreibtischschublade und ging an ihm vorbei aus dem Büro.

„Und das Gemälde", sprach er weiter, während er ihr folgte, „es sieht aus, als würde es hierhergehören."

Sera blieb stehen und blickte hinüber zu dem Bild von Adele, die mit ihrem eindringlichen Blick in den Raum sah, als wüsste sie, dass jemand sie betrachtete.

„Ich würde lügen, wenn ich nicht zugeben würde, dass es Penny und mir ziemlich ans Herz gewachsen ist. Wir haben sogar die eine oder andere Idee ausgeheckt, um dich davon zu überzeugen, dass du es uns verkaufst. Aber um professionell zu sprechen: Das soll dich natürlich keineswegs beeinflussen. Schließlich suchen wir beide dasselbe!"

„Das Original." William war inzwischen auch stehen geblieben und hatte den Blick auf das Bild gerichtet.

Sera nickte. Das Originalgemälde zu finden, wäre ein Anfang, aber damit war es für sie beide noch lange nicht zu Ende. Es ging auch darum, die Identität des Besitzers in Erfahrung zu bringen, der damit der wahre Erbe des hanoverschen Vermögens wäre. Und dann war da noch die Frage, was so viele Jahre zuvor mit Adele und Wladimir geschehen war … Sera hatte das Gefühl, dass sie keine Ruhe finden würde, bis sie das Schicksal der beiden jungen Musiker enträtselt hatte. Waren sie jemals nervös und unsicher gewesen, als die Hoffnung auf die große Liebe aufblühte?

William unterbrach ihre Gedanken. „Der Abend geht übrigens auf die Firma, das heißt, ich zahle. Wohin darf ich dich ausführen?"

Die Frage war klar verständlich. Aber die Antwort? Ganz und gar nicht klar.

Es kam darauf an, was dieses Essen sein sollte. Wenn es rein geschäftlich war, könnten sie in eines der schicken Bistros gehen, mit denen Sera normalerweise ihre Kunden beeindruckte. Aber ein Date – das wäre etwas anderes. Dann wollte sie den Abend mit ihm nicht zwischen lauter Anzügen, Krawatten und lärmenden Handys verbringen. Aber wie sollte sie wissen, wie er darüber dachte?

Er hatte gesagt, der Abend ginge auf die Firma, also konnte es kein Date sein.

„Ich dachte, wir könnten vielleicht in eines meiner Lieblingsrestaurants gehen …", sagte sie und drückte auf dem Weg durch die weitläufige Galerie nach draußen auf alle Lichtschalter, bis der Raum im Dunkeln lag. „Es ist ein paar Straßen entfernt, aber wenn du gutes italienisches Essen magst, würde ich sagen, der Weg nach Little Italy lohnt sich."

Sie blieben an der Tür stehen, und er tat, was sich für einen Gentleman gehörte, und öffnete sie weit.

„Bitte. Nach dir."

Sera trat hinaus auf die Straße, schloss die Tür ab und versuchte, nicht zu beachten, wie nah er bei ihr stand, als sie den Schlüssel im Schloss drehte.

„Wo müssen wir hin?"

Sera spürte, wie sich ihr Gesicht erneut mit einer verräterischen Röte überzog. Würde das je enden, wenn sie in seiner Nähe war?

„Dort entlang." Sie wies nach rechts auf die Lichter der Stadt und machte einen Schritt in diese Richtung. Er folgte ihr, und gemeinsam gingen sie die Straße hinunter. Die Wärme des Frühlingsabends war in der Tat perfekt für einen gemütlichen Spaziergang.

Gemächlich schlenderten sie durch die Straßen und verloren sich ganz in ihrer Unterhaltung. Sie redeten, lachten hin und wieder und nahmen die Passanten um sie her kaum wahr. Schließlich kamen sie zu einem charmanten alten Backsteingebäude mit Tischen im Freien und Lichterketten, die eine Art Markise bildeten. Der verlockende Duft von gerösteten Tomaten und Knoblauch strömte ihnen aus dem Inneren des Restaurants entgegen.

Eine Leuchtreklame über dem Lokal blinkte rot und umrandete die Landkarte mit dem italienischen Stiefel und dem Namen *Mickey's* darüber. Es war Seras Lieblingslokal, ein kleines, gemütliches Restaurant, in dem sie jede Woche mindestens einmal vorbeischaute, weil es hier fantastische Auberginen mit Parmesan und ruhige Tische in versteckten kleinen Winkeln des im mediterranen Stil eingerichteten Gastraumes gab.

„Hier ist es."

Sie blieben vor der Eingangstür stehen.

„Drinnen oder draußen?" Sera legte fragend den Kopf zur Seite.

„Draußen, würde ich sagen", antwortete William und las damit ihre Gedanken. Er griff nach dem Türknauf. „Ich gehe rein und sage der Wirtin Bescheid, dass wir hier draußen sind."

„Also, eigentlich ist es ein Wirt. Gino. Er ist der Besitzer. Er zieht es vor, jedem höchstpersönlich einen Sitzplatz zuzuweisen." Sie lächelte. Sollte er doch reingehen, wenn er wollte. „Er wird der einzige Mann da drin sein, der einen Smoking trägt. Du kannst ihn gar nicht übersehen."

„Nicht dein erstes Date hier, was?"

Er zwinkerte ihr zu und ging nach drinnen, ohne ihr die Chance auf eine Antwort zu geben.

Sera drehte sich um und riss die Augen auf, sobald er weg war.

Ein Date … Er denkt, es ist ein Date!

Sie war entsetzt. Und doch musste sie sich eingestehen, dass die Aussicht, endlich wieder einmal mit jemandem auszugehen, sehr verlockend war. Aber Sera hatte auch Angst. William konnte noch so sehr ein Gentleman sein – sie war sich nicht sicher, ob sie jemals wieder dazu bereit wäre, sich auf eine Beziehung einzulassen.

Oh Herr … bitte gib mir Gelassenheit.

Sie atmete tief aus – gerade noch rechtzeitig, bevor er zurückkam.

Er trat durch die Tür und ging ihr voraus zu einem Tisch, der im hinteren Teil des Innenhofs neben einem alten Steinbrunnen stand, aus dessen Ritzen grünes Moos lugte. Das einladende Geräusch von Wasser, das an der Außenwand des Bauwerks herunterplätscherte, hieß sie willkommen.

„Bist du sicher, dass du nicht seine lange verschollene Verwandte bist? Er hat gesagt, wir sollen den reservierten Tisch im Garten nehmen", sagte William, legte ihr eine Hand in den Rücken und führte sie zu dem besagten Tisch. „Und er bringt zweimal ‚Chef spezial' – was auch immer das heißen mag."

„So ist Gino." Sera grinste und musste leise lachen. „Er wird uns zweimal Auberginen mit Parmesan und einen Caesar Salad bringen. Ich hoffe, das ist in Ordnung."

„Das ist es mit Sicherheit. Ich brauchte nur zu erwähnen, dass ich mit Sera James hier bin … Er war total entzückt und verschwand gleich darauf in der Küche."

„Na ja, ich komme schon seit Jahren hierher", sagte sie, ließ aber die Tatsache aus, dass das *Mickey's* ein häufiger Treffpunkt für sie und Michael gewesen war. „Gino war mit meinem Vater befreundet. Er hat mich eine Zeit lang unter seine Fittiche genommen."

William zog einen der gusseisernen Stühle für sie zurück, und Sera setzte sich, während er auf dem Stuhl neben ihr Platz nahm. Hinter ihnen ergoss sich eine regelrechte Kaskade von blühenden Sträuchern, und aus den Lautsprechern ertönten italienische Oldies, während im Hintergrund das Plätschern des Brunnens zu hören war. Es gab noch andere Gäste, die an diesem warmen Abend draußen saßen, aber sie schienen meilenweit entfernt von diesem Fleckchen Erde zu sein.

Es war ein ruhiger und friedlicher Ort.

Die besondere Atmosphäre musste ihm ebenfalls aufgefallen sein, denn William sah sich um und lächelte. „Wirklich schön hier. Nicht gerade das, was ich von Manhattan gewohnt bin", räumte er ein, und sein Lächeln verwandelte sich in ein breites Grinsen.

„Besser oder schlechter?"

„Besser! Eindeutig besser."

Sera faltete ihre Serviette auseinander und legte sie sich auf den Schoß. „Warst du schon oft in New York?"

„Ja, ein paarmal. Aber ich bin kaum aus dem Hotel herausgekommen, außer für Meetings in stickigen Büros." Er zuckte mit den Schultern. „Alles rein geschäftlich. Keine Galeriebesuche oder Abende mit Kunsthändlerinnen in Little Italy."

„Was für Geschäfte haben dich denn hierhergeführt?", fragte sie, bereute die Frage aber sofort. Es gehörte sich nicht, ihn in der Form auszuhorchen, auch wenn es sie wirklich interessierte. Daher fügte sie hinzu: „Ich meine … ich weiß nicht wirklich, was du tust. Beruflich, meine ich."

„Sagen wir mal so: Ich leite in der Abwesenheit meines Vaters das Familienunternehmen. Es geht immer um den Erwerb und die Umstrukturierung von Firmen. Wir investieren, indem wir Immobilien kaufen, und dann verkaufen wir sie wieder, um Gewinn zu machen. Kurz gesagt: Es ermöglicht Paul seine Lederjacken und meiner Mutter, dass sie weiterhin das Sagen in ihrem Country Club hat." Er lehnte sich zurück, um der Kellnerin Platz zu machen, die Wassergläser vor ihnen auf den Tisch stellte. Sie lächelte freundlich und stellte zwei kleine Teller und einen Brotkorb daneben. Dann ließ sie die beiden wieder allein.

„Du klingst nicht wirklich begeistert davon."

William überraschte sie, indem er nickte. „Vielleicht liegt es daran, dass ich es nicht bin."

„Aber ich dachte ..." Sera kam der erste Eindruck in den Sinn, den sie von ihm gewonnen hatte – der Mann, der das Büro in seinem kalifornischen Anwesen betreten hatte, schien ganz der hartgesottene Businessman zu sein. Wenn er mit seiner Position als Chef des Familienunternehmens nicht zufrieden war, hatte er die Maske jedenfalls entsprechend gut getragen, um es vor ihr zu verbergen. Sie fragte sich, ob sonst jemand in seiner Familie wusste, wie er wirklich dazu stand.

„Du dachtest sicher, ich sei ein knallharter Geschäftsmann und mehr nicht ..."

„Das habe ich nicht gesagt."

William schüttelte den Kopf. „Nein. Das ist schon in Ordnung. Die meisten Leute glauben das. Ich weiß, dass ich knallhart wirken kann", räumte er ein, „aber manchmal habe ich keine andere Wahl. Ich muss dieses Geschäft größtenteils allein am Laufen halten, sodass mir nicht viel Zeit für andere Dinge bleibt. Außer für die Gartenarbeit natürlich."

Sera lachte bei der Erinnerung daran, wie sie sich zum ersten Mal begegnet waren. „Na gut", sie nahm sich eine Scheibe Brot aus dem Korb, der vor ihr stand, „ich gebe zu, deine Art, eine neue Geschäftspartnerin zu akquirieren, war recht originell. Aber warum die Fassade? Auch was das Gemälde angeht. Du warst schon sehr reserviert, als du nach unserem ersten Aufeinandertreffen in dein Büro kamst. Aber ich habe den Verdacht, dass du in Wirklichkeit gar nicht so bist. Ist das Absicht, damit du härter wirkst, als du wirklich bist?"

„Nein. Ich denke eher, ich habe ein Problem damit, anderen ... zu vertrauen." Er grinste.

„Kommt mir bekannt vor." Sera lächelte. „Im Geschäft oder in deinem Privatleben?"

William schwieg und legte den Kopf zur Seite, als müsse er sich über etwas klar werden. „Welchen William willst du wirklich kennenlernen,

Sera? Den, der dich kennenlernen will, oder den, von dem du annimmst, dass er nur wegen des Gemäldes hier ist?"

Sie hatte den Blick von ihm abgewandt, wusste aber trotzdem, dass er sie ansah und auf eine Antwort wartete. Doch was sollte sie sagen? Wie sollte sie ihm erklären, dass sie ihn zwar gern näher kennenlernen wollte, ihr Herz aber so fest verschlossen war wie die Eingangstür der Galerie, die sie gerade eben verriegelt hatte?

Schließlich rutschte ihr die Wahrheit heraus, bevor sie es verhindern konnte. „Ich war verlobt", brach es aus ihr heraus, und die Worte fühlten sich an, als würde ihr Feuer von der Zunge fließen. „Vor zwei Jahren hat er mich vor dem Altar stehen lassen."

Das reicht. Jetzt kennt er die Geschichte und weiß, dass ich noch nicht darüber hinweg bin. Er wird rasch sehen, dass ich einen Knacks habe und nicht bereit bin für das hier ... Er wird bestimmt den nächsten Flug nach Kalifornien nehmen, und das ist auch besser so.

Instinktiv ergriff Sera ihre Handtasche und schob sogar den Stuhl ein wenig zurück, um sofort fliehen zu können, falls er das Date auf der Stelle beendete. Doch William nahm ihr in aller Ruhe die Handtasche aus der Hand, legte sie wieder auf den Tisch und rutschte dann – begleitet von dem Geräusch von kratzendem Metall auf Pflastersteinen – mit seinem Stuhl näher zu ihr hin.

Sera starrte verlegen in ihren Schoß. Die Demütigung war zu groß, als dass sie ihm hätte in die Augen sehen können. Hier war er, ein umwerfender Mann, der alles hatte, was man sich wünschen konnte – und der nun das Kindermädchen für eine psychisch angeschlagene Kunsthistorikerin spielte, die auf ihrer Liste persönlicher Errungenschaften nichts weiter vorzuweisen hatte als eine gescheiterte Beziehung und ein gebrochenes Herz. Sie war sich sicher, dass er jede Frau haben konnte, die ihm ins Auge fiel. Warum also bemühte er sich um sie?

„William, ich habe dich wirklich sehr gern, aber –" Sera konnte nicht weitersprechen, weil sie befürchtete, jeden Moment in Tränen auszubrechen. Aber dann spürte sie die überraschende Wärme seiner

Hand, bevor sie noch etwas sagen konnte. Sein Daumen strich über ihren Handrücken, dann schlossen sich seine Finger um die Hand, die sie in ihren Schoß gelegt hatte.

„Da bin ich aber erleichtert." Seine Stimme war sanft und leise, sodass sie beinahe von der leichten Brise davongetragen worden wäre, die sie umwehte. Er beugte sich noch etwas weiter zu Sera hin. „Ich hatte nämlich das schreckliche Gefühl, dass die ganze Sache einseitig sein könnte."

„Aber nach dem, was ich gerade gesagt habe ... Wie kannst du da sicher sein, dass du überhaupt –"

„Ich bin Geschäftsmann, Sera. Ich bin es gewohnt, Verträge und Abmachungen einzuhalten. Aber ich versichere dir, dass niemand hier von dir verlangt, irgendetwas zu unterschreiben. Wir sind nur zwei Menschen, die sich gerade erst kennenlernen." Er berührte sie sanft mit dem Daumen am Kinn, damit sie ihm wieder in die Augen sah. „Erzähl mir alles."

Sera war ihm gegenüber schon zu oft über ihre eigenen Worte gestolpert. Sie rief sich in Erinnerung, dass sie sich bereits in einer heiklen Situation befanden, mit der sie umgehen mussten. Denn sie wussten nicht, was mit dem Gemälde und dem Erbe passieren würde. War es da wirklich klug, sich weiter auf ihn einzulassen?

„Sera, wir suchen beide nach dem Besitzer des Gemäldes. Und seit du auf unserem Anwesen aufgetaucht bist, verbindet uns die mysteriöse Geschichte von Adele und Wladimir. Ich weiß, dass sehr viel daran hängt. Du brauchst mir nicht zu sagen, dass alles, was meine Familie besitzt, auf dem Spiel steht." Er hob die Hand und strich ihr eine Haarsträhne hinters Ohr, die sich in der leichten Brise gelöst hatte. Seras Wange kribbelte bei der Berührung. „Was ich damit sagen will, ist, dass ich mehr über dich erfahren möchte."

„Und warum willst du das?"

„Weil ich den ganzen Weg von Kalifornien hierhergekommen bin, um das zu tun."

Sera nickte leicht.

Sie lag also richtig mit ihrer Vermutung. Seine Arbeit war das eine, aber er war in New York, um sie zu sehen. „Und was, wenn es nicht klappt? Ich kann nicht das Gemälde für dich suchen, nur um am Ende festzustellen, dass du den Besitzer vor Gericht zerrst. Das möchte ich nicht, egal, wie viel mir selbst daran liegt, das Original zu finden."

„Du meinst, du kannst mir nicht vertrauen?"

Es hatte keinen Sinn, um den heißen Brei herumzureden. Sie hatte die Karten bereits auf den Tisch gelegt, als sie Michael erwähnt hatte. „Ich bin mir nicht sicher, ob ich es kann."

William schien darüber nachzudenken, was sie gesagt hatte, denn er verschränkte die Hände hinter dem Kopf und lehnte sich in seinem Stuhl zurück.

„Du willst also sagen, dass ich dich wieder einladen darf – zum Preis von ungefähr einhundert Millionen Dollar?"

Sera schloss instinktiv die Augen. Ihr war beklommen zumute. So hatte sie es doch nicht gesagt, oder?

„So habe ich das nicht gemeint!"

„Ich akzeptiere", sagte er locker und ungezwungen. „Oder besser gesagt: Ich bitte darum! Wenn du morgen Abend mit mir essen gehst, werde ich keine rechtlichen Schritte gegen den Besitzer einleiten, bevor wir zwei nicht darüber gesprochen haben. Wir werden das Gemälde gemeinsam finden, und ich versichere dir, dass ich mich mit dir absprechen werde. Einverstanden?"

Sera sah zu ihm auf, und ihre Augen suchten jeden Winkel seines Gesichts nach einem Zeichen ab, dass sie ihm glauben konnte. „Du machst mich also zu einer vollwertigen Partnerin in dieser Sache?"

„Ja. Und ich erhöhe dein Honorar."

„Mein Honorar ist mir egal", winkte sie ab. „Wahrscheinlich sollte ich das einem Kunden gegenüber nicht erwähnen, aber um dieses Gemälde zu finden, würde ich sogar *dich* bezahlen."

„Dagegen will ich mal nichts sagen …"

„Also entscheiden wir gemeinsam, was die nächsten Schritte sind?" Sie hielt kurz inne und fügte dann hinzu: „Und ich habe dein Wort darauf?"

William lächelte unbeschwert und nickte. „Ja, du hast mein Wort."

Sera erwiderte sein Lächeln und spürte zum ersten Mal seit Langem, dass sich die Angst, die sich in ihrem Herzen angestaut hatte, allmählich löste.

Mit der nächsten Brise wehte ein zarter Blütenduft heran. William beugte sich vor, legte seine geöffnete Hand auf den Tisch und bot sie ihr an.

Sera ergriff sie und verschränkte die Finger mit seinen. „Wie lange wirst du in New York bleiben?"

„Ich weiß es nicht, Sera. Sag du es mir."

ZWANZIG

22. Juni 1940
München
Rückblick – etwa neun Monate nach Kriegsbeginn

Adele war schon zu verschiedenen Gelegenheiten in Deutschland gewesen. Vor ein paar Jahren hatten sie den Sommerurlaub hier verbracht, und bereits ein- oder zweimal hatte sie sogar in Berlin gespielt. Aber auf dieser Reise mit dem Studentenorchester der Universität fühlte sie sich viel erwachsener. Es war das erste Mal, dass sie auf einer Tournee war, bei der ihr nicht auf Schritt und Tritt die wachsamen Augen ihrer Eltern folgten.

Sie war ganz angetan von dem neuen Reisekostüm, das sie von ihrer Mutter bekommen hatte. Es war eins der wenigen Kleidungsstücke, die nicht nur den Geschmack ihrer Mutter, sondern auch ihren eigenen trafen. Der schwarz-weiße Hut mit der leuchtend roten Mohnblume und das maßgeschneiderte Nadelstreifenkostüm waren modern und bewirkten, dass Adele sich älter als achtzehn Jahre fühlte. Ihrer Freundin Margret musste es ähnlich gehen, denn auch sie hatte ihr bestes Kleid in sattem Jadegrün und einen neuen Hut mit schwarzen Federn für das Abendessen in der Stadt angezogen.

„Ist das nicht aufregend, Adele?" Margrets übersprudelnde Begeisterung war geradezu greifbar. Sie blickte sich um wie ein Kind an Weihnachten, und ihre Augen leuchteten angesichts des bunten Treibens der Stadt, das sich um sie herum abspielte. „Sieh dir den an", flüsterte sie und stupste Adele in die Seite, als ein schneidiger Offizier in Uniform an ihrem Auto vorbeiging und grüßend die Hand an die Uniformmütze legte. „Wäre deine Mutter nicht überglücklich, wenn du jemanden wie ihn kennenlernen würdest?"

Adele zwang sich zu einem Lächeln und musterte den Offizier, der wahrscheinlich über das Wochenende auf Urlaub war. Sicher, er war groß und sah gut aus. Vermutlich verdrehte er jeder Frau den Kopf, wenn er die Straße entlanglief – nur ihr nicht.

Margret seufzte. „Ein Traum, nicht wahr, Adele?"

„Nein. Meine Träume sehen anders aus."

Das stimmte.

Adele wünschte sich nichts sehnlicher, als an Wladimirs Arm die Straße entlangzugehen. Aber dieser Traum war ausgeträumt. Der Abend, an dem er sie vom Tanzsaal nach Hause gebracht hatte, war der letzte gewesen, an dem sie ernsthaft gedacht hatte, sie könnten eine gemeinsame Zukunft haben.

Sie erinnerte sich an den entsetzten Gesichtsausdruck ihrer Mutter, als sie durch die Haustür getreten war und sich gefühlt hatte, als würde sie auf Wolken schweben, obwohl die Welt um sie herum gerade im Chaos versank. Wladimir Nicolai hatte sich auf dem Heimweg wie ein Gentleman verhalten. Natürlich. Und etwas in ihrem Herzen sagte ihr, dass sie an diesem Abend tatsächlich seine Zuneigung gewonnen hatte.

Adele war durch das dunkle Foyer getanzt, ohne zu ahnen, dass ihre Mutter sie vom zweiten Stock aus beobachtet hatte. Sie hatte sich kopfüber in die Hoffnung gestürzt, in Zukunft mehr von dem hinreißenden Cellisten zu sehen.

Aber es sollte nicht sein.

Von diesem Moment an hatten ihr Vater und ihre Mutter es sich zur Aufgabe gemacht, sie geradezu zu erdrücken. Sie wurde fast überallhin begleitet. Da ihr Vater im aktiven Dienst für das Reich stand, nahm ihre Mutter die Hauptrolle bei der Überwachung ein. Wohin Adele auch ging, wurde sie von ihrer Mutter oder einem sorgfältig ausgewählten Fahrer eskortiert, der den von Brons persönlich über alles Bericht erstattete. Es gab keine Möglichkeit, Wladimir im Seminar, in einem Tanzlokal oder sonst irgendwo zu treffen, ohne dass ihre Eltern davon erfuhren.

Also hatten sie sich heimlich vor den Aufführungen im Garten getroffen, zumindest war es bis vor Kurzem so gewesen. In letzter Zeit war Wladimir ihr aus irgendeinem Grund aus dem Weg gegangen. Er war schon seit Wochen nicht mehr im Garten aufgetaucht, obwohl sie vor jedem Auftritt auf ihn gewartet hatte. Die einzige Gelegenheit, bei der sie ihn sah, war auf der Bühne, und selbst dort vermied er jeden Blickkontakt mit ihr.

Adele spürte, wie sich Tränen durch ihre Wimpern stehlen wollten, und wandte sich von Margret ab. Konzentriert blickte sie aus dem Fenster, wo die Lichter der Stadt vorbeizogen.

„Du denkst schon wieder an ihn." Margret unterbrach Adeles Gedankengang mit ihrem wissenden Kommentar. „Stimmt doch, oder?"

Aus ihren Erinnerungen gerissen, hob Adele eine behandschuhte Hand und strich sich die Locken unter dem Hut glatt. „An wen?"

„An Wladimir! Adele, du bist hier im wunderschönen München, umgeben von den bestaussehenden Männern Deutschlands! Und alles, woran du denken kannst, ist dieser Kaufmannssohn?"

Sofort brauste Adele auf: „Nenn ihn nicht so!"

„Ich wollte ihn nicht beleidigen, Adele. Ich wollte nur darauf hinweisen, dass du für alles und jeden blind bist, außer für ihn, auch wenn ich nicht weiß, warum."

Kaufmannssohn? Adele hasste es, dass fast alle ihn so nannten, als ob er deswegen nichts wert wäre! Ihre Mutter hatte ihn so bezeichnet – mit einem empörten Seufzer und herabgezogenen Mundwinkeln, als ob sie von seiner bloßen Existenz angewidert wäre. Und ihr Vater, der stets distanziert und autoritär war, hatte ihr sogar verboten, Wladimirs Namen in ihrem Haus zu erwähnen, in der Erwartung, dass jeder seiner Befehle ausdrücklich befolgt wurde. Und seit Wladimir vor ein paar Wochen die Verbindung zu ihr abgebrochen hatte, waren auch Adeles Freundinnen der Meinung, dass er vielleicht doch nicht ganz so hinreißend war, wie er anfangs auf sie gewirkt hatte. Ihnen war er jetzt nur noch so viel wert, wie er Münzen in der Tasche hatte – nicht mehr.

„Sein Wert ist nicht abhängig von seiner Herkunft oder der Frage, wie viel Geld sein Vater hat."

In ihrer leichtfertigen, unbedachten Art spottete Margret weiter: „Oder wie wenig?"

„Wie kannst du nur so herzlos sein, Margret?!" Adeles Stimme war nun so laut, dass der uniformierte Fahrer sich bemerkbar machte, indem er sich vernehmlich räusperte.

„Sei still, Adele." Margret nickte in Richtung Fahrersitz. „Deine Mutter ist vielleicht nicht hier", sagte sie leise und lehnte sich dann näher zu ihrer Freundin, „aber er schon. Du willst doch nicht, dass er die Geschichten zu deinen Eltern trägt, oder?"

Adele bemerkte den kurzen Blick des Fahrers in den Rückspiegel und wandte sich wieder Richtung Fenster. „Nein. Natürlich nicht. Du hast ja recht."

„Hör mal, ich weiß doch, dass du ihn mochtest. Wir mochten ihn alle", sagte Margret und legte eine Hand auf Adeles Arm, fast so, wie man eine trauernde Witwe bei einer Beerdigung trösten würde. Vielleicht dachte sie, diese Geste würde Adele aufmuntern. „Er hat ein hinreißendes Lächeln – das muss man ihm lassen. Aber es soll einfach nicht sein. Er ist nicht gut genug für dich."

„Nicht gut genug?" Adele verdrehte empört die Augen. Sie hätte genauso gut mit ihrer Mutter unterwegs sein können, denn Margret klang wie eine jüngere Version von ihr. Nicht gut genug? Das Gegenteil war der Fall! Adele hatte das Gefühl, dass sie einem Schatz nachjagte.

Einem ungeschliffenen Diamanten vielleicht, jedenfalls etwas ganz Besonderem.

„Komm schon, Adele. Mach die Augen auf! Wir sind in München", bemerkte Margret fröhlich und senkte dann ihren Ton zu einem kaum hörbaren, aber aufgeregten Schulmädchenflüstern. „Es ist zwar nicht Berlin, aber diese Stadt hier ist genauso aufregend, habe ich mir sagen lassen. Und wir sind allein … Es muss Schicksal sein, dass deine Mutter dieses Wochenende ein Konzert in Berlin hat. Sie spielt ihr Klavier ein halbes Land weit entfernt, kannst du das glauben? Also lass uns ein paar nette Offiziere kennenlernen." Ihr Flüstern wurde eine Oktave höher, als sie hinzufügte: „Und sobald wir den Fahrer los sind, lass uns die Nacht unseres Lebens haben, ja?"

Adele wollte nicht die Nacht ihres Lebens haben, so viel stand fest.

Sie hatten gerade ein Konzert gespielt. Das war traumhaft gewesen. Wenn Adele spielte, fühlte sie sich immer lebendig und verlor sich in der Schönheit der Musik, als wäre sie irgendwie in den Himmel versetzt worden und müsste am Ende des Stücks wieder auf die Erde zurückkehren. Aber jetzt in die Stadt zu gehen, mit ihrem geschminkten Lächeln und ihrem aufgetakelten Äußeren, fühlte sich irgendwie falsch an. Ganz besonders, weil sie ihre Schmetterlingsspange zu Hause gelassen hatte – diesmal mit Absicht.

Margret klimperte mit den Wimpern und verzog die Lippen zu einem Kleinmädchenschmollmund. „Ach bitte …"

Unwillkürlich stahl sich ein Lächeln auf Adeles Lippen. Nicht in der Lage, dem liebenswürdigen Charme ihrer Freundin zu widerstehen, gab sie nach, wie sie es immer tat, wenn Margret zu schmollen begann. „Also gut. Wir werden essen gehen, und ich verspreche dir, den ganzen Abend zu lächeln." Sie grinste ihre Freundin übertrieben breit an. „So. Zufrieden?"

„Und tanzen?"

Adele schüttelte den Kopf. „Fordere dein Glück nicht allzu sehr heraus!"

Margret schüttelte den Kopf und kicherte, während sie den Blick wieder auf die belebte Straße richtete. „Wir brauchen kein Glück, Adele. Wir machen heute Abend eine Tour durch die Stadt, die alle Rekorde brechen wird."

Ob man nun von Glück sprechen wollte oder nicht – Münchens Nachtleben war auf jeden Fall einen Ausflug wert. Sie ließen sich von dem Fahrer vor einem Restaurant absetzen, das den „Charme eines altbackenen Familienrestaurants" hatte, wie Margret es ausdrückte. Zweifellos saß der nichts ahnende Fahrer immer noch vor dem Restaurant in seinem Wagen und las Zeitung, als die beiden längst durch die Hintertür hinausgeschlichen waren, um in einem der zahlreichen Tanzlokale ein paar Straßen weiter zu verschwinden.

Es war nicht Adeles Idee gewesen, sich in die *Blaue Kaskade* zu schmuggeln und damit zu riskieren, erwischt und mit dem nächsten Zug nach Hause geschickt zu werden, nur um eine Nacht voller Glanz und Glamour zu erleben. Aber ihre Sorge war unbegründet. Als Meisterin der Überzeugungskunst schaffte es Margret, dass der junge Mann am Eingang sie passieren ließ – allerdings erst, als sie ihm einen Tanz versprach, sobald seine Schicht vorbei war.

„Willst du wirklich später mit ihm tanzen?" Adele musste fast schreien, um die Musik der Band zu übertönen. Sie klammerte sich an Margrets Arm und ließ sich mitzerren, weil sie Angst hatte, dass die Menschenmenge sie trennen könnte, wenn sie sich nicht festhielt.

Margrets Blick tanzte durch den Raum, ihre Augen funkelten mit den Lichtern und den glamourösen Entertainern auf der kleinen Bühne des Tanzlokals um die Wette. „Machst du Witze? Ich plane, schon lange vorher mit einem schnuckeligen Offizier in einem lauschigen Eckchen zu sitzen."

Adeles Herz schlug ihr bis zum Hals. Wenn es ihren Eltern darum ging, sie von den falschen Männern fernzuhalten, dann hatten sie sich entschieden verkalkuliert, als sie ihrer einzigen Tochter erlaubten, mit der auf Männer versessenen Margret durch eine fremde Stadt zu ziehen.

„*Blaue Kaskade*, der Name passt echt“, sagte Margret mit Blick auf das beleuchtete Schild über dem Eingang. „Ich sehe ein Meer von durchaus akzeptablen Männern in dunklen Uniformen. Such dir einen aus, Schätzchen.“ Sie zog Adele am Ärmel näher zu sich heran. „Komm. Lass uns was trinken.“

Adele stieß die Luft aus und folgte ihr, obwohl sie es eigentlich gar nicht wollte. Sie hatte das Gefühl, dass sie sich kurzfristig von einer Freundin in eine Aufsichtsperson verwandeln sollte. Margret hatte eine etwas zu wilde Ader, die offenbar durch ein paar Tage Trennung von ihren Eltern sehr schnell freigelegt worden war.

„Bist du sicher, dass du etwas trinken willst?“ Adele sah sich um und bemerkte, wie die erwartungsvollen Blicke einiger Männer jeden Zentimeter ihrer Erscheinung abtasteten. Unwillkürlich ließ sie eine Hand zu ihrem Jackenkragen wandern, um den obersten Knopf zu schließen, und stupste dann Margret an. „Können wir nicht einfach in Ruhe irgendwo zu Abend essen?“

„Was?“, rief Margret über die laute Musik hinweg.

„Abendessen“, wiederholte Adele betont langsam und wünschte, die Posaunen würden eine Pause machen, damit sie länger als fünf Sekunden nachdenken konnte. „Können wir nicht in Ruhe zu Abend essen?“

Margret schnaubte: „Ein ruhiges Abendessen? Weit weg von zu Hause, in einer aufregenden Stadt wie München? Du bist verrückt, Adele. Komm, lass uns Männer kennenlernen!“

Es stellte sich heraus, dass Margrets Wünsche schneller wahr werden sollten als gedacht. Sie zerrte Adele kreuz und quer durch den Raum und stellte sie beide einer Unzahl von jungen Männern als „zwei Musikerinnen aus Wien“ vor.

Adele lehnte die Getränke, die ihr angeboten wurden, höflich ab und bestellte stattdessen ein Mineralwasser, musste aber zusehen, wie ihre Freundin einen Cocktail nach dem anderen hinunterstürzte und auf der Tanzfläche herumhüpfte wie ein wilder Vogel, der aus seinem Käfig befreit worden war. Margret schwirrte auf der überdimensionalen Tanzfläche des Saals herum, tänzelte von einem Offizier zum nächsten und amüsierte sich prächtig, während Adele an ihrem Tisch saß und zusah.

Nachdem sie zum vierten Mal zum Tanzen aufgefordert worden war und erneut abgelehnt hatte, spürte Adele, dass sie etwas frische Luft brauchte. So zu tun, als ob sie sich amüsierte, funktionierte einfach nicht.

Sie vergewisserte sich, dass Margret es mitbekam, als sie mit dem Kinn in Richtung Hintertür nickte. Margret zwinkerte ihr von der Tanzfläche aus zu und signalisierte, dass es ihr prächtig ging. Also stahl sich Adele an der Seite des Raumes entlang zum rückseitigen Ausgang.

Erst als sie draußen war, konnte sie endlich durchatmen, und sie genoss die friedvolle Stille, die sie umgab. Hier war keine Wolke aus dickem Zigarettenrauch, die man wegwedeln musste. Keine schrillen Instrumente oder dröhnendes Gelächter, das von der Tanzfläche kam. Kein Aufblitzen von glitzernden Paillettenkleidern. Die ganze Szene war geprägt von einem sanften Dämmerlicht und Stille. Der Hintereingang befand sich an einer ruhigen Seitenstraße mit unzähligen Backsteinhäusern, sodass nur ein schmaler Streifen Himmel über ihr zu sehen war, der einen Blick auf die ersten aufblinkenden Sterne zuließ. Irgendwo hinter ihr tropfte Wasser – das war das einzige Geräusch in ihrer Nähe.

Oh Herr, was mache ich hier? Ich will doch eigentlich gar nicht hier sein.

Adele nahm ihren Hut ab und schwenkte ihn mit beiden Händen, um sich etwas frische Luft zuzufächeln. Im Lokal war es so stickig gewesen. Sie war froh, hier draußen zu sein, wenn auch nur für einen Moment.

Als sie sich umdrehte, fiel ihr ein verblichenes Schild ins Auge.

Dachgarten.

Eine Dachterrasse im Herzen der Stadt? Adele entdeckte eine robuste Metalltreppe und daneben einen Pfeil, der nach oben zum Dach des Gebäudes wies. Ohne lange zu überlegen, stieg sie die Treppe hinauf.

Das verblasste Schild wurde der Schönheit, die sie auf dem Dach des Gebäudes vorfand, in keiner Weise gerecht. Das hier oben war ein wahres Paradies! Der Abendhimmel wölbte sich über einer Blütenpracht. Die schönsten Blumen wuchsen hier in großer Vielfalt, eine schöner als die andere. Rosen. Pfingstrosen. Sogar Sonnenblumen, die in so intensivem Gelb leuchteten, als wollten sie ihre eigene Definition von Sonnenschein geben. Adele ging in dem friedlichen Garten umher, schritt zwischen den Reihen sorgfältig gepflegter Blüten entlang, genoss den Duft und den unerwarteten Trost, den sie ihr boten. Am anderen Ende des Gartens erblickte sie ein Gewächshaus, das durch das Mondlicht, das sich in den Scheiben spiegelte, wie verzaubert aussah.

Sie flüsterte ein Dankgebet. Obwohl sie in ein privates Heiligtum eingedrungen war, war es dennoch ein friedvoller Moment. Wenn ihr mitten in einem unsicheren Leben ein Stückchen Frieden geschenkt wurde, würde sie es dankbar annehmen. Zwischen dem Drängen ihrer Eltern, dass sie gut heiraten würde, der Kluft, die sich zwischen ihr und Wladimir aufgetan hatte, und dem überwältigenden Albtraum des Krieges war sie manchmal einfach nicht mehr sicher, wo oben oder unten war.

„Adele?“

Sie fuhr herum, als ihr Name geflüstert wurde, und war sich sicher, dass ein übereifriger junger Offizier ihr die Treppe hinauf gefolgt war. Instinktiv ballte sie die Hände zu Fäusten. Doch im nächsten Moment verknüpfte sich die Stimme mit dem Bild des Mannes, der vor ihr stand.

Adele blinzelte und war fassungslos, als sie im Mondlicht sein Gesicht erkannte. „Wladimir?“

Mit ruhigen Schritten näherte er sich und hob den Hut auf, den sie vor Schreck fallen gelassen hatte.

„Was um alles in der Welt machst du hier?"

Er reichte ihr den Hut. „Es ist gefährlich, allein in einer fremden Stadt unterwegs zu sein."

Erst als er ein paar Schritte weiter vortrat, war Adele ihm nahe genug, um im Dämmerlicht seinen Gesichtsausdruck erkennen zu können. War er etwa … wütend? Eigentlich hätte sie sich gefreut, ihn hier in diesem wunderschönen Dachgarten zu sehen – aber sein Gesichtsausdruck war äußerst grimmig.

„Was machst du denn in München?", fragte sie, und bevor er antworten konnte, kam gleich die nächste Frage über ihre Lippen. „Und wie hast du mich gefunden?"

„Du hast keine Ahnung, was hier oben alles hätte passieren können! Du bist allein, Adele. Allein und naiv, möchte ich hinzufügen. Du solltest wirklich vernünftiger sein", sagte er in vorwurfsvollem Ton, während er sie fest am Oberarm packte.

„Ich habe dir eine Frage gestellt!", entgegnete sie scharf.

„Du bist mit dem Orchester unterwegs. Es war nicht schwer, herauszufinden, wohin ihr nach eurem Auftritt gehen würdet."

„Du bist mir gefolgt?"

„Adele, deine Eltern wollen vielleicht nicht, dass ihre Tochter mit dem Sohn eines Kaufmanns gesehen wird. Aber das heißt noch lange nicht, dass sie sie lieber mit einem freizügigen Mädchen wie dieser Margret in München herumlaufen sehen wollen."

Adele befreite ihren Arm aus seinem Griff. „Ich weiß nicht, was du hier machst, aber ich gehe nirgendwo mit dir hin."

Dachte er, dass er sie wie ein ungehorsames Schulmädchen hier vom Dach zerren könnte? Wenn er das glaubte, dann war Wladimir Nicolais Arroganz seit ihrer letzten Begegnung schlagartig gewachsen. Und Adele hatte nicht die Absicht, ihm stillschweigend zu folgen.

„Du wirst jetzt sofort zurück ins Hotel gehen!"

„Ach, werde ich das? Und wie willst du mich dazu bringen?" Adele stand Wladimir direkt gegenüber und sah ihm fest in die Augen, obwohl er ein ganzes Stück größer war und recht einschüchternd wirken konnte, wenn er es wollte. Aber sie würde es ihm schon zeigen! Er hatte die wahre Adele von Bron noch nicht kennengelernt. Sie war nicht so leicht einzuschüchtern – vor allem nicht, wenn sie wütend war.

Er zuckte mit den Schultern und griff erneut nach ihrem Arm. „Indem ich dich trage, wenn es sein muss."

Sie schlug seine Hand weg. „Was ist los mit dir? Du hast seit Wochen nicht mehr mit mir gesprochen." Sichtlich verärgert warf sie ihren Hut nach ihm, ohne Rücksicht darauf, dass der schöne weiße Filz beschmutzt werden könnte, wenn er zu Boden fiel. „Und jetzt tauchst du hier in München auf, erschreckst mich fast zu Tode und erteilst mir Befehle, die ich zu befolgen habe? Wie kannst du es wagen!"

Seine Frustration wuchs, und er wurde jetzt auch lauter. „Adele, hast du schon vergessen, dass es mir verboten ist, mit dir zu reden? Dein Vater hat mir das bei seinem netten Besuch, den er mir abgestattet hat, nachdem ich dich damals vom Tanzsaal nach Hause gebracht hatte, hinreichend versichert. Ich halte mich nur auf Befehl des Generals von dir fern. Dass ich seinen Willen befolge, kannst du mir nicht vorwerfen."

„Aber du hast mich auch nach diesem Abend noch vor jedem Auftritt im Garten getroffen", sagte sie und verschränkte die Arme vor der Brust. „Außer in letzter Zeit. Sag mir, warum ich im letzten Monat vor jeder Vorstellung mehr als eine Stunde gewartet habe und du nie aufgetaucht bist!" Sie blickte zu Boden und fühlte sich plötzlich verwundbar, während sie auf einen Haufen Blumenerde zu ihren Füßen starrte. „Du hast mich im Stich gelassen, Wladimir. Ich denke, ich habe es verdient, zu erfahren, warum."

Sie sah wieder zu ihm auf und bemerkte augenblicklich die eiserne Entschlossenheit in seinem Blick.

Wladimir schüttelte den Kopf. „Ich kann es dir nicht sagen. Ich weiß, du verstehst es nicht …" Als seine Hand ihren Arm berührte, zuckte sie heftig zurück.

Während der Autofahrt durch die Stadt hatte sie sich bei jedem Mann, auf den Margret sie begeistert hinwies, ausgemalt, es wäre Wladimir. Dabei hatte Adele nichts als Schmerz und Traurigkeit empfunden, weil er sich seit Wochen nicht mehr bei ihr gemeldet hatte. Aber jetzt? Jetzt verwandelte sich dieses Gefühl in Wut.

Wie konnte er es wagen, mit solcher Gleichgültigkeit aus ihrem Leben zu verschwinden!

„Adele, es tut mir leid. Du weißt nicht, wie sehr es mir leidtut, aber wir können uns im Moment nicht sehen."

„Du hast mir immer noch nicht erklärt, was du hier machst." Sie tippte mit der Schuhspitze auf den Boden und wartete auf eine Antwort. „Spionierst mir nach, hm? Willst mich nicht sehen, willst aber auch nicht, dass ich mit jemand anderem zusammen bin, ist es das? Nun, du brauchst nicht die Beschützerrolle einzunehmen. Es gibt viele junge Männer, die mich zum Tanzen aufgefordert haben."

„Ich weiß", flüsterte er, und die Andeutung eines Lächelns umspielte seine Lippen. „Ich habe sie alle gesehen."

Adele verstand kein Wort von dem, was er sagte. War er etwa die ganze Zeit da gewesen und hatte sie beobachtet?

Wladimir bückte sich zum zweiten Mal, um ihren Hut aufzuheben. Diesmal wischte er ihn mit dem Ärmel ab, ging langsam auf sie zu und setzte ihn ihr auf den Kopf. Bevor er zurücktrat, zog er die Krempe ein wenig herab.

„Du hast mich dort drinnen gesehen?"

„Ja. Und ich habe auch die Offiziere gesehen. Ich hätte am liebsten jeden Einzelnen verprügelt, genau wie an jenem Abend im Tanzsaal."

Adele spürte, wie sich die Wut in ihrem Inneren langsam auflöste. „Wladimir", kopfschüttelnd sah sie ihm weiter in die Augen, „ich verstehe überhaupt nichts mehr. Ich weiß, meine Eltern erlauben nicht, dass wir uns sehen, aber das ist mir vollkommen egal." Sie hielt inne, weil sie fürchtete, vor ihm in Tränen auszubrechen. „Ich habe vor jeder Vorstellung auf dich gewartet, doch du bist nie gekommen. Und jetzt stehst du plötzlich vor mir! Du musst dich entscheiden."

„Ich weiß."

„Und was ist es, was du willst?" Immer noch sah sie ihn unverwandt an und suchte eine Verbindung zu ihm. Sie spürte, wie ihr die Tränen kamen, doch das spielte jetzt keine Rolle. „Ich dachte, wir wären Freunde. Vielleicht habe ich mich geirrt."

„Ich habe versucht, Abstand zu dir zu halten." Wladimir seufzte und fuhr sich mit den Fingern durchs Haar. „Hier geht es um viel mehr, als du dir vorstellen kannst!"

„Dann hilf mir, es zu verstehen!"

Er schüttelte den Kopf. „Ich kann es dir nicht sagen. Nicht jetzt."

„Das reicht mir nicht. Schon gar nicht, wenn du plötzlich unangekündigt auftauchst, während ich gerade auf einer Tournee in München bin. Das ist schon ein bisschen seltsam, findest du nicht? Ich denke, du bist mir eine Erklärung schuldig."

Sie reckte das Kinn ein wenig höher, weil sie wusste, dass ihre Stimme gezittert hatte, und wartete auf eine Antwort. Doch anstatt ihr die zu geben, richtete Wladimir den Blick auf einen Punkt am Horizont hinter ihr. Adele fragte sich, was ihn in einem solchen Moment dazu bewegen konnte, seinen Gedanken nachzuhängen, aber sie schwieg.

„Erinnerst du dich an den Abend im Tanzsaal?"

Wie könnte sie ihren Geburtstag vergessen? Sie trug sein Geschenk, die Schmetterlingsspange, immer noch gut versteckt in ihrem Geigenkoffer mit sich. Er hatte sie zwar nicht zum Tanzen aufgefordert, aber allein der gemeinsame Heimweg hatte sie dafür entschädigt.

„Ja, natürlich. Dieser Tag hat für Österreich alles verändert." Und für sie. Adele hatte gehofft, dass es ihm genauso gegangen war.

Wladimir schüttelte den Kopf. „Nein, ich spreche nicht vom Beginn des Krieges. Ich meine das, was ich dir an dem Abend anvertraut habe. Weißt du noch, was ich dir über meine Freunde erzählt habe? Die Söhne der Ladenbesitzer, mit denen ich aufgewachsen bin? Und was mit den Juden in der Stadt geschieht?“

Sie nickte.

„Nun, deshalb bin ich hier.“

„Wladimir, das ergibt keinen Sinn.“

Er atmete tief ein und wieder aus, dann fragte er: „Kann ich dir vertrauen, Adele? Kann ich dir *wirklich* vertrauen?“

Ihr Herz wollte Ja schreien! Ja, natürlich konnte er ihr vertrauen. Aber wie meinte er das?

„Dein Vater darf niemals davon erfahren. Wenn er es wüsste …“

„Du kannst mir vertrauen“, flüsterte sie und nickte energisch, in der Hoffnung, es würde überzeugend wirken. „In jeder Hinsicht. Ich würde dich nie verraten.“

„Es gibt noch Juden in Wien und …“

Wladimir sah so verletzlich aus, wie er dastand mit den Händen in den Hosentaschen und den Sorgenfalten auf der Stirn.

„… und ich helfe ihnen, von dort wegzukommen.“

Adeles Herz setzte einen Schlag aus. Sie fand keine Worte, so sehr sie es auch wollte. Nicht in tausend Jahren hätte sie vermutet, dass Wladimir Nicolai in etwas so Gefährliches verwickelt sein könnte.

Als er merkte, dass sie das Schweigen zwischen ihnen nicht brechen würde, fuhr er fort: „Ich habe Abstand gehalten, damit du nicht mit hineingezogen wirst. Ich wollte dich schützen.“ Wladimir trat einen Kieselstein auf dem Boden weg. „Bitte sag doch was!“

„Ich … ich denke, ich verstehe, was du mir sagen willst“, sagte Adele. Dann schüttelte sie den Kopf. Verstand sie es wirklich? Sie ließ seine Worte in sich nachklingen, ließ sie tief in ihren Verstand sickern. Was für ein Geständnis! Es hätte ihn stolz machen können – jedenfalls sah Adele es so. Es zeugte von Mitgefühl, Geradlinigkeit und Mut, um es vorsichtig auszudrücken. Aber Wladimir? Er war so bescheiden und zurückhaltend – und gleichzeitig in der Lage, direkt in ihr sonst so geschütztes Herz zu gelangen. „Aber du weißt, was für Folgen es hat, wenn du erwischt wirst?"

„Ja." Er nickte.

In der ganzen Stadt machten Gerüchte die Runde. Wenn jemand einen Juden versteckte oder ihm half, drohte ihm eine harte Strafe, eventuell sogar der Tod.

„Ich weiß durchaus, was um uns herum geschieht", versicherte Adele ihm, „und was die Welt über Deutschland und Österreich sagt. Premierminister Churchill hat diese Woche eine Rede gehalten. Er rief die Menschen in Großbritannien dazu auf, stark zu bleiben und im Kampf gegen das Nazi-Regime Mut zu zeigen. Er sagte, dies würde ihre größte Stunde werden. Glaubst du, dass das wahr ist?"

„Woher weißt du, was Churchill gesagt hat?"

„Von meinen Freunden an der Universität", sagte sie und spürte, dass sich der Kummer wieder wie eine Last auf ihre Schultern legte. „Alle haben darüber gesprochen. Ich fürchte, ich war die Einzige, die nicht dafür war, Bomben auf London zu werfen. Ich glaube nicht, dass Krieg die Lösung für irgendetwas ist."

„Vielleicht nicht, aber wir müssen reagieren, wenn Unrecht geschieht, Adele. Wir können uns nicht damit begnügen, zuzuschauen und zu verurteilen. Es ist wichtig, angesichts eines Unrechts aufzustehen und es zu bekämpfen. Wir müssen uns für eine Seite entscheiden."

„Aber ich möchte mich doch für eine Seite entscheiden, Wladimir! Mehr als alles andere. Meine Eltern wissen es nicht, aber ich zweifle schon länger an so vielen Dingen." Sie griff in ihre Handtasche und zog ein Stück roten Stoff heraus. „Deshalb weigere ich mich auch, das hier zu tragen." Sie ließ die Nazi-Armbinde achtlos zu Boden fallen. „Ich bin nicht so schwach, wie du vielleicht denkst."

„Ach, Schmetterling." Wladimir kam näher, Herzschlag für Herzschlag, bis er so nah vor ihr stand, dass seine Schuhspitzen die ihren berührten. Er strich ihr eine Haarsträhne aus der Stirn. „Das ist das Letzte, was du in meinen Augen bist."

Adele fröstelte trotz der lauen Sommernacht. „Also dann: Warum bist du in München?"

„Wir verhelfen einer Familie zur Flucht in die Schweiz."

„Du meinst ... es gibt noch andere, die das mit dir zusammen machen?"

„Ja."

Er hatte ihr gerade einen Verrat gestanden, der ihn das Leben kosten könnte, wenn er herauskam. Es war zwar schockierend, aber irgendwie liebte Adele ihn dafür nur umso mehr.

In der Vergangenheit hatten sie mehrfach über ihren Glauben an Gott gesprochen und darüber, dass sie beide aus diesem Glauben heraus leben wollten. Aber das? Was Wladimir tat, zeigte ihr einen Menschen, der nicht nur davon redete, sein Leben Christus anzuvertrauen, sondern der auch tatsächlich danach lebte.

Adele schwieg. War auch sie bereit, Jesus Christus ein solches Vertrauen entgegenzubringen?

Schließlich fragte sie: „Und der einzige Grund, warum du hier bist, ist, sie aus der Stadt zu bringen?"

„Nicht der einzige." Er schüttelte den Kopf, während seine Augen die ihren erforschten und sein intensiver Blick ihr einen Schauer über den Rücken laufen ließ. Dann zog er sie in die Arme, und sie lehnte ihren Kopf an seine Brust, um seine Wärme und seinen Herzschlag zu spüren.

Nach einer gefühlten Ewigkeit drückte er ihr einen Kuss auf die Stirn und ließ sie wieder los. „Da ich dich nur noch auf der Bühne sehen kann", flüsterte er und strich ihr über die Wange, „bin ich hier, um meinen Schmetterling spielen zu hören."

Adele schluckte schwer und hoffte inständig, dass er es ernst meinte; dass er tatsächlich nach Deutschland gereist war, um sie spielen zu sehen, wenn auch aus der Ferne. Um im Konzertsaal zu sitzen, nur um in ihrer Nähe zu sein. Der Gedanke daran war überwältigend!

„Wenn das alles wahr ist, dann habe ich dir auch etwas zu beichten."

Er schien überrascht, sah sie aber erwartungsvoll an. Er wollte sie ermutigen, ihm alles zu sagen, was sie auf dem Herzen hatte. „Ja?"

„Ich kenne auch eine jüdische Familie, die noch in Wien lebt. Und ich möchte ihnen zur Flucht verhelfen."

EINUNDZWANZIG

14. August 1943
Auschwitz-Birkenau

Als Adele jetzt über die staubige Lagerstraße zum Musikblock zurückging und die Erinnerungen an München verblassten, konnte sie an nichts anderes denken, als wie sich ihre Welt verändert hatte.

Inzwischen war aus der Musikergruppe in Auschwitz-Birkenau ein vollwertiges Orchester geworden. Doch die Art, wie sie spielten, war Welten entfernt von Adeles unbeschwertem Spiel für das Hochschulorchester in Wien. Hier war der Probenplan viel strenger, die absolute Forderung nach Perfektion war die Grenze, die sie vom Tod trennte. Der einzige Trost war, dass die Orchestermitglieder tagsüber nicht mehr in Kanada arbeiten mussten. Stattdessen konnten sie immer üben, wenn sie nicht für die Häftlinge spielen mussten, die morgens in die Außenlager zur Arbeit marschierten und abends zurückkehrten. Oder auch wenn ein neuer Häftlingstransport ankam.

Seit dem späten Frühjahr hatte es einen stetigen Zustrom ungarischer Juden ins Lager gegeben. Ob es an den begrenzten Ressourcen lag oder nicht, jedenfalls war bekannt, dass die überwiegende Mehrheit von ihnen direkt in die Gaskammern geschickt wurde. Adele beobachtete es mit lähmendem Entsetzen – die systematische Zuweisung der Menschen nach rechts oder links, die Trennung in „für arbeitsfähig befunden“ oder nicht. Ihre Seele schrie auf, wenn sie mitansehen musste, wie Familien auseinandergerissen wurden, wenn sie die schleppenden Schritte sah, mit denen die Verurteilten ihrem Schicksal entgegengingen. Und während all das geschah, konnte sie nichts anderes tun, als Geige zu spielen und ihr stilles Gebet in Form von Musik zum Himmel aufsteigen zu lassen. Aber aus Gründen, die Adele nicht verstand, ging das Sterben weiter, und auch dieser sonnige Augustmorgen war keine Ausnahme.

Adele hatte nur wenige Augenblicke, um ihre Geige zu reparieren und zur Rampe zurückzulaufen – so nannten sie hier den Bereich, wo die Aussortierung stattfand –, um bei der Ankunft eines weiteren Transports zu spielen.

„Omara, mir ist eine Saite gerissen." Adele stürmte in den Block, in der Erwartung, dass ihre Freundin schon auf dem Sprung war, um am Lagertor zu den anderen zu stoßen. Womit sie nicht rechnete, war, dass sich noch jemand anderes mit ihr im Block befand. Omara stand neben einer Frau vor einer Pritsche, und beide hatten sie die Köpfe über die Strohmatratze gebeugt.

Als Adele eintrat, schienen die Frauen zu erschrecken.

„Tut mir leid, aber mir ist eine Saite gerissen und …" Adele bemerkte, dass die beiden versuchten, etwas außer Sichtweite zu bringen.

„Du wirst jetzt keine Zeit haben, eine Saite zu wechseln. Du weißt ja, wo die Ersatzinstrumente sind, Adele. Hol dir dort, was du brauchst." Omara stand mit dem Rücken zum Bett und versperrte ihr die Sicht auf das, womit sie sich bis gerade beschäftigt hatte.

Adele fühlte sich unbehaglich, da es offensichtlich war, dass Omara ihr etwas verheimlichte. Aber sie ging wie angewiesen zum Instrumentenlager, ohne Fragen zu stellen. „Ich lasse meine Geige hier und nehme die andere mit." Sie legte ihre Geige in den Kasten und verstaute sie unter ihrer Pritsche.

Omara nickte. „Gut. Wir können die neue Saite aufziehen, wenn wir zur Mittagsprobe zurückkommen."

„Wir spielen heute Morgen wieder an der Rampe", sagte Adele und warf Omara einen vielsagenden Blick zu, da die Last, die diese Aufgabe mit sich brachte, sie zu erdrücken drohte. Dann schnappte sie sich die Ersatzgeige und eilte zur Tür, in dem Wissen, dass sie schnell sein musste. Die Wachen waren ohnehin irritiert gewesen, weil sie zurückgegangen war. Es wäre sicher nicht gut, mit der Rückkehr zu warten.

„Weiß Alma, wo du bist?"

Adele nickte. Ihre neue Dirigentin, Alma Rosé, hatte sie selbst zurückgeschickt. „Ja. Sie erwartet eigentlich, dass ich mit dir zurückkomme."

Sie warf einen Blick zu der Frau, die neben Omara im Raum stand, und es kam ihr so vor, als versuche diese, Adeles Blick ganz gezielt auf sich zu lenken. Sie sah aus wie die meisten anderen Häftlinge: mit kahl geschorenem Kopf und Kleidung, die steif von einer unbarmherzigen Schmutzschicht war. Aber wenn Adele raten müsste, würde sie auf eine der Frauen vom Krematorium IV tippen. Was sie allerdings hier im Musikblock machte, war unklar.

„Ich komme gleich nach."

Adele zögerte kurz, allein zurückzugehen. War es zu riskant? Würden die Wachen denken, Omara sei krank, und sie alle unter Quarantäne stellen oder Schlimmeres?

„Aber was soll ich Alma sagen? Wenn ich dich nicht mitbringe, könnten sie am Ende uns beide bestrafen."

„Ich komme sofort nach." Omara schien ungeduldig zu werden. „Beeil dich jetzt, Adele. Ich will nicht für die Prügel verantwortlich sein, die sie dir verpassen werden, wenn du zu spät kommst. Es ist schon riskant genug, wegen einer gerissenen Saite zurückzugehen."

Adele befolgte, was ihr gesagt wurde, und klemmte sich die Geige unter den Arm. Sie sah ein letztes Mal zurück und begegnete für einen kurzen Moment dem Blick ihrer Freundin, bevor sich die Tür zwischen ihnen schloss.

Marta bemerkte als Erste, dass sie allein zurückgekommen war. Adele warf ihr einen bedeutungsvollen Blick zu, als sie auf ihren Platz schlüpfte und die Geige aus dem Kasten nahm.

Alma war professionell bis in die Zehenspitzen und achtete streng darauf, pünktlich zu beginnen. Auch wenn ein unvorhersehbarer Umstand wie eine gerissene Saite eintrat, verlangte sie, dass alle absolut pünktlich waren. Daher blickte sich Adele um und erwartete, Omara den Weg zur Rampe entlanglaufen zu sehen.

„Pst … Adele?“ Aus der Reihe hinter ihr versuchte Marta, ihre Aufmerksamkeit zu gewinnen. Adele drehte sich um und sah, wie sie die Worte „Wo ist Omara?“ mit den Lippen formte.

Adele schüttelte den Kopf. Marta rutschte nervös auf ihrem Stuhl hin und her und tauschte einen Blick mit Fränze, die ein paar Plätze weiter ihre Flöte umklammerte. Einige der anderen bemerkten es auch, sagten aber nichts. Schließlich nahm eine der Cellistinnen ihr Cello und setzte sich nach hinten auf Omaras Platz, um deren üblichen Part zu übernehmen. Und so schien es, dass es nichts weiter zu sagen gab.

Die Dirigentin hob die Hand und forderte ihre Aufmerksamkeit.

Wie immer wanderte Adeles Blick zum vorletzten Platz in der hinteren Reihe – dorthin, wo Wladimir gesessen hätte, wenn es ein Konzert in Wien gewesen wäre –, dann tat sie, was von ihr verlangt wurde. Sie spielte mechanisch, ohne Gefühl oder Liebe für die Musik. Es gab nur Finger, die Saiten drückten, und einen Bogen, der über das Instrument glitt.

Herr! Sie stieß ihr stummes Gebet mit dem Atem zwischen zusammengepressten Zähnen aus, wie sie es immer tat. *Warum werde ich gezwungen, so zu spielen? Bitte verachte mich nicht dafür, dass ich es tue.*

Adele schluckte, und Erleichterung überkam sie, als sie Omaras Gestalt über dem Hügel auftauchen und in ihre Richtung eilen sah.

Bitte vergib uns, Herr. Vergib uns, dass wir für sie spielen.

ZWEIUNDZWANZIG

Gegenwart
New York

„Also, eins muss ich euch New Yorkern lassen", sagte William mit einem zufriedenen Seufzen und legte ein Stück Pizza zurück in den Karton auf dem Arbeitstisch. „In eurer Stadt gibt es erstklassige Pizza."

Sera hob die Augenbrauen, während sie die Krümel von ihren Händen abwischte. „Ach ja? Habe ich dich also endlich davon überzeugt, dass New Yorker Pizza die beste ist?"

„Miss James", er beugte sich vor und legte eine Hand auf ihre, als würde er das schon immer so tun, „vielleicht werden wir den Besitzer des Gemäldes niemals finden, aber ich kann zumindest behaupten, dass ich so gut wie schon lange nicht mehr verköstigt wurde!"

Sie lächelte und genoss die Wärme seiner Hand, spürte aber auch, wie ihre Anspannung wuchs. Nach dem gemeinsamen Abendessen hatte sich William seinen Terminkalender freigeschaufelt und seitdem fast jede freie Minute mit ihr verbracht. Sie hatten tiefgehende Gespräche geführt, weitere Nachforschungen über das Gemälde angestellt und viel gelacht. Und sie waren an den lauen Frühlingsabenden über die Bürgersteige von Manhattan spaziert, ohne daran zu denken, dass der Tag kommen würde, an dem William nach Kalifornien zurückkehren musste.

Doch nun lag dieser Tag vor ihnen. Es war früh am Samstagabend, und Sera konnte die Tatsache nicht mehr verdrängen – William würde am nächsten Tag abreisen.

Sie erhob sich von ihrem Stuhl, da sie alles andere lieber tun würde, als über das zu reden, was sie beide so sehr zu ignorieren versuchten.

Im Hinterzimmer der Galerie standen etliche Leinwände herum. Einige waren bemalt. Andere waren begonnen und mit großen unbemalten Flächen zurückgelassen worden. In den Bücherregalen stand die eine oder andere Skulptur, oft als Buchstütze zwischen riesigen Stapeln von Kunstgeschichtsbüchern. Die hohen Fenster, die fast über zwei Stockwerke reichten, gaben den Blick frei auf die Lichter der Stadt und die Weite des Abendhimmels, unter dem sie in dieser Woche stundenlang spazieren gegangen waren.

Sera begann, ihre Hände mit dem Aufräumen von Pizzakartons und Getränkedosen zu beschäftigen, um nicht darüber nachzudenken, was ihm durch den Kopf gehen könnte. Sie ging im Raum hin und her, sammelte den Müll ein und rückte Aktenordner zurecht – alles, um ihr Herz davon abzuhalten, bei dem Gedanken, wie rasant ihre Zuneigung zu ihm gewachsen war, allzu wild zu klopfen.

„Und was ist das da drüben? Medusa?"

Sie blinzelte und wandte sich zu ihm um, nachdem sie die Pizzaschachteln in den Papierkorb geworfen hatte. „Was meinst du?"

William deutete auf eine hohe Skulptur mit langen schlangenartigen Armen, die sich in einem schreiend grellen Lila präsentierte. „Das Ding, das aussieht wie eine Garderobe für Außerirdische."

Sera lachte. Die Skulptur schaffte es immer noch, Aufmerksamkeit zu erregen, selbst in einer versteckten Ecke des Hinterzimmers. „Nicht ganz", sagte sie und erinnerte sich an den Tag, an dem Penny das Machwerk auf einem Rollwagen in die Galerie gekarrt hatte. Sie hatte es als ein mythologisches Werk bezeichnet – obwohl ihre Begeisterung sicherlich mehr in der Faszination für den jungen Mann, der sie geschaffen hatte, begründet war als in der Bewunderung für die Skulptur selbst. „Es ist eine von Pennys Entdeckungen. Das Werk eines mehr oder weniger talentierten Nachwuchs-Bildhauers, den sie vor ein paar Jahren in einem ihrer Kunstkurse kennengelernt hat."

„Und warum hast du es behalten?" Er zog amüsiert die Augenbrauen hoch.

„Nicht freiwillig, das versichere ich dir", räumte sie ein und zuckte übertrieben kapitulierend mit den Schultern. „Soll heißen: Penny hatte einen neuen Freund und hat dieses schreckliche Ding mitgebracht, um mich davon zu überzeugen, ihm seine eigene Ausstellung zu geben."

„Und, hast du?"

Sera lachte herzhaft und schüttelte entschieden den Kopf. „Das glaubst du ja wohl selbst nicht."

William pfiff anerkennend durch die Zähne. „Die beruflichen Risiken, wenn man Besitzerin einer Kunstgalerie ist, sind doch enorm. Hätte ich nie gedacht."

„Das Problem hat sich von allein gelöst. Penny hat einen Monat später mit ihm Schluss gemacht. Wir behalten den lila Außerirdischen zum Spaß." Sie setzte sich auf einen Hocker gegenüber von ihm. „Im Winter hängen wir unsere Mäntel daran auf, und ansonsten schauen wir ihn an, wenn wir einen Grund zum Lachen brauchen. Insofern hat er seinen Daseinszweck mehr als erfüllt, würde ich sagen."

William schien zu bemerken, dass sie sich nicht wieder neben ihn gesetzt hatte, sagte aber nichts. Stattdessen legte er den Kopf schief, als versuche er, ihre Gedanken zu erraten.

Schließlich wies er durch die offene Flügeltür auf das Bild von Adele. Es hing im Schatten der Galerie, nur ein schwacher Lichtstrahl aus dem Hinterzimmer fiel auf ihr Gesicht. „Diese Art von Kunst mag ich. Die andere", er blickte wieder zur Medusa hinüber, „tja, die verstehe ich nicht so recht. Ich fürchte, ich müsste mir ein neues Hobby suchen, wenn es nur noch moderne Kunst zu kaufen gäbe."

„Tja, Kunst als Hobby, so hat es bei mir angefangen, aber eines Tages …" Sie zuckte mit den Schultern. „Ich weiß nicht, es hat sich einfach geändert. Irgendwie wurden die Galerie und die Kunstgegenstände darin zum Mittelpunkt meiner Welt."

„Und wie kam es dazu?"

„Ich glaube, es war, weil … nun, es war, nachdem ich meine Reise nach Paris absagen musste. Diese Reise war so ziemlich das Einzige, was ich jemals wirklich gewollt habe."

William legte die Stirn in Falten, und seine Miene drückte Erstaunen aus. „Du warst noch nie in Paris?"

„Doch, einmal. Als Kind. Aber ich habe nicht viel von der Stadt gesehen. Ich war mit meinem Vater dort, es war ein Zwischenstopp auf der Rückreise von einem Vortrag, den er in Deutschland gehalten hatte. Er war Kunsthistoriker, und wir haben nur kurz eine Galerie besucht, wo er einen Kollegen treffen wollte. Für mehr hatten wir keine Zeit."

„Ich kann verstehen, warum du unbedingt noch mal dorthin willst."

Ohne zu erwähnen, dass es diese Galerie gewesen war, in der sie das Bild von Adele zum ersten Mal gesehen hatte, fuhr Sera fort: „Du musst wissen, ich hatte ein sehr enges Verhältnis zu meinem Vater. Ich habe ihn manchmal auf seinen Reisen begleitet. Meine Mutter war damals nicht so begeistert, weil ich dadurch einiges in der Schule verpasste", erinnerte sie sich und lächelte gedankenverloren, während sie auf einen Farbfleck auf der Platte des alten Arbeitstisches starrte. „Aber er hat mich immer dazu gebracht, einen Bericht über unsere Reisen zu schreiben, und dann war Mama zufrieden." Sie sah hoch und stellte fest, dass William sie die ganze Zeit angesehen hatte. „Und ich war auch glücklich. Auch wenn ich nie wieder nach Paris gekommen bin."

„Das hätte ich bei dir nicht vermutet."

Sie schüttelte den Kopf. „Erstaunlich, ich weiß. Eine Kunstgaleristin, die nur ein einziges Mal einen kurzen Abstecher an einen der Dreh- und Angelpunkte der gesamten Kunstwelt gemacht hat. Das ist …" Sie hätte über ihre Verlegenheit lachen können, denn sie wusste, dass er genau registrierte, wie jeder Zentimeter ihres Gesichts errötete. Sie legte eine Hand an die Wange, um es wenigstens teilweise vor ihm zu verbergen, und sah ihn zweifelnd an. „Das ist doch erbärmlich, oder?"

„Nein." Er lachte mit diesem ungezwungen heiteren Ausdruck in den Augen, der ihr inzwischen so vertraut war, dann fügte er hinzu: „Ganz und gar nicht! Bei dir hier ist doch eine Menge los. Manhattan boomt. Und wo könnte man deine geliebte Kunst besser finden als in New York? Es ist ja nicht so, dass es dieser Stadt an Kultur mangelt. Und du hast ja immer noch Zeit, noch einmal nach Paris zu reisen."

„Die meisten Leute gehen davon aus, dass man als Galeristin mindestens für eine gewisse Zeit in Paris gelebt hat – wenigstens ein Semester lang, beispielsweise im Rahmen eines Austauschprogramms. Vor allem, wenn man wirklich mitreden will."

Sera hielt inne und biss sich auf die Unterlippe, bevor sie den Mut fand, die nächsten Worte laut auszusprechen. „Aber es gibt da noch etwas. Wir ... also Michael und ich ... wir wollten unsere Flitterwochen in Paris verbringen."

William atmete tief durch und ermutigte sie, weiterzusprechen, indem er ihr zunickte und sie fragend ansah. Sie begriff, dass er trotz des Tisches zwischen ihnen nicht weit genug weg war, um in ihr nicht lesen zu können wie in einem offenen Buch.

„Ich habe immer davon geträumt – welche Kunstgaleristin tut das nicht? –, mich im Louvre zu verlieren und endlich mein Lieblingskunstwerk zu sehen, die Nike von Samothrake, die so prächtig über der Eingangshalle thront. Hinauszufahren nach Versailles. In aller Ruhe jeden Winkel der prächtigen Gewölbe von Notre Dame zu erkunden. All das vereinte sich in diesem einen Traum, den Michael und ich teilten. Ich hatte immer gedacht, dass wir ihn beide gemeinsam wahr machen würden. Wir hatten lange darüber gesprochen. Hatten alles bis ins kleinste Detail geplant. Aber nachdem die Hochzeit geplatzt war, konnte ich mich einfach nicht dazu durchringen, allein hinzufahren."

„Warum bist du nicht mit deinem Vater hingefahren?"

Sera wischte sich eine Träne von der Wange. „Mein Vater ist kurz nach unserer Deutschlandreise gestorben."

William schwieg einen Moment, bevor er sagte: „Das tut mir sehr leid für dich, Sera."

Er klang aufrichtig, und seine wenigen Worte veranlassten sie, weiterzuerzählen, trotz der Tränen, die inzwischen aufgekommen waren. „Ich war damals acht Jahre alt, und in diesem Alter ist der Held jedes Mädchens sein Papa. Wie sehr sich das Leben doch von einem Moment auf den anderen ändern kann …" Ihre Stimme versagte für einen Moment durch die aufkommenden Erinnerungen. „Deshalb bedeuteten die Flugtickets, die Michael und ich kauften, mehr für mich als nur eine Reise nach Übersee. Sie verbanden mich mit dem Mädchen, das ich einmal war. Ich hatte gehofft, diese Erinnerungen mit meinem Ehemann teilen zu können. Aber beides landete schließlich im Abfalleimer – die Tickets und der Traum von einer glücklichen Zukunft an Michaels Seite. Es hat sich damals einfach nicht richtig angefühlt, allein zu verreisen, denn dann wäre mein Traum irgendwie nur zur Hälfte in Erfüllung gegangen."

„Und du wolltest den ganzen Traum."

Sera verspürte ein seltsames Flattern im Herzen, fast so, als wäre sie wieder ein verliebter Teenager. „Ja, so war es wohl. Aber nach allem, was mit Michael passiert ist –" Sie brach ab. Die Gespräche zwischen ihnen waren seit ihrem ersten gemeinsamen Abend in New York nicht mehr auf das Thema ihres Ex-Verlobten gekommen.

Sie zögerte, bevor sie schließlich fortfuhr: „Die Galerie … sie wurde sozusagen mein rettender Hafen. Es war sicher falsch, aber ich habe mich in die Arbeit gestürzt, um nichts mehr fühlen zu müssen. Es schien mir sicherer, jegliches Risiko zu vermeiden."

„Risiken vermeiden, um sicher zu sein. Ich weiß genau, was du meinst."

„Wirklich?"

William nickte. „Wer könnte das besser verstehen als jemand, der sich so in der Arbeit vergraben hat, dass das Leben dabei auf der Strecke blieb? Ich hatte kein enges Verhältnis zu meinem Großvater. Das ist etwas, wovon ich ehrlich wünschte, ich könnte es ändern. Aber jetzt, da er nicht mehr hier ist … Ich weiß nicht, wie ich mich aus diesem Karriere-Hamsterrad, in das ich hineingeraten bin, wieder herauskämpfen soll."

„Mir hat die Erinnerung an meine alte Bibel dabei geholfen", sagte Sera zögernd. „In letzter Zeit habe ich wieder öfter darin gelesen. Und es tut mir gut." Wie er eine solche Bemerkung wohl aufnehmen würde? Immer wieder hatte sie angesetzt, auch über diesen Teil ihres Lebens zu sprechen, aber irgendwie hatte sie sich nicht getraut. Also war es nie zur Sprache gekommen.

„Ehrlich?" William sah sie einen Moment lang überrascht an. Seine Miene war nicht zu durchschauen, abgesehen von der Wärme in seinem Blick.

„Nun ja, es war ein wichtiger Teil meines Lebens – eigentlich der zentrale Teil, bis Michael und ich uns getrennt haben. Ich kann nicht behaupten, dass ich seither eine allzu enge Beziehung zu Gott gehabt hätte, aber ich möchte sie wieder haben. Ich war zwar nicht wütend auf Gott, aber ich war wütend auf meinen Verlobten. Der Glaube war auch etwas gewesen, was uns verbunden hatte. Und ich hatte wohl angenommen, das wäre eine Garantie dafür, dass er mich nicht verletzen würde."

„Aber manchmal verletzen sich Menschen nun mal gegenseitig, nicht wahr?"

Sera nickte. „Ja. Man muss nur daran denken, was mit Adele passiert ist. Das ist ein gutes Beispiel."

Ohne ein weiteres Wort zu sagen, stand William auf, warf ihr einen eindringlichen Blick zu und ging zu dem Stuhl, auf dem seine Jacke und seine Laptop-Tasche lagen. Er öffnete den Reißverschluss und holte ein kleines, in Leder gebundenes Buch heraus, kam zurück an den Tisch und setzte sich neben sie auf einen Hocker. Dann legte er eine abgegriffene Bibel vor ihr auf den Tisch.

Sera war erstaunt. Wie hätte sie ahnen können, dass dieser gut situierte Geschäftsmann noch eine ganz andere Seite hatte? „Du bist Christ?"

Er schenkte ihr ein verschmitztes Lächeln, das sein Kopfnicken unterstrich. „Ja, seit ich sechzehn bin."

Sera fuhr mit der Hand über den Einband der Bibel und atmete tief ein und wieder aus. „Und seitdem hast du sie?"

Er nickte. „Ja. Sie war ein Geschenk von meinem Großvater zu meiner Taufe."

Sera saß da und hörte William zu, der sie mit in seine Teenagerjahre zurücknahm. Er erzählte, dass er schon früh Schwierigkeiten gehabt hatte. Mit zu viel Geld und zu wenig Verantwortung war er in die falschen Kreise geraten und hatte sich recht schnell auf einem riskanten Weg befunden. Dann hatte er zum Glauben gefunden, und das hatte sein Leben verändert. Und er hatte nicht vor, jemals wieder in sein altes Leben zurückzukehren.

„Und sie haben dich wirklich ‚Prediger' genannt?"

„Ja. Meine Freunde waren kreativ, was Spitznamen angeht. Vermutlich sind Paul und ich deshalb auf die Idee gekommen, andere ebenfalls mit Spitznamen zu belegen. Aber es passte. Ich habe immer gedacht, dass das meine Berufung ist, schon damals in der Schule. Irgendwie wollte ich immer anderen von Gott erzählen."

„Und warum hast du dann nicht Theologie studiert?"

„Machst du Witze? Ein Hanover auf der Kanzel?" Er zuckte mit den Schultern. „Meine Familie hatte andere Vorstellungen. Andere Erwartungen. Sie brauchten jemanden, der die Dinge in die Hand nahm. Ich wurde darauf vorbereitet, einmal in die Fußstapfen der Männer in meiner Familie zu treten, wenn die Zeit reif war. Und als mein Vater von einem Tag auf den nächsten das Geschäft verließ, wurde ich ins kalte Wasser geworfen. Paul hatte kein Interesse und Macie war offensichtlich zu jung, also …" William richtete sich auf seinem Hocker auf und sah sie mit seinen verwirrend blauen Augen an.

„Dann hast du also getan, was sie wollten?"

„Ich habe getan, was ich tun musste, um meine Familie zusammenzuhalten."

Sera fuhr mit der Hand über den Ledereinband der Bibel. „Und jetzt hast du die hier bei all deinen Vorstandssitzungen dabei?"

„Eine Bibel in der Tasche – das passt wohl kaum in das Bild eines Firmenchefs, der in seinem Büro ahnungslose Galeristinnen einschüchtert!" William lachte laut und herzlich auf – ein Lachen, das die Lachfalten um seine Augen zum Vorschein brachte, die nur gelegentlich in Erscheinung traten.

Seine Offenheit wärmte ihr Herz, und Sera lehnte sich instinktiv ein wenig näher zu ihm hin. „Nein, ganz und gar nicht", gab sie zurück. „Aber so furchtbar einschüchternd warst du nun auch wieder nicht."

William lachte erneut auf, doch dann wurde seine Miene schlagartig ernst. „Weißt du, ich glaube, ich habe das noch nie jemandem erzählt. Niemand weiß, wie viel ich damals wirklich aufgegeben habe."

„Nein?"

„Nein, Sera." Seine Stimme war nur noch ein kaum wahrnehmbares Flüstern, als er fortfuhr: „Ich glaube, das war mein Paris. Gott hat mich immer wieder gerufen, aber ich war nie bereit zu gehen."

Sera saß schweigend da, ohne etwas zu erwidern. William war so anders als Michael. So offen. Er redete so freimütig über seine Wünsche, die etwas anderes bedeuteten als Macht und Erfolg. Letzteres hatte der Mann in Hülle und Fülle, aber er schien nicht davon beeindruckt zu sein. Vielmehr wirkte er, als könnte er das alles auf der Stelle aufgeben, ohne je wieder zurückzusehen.

„Und mit alldem hier …", William wechselte das Thema, indem er eine Hand auf den Stapel von Aktenordnern legte, in denen sie das Material über Adele von Bron zusammengetragen hatten, „stehen wir jetzt woanders als zu Beginn dieser ganzen Sache, nicht wahr?"

„Ich glaube, schon." Sera wandte sich wieder ihren Recherchen zu, doch das Herz klopfte ihr bis zum Hals. „Wir haben zwar nichts Neues über Adele oder Wladimir herausgefunden. Bei beiden verlieren sich die Spuren etwa im Oktober 1944. Aber ich denke, dein Großvater könnte das Bindeglied sein."

„Auch wenn wir noch nicht wissen, was das konkret bedeutet."

Nein. Sie hatten keinen konkreten Anhaltspunkt. Die ganze Woche hatten sie immer wieder über Edward Hanover gesprochen. William hatte erzählt, was er wusste: Sein Großvater war Student in Oxford gewesen. Er hatte sein Leben lang fotografiert und zu Beginn des Kriegs seinen Dienst als Fotojournalist bei der britischen Armee angetreten.

„Wir sind diese Ordner schon hundertmal durchgegangen. Es gibt keine Fotos, die wir mit deinem Großvater in Verbindung bringen können."

„Aber was ist mit dem Zeitpunkt der Befreiung von Auschwitz? Vielleicht war er dort und könnte deshalb gewusst haben, was mit Adele oder Wladimir passiert ist."

Sera schüttelte den Kopf. „Ich wünschte, es wäre so einfach. Auschwitz wurde von der Roten Armee befreit. Ein britischer Fotojournalist wäre nicht mit den Russen unterwegs gewesen, auch wenn Russland und Großbritannien im Krieg Verbündete waren. Es ist höchst unwahrscheinlich, dass er dort war."

„Und was ist mit jemand anderem?" William sah sie nachdenklich an.

„Du meinst eine andere Person in Auschwitz?", fragte Sera.

„Warum nicht? Wenn mein Großvater nicht selbst in Auschwitz war und Adele getroffen hat, dann kannte er vielleicht jemanden, der dort war. Vielleicht hat ihm jemand erzählt, was aus den Frauen des Orchesters geworden ist. Das wäre doch eine Möglichkeit, oder? Das Orchester war für alle präsent. Jemand muss gesehen haben, was mit den Musikerinnen geschah."

Das brachte Sera auf einen neuen Gedanken. *Was, wenn es ein Foto von Adele gab, als das Lager befreit wurde? Jemand hatte das Bild von*

Adele gemalt – und wenn nicht aus der Erinnerung, dann vielleicht von einem Foto. „Wo war dein Großvater im Frühjahr 1945? Weißt du das?"

„Nein, nicht genau."

„Es ist sicher möglich, dass jemand mitbekommen hat, was mit Adele passiert ist. Wie sie starb oder was mit den Mitgliedern des Orchesters geschah. Was, wenn dieser Jemand deinem Großvater von ihr erzählt hat? Wenn wir herausfinden können, wen dein Großvater im Krieg gekannt hat, können wir vielleicht eine Verbindung zu ihr finden." Als William nichts erwiderte, fügte Sera hinzu: „Also, was denkst du? Es ist einen Versuch wert, oder?"

„Du solltest sehen, wie dein Gesicht gerade glüht, Sera!"

Sie legte die Hände auf ihre Wangen, um die Hitze abzumildern, die sie dort spürte. „Tut es das?"

Er nickte. „Du siehst aus, als wärst du gerade in deiner Stadt der Lichter aus dem Flugzeug gestiegen. Das Rätsel um Adele hat dich wirklich gepackt, stimmt's?"

„Dich nicht auch?"

„Natürlich."

„Dann wirst du in diese Richtung weiterforschen?", fragte Sera, in der Hoffnung, dass sie auf etwas gestoßen waren, was die stockenden Nachforschungen wieder in Gang bringen würde. Es war keine konkrete Spur, aber besser als nichts. „Könntest du deinen Vater danach fragen?"

William antwortete nicht, sondern wandte den Blick ab und begann, einige Papiere, die auf dem Tisch verstreut waren, zu sortieren. Sera war sich nicht sicher, was sie von der Veränderung seiner Stimmung halten sollte. Er saß immer noch neben ihr, aber sie hatte das Gefühl, dass sich eine unsichtbare Mauer zwischen ihnen aufbaute.

„Will?"

„Ich habe seit Monaten nicht mehr mit meinem Vater gesprochen", sagte er. Es klang ausweichend.

„Ich erwarte ja nicht, dass du deinen Vater besuchst! Aber vielleicht kannst du ihn anrufen, um möglicherweise etwas Neues in Erfahrung zu bringen. Würdest du es tun – deiner Familie zuliebe?"

„Ich werde darüber nachdenken."

Um ihre Hände zu beschäftigen, begann Sera, ebenfalls mit einigen Unterlagen zu hantieren. „Okay ..."

„Sera, ich schätze deinen Enthusiasmus, was die Verbindung meines Großvaters zu alldem angeht. Aber du bittest mich um etwas ... Ich bin mir nicht sicher, ob ich das tun kann." William nahm seinen Teil der Akten und ging damit zu dem Stuhl, auf dem seine Jacke lag. Er verstaute die Unterlagen in seiner Laptop-Tasche und hängte sie sich über die Schulter.

„Soll ich dich morgen zum Flughafen bringen?"

Er schüttelte den Kopf, und, mit den Händen in den Hosentaschen vergraben, stand reglos da. „Ich werde mir ein Taxi nehmen."

„In Ordnung."

Sera bemerkte, dass er dastand, als warte er auf etwas. Vielleicht wollte er bezwecken, dass sie die Initiative ergriff und auf ihn zukam. Vielleicht wollte er wissen, ob es ihr nur um das Gemälde ging. Jedenfalls war die stille Botschaft klar genug, um Sera dazu zu bewegen, von ihrem Hocker zu rutschen und auf ihn zuzugehen. „Die wirst du noch brauchen", sagte sie leise und gab ihm die Bibel, die er auf dem Tisch hatte liegen lassen.

„Du hast recht, das werde ich." Sein Mund verzog sich zu einem Lächeln, und seine Stimme war leise und gefühlvoll. „Zumindest, wenn ich mein Paris je wiedersehen will." Er machte einen Schritt auf sie zu und beugte sich zu ihr hinunter, um ihr einen sanften Kuss zu geben. Schüchtern beinahe, und gleichzeitig voller Gefühl.

Sera schloss die Augen und genoss die Wärme, die darin lag. Schließlich lehnte sie sich zurück und sah ihm tief in die Augen. „Wirst du es dir überlegen? Deinen Vater anzurufen?"

Er strich ihr mit der Hand über die Wange. „Ja. Ich werde darüber nachdenken. Wir haben doch gesagt, dass wir Partner sind, oder?"

„Richtig."

„Dann muss ich wohl auch meinen Teil der Abmachung einhalten."

Sera stand auf der Treppe und war in der Erinnerung an die letzte Stunde versunken, während sie den Schlüssel im Schloss umdrehte, um die Galerie abzuschließen. Sie spürte immer noch ein Prickeln auf den Lippen, obwohl William schon vor einer halben Stunde gegangen war. Der Kuss war alles, woran sie denken konnte.

Am nächsten Morgen würde William ans andere Ende des Kontinents fliegen. Und eigentlich wollte sie ihn nicht gehen lassen. Sie hatte endlich den Weg zu ihm gefunden und sich wieder wie ein verliebter Teenager gefühlt. Selbst jetzt schlich sich ein unwillkürliches Lächeln auf ihre Lippen, und ihr Herz pochte wild bei dem Gedanken an eine neu aufkeimende Liebe.

So etwas hatte sie schon sehr lange nicht mehr gespürt.

„Sera?"

Sie erstarrte, drehte sich dann aber langsam um. Die Stimme war zu vertraut, um sie ignorieren zu können.

Sera riss die Augen auf und blinzelte mehrmals. Vor ihr stand Michael Turner – elegant wie immer, im Business-Outfit und allem, was dazugehört. Er trug sein helles Haar anders und sah aus, als hätte er etwas mehr Sonne abbekommen, aber ansonsten war er derselbe Mann wie in ihrer Erinnerung.

„Michael?"

Er nickte, und der Schein der Straßenlaterne fiel auf sein Gesicht. „Schön, dich zu sehen, Sera."

„Was machst du hier?"

Er kam die Stufen herauf und lächelte sie ein wenig verlegen an. „Darf ich reinkommen?", fragte er. „Ich muss mit dir reden."

DREIUNDZWANZIG

8. Februar 1941
Wien
Rückblick – etwa eineinhalb Jahre nach Kriegsbeginn

„Wonach suchst du denn, Adele?“ Wladimir sah sich noch einmal um und blickte die lange Gasse hinunter auf die menschenleere Straße.

Der Lärm vom nicht weit entfernten Hafen erinnerte Adele daran, dass immer Menschen in der Nähe waren, die zufällig vorbeikommen und sie entdecken konnten, selbst in der Dunkelheit der Nacht.

„Bist du sicher, dass du weißt, was du tust?“, fragte er weiter.

Adele schob eine große Kiste beiseite, um darunter eine verwitterte Holzplatte freizulegen, die aussah wie die Luke zu einem Kohlenschacht. „Im hinteren Teil des Gebäudes gibt es ein verborgenes Zimmer, in das man von innen nicht reinkommt“, flüsterte sie, dann kniete sie sich hin. „Abram hat mir gesagt, wie man es findet. Wir kriechen hier durch und gelangen in den früheren Anrichteraum des Hauses neben der Spülküche. Der Eingang von innen wurde zugemauert. Niemand weiß, dass sich dort noch ein Raum befindet, von dem aus eine Treppe in den Keller führt.“

Sie nahm den Korb, den sie unter ihrem weiten Mantel verborgen hatte, und wollte durch die Öffnung kriechen, aber Wladimirs Hand auf ihrer Schulter hielt sie zurück.

Er schüttelte den Kopf. „Oh nein! Du gehst da auf keinen Fall zuerst rein. Wenn hier jemandem etwas zustößt, dann nicht dir."

„Ach was, Wladimir! Der Eingang zum Gebäude ist seit fast zwei Jahren zugenagelt. Da drin ist niemand."

„Bis auf eine jüdische Familie, die sich im Keller versteckt", brummte er, holte dann aber ein Feuerzeug aus der Manteltasche und hielt es ihr hin. Sie nahm es mit einem siegessicheren Grinsen entgegen und freute sich, wenigstens diesen einen Kampf gewonnen zu haben.

„Mach es erst an, wenn ich die Luke wieder geschlossen habe." Wladimir blickte noch einmal über die Schulter, und als er sah, dass die Luft rein war, gab er ihr ein Zeichen, dass sie vorgehen sollte. „Los."

Adele wurde warm ums Herz. Er war so besorgt, weil er nicht wollte, dass ihr etwas zustieß. „Weißt du noch, was wir gesagt haben? Wir stecken da zusammen drin."

„Nein. Das hast du gesagt! Ich habe nur zugestimmt, dass du mir zeigst, wie man reinkommt. Danach werde ich übernehmen und du gehst nach Hause."

Adele wollte protestieren, besann sich aber eines Besseren. Er wollte sie in Sicherheit wissen, und das konnte sie ihm nicht verübeln.

Sie kniete sich hin, steckte den Kopf durch die Maueröffnung und kämpfte sich langsam vorwärts durch den staubigen Kriechgang, während sie den Korb vor sich herschob. Um sie her war es dunkel und voller Spinnweben, aber von dem Anrichtezimmer aus kam ihr ein schwacher Lichtschein entgegen, denn dort gab es ein kleines vergittertes Fenster oben an der Außenwand, durch das der silberne Schein des Mondlichts fiel.

Sie hörte, wie Wladimir hinter sich die Luke schloss. „Es ist gleich da vorn", flüsterte sie. „Hier entlang."

„Woher kommt das Licht? Du sagtest doch, der Raum sei zugemauert."

„In dem Anrichtezimmer ist ein kleiner Lüftungsschacht." Adele knipste das Feuerzeug an. „Keine Sorge. Ich habe das hier schon ein Dutzend Mal gemacht. Es ist sicher."

Irgendwo hinter sich hörte sie Wladimirs Grummeln, mit dem er sein Missfallen darüber ausdrückte, dass sie sich schon öfters zu den Auerbachs geschlichen hatte.

Das hätte ich wohl besser für mich behalten sollen.

„Hier ist es", sagte Adele und lehnte sich etwas zur Seite, damit er die Öffnung sehen konnte. „Da gehen wir rein. Hinter einem der Schränke gibt es eine Treppe, die in den Keller führt."

Adele kroch durch die Öffnung, die sich unter einem an der Wand befestigten Arbeitstisch befand, in den halbdunklen Raum hinein und sah sich um.

Spinnweben und Staub. Die Schränke waren vor einiger Zeit geplündert worden, aber die Sardinenbüchsen und Rattenfallen auf dem Boden waren seit ihrem letzten Besuch nicht vom Fleck bewegt worden. Dann sah sie nach oben. Das kleine Fenster, durch das ein schwacher Schein des Mondlichts kam, war immer noch vergittert. Alles war so, wie es sein sollte.

Während Adele sich den Staub abklopfte und den Korb vom Boden aufnahm, tauchte Wladimir im Mauerdurchgang hinter ihr auf. In Windeseile war er neben ihr und ergriff sie am Ellbogen.

„Lass mich los, Wladimir …"

„Das ist zu gefährlich", sagte er und schüttelte vehement den Kopf. „Du hast mir gezeigt, wie ich zu ihnen gelange. Überlass mir den Rest."

„Das kann ich nicht!" Die Worte kamen in einem schneidenden Flüstern. „Sie kennen dich nicht. Sie werden Panik bekommen und denken, sie wären entdeckt worden. Denk doch an die Kinder! Wir dürfen sie nicht so erschrecken."

„Adele, die Männer von der Gestapo krabbeln nicht durch Kriechgänge, um versteckte Juden zu finden. Sie reißen Mauern ein und eröffnen mit ihren Maschinengewehren das Feuer. Wenn die Auerbachs entdeckt worden wären, glaub mir, dann wüssten sie es."

„Dann lass mich los, damit wir ihnen schnell diese Lebensmittel bringen und wieder gehen können“, sagte sie und spürte, wie sein Griff sich bei den letzten Worten lockerte. „Ich muss ihnen etwas geben, auch wenn es nur ein kleiner Hoffnungsschimmer ist.“

Wladimir wies mit dem Kinn zu einem der Holzschränke an der hinteren Wand des Raumes.

Instinktiv legte Adele den Kopf schief und blickte ihn fragend an. „Woher weißt du, dass es der ist? Die ganze Wand steht voller Schränke.“

„Der Staub auf dem Boden.“ Er wies auf eine Spur, die zu dem besagten Schrank führte. „Deine Fußabdrücke, Adele. Du hast sie nicht verwischt.“

Sie sah auf den Boden. Der Hinweis auf ihre früheren Besuche war klar und deutlich zu erkennen. Die Fußspuren führten von der Öffnung des Kriechgangs quer durch den Raum und direkt zu einem der Schränke hinten an der Wand.

„Es gibt keinen Weg hinein und keinen hinaus, außer durch die Öffnung, zu der deine Fußabdrücke führen. Jeder, der hier nach einem Versteck sucht, wird den Zugang mit Leichtigkeit entdecken.“

Adele spürte, wie ihre Unbesonnenheit sich wie eine Last auf sie legte, und schloss vor Scham die Augen. Die ganze Zeit, in der sie die Auerbachs besucht und ihnen Lebensmittel gebracht hatte, war sie davon überzeugt gewesen, ihnen etwas Gutes zu tun. Aber sie hatte die Familie in Gefahr gebracht, und es war Glück, pures Glück, dass sie nicht entdeckt worden waren – nur weil sie ihre Spuren nicht verwischt hatte.

„Siehst du jetzt, warum ich mir Sorgen um dich mache?“ Wladimir beugte sich vor und strich ihr mit dem Finger über die Nase. „Staub!“

Adele fuhr sich mit dem Ärmel über das Gesicht.

Er tat so, als wüsste sie nicht, dass es eine ernste Angelegenheit war, sich hier hereinzustehlen, um ihren Freunden zu helfen. Aber sie war schließlich diejenige, die das monatelang getan hatte, ohne dass irgendjemand sonst davon wusste. Wenigstens das könnte er doch anerkennen!

„Die Treppe ist hier“, sagte sie und beugte sich vor, um den Schrank von der Wand zu ziehen. „Dahinter.“

Wladimir drängte sich um sie herum, um den Schrank für sie zur Seite zu schieben. Es schien aber keine große Muskelkraft nötig zu sein. Das Holz löste sich an einem Scharnier von der Wand und ließ sich ziemlich leicht wegziehen. Dahinter lag ein schmaler gemauerter Hohlraum, von dem aus eine Treppe in den Keller hinunterführte.

„Nach dir.“ Er schien nicht mehr mit ihr schimpfen zu wollen. Stattdessen nickte er in Richtung der Maueröffnung.

Adele knipste erneut das Feuerzeug an und gab ihnen so viel Licht, dass Wladimir den Schrank hinter sich zuziehen konnte, bevor sie die Treppe hinabstiegen.

„Unten ist eine Tür“, flüsterte sie und zeigte auf die schwachen Umrisse eines Türrahmens. „Siehst du?“

Sie nahm eine Stufe nach der anderen und versuchte, ihre Füße so geräuschlos wie möglich auf die alten Holzstufen zu setzen. Wladimir trug den Korb und folgte ihr mit vorsichtigen Schritten.

„Rechnen sie mit uns?“

„Ich denke, Elsa wartet schon auf mich“, flüsterte Adele, während sich ihre Füße weiter die dunkle Treppe hinuntertasteten. „Es ist mehr als zwei Monate her, dass ich das letzte Mal hier war. Mein Besuch ist längst überfällig.“

Sie erreichten die Tür unten an der Treppe. Eisige Stille umgab sie. Von irgendwoher aus den Nischen des dunklen Kellers hörte man das Geräusch von tropfendem Wasser. Adele bemerkte, dass Wladimir immer wieder über die Schulter blickte, um sicherzugehen, dass sie nicht verfolgt wurden. Wie er in der Dunkelheit irgendetwas erkennen wollte, war ihr nicht klar.

Sie klopfte an die Tür, sechsmal hintereinander mit einer Pause in der Mitte. Diesen Code hatten sie vor einiger Zeit ausgemacht.

Auf der anderen Seite der Tür war ein leises Rascheln zu hören, dann wurde sie langsam geöffnet.

Ein groß gewachsener Mann mit freundlichen Augen und schütterem Haar blickte durch den schmalen Spalt. Das Flackern des Feuerzeugs erhellte sein Gesicht. Er sah Adele an und nickte kurz als wortlose Begrüßung.

„Abram", flüsterte sie. „Ich habe einen Freund mitgebracht. Das ist Wladimir Nicolai. Er ist hier, um euch zu helfen."

Wladimir stand hinter Adele, sagte aber nichts. Er machte keine Anstalten, vorzutreten oder den Korb anzubieten.

„Ich habe mit Elsa gesprochen, und wir denken, es ist nicht mehr sicher, wenn du weiter herkommst", flüsterte Abram. Seine Stimme war rau, als unterdrücke er ein Husten. „Das Risiko ist zu groß."

„Aber wir haben etwas zu essen mitgebracht", erwiderte Adele und deutete auf den Korb mit Brot und Fisch. „Für euch und die Kinder. Geht es ihnen gut?"

Er schüttelte den Kopf. „Wir haben in der Nacht die Gestapo gehört." Er blickte mit müden Augen zur Decke über ihm. „Eine Patrouille. Sie haben den zugemauerten Raum zwar nicht entdeckt, aber sie waren dort oben und haben Wände eingerissen."

„Meinst du, sie haben Verdacht geschöpft?"

Abram zuckte mit den Schultern. „Schon bevor wir hier untergetaucht sind, gab es Gerüchte, dass sich in diesem Teil der Stadt Juden verstecken. Die Mutigen sind bereits vor mehr als einem Jahr gegangen."

Adele schüttelte den Kopf. „Ich glaube, es sind die Mutigen, die geblieben sind", sagte sie und nahm Wladimir den Korb ab, um ihn der Familie hineinzureichen. „Dürfen wir reinkommen?"

Nach einem weiteren Blick zur Decke nickte Abram zögernd. „Aber nur für einen Moment."

Adele betrat den Raum.

Elsa stand hinten in der Ecke. Als sich ihre Blicke trafen, entspannten sich die Schultern der Frau und sie flüsterte: „Ich bin so froh, dass du gekommen bist." Dann trat sie vor, um Adele zu umarmen.

Wladimir trat ebenfalls ein, und nachdem er die Tür verriegelt hatte, schaute er sich in dem spärlich eingerichteten Quartier um. Er musste genauso betroffen sein, wie Adele es gewesen war, als sie die beklagenswerten Verhältnisse zum ersten Mal gesehen hatte.

Der Raum wurde nur vom Mondlicht erhellt, das durch ein kleines Lüftungsfenster oben an der Wand hereinfiel, und vom schwachen Schein des Feuers, das in einem kleinen Holzofen in der Ecke brannte. Die Wände waren aus Backsteinen gemauert, und an der Decke verliefen große Rohre, auf denen sich der Staub sammelte. Irgendwo in einer Ecke trat Wasser aus, und die Luft war feucht und roch nach Schimmel. An einem Seil, das quer durch den Raum gespannt war, hingen zerschlissene Betttücher. An der gegenüberliegenden Wand standen ein einzelner Schaukelstuhl, ein kleiner Tisch mit etwas Geschirr und eine Wanne zum Waschen. Auf einem kleinen Regal hinten in der Ecke stapelten sich Berge von Büchern. .

Adele konnte die Köpfe der Kinder sehen. Sophie und der kleine Eitan lagen in Decken eingewickelt in einem Bett, das in der anderen Ecke nah am Ofen stand. Der sanfte Rhythmus ihres gleichmäßigen Atems verriet ihr, dass sie schliefen.

Mit deutlich besorgtem Gesicht trat Wladimir auf Abram zu. „Es ist nicht sicher, Feuer zu machen", flüsterte er und kniete sich vor den Ofen. Dann wies er zu dem Fenster. „Jemand könnte Rauch oder den Lichtschein sehen."

Abram schüttelte den Kopf und zeigte auf die Stelle, an der das Ofenrohr durch die Decke führte. „Der Abzug ist an das Schornsteinsystem des Nebengebäudes hinter dem Lagerhaus angeschlossen. Dort war früher eine Sardinenfabrik."

„Ist dieses Nebengebäude bewohnt?"

„Ja", bestätigte Abram und nickte.

„Und das Licht? Wird man das nicht sehen können?"

„Wir machen nur Feuer, wenn es sehr kalt ist. Die Kinder – ihnen geht es nicht gut. Eitan hat einen schlimmen Husten", antwortete Elsa und trat neben ihren Mann. Sie schluckte schwer. „Der hintere Teil des Lagers ist schon lange abgesperrt. Keiner kann ihn von außen sehen."

„Woher wissen Sie das?"

„Die Fabrik hat einem Freund gehört." Elsa blickte einen Moment lang auf den Boden. „Er ist nicht mehr hier. Aber er hatte diesen Raum einmal als Versteck vorgeschlagen, wegen des zusätzlichen Ofenschachts. Er wollte seine Familie herbringen, falls es in der Stadt schlimm werden sollte. Daran haben wie uns erinnert."

Wladimir sah von der verzweifelten Frau zu Adele, die spürte, wie ihr die Tränen in die Augen stiegen. Sie zuckte mit den Schultern. Was konnten sie tun?

„Abram, Elsa, wir können Sie hier herausholen", begann Wladimir. Seine Stimme war voll Mitgefühl. Adele biss sich auf die Unterlippe, um die Tränen zurückzuhalten, die sich nun Bahn brechen wollten. „Vielleicht nicht sofort, aber ich bin gern bereit, es zu versuchen. Ich habe Kontakte in der Schweiz, die Sie aufnehmen könnten."

„Nein." Abram hob die Hand, als wolle er das Gespräch zu diesem Thema im Keim ersticken.

Adele trat an Wladimirs Seite, um ihren Freunden zu versichern, dass sie ihm vertrauen konnten. „Bitte, hört auf ihn. Wladimir hat das schon einmal gemacht. Er hat es geschafft, andere in Sicherheit zu bringen."

„Wir danken Ihnen für das Angebot, aber nein." Abram schüttelte den Kopf.

„Aber er kann euch wirklich helfen. Er wird für eure Sicherheit garantieren", sagte Adele und sah zu Wladimir auf. „Das kannst du doch, oder?"

Wladimir sagte nichts. Er stieß leise die Luft aus, und sie sah, wie seine Schultern sich beim Ausatmen senkten.

„Herr Nicolai", wandte sich Elsa mit ihrer sanften, melodischen

Stimme an ihn, „denken Sie wirklich, wir haben eine Chance, unbeschadet aus Wien herauszukommen?"

Alle Augen richteten sich auf Wladimir. Er überraschte Adele, indem er heimlich ihre Hand ergriff. „Ich weiß es nicht", räumte er ein, während er sanft ihre Finger drückte. „Zum jetzigen Zeitpunkt kann ich für nichts garantieren."

Die Auerbachs nickten und sahen sich gegenseitig an. Elsa begann, leise zu weinen, und lehnte den Kopf an Abrams Schulter.

„Wir können es aber trotzdem schon einmal planen, um Sie so schnell wie möglich von hier wegzubringen. Wir können Ihnen die notwendigen Dokumente besorgen und gefälschte Reisepapiere für Sie und die Kinder ausstellen lassen."

„Wir bleiben!", sagte Abram entschlossen. „Wir können das Risiko nicht eingehen. Nicht mit den Kindern."

Wladimir seufzte. „Denken Sie doch einmal nach …"

Adele betrachtete Wladimirs Profil und bemerkte eine eiserne Entschlossenheit in seinen Zügen, die sie noch nie bei ihm gesehen hatte. Der Wladimir, den sie kannte, war nicht so fordernd. Aber sie hatte ihn auch noch nie erlebt, wenn er eine Situation wie diese in die Hand nehmen musste. Sie hatte ihn heute Nacht hierhergebracht, um den Auerbachs zu helfen. Und offensichtlich wäre er dieser Aufgabe durchaus gewachsen, wenn sie sich nur helfen ließen.

Nach einem weiteren leichten Händedruck ließ Wladimir ihre Hand los, ging zu dem kleinen Tisch und begann, seine Taschen zu leeren. Er stellte mehrere Dosen auf den Tisch. „Sardinen, auch wenn ich weiß, dass das wohl das Letzte ist, was Sie sehen wollen", kommentierte er. Dann folgten eine Handvoll kleiner Kartoffeln, drei kleine Dosen mit Pökelfleisch, ein Stück Seife und mehrere kleine Papierschachteln. „Aspirin und ein Antibiotikum. Bitte fragen Sie mich nicht, woher ich das habe."

Elsa trat an den Tisch und war von Herzen dankbar für alles, was er mitgebracht hatte.

„Und das hier …", sagte er und drückte ihr ein Taschenmesser in die ausgestreckte Hand, „… war alles, was ich auftreiben konnte. Ich fürchte, in der ganzen Stadt gibt es kein Stück Metall mehr."

Im nächsten Augenblick zog er seinen Mantel aus und legte ihn auf den Schaukelstuhl. „Nehmen Sie ihn. Er sollte Ihrem Mann passen." Dann schälte er sich aus seinem Pullunder, der aus einem dichten dunkelblauen Gewebe gefertigt war, und hielt ihn Elsa hin. „Und hängen Sie den wenigstens nachts vor das Fenster. Selbst das kleinste Feuer kann dieser Tage Aufmerksamkeit erregen."

Adele hätte weinen können, als sie die mageren Arme sah, mit denen Elsa das Kleidungsstück entgegennahm. Sie waren so dünn, dass an den Handgelenken die Knochen hervorstanden. Die Haut war blass und faltig, und Elsas früher rosige Wangen hatten eine schattenhafte graue Farbe. Sogar ihr einst glänzendes rotbraunes Haar wirkte jetzt stumpf und war zu einem strähnigen Knoten zurückgebunden, der von Grau durchzogen war.

Dann sah Adele Abram an, diesen begabten Musiker, der vor Jahren im Orchester Bratsche gespielt hatte. Sie hatte ihn über die Universität kennengelernt, wo er als Dozent tätig gewesen war. Damals war er gut aussehend und bekannt für sein fröhlich schallendes Lachen gewesen. Aber seit mehr als einem Jahr war er von niemandem mehr gesehen worden. Seitdem ging das Gerücht um, die Auerbachs hätten Wien verlassen und seien zu Verwandten aufs Land gezogen. Aus dem Lachen, das einst den Hörsaal der Universität erfüllt hatte, war ein verzweifeltes Seufzen geworden, und Abrams einst feinfühligen Musikerhände waren abgemagert bis auf die Knochen.

Die Auerbachs wirkten zutiefst erschöpft. Und so ganz anders als das Paar, das Adele kennengelernt hatte. Sie fühlte, wie ihr die Trauer um das, was einmal gewesen war, fast das Herz brach.

Wladimir wandte sich an Abram. „Haben Sie Wasser?"

„Ja. Es gibt einen alten Brunnen auf der Rückseite des Grundstücks. Dort können wir Wasser holen."

„Adele? Bist du das?“ Ein kleiner brünetter Haarschopf tauchte zwischen den Bettlaken auf, dann kam ein Mädchen mit einem niedlichen Lächeln und schiefen Zöpfen zum Vorschein.

„Sophie“, flüsterte Adele und hoffte, dass ihre Stimme ein wenig fröhlich klang. Sie zog eine Schachtel aus dem Korb, den Elsa hielt, und ging zum Bett. „Ich habe eine Überraschung für dich, meine liebe Freundin.“

Das Mädchen lächelte und zeigte dabei eine Zahnlücke. Es wirkte ebenfalls müde, erschöpft von der Angst und dem Mangel an Nahrung.

Adele hasste es, Sophie so sehen zu müssen, und sie wünschte, dass sie mehr für sie tun könnte. „Ich habe dir eine Packung von deinen Lieblingskeksen mitgebracht.“

Sophies Augen leuchteten auf, als sie die Schachtel sah. „Mürbegebäck“, flüsterte sie und hielt sie hoch, damit Elsa sie sehen konnte. „Schau mal, Mama, was Adele mir mitgebracht hat.“

Dann griff Adele in ihren Mantel und holte ein kleines Buch aus der Innentasche. „Und ein neues Buch, wie versprochen. ‚Alice im Wunderland‘.“

Sophie freute sich über das Geschenk und schlang ihre dünnen Arme um Adeles Hals. „Danke“, flüsterte sie, und die Kinderstimme trieb Adele erneut die Tränen in die Augen. „Liest du es mir vor?“

Adele wandte den Blick zu Wladimir, der den Kopf schüttelte.

„Es tut mir leid, Sophie. Heute nicht. Ich habe einen Freund mitgebracht, und wir können nicht lange bleiben. Ein anderes Mal, ja?“

Sophie nickte tapfer, wenn auch die Traurigkeit aus ihren Augen sprach.

Adele stupste sie leicht auf die Nasenspitze. „Großes Mädchen.“ Dann strich sie dem schlafenden Eitan behutsam das Haar aus der Stirn und wandte sich wieder zu Elsa, um sich mit einer Umarmung von ihr zu verabschieden.

„Es tut mir sehr leid, aber Sie dürfen nicht wiederkommen.“ Abrams Worte klangen fest entschlossen, als er Wladimir die Hand entgegenstreckte. „Wir danken Ihnen für Ihre Hilfe. Möge Gott Sie in der Finsternis dieses Krieges beschützen."

Wladimir, der sichtlich bewegt war, ergriff die ausgestreckte Hand mit beiden Händen und nickte. Er ließ Abrams Hand los, und sein Blick wanderte zu Elsa. „Bitte, hören Sie mir zu! Ich weiß, dass Sie Angst haben. Aber die Gefahr für Sie ist noch größer, wenn ich nicht wiederkomme. Sie haben kaum noch Vorräte. Und wenn die Kinder krank sind, werden sie Medikamente brauchen. Ich habe mitgebracht, was ich auftreiben konnte, aber es wird nicht reichen, um sie hier langfristig medizinisch zu versorgen. Das müssen Sie doch einsehen!"

„Sollen wir nicht doch gehen?" Elsas Stimme war ein verzweifeltes Flüstern. Sie drehte sich um und sah ihren Mann an, während Adele stützend einen Arm um ihre Taille gelegt hielt. „Vielleicht ist es an der Zeit?"

Abram schüttelte den Kopf. „Nein, Liebes. Es ist zu gefährlich."

Wladimirs Worte waren resolut und trotzdem hoffnungsvoll, als er fortfuhr: „Im Krieg gibt es keine Garantien. Das wissen wir. In Zeiten wie diesen ist Sicherheit ein Luxus. Aber wenn Sie Ihre Meinung doch noch ändern, werde ich Ihnen auf jeden Fall helfen. Ich habe einen Freund unten am Hafen. Er belädt die Lastwagen für die Märkte. Wenn der richtige Zeitpunkt gekommen ist, kann er uns helfen, Ihren Transport aus der Stadt zu organisieren. Antworten Sie jetzt nicht. Überlegen Sie es sich noch einmal. Wir können es besprechen, wenn ich das nächste Mal herkomme."

Elsa wurde hellhörig und sah Adele in die Augen. „Du kommst doch auch mit, oder?"

„Natürlich, ich –"

„Nein!", unterbrach Wladimir sie entschieden, „Adele wird nicht mitkommen. Aber ich versichere Ihnen, dass ich nach Ihnen sehen werde." Als Abram protestieren wollte, fügte er hinzu: „Natürlich nur, wenn es absolut nötig ist. Vertrauen Sie mir!"

Schließlich nickte Abram, wenn auch zögernd. „Danke … für alles."

Wladimir nickte und warf Adele, die inzwischen Elsas Hand hielt, einen auffordernden Blick zu. Schließlich ließ sie los, und Wladimir führte sie Richtung Treppenaufgang.

„Wir werden Ihnen nur aufmachen, wenn es sicher ist", sagte Abram und schloss die Tür, während Elsa im Hintergrund leise weinte. „Und bitte schieben Sie den Schrank zurück, bevor Sie rausgehen."

Wladimir nickte. „Ja, natürlich, das machen wir."

„Aber was ist mit den Kindern? Wollt ihr nicht doch versuchen, hier herauszukommen?" Adele lehnte sich gegen die Tür, obwohl diese von innen verriegelt wurde. „Abram, bitte! Wir können euch helfen!"

Wladimir entzündete das Feuerzeug, nahm Adele an der Hand und zog sie hinter sich her die Treppe hinauf. Ihre Füße strauchelten auf den unebenen Stufen.

„Lass sie jetzt, Adele."

Sie schüttelte den Kopf und wollte sich umdrehen, um die Treppe wieder hinunterzugehen.

„Hast du nicht gehört?" Er packte sie an der Schulter und drehte sie zu sich herum, um ihre Aufmerksamkeit zu gewinnen. „Lass sie jetzt in Ruhe! Gott wird über sie wachen, bis ich wieder herkommen kann."

„Sieh sie dir doch an, Wladimir! Sieh dir an, wie sie leben. Sie überleben nur gerade so. Die Kinder könnten schwer krank werden." Sie schüttelte den Kopf und wischte sich die Tränen ab, die ihr nun in Strömen übers Gesicht liefen.

„Adele, ich möchte nicht, dass du mit hineingezogen wirst. Das ist eine Nummer zu groß! Es ist viel zu gefährlich für dich, jemals wieder hierherzukommen", sagte er und machte sich daran, den Schrank an Ort und Stelle zurückzuschieben.

Adele zerrte an seinem Ellbogen, um ihn dazu zu bringen, ihr zuzuhören. Sie kämpfte gegen die Stärke seiner Arme an und machte einen schwachen Versuch, noch einmal zurückzugehen. Doch als der Schrank mit einem leisen „Klack" gegen die Wand stieß, gab sie auf und starrte ihn an.

„Adele, du bist mir zu wichtig, als dass ich zulassen werde, dass du dich in Gefahr begibst."

Der aufgewirbelte Staub schwebte durch die Luft, und Adele wurde klar, dass seine Worte endgültig gemeint waren.

„Aber ich muss wiederkommen", sagte sie und konnte nicht verhindern, dass ihr Kinn bebte. „Ich muss einfach! Verstehst du das denn nicht? Es muss in meinem Leben etwas geben, was eine Bedeutung hat und größer ist als ich selbst."

Dann brach sie zusammen und fiel schluchzend in seine Arme. Sie weinte um die Verlorenen, die in der ganzen Stadt verstreut waren, sich in Kellern versteckten und um Nahrung kämpfen mussten wie gejagte Tiere. Sie weinte um die Kinder, die nicht wussten, wie es ist, unbeschwert im Sonnenschein zu spielen – und es vielleicht nie wissen würden. Sie ließ all ihren Kummer aus sich herausfließen. Und Wladimir schien sie zu verstehen. Vor dem Schrank, der in dem verborgenen Raum den Durchgang hinter sich verbarg, hielt er sie wortlos fest und ließ sie weinen.

Es war finster geworden in der Welt.

VIERUNDZWANZIG

5. April 1944
Auschwitz-Birkenau

Der Frühling kam in Wolken von kaltem Morgennebel.

Der Himmel hatte den ganzen Februar über Schneetränen geweint und war dann bis weit in den März hinein eisig und unbarmherzig geblieben. Adele wunderte das nicht. Zwischen der monotonen Kadenz des Todes und dem tagtäglichen Spielen von Requiems konnte sie sich nicht vorstellen, dass etwas so Alltägliches wie wärmender Sonnenschein jemals wieder in ihrer Welt Einzug halten würde. Ein kalter April war der einzige angemessene Vorbote eines weiteren Frühlings in Auschwitz.

Adele war mit dem Rest des Orchesters zum Morgenappell in der klirrenden Kälte angetreten und starrte auf eine Schar krächzender Vögel. Die fetten schwarzen Kreaturen flogen mit ausgebreiteten Flügeln, die sie dorthin brachten, wohin sie wollten, über ihre Köpfe hinweg. Adele hasste sie und alles, wofür sie standen: die Freiheit, die sie nicht schmecken konnte; das Nichtvorhandensein von etwas Normalem, das Fehlen eines Funkens grundlegendsten menschlichen Anstands.

Sie dachte zurück an ihre Besuche bei den Auerbachs in dem feuchten Keller. Abgemagert wie verwahrloste Tiere in einem zu engen Käfig, so hatten sie zuletzt ausgesehen. Sie erinnerte sich, wie sie schließlich alles aufs Spiel gesetzt hatten für eine kleine Chance auf Freiheit. Und verloren hatten.

Sie dachte an die Dinge, die sie einst für selbstverständlich gehalten hatte. Die prachtvolle Villa ihrer Eltern, Essen, Wasser, ein warmes Bett – nichts als weit entfernte Erinnerungen. Adele hatte die Hoffnung aufgegeben, dass es für sie noch einmal Normalität in dieser Welt geben würde. Selbst der Vogelschwarm mit seinem Geflatter und Geprahle von Freiheit schien dieser Vorstellung Hohn zu sprechen.

Niemand brauchte ihr zu sagen, was sie bereits wusste. Als Omara die Nachricht überbracht hatte, dass Alma Rosé am Vortag gestorben war, war ihre Hoffnung vollends zerstört worden.

„Was bedeutet das für das Orchester?", flüsterte Marta, als die Wachen in die andere Richtung blickten. „Wenn wir keine Dirigentin mehr haben?"

Adele lief ein Schauer über den Rücken. Wie normal es doch geworden war, über den Tod zu sprechen. „Wie ist sie gestorben?" Ihr Atem gefror in der eisigen Luft.

„Das weiß niemand so genau", flüsterte Marta. „Sie wurde in die Krankenbaracke gebracht, nachdem sie Fieber und schreckliche Bauchschmerzen bekommen hatte. Keine zwei Tage später war sie tot." Marta sah zu den Wachen hinüber, die ihnen den Rücken zuwandten, bevor sie hinzufügte: „Manche sagen, es war eine Infektion. Andere behaupten, sie sei vergiftet worden."

„Warum sollte die SS einen Häftling mit Gift töten?" Fränze klang weinerlich, und ihre Stimme bebte, als hätte sie gerade festgestellt, dass die SS eine schreckliche Methode gefunden hatte, um sie alle zu beseitigen. „War es, weil sie uns Pausen zugestand, wenn die Wachen mal nicht zuhörten? Vielleicht haben sie das als Rebellion aufgefasst." Fränzes Verletzlichkeit war herzzerreißend.

„Nicht die SS!" Marta sprach etwas lauter und erntete von mehreren Häftlingen warnende Blicke. Als sie ein „Pst!" hinter sich hörte, senkte sie die Stimme. „Sie hätten sich nicht die Mühe gemacht, sie zu vergiften. Jeder, der eifersüchtig auf ihre Position war, hätte das tun können. Aber wisst ihr, was ich glaube? Ich glaube, es war kein Fremdverschulden." Sie schüttelte den Kopf. „Ich glaube, sie hat das Gift selbst genommen."

„Selbstmord?" Adele starrte wie betäubt geradeaus.

„Sie wäre nicht die Erste, die so etwas an diesem schrecklichen Ort tun würde, oder?"

„Die arme Alma", flüsterte Fränze. „Gott sei ihr gnädig."

„Ruhe!", befahl Omara, während eine beißend kalte Windbö über die stehenden Frauen hinwegfegte. „Bitte, Mädchen. Sie sortieren heute aus."

Adele richtete sich auf.

Einzelne Häftlinge wurden aus der Reihe gerufen. Der SS-Offizier machte seine Arbeit und bellte die zitternden Frauen an, die vor ihm standen. Diejenigen, die für krank befunden wurden, schickte er in die Kammern. Und die Frauen aus dem Orchester standen ebenfalls in der Reihe – wie alle anderen auch. Adele wusste, was das bedeutete: Ohne ihre Dirigentin hatten sie keinen Sonderstatus mehr vorzuweisen, der sie am Leben erhalten würde.

Die Vögel krächzten wieder und lenkten Adeles Blick auf sich.

„Adele!" Omaras Stimme ließ sie aufhorchen. Die ältere Frau stand links von ihr und zischte: „Gesicht nach vorn! Und kneif dir in die Wangen." Sie sagte es mit einem Hauch von Ermahnung in der Stimme. „Du bist zu blass."

Adele kniff sich in beide Wangen, bis ihre Fingerknöchel weiß wurden. Sie betete, dass es zumindest ein bisschen Farbe in ihr Gesicht zurückbringen würde. Sie wusste nur zu gut, wie sie aussehen musste: erschreckend tief eingefallene Wangen, überzogen von aschfahler Haut, wo einmal ein zarter Porzellanteint geschimmert hatte.

Der Offizier und die Wachleute kamen näher. Der Mann sah etwas, was ihm missfiel – eine Frau hustete erbärmlich. Sie schwankte und konnte kaum noch auf den Beinen stehen.

Adele wandte den Blick ab, als man auf die Frau einzuprügeln begann.

Bitte, Herr, ich ertrage es nicht mehr, das mitanzusehen!

Sie sah, wie sich Omaras Schultern versteiften, als der Offizier bei den Orchestermitgliedern ankam und zuerst die zierliche Fränze musterte. Dann blieb er stehen, um die nun leicht zitternde Marta anzustarren. Beide Frauen schienen den Atem anzuhalten. Aber der Mann ging weiter, und für einen weiteren Morgen war die Gefahr gebannt.

„Zurück zum Block, Mädchen. Macht euch fertig. Wir proben." Mit entschlossener Stimme schickte Omara sie auf den Weg zurück zum Musikblock.

Unterwegs begann Adele zu husten. Eine oder zwei der anderen Frauen, die neben ihr gingen, warfen ihr nervöse Seitenblicke zu. Sie senkte den Kopf und nahm den Ärmel ihres dünnen Mantels vor den Mund, um einen Hustenanfall zu unterdrücken. Beim Gehen spürte sie, wie sich eine Hand auf ihre Schulter legte.

„Bist du krank?" Omaras Stimme war klar und deutlich nah an ihrem Ohr zu hören, aber dennoch leise, während die Frauen mit hastigen Schritten den Weg entlanggingen.

„Nein", antwortete Adele und biss die Zähne zusammen, in dem Versuch, die frostige Kälte und die Schmerzen in ihren Beinen zu bezwingen. Gleichzeitig beschleunigte sie das Tempo, um mit Omara Schritt zu halten. „Es geht mir gut."

„Lüg mich nicht an, Adele", sagte Omara und warf immer wieder wachsame Blicke auf die alles beobachtenden SS-Wachen, die in kurzen Abständen an dem mit Stacheldraht gesäumten Weg standen.

Was würde es nützen, zu lügen?

Adele verspürte schon seit ein paar Tagen einen starken Druck auf der Brust, aber sie hatte es geschafft, es zu verbergen. Ihre Blässe ließ sich erklären, denn alle hier hatten abgemagerte und eingefallene Gesichter, wo früher rosige Wangen gewesen waren. Aber der Husten? Er war ein untrügliches Zeichen. Sie war krank. Und was auch immer es war, es wollte nicht besser werden.

„Warum hast du mir nichts gesagt?", fragte Omara, während sie mit Adele in den Schlafraum hineinging. Der Rest der Mädchen kam hinter ihnen her. Sie zog Adele zur Seite und senkte die Stimme. „Du zitterst ja."

Adele rieb sich die Arme, in dem schwachen Versuch, sich zu wärmen.

Das ständige Spielen mit dem Orchester bei Wind und Wetter hatte einen hohen Tribut von ihr gefordert. Und ihre Verfassung hatte sich zunehmend verschlechtert. Wenn sie morgens spielen mussten, während die Arbeitskolonnen das Lager verließen, verspürte Adele einen unermesslichen Schmerz. Und wenn die Arbeiter am Abend zurückkamen – manchmal den Leichnam eines Kameraden tragend, der einem Kopfschuss oder der Erschöpfung zum Opfer gefallen war, weil er nicht schnell genug gearbeitet hatte –, dann konnte sie kaum die Augen offen halten. Oft spielte sie dann mit geschlossenen Augen, um der SS nicht die Genugtuung zu verschaffen, noch mehr grausame Bilder in ihr Herz zu brennen. Aber auch wenn sie während eines ganzen Stückes die Augen geschlossen hielt, am Ende musste sie sie immer wieder öffnen.

Die Angst, die sie an diesem Morgen beim Appell verspürt hatte, war zu viel gewesen. „Ich glaube nicht, dass ich heute spielen kann", war alles, was sie herausbrachte, bevor sie auf ihre Pritsche sank und die Stirn gegen das kühle Holz presste.

Omara beugte sich über sie und flüsterte: „Du bist krank, Kind."

Adele spürte, wie der Kloß in ihrem Hals immer dicker wurde. Sie hob den Kopf und nickte zögernd. „Ich fürchte, ja."

Sie wussten beide, dass in den angrenzenden Baracken Typhus grassierte. Das war schon den ganzen Winter lang so gewesen, außerdem gab es Ruhr, Tuberkulose und Cholera im Lager. Und jetzt waren Adeles Nächte zu fieberhaft und ihre Tage zu hustenreich, um es länger zu verbergen. Egal, um welche Krankheit es sich handelte: Sie könnte Adeles Todesurteil sein.

Omara hätte sich meilenweit von ihr entfernt halten sollen; das wäre das Vernünftigste gewesen, was sie tun konnte. Stattdessen setzte sie sich neben Adele auf die Pritsche und legte ihr die Hand auf die Stirn. Die knotigen Fingerknöchel waren überraschend sanft und warm bei der Berührung. „Du glühst ja förmlich!"

Adele fröstelte und schlang den Kragen ihres dünnen Mantels enger um den Hals. „Ich weiß."

„Adele, du glaubst vielleicht, du kannst das heute nicht durchstehen, aber du *musst* spielen. Du weißt, was sie dir antun könnten, wenn du es nicht tust. Sie werden wissen, dass du krank bist."

Sie konnten die Dinge genauso gut beim Namen nennen, dachte Adele. Deshalb fügte sie hinzu: „Sie werden mich in die Gaskammer schicken, meinst du."

„Ja, das meine ich", flüsterte Omara, als ob es ein großes Geheimnis wäre und niemand von ihnen wüsste, was nur wenige Meter entfernt geschah.

Der Gedanke brachte Adele fast zum Lachen. Alle hier wussten Bescheid. Was nützte es also, die Wahrheit hinter einem Flüsterton zu verbergen? Wenn ein Häftling krank war und nicht arbeiten konnte, dann wurde kurzer Prozess mit ihm gemacht. Aber wenn es sich um Typhus handelte, könnte der ganze Block ausgelöscht werden. Das Flüstern änderte nichts daran.

„Adele, wolltest du unser aller Leben aufs Spiel setzen, indem du es vor mir verheimlichst?"

Adele saß auf der Kante ihrer Pritsche, und ihre Beine waren so kraftlos wie noch nie zuvor in ihrem Leben. „Es tut mir leid, Omara. Ich wusste nicht –" Sie brach ab, schloss die Augen, um gegen die Angst anzukommen, und krallte die Finger um das Holzgeländer der Pritsche. „Ich wusste nicht, ob du mich melden würdest. Ich war nicht bereit, mich dem zu stellen, ich wusste nicht, ob ich …"

„Sieh mich an!"

Omaras Aufforderung war unmissverständlich, trotzdem befolgte Adele sie nicht. Als sie nicht aufblickte, hob eine Hand mit einer sanften Berührung ihr Kinn. Adeles Augen öffneten sich, und sie blickte in Omaras Gesicht, die sie mit so viel Mitgefühl und Güte anlächelte, wie sie es noch nie bei ihr gesehen hatte, um jeden Hauch von Angst zu vertreiben, der sie plagte.

„Adele, du gehörst zur Familie. Verstehst du mich? Was uns verbindet, ist mehr als die Musik, die wir für die SS spielen. Unser Zusammenhalt bedeutet mehr als das Teilen von Holzpritschen und einem Wascheimer. Das, mein Kind, ist unser Gottesdienst. Es ist unsere Art, Gott die Ehre zu geben. Indem wir überleben und aus der Tiefe unserer Seele für Gott spielen. Das ist der Auftrag, der uns verbindet. Wenn wir Gott in guten Zeiten anbeten, macht es ihm Freude. Aber Anbetung mitten in einer Hölle wie Auschwitz?" Sie schüttelte den Kopf. „Das ist wahre Anbetung unseres Schöpfers. Unser Orchester ist vereint im Lobgesang Gottes. Wir tun das Gleiche, was eine Familie tun würde."

„Aber ich bringe euch alle in Gefahr, indem ich hier bin." Adele wandte sich ab und hustete, dann richtete sie den Blick wieder auf Omara. „Du hast es selbst gesagt. Es könnte für euch alle den Tod bedeuten. Wenn du mich nicht meldest, wird es eine von den anderen tun."

„Niemand wird etwas derartiges tun, ohne sich vor mir verantworten zu müssen." Mit diesen Worten stand Omara auf, marschierte aus dem Schlafraum und begann, im Nachbarzimmer die Stühle für die morgendliche Probe aufzustellen.

Adele beobachtete sie durch die offene Tür und war überwältigt von ihrem grenzenlosen Mitgefühl, obwohl so viel auf dem Spiel stand.

„Aber warum?"

„Wenn du das fragen musst, dann hast du hier nichts gelernt."

Adele dachte über Omaras Worte nach, während sie im Hintergrund das Scharren der Stühle auf dem Boden und das unregelmäßige Tropfen von Wasser aus einer undichten Stelle an der Decke hörte.

„Ist das der Grund, warum ich hier bin? Um etwas über das Leben zu lernen? Um die grausamsten Seiten des Menschen zu sehen und irgendeinen übergeordneten Sinn darin zu finden?“

Omara blieb abrupt stehen, ihre Arme verharrten mit dem Stuhl, den sie in den Händen hielt. „Hast du denn gar nichts gelernt?“

Adele schluckte schwer. „Bitte sag mir …“, bat sie und unterdrückte ein weiteres Husten, „… was du an dem Tag, an dem ich mit der gerissenen Saite zurückgekommen bin, gemacht hast.“

Omaras Augen blitzten Adele an. Um sie herum herrschte mit einem Mal in eine gespenstische Stille. „Wir haben alle unsere Geheimnisse, Adele“, sagte sie dann.

„Und ich habe meins mit dir geteilt“, antwortete Adele leise, aber bestimmt. „Wenn wir überleben wollen, müssen wir uns dann nicht gegenseitig vertrauen können?“

Die ältere Frau antwortete nicht. Stattdessen bahnte sie sich einen Weg zwischen den anderen Frauen hindurch zu der Ansammlung von Instrumentenkoffern und zog Adeles Geigenkasten aus dem Stapel. Sie öffnete ihn, und so behutsam, wie es ihr möglich war, nahm sie das Instrument heraus und hielt es vorsichtig in den Händen. Dann kam sie zu Adele zurück.

„Erinnerst du dich, was ich dir bei deiner Ankunft gesagt habe? Wenn du leben willst, dann werde unsichtbar. Gib ihnen keinen Grund, dich zu bemerken. Wenn du ein Mitglied des Orchesters bist, dann spielst du. Du spielst bei der Aussortierung. Du spielst bei den Hinrichtungen. Du spielst dir bei den SS-Konzerten die Seele aus dem Leib und vergisst danach, dass es je passiert ist. So überlebt man hier. Maler. Dichter. Musiker … So wie jeder andere Künstler an diesem Ort macht man sich für sie unsichtbar, aber man ist weiter schöpferisch tätig, weil man es sein muss.“ Sie hob einen Finger und tippte sich damit auf die Mitte der Brust. „Hier drin.“

Unsichtbar zu sein – wie sehr wünschte sich Adele, dass das auch für ihre Erinnerungen gelten würde. Unwillkürlich musste sie an ihre

Jugendträume denken, doch diese Träume gab es nicht mehr. Nichts davon war eingetreten. Aber das, was tatsächlich passiert war, hatte sich als lebendige Erinnerung in ihr Herz eingebrannt, so wie nichts anderes dazu fähig wäre. Es hatte mit jener ersten Nacht unten am Hafen begonnen, und seitdem reihte sich ein schrecklicher Moment an den anderen.

Seit ihrer Ankunft hier hatte Adele die Augen vor vielen Dingen verschlossen; jetzt brannten sie vor Erinnerungen.

„Hast du mich verstanden?“

Adele unterdrückte einen weiteren Hustenanfall. „Unsichtbar. Ja.“

„Dein Herz ist etwas sehr Kostbares, Kind“, sagte Omara fürsorglich und legte ihr das Instrument in den Schoß. „Wir werden heute drinnen spielen, um der Kälte zu entkommen. Und du musst dich so viel wie möglich ausruhen. Ist das klar?“

Adele nickte. Sie umschloss den Hals der Geige mit der Hand und spürte die Glätte des polierten Holzes auf der Haut. Es war ein so großer Kontrast zu den rauen Kanten ihrer Pritsche, deren grobe Beschaffenheit und muffiger Geruch sie ekelten. Ihre Geige dagegen war so edel, so voller Erinnerungen an das Leben vor Auschwitz …

„Ich kann nicht“, flüsterte Adele, während sie sich die Geige an die Brust drückte und den Kopf senkte, um einen Schwall unkontrollierter Tränen zu verbergen. „Es ist zu schwer!“

„Du musst.“ Omara packte sie am Handgelenk, nicht grob, aber doch fest genug, um Adeles volle Aufmerksamkeit zu gewinnen.

„Nein! Wenn der Tod mich holen will, dann bete ich zu Gott, dass er es zulässt. Nach alldem hier – ich würde ihn willkommen heißen.“ Die Tränen bahnten sich jetzt einen Weg durch den Schmutz auf Adeles Gesicht, sodass die winzigen Wasserspuren Streifen auf ihren Wangen hinterließen. „Ich habe mich für diesen Weg entschieden. Wenigstens habe ich über diese eine Sache noch die Kontrolle.“

Omara straffte die Schultern, als hätte ihr jemand einen Stab an den Rücken gedrückt, der ihr zusätzliche Kraft verlieh. „Wenn man das

Lager betritt, geht man durch ein Tor mit einer Aufschrift. Was steht dort, Kind?"

Adele schloss die Augen und war unfähig zu reagieren.

„Antworte mir", beharrte Omara und schüttelte die Hand, die noch immer Adeles Handgelenk umschloss.

„Arbeit macht frei." Adele wiederholte die grausame Botschaft. Ihr Herz wollte die Worte am liebsten mit einem Schluchzen ausspucken, aber ihr Körper brachte nur noch die Kraft für ein paar stumme Tränen auf.

„Und du weißt, was das bedeutet?"

„Ja." Ihr wurde jedes Mal speiübel, wenn sie gezwungen war, die grauenvollen Worte auf dem eisernen Torbogen zu lesen.

„Und genauso wird es sein", sagte Omara mit einer gewissen Endgültigkeit.

Adele schüttelte den Kopf, auch wenn sie wusste, dass Omara recht hatte. Aber sie betete zu Gott, dass sie ihre Gabe nicht genau aus diesem Grund irgendwann einmal verabscheuen würde. „Ich möchte nicht auf diese Weise spielen."

„Du musst. Denn eines Tages werden wir frei sein. Und wir werden frei, indem wir leben, trotz allem, was sie uns antun. Wir leben, indem wir arbeiten, und wir arbeiten für Gott."

„Aber die Kinder! Diese armen Seelen, die aus dem Zug steigen … Sie haben niemandem etwas getan, und trotzdem müssen sie sterben! Warum soll ich leben, nur weil ich Geige spielen kann? Können wir nicht unser Leben gegen ihres eintauschen?"

„Du weißt, dass es so nicht funktioniert, Adele", sagte Omara und löste den Griff um Adeles Handgelenk. Dann senkte sie die Stimme zu einem Flüstern und fügte hinzu: „Sie würden uns nur alle umbringen."

FÜNFUNDZWANZIG

Gegenwart
New York

Sera hatte sich an diesem verregneten Montagmorgen schon früh in ihr Büro zurückgezogen.

Michael Turner war der letzte Mensch, den sie an jenem Abend vor zwei Wochen auf der Treppe vor der Galerie erwartet hätte. Und doch war er wieder in ihr Leben geplatzt und hatte sie um ein Gespräch gebeten. Und das nach mehr als einem Jahr ohne jeglichen Kontakt – und nach einer vielversprechenden Woche mit William, der wieder nach Kalifornien zurückgeflogen war, ohne zu ahnen, dass kurz nach ihrem Abschied Seras Ex-Verlobter wieder auf der Bildfläche erscheinen würde.

Sie blickte auf die große Uhr an der Rückwand der Galerie. Es war Mittag. Wie lange ging sie schon im Raum auf und ab? Ihre Gedanken wanderten wieder zu William und zu dem Moment an jenem Abend, als sie über Paris gesprochen hatten. Sie erinnerte sich an Williams sanftes und offenes Lächeln und an seine Hände, die ihre gehalten hatten. Sie konnte fast die Bibel auf dem Arbeitstisch vor sich liegen sehen, deren abgenutzter und rissiger Einband ihr verdeutlicht hatte, wie intensiv er sich mit dem Inhalt beschäftigte.

War es nicht verrückt, dass sie zögerte, ihr Herz an diesen wundervollen Menschen zu verschenken?

„Was mache ich nur?“, fragte sie laut und blieb stehen. Sie starrte aus dem regenbesprenkelten Fenster, als ob der bedeckte Frühlingshimmel und die Backsteingebäude in der Straße ihr eine Antwort geben könnten.

„Du machst dich selbst verrückt. Das ist das Problem!“

Sera brauchte sich nicht umzudrehen, um zu wissen, dass Penny auf sie zukam. Sie hörte das Klacken ihrer Absätze, als ihre Assistentin zielstrebig den Raum durchschritt.

„Du bist ein Häufchen Elend in einem schicken Business-Outfit“, bemerkte Penny mit sanfter Stimme, während sie zum Schreibtisch ging und einen Becher darauf abstellte. „Ich habe dir einen Kaffee mitgebracht.“

„Wie lange bist du schon hier?“, fragte Sera, ohne sich umzudrehen, damit Penny nicht sah, dass sich ein paar Tränen in ihre Augen gestohlen hatten. Sie wischte sie eilig mit dem Handrücken fort.

„Lange genug.“ Penny kam näher und drückte Sera ein Stück Papier in die Hand. „Hier.“

Sera blickte auf. Auf dem rosafarbenen Zettel stand nichts weiter als eine mit schwarzem Kugelschreiber hingekritzelte Telefonnummer. „Was ist das?“

„Das ist die Nummer von Stahlworth und Martin.“

„Stahlworth und Martin. Und wer ist das?“

„Seine Anwälte. Sie haben heute Morgen angerufen.“

„Haben sie gesagt, was sie wollen?“

„Nein. Ich nahm an, dass es etwas mit der Bezahlung für die Beteiligung der Galerie an der Recherche zu tun hat. Aber als ich gesehen habe, dass du dir heute Morgen schon die Füße wund gelaufen hast, sagte ich, du würdest sie zurückrufen.“ Penny seufzte. „Du kannst es nicht länger ignorieren, Sera.“

„Wovon redest du?“

„Von der Tatsache, dass er sich seit zwei Wochen nicht mehr gemeldet hat.“ Penny ließ sich auf einen der Stühle gegenüber dem

Schreibtisch fallen. „Denn glaub mir, ich weiß, wie es sich anfühlt, von einem Mann sitzen gelassen zu werden. Es tut weh, wenn er nicht anruft."

Sera bezweifelte das ernsthaft. „Du hast mehr Dates als jede andere, die ich kenne. Wie kannst du das verstehen?"

Penny verschränkte die Arme vor der Brust und sank noch ein wenig tiefer in den Stuhl. „Genau deshalb verstehe ich es ja, Sera."

Sera trat einen Schritt näher und sah zu ihrer sonst immer fröhlichen Freundin hinunter, deren Augen verdächtig schimmerten. „Penny?"

Sie schüttelte den Kopf. „Es ist nichts."

„Es ist doch etwas", sagte Sera und nahm ein Taschentuch aus der Schachtel auf dem Schreibtisch. Sie ging neben dem Stuhl in die Knie und tupfte ihrer Freundin eine Träne ab, die ihr über die Wange kullerte. „Was ist denn los? Nun sag schon."

„Ich will nicht, dass du so verletzt wirst wie ich!" Pennys Stimme überschlug sich fast. „Man kann ein Date nach dem anderen haben und trotzdem einsam sein."

„Penny, ich weiß –"

Doch ihre Assistentin schüttelte erneut den Kopf. „Nein, jetzt hörst *du* mir erst mal zu. Irgendjemand muss dich doch dazu bringen, dass du endlich zum Hörer greifst. Wenn er dich nicht angerufen hat, dann finde heraus, warum. Du hast dich in den letzten Wochen zum Positiven verändert, und ich glaube, es hat mit ihm zu tun. Du bist nicht mehr dieselbe, seit du aus Kalifornien zurückgekommen bist."

Sera versuchte, die Situation mit einem Lachen aufzulockern. „Ach, ich weiß nicht. Ich bin immer noch genauso verrückt, was das Gemälde angeht, wie ich es immer war."

„Das habe ich nicht gemeint. Es geht nicht mehr nur um das Gemälde oder darum, dass du deinen Vater verloren hast. Ich glaube, dieser Mann ist dir wichtig!"

„Und wenn es so wäre?" Sera blinzelte. „Glaubst du vielleicht, es könnte für mich eine Zukunft mit William Hanover geben?"

„Du etwa nicht? Ich habe nämlich zufällig gesehen, wie er dich angesehen hat. Und das ist etwas, was ich noch nie bei einem Mann erlebt habe – nicht bei all den Dates, die ich hatte." Penny hob die Augenbrauen. „Willst du die Chance auf eine glückliche Zukunft kampflos aufgeben? Oder hängst du immer noch an Michael?"

Sera zupfte an einer verirrten Haarsträhne, die ihr in die Stirn gefallen war, und steckte sie hinter ihr Ohr. „Du weißt nicht, um was es hier geht, Penny. Ich hätte dir nicht erzählen sollen, dass Michael hier war. Du kannst sicher nicht nachvollziehen, wie verwirrend das alles ist."

„Oh, ich glaube, das kann ich durchaus, meine Liebe. Und du kannst mir glauben, ich habe ganz Manhattan nach jemandem abgesucht, der William auch nur annähernd das Wasser reichen kann. Aufrichtig. Engagiert. Ein gläubiger Mann mit einer großen Liebe zu seiner Familie und einem umwerfenden Lächeln, das sich immer dann zeigt, wenn du den Raum betrittst." Penny griff über den Schreibtisch, nahm Seras Handy und drückte es ihr in die Hand. „Natürlich hat er auch Schwächen – aber genau das macht ihn menschlich. Abgesehen davon: Einen Mann wie William findet man nur selten. Also mach bitte nicht den Fehler, die Wahrheit zu ignorieren, nur weil du Angst davor hast, du könntest die Kontrolle verlieren. Denn wenn du das tust, wirst du so enden wie deine einsame Assistentin hier, die sich gleich in Tränen auflöst …", sagte sie mit der Andeutung eines Lächelns im Gesicht und warf ihr Taschentuch in den Papierkorb, „… und die den Männern endgültig abgeschworen hat!"

„Meinst du wirklich, ich soll ihn anrufen?"

Penny legte den Kopf schief. „Ist das dein Ernst? Ich hätte den Mann schon vor zwei Wochen angerufen, egal, was dabei herausgekommen wäre."

„Ich muss William sagen, dass ich das Original-Bild von Adele schon einmal gesehen habe. Die Tatsache, dass ich es ihm verheimlicht habe, ist zwar keine Lüge, aber inzwischen fühlt es sich so an. Ich hätte ihm von Anfang an die ganze Geschichte erzählen sollen."

„Und wenn du das jetzt tust, solltest du ihm auch wirklich vertrauen.“ Penny beendete den Gedanken mit Blick auf das Offensichtliche. „Ich habe dir ja gesagt, dass du in den letzten Wochen anders warst. Du hast dein Herz wieder geöffnet. Für die Liebe. Und für Gott. Ich habe es mit eigenen Augen gesehen. Und es war wunderschön, Sera. Abgesehen davon lässt es mich hoffen, dass es auch für mich dort draußen jemanden gibt, der mir mehr bieten kann als ein Essen beim China-Imbiss und einen Drink in der nächstbesten Bar.“

Sera strich Penny über das gewellte rotblonde Haar. „Du bist es tausendmal wert, Penny. Ich hoffe, das weißt du.“

Pennys Lippen formten sich zu einem zaghaften Lächeln, das gleichzeitig Zuversicht und Schmerz widerspiegelte; Gefühle, die sie sonst immer hinter ihrem sonnigen Gemüt verbarg. „Kümmern wir uns zuerst um deine Zukunft, ja? Dann können wir an meiner arbeiten.“

„Meine Liebe“, sagte Sera und schloss sie in die Arme, „an dir muss niemand arbeiten. Gott hat dich perfekt gemacht.“

Penny erwiderte die Umarmung und sagte leise: „Aber wie wollen wir herausfinden, was Gott für uns bereithält, wenn wir ihm nicht die Chance geben, in unserem Leben zu wirken? Du könntest die Liebe deines Lebens verpassen, weil du auf Nummer sicher gehen willst. Glaubst du, dass Adele das getan hat? Auf Nummer sicher gehen?“

„Ich weiß es nicht.“

„Es gibt nur einen Weg, das herauszufinden. Du musst die Stärke nutzen, die in dir steckt.“ Penny schob ihren Stuhl zurück, stand auf und ging zur Tür.

Stärke. Sera atmete tief durch. *Früher dachte ich mal, ich wäre stark. Aber bin ich es wirklich? Nach allem, was passiert ist?*

„Ich lasse dich jetzt mal in Ruhe telefonieren.“

„Penny?“ Sera fing sie gerade noch ab, bevor sie die Glastür hinter sich schloss.

„Ja?“ Penny drehte sich zu ihr um, die Hand auf dem Türknauf.

„Danke.“

„Ach, keine Ursache. Schon okay", bemerkte Penny leise. „Zumindest fürs Erste. Du kannst dich gern wieder daran erinnern, wenn es um das Weihnachtsgeld geht." Sie zwinkerte ihr zu und schloss die Tür hinter sich.

Mit dem Handy in der einen und dem Zettel in der anderen Hand holte Sera tief Luft und atmete ganz langsam ein und wieder aus.

Also gut, Herr. Dann ist es jetzt wohl an der Zeit, zu vertrauen.

~

„Stahlworth und Martin, Sie sprechen mit Stella Wilson."

„Guten Tag, hier ist Sera James", antwortete Sera, bemüht, sich nicht zu verhaspeln, während sich das flaue Gefühl in ihrem Magen weiter ausbreitete. „Von der *Sera James Gallery* in Manhattan. Sie hatten um Rückruf gebeten."

„Ich verbinde Sie mit Mr Stahlworth. Einen Moment, bitte."

Sera kaute an ihrem Daumennagel, während sie darauf wartete, dass die Sekretärin sie zu dem Apparat des Anwalts durchstellte. Sie atmete tief durch und nahm dann den gewohnten Gang im hinteren Teil des Büros wieder auf. Es dauerte nicht lange, bis sich eine kehlige Stimme in der Leitung meldete.

„Miss James. Danke, dass Sie mich zurückrufen."

„Gern, Mr Stahlworth. Allerdings weiß ich nicht, worum es geht. Ich hatte eigentlich erwartet, dass Mr Hanover mich persönlich anrufen würde."

„Nun, er hat darum gebeten, dass von jetzt an wir die Formalitäten erledigen."

„Formalitäten?" Sera stockte.

„Ja, um die Bezahlung zu regeln, versteht sich. Auch wenn nicht Sie das Gemälde gefunden haben, hat Mr Hanover uns angewiesen, Ihnen für Ihre Mühe ein Grundhonorar von zehntausend Dollar zu zahlen. Wir werden dann die Überweisung veranlassen, sobald das

Erbe gerichtlich geklärt ist. Soweit ich weiß, beträgt Ihr Honorar ein Prozent des geschätzten Wertes des Gemäldes."

„Mr Stahlworth ..." Sera setzte sich auf den nächstgelegenen Hocker. Nichts ergab einen Sinn. „Ich bin mir nicht sicher, ob ich verstehe, was Sie meinen. Wir haben das Gemälde noch nicht gefunden!"

Der Mann räusperte sich, sagte aber nichts.

Sera hielt den Atem an und hatte das Gefühl, das Herz würde ihr jeden Moment aus der Brust springen, so heftig pochte es. Die Tatsache, dass von der anderen Seite der Leitung nichts zurückkam, machte den Augenblick unerträglich. Sie war kaum fähig, normal weiterzuatmen. „Sir?"

„Miss James, Sie sind vielleicht an Kunden gewöhnt, denen die öffentliche Aufmerksamkeit nichts ausmacht. Die Kunstszene ist sehr unbeständig, ich weiß. Und sehr publik. Aber im Interesse von Mr Hanovers Privatsphäre können wir Ihnen nur bestimmte Informationen geben, um sicherzustellen, dass die Medien nicht in diese Angelegenheit hineingezogen werden. Ich wurde gebeten, mich einzuschalten, um die noch offenen Angelegenheiten in dieser Sache abzuschließen."

„Offene Angelegenheiten?" War sie das für William? Eine offene Angelegenheit? „Das verstehe ich nicht. Meine Assistentin und ich haben alles, was in unserer Macht stand, getan, um das Gemälde zu finden. Wenn es ein Problem damit gibt, dass wir es noch nicht geliefert haben – ich kann Ihnen versichern, dass wir auf dem richtigen Weg sind."

„Miss James, William Hanover hat heute Morgen Klage gegen die Besitzerin des Gemäldes eingereicht."

Seras Herz setzte für einige Schläge aus. Sie umfasste mit einer Hand die Kante ihres Schreibtisches, um nicht den Halt zu verlieren. „Was sagten Sie da gerade?"

„William Hanover hat ein Verfahren gegen die Besitzerin des Gemäldes veranlasst. Er ficht das Testament seines Großvaters an, das ihr den Hanoverschen Besitz vermacht."

„Das darf doch nicht wahr sein!" Sera konnte es nicht glauben. Nicht nach all den vertrauensvollen Gesprächen, die sie geführt hatten, und dem Versprechen, das William ihr gegeben hatte. Nicht jetzt, da sie endlich dazu bereit war, ihm zu vertrauen.

„Es tut mir leid, dass ich derjenige bin, der es Ihnen mitteilen muss, Miss James, aber Sie haben ihn direkt zu ihr geführt."

„Aber ich hatte doch keine Ahnung ..." Sie hörte das Rascheln von Papier. Der Mann schien sehr beschäftigt zu sein.

„Ja, nun. Mr Hanover bat mich, Ihnen mitzuteilen, dass er die Unannehmlichkeiten bedauert." Weiteres Papiergeraschel mischte sich mit dem Geräusch von tippenden Fingern auf einer Tastatur. „Wären Sie so freundlich, meiner Sekretärin Ihre Bankdaten zu schicken? Ich habe unsere E-Mail-Adresse bei Ihrer Assistentin hinterlegt."

„Das glaube ich jetzt nicht ..." Sera schüttelte den Kopf, während ihr die Tränen in die Augen schossen. Sie ballte die freie Hand zur Faust und wollte sie am liebsten auf den Tisch schlagen. „Das kann doch nicht wahr sein", raunte sie und vergaß, dass der Mann immer noch am anderen Ende der Leitung war.

Er hat mich belogen ... und das nach allem, was ich ihm von mir erzählt habe?

Sie legte die Hand auf den Mund, als ihre Unterlippe heftig zu zittern begann.

„Kann ich sonst noch etwas für Sie tun, Miss James?"

„Ja", antwortete sie und nahm die Hand gerade weit genug vom Mund weg, um sprechen zu können. „Das Bild? Hat er es?"

„Nein. Aber wir sind sicher, dass die Frau es hat. Wir haben den Anwälten der Dame eine Frist gesetzt, um zu reagieren. Dann gehen wir vor Gericht, und der Staat Kalifornien wird in dieser Sache entscheiden. Und wenn zugunsten unseres Klienten entschieden wird, werden wir Ihnen die vereinbarte Summe überweisen. So hat es Mr Hanover angeordnet."

„Ich will kein Geld." Sera räusperte sich, um die Emotionen zu unterdrücken, die mit Sicherheit in ihrer Stimme zu hören waren. Dann fügte sie hinzu: „Aber ich hätte gerne den Namen der Frau."

Beruhige dich, Sera. Es wird alles gut!

Die Worte drangen in ihr Herz.

Aber würde es wirklich gut werden? Konnte ihr Herz einen weiteren Schlag verkraften?

Sie wischte sich die Tränen aus den Augen, und mit aufgerichtetem Rücken und fester Entschlossenheit nahm sie den Bleistift aus ihrem locker aufgetürmten Haarknoten und legte ihn griffbereit zu dem Notizzettel, den Penny ihr gegeben hatte.

„Ich bin nicht berechtigt, Ihnen diese Information zu geben."

„Ich glaube, das sind Sie sehr wohl. Meine Aufgabe ist es, das Bild zu finden, richtig?"

„Sie sind von Ihrer Verpflichtung entbunden und bekommen eine beträchtliche Summe. Das dürfte Ihren möglicherweise verletzten Stolz etwas besänftigen, Miss James. In dieser Abmachung war nie die Rede von dem Besitzer des Gemäldes."

Sera massierte sich frustriert den Nasenrücken. „Mr Stahlworth, Sie hören mir nicht zu. Es geht mir nicht um Geld. Ich will nur das Gemälde sehen. Ich habe danach gesucht, seit ich acht Jahre alt war. Ich will nicht in das Gerichtsverfahren hineingezogen werden und ich will den Hanovers keinen Ärger machen. Das kann ich Ihnen versichern. Aber wenn die Frau, von der Sie sprechen, das Original hat, muss ich es sehen. Das ist alles, was ich will. Es ein letztes Mal sehen."

Der Mann schwieg einen Moment lang, als müsse er über ihre Worte nachdenken. Dann sagte er: „Mr Hanover hat erwähnt, dass Sie ein persönliches Interesse am Fund des Gemäldes haben. Mir war jedoch nicht bewusst, dass Sie es schon einmal gesehen haben."

„Mr Hanover wusste es auch nicht, denn ich –" Sera brach ab. Sie hoffte und betete, dass der Schmerz, den sie gerade verspürte, sich in irgendetwas Gutes verwandeln würde.

Der Anwalt räusperte sich. „Ich möchte, dass Sie wissen, dass es nicht rechtswidrig ist, wenn ich Ihnen diese Information gebe, da sie jetzt Teil einer öffentlichen Prozessakte ist. Lassen Sie uns das einfach zuerst festhalten. Und da Mr Hanover keine gegenteiligen Anweisungen gegeben hat, kann ich den Namen der Beklagten nennen."

„Ich bin dankbar für jede Information, die Sie mir geben können."

„Die Frau ist ziemlich alt. Sie lebt in Paris, und soweit wir wissen, lässt ihre Gesundheit keine Reisen mehr zu. Unter diesen Umständen müssten Sie wahrscheinlich zu ihr reisen."

Ohne sich weitere Gedanken über die Gründe zu machen, warum sie nicht allein nach Paris reisen wollte, legte Sera den Rest ihres gebrochenen Herzens frei. Was nützte es jetzt noch? „Gut", sagte sie, den Bleistift in der Hand. „Sagen Sie mir, wo ich sie finden kann."

SECHSUNDZWANZIG

1. September 1944
Auschwitz-Birkenau

Es lag genau fünf Jahre zurück, dass Adele mit Wladimir vom Tanzsaal nach Hause gegangen war. Fünf Jahre, seit sich ihre Wege zu trennen begonnen hatten.

Während sie auf ihrer Pritsche lag, dachte sie daran zurück und sah Wladimir und die jüngere Version ihrer selbst vor sich, die nur noch in ihrer Erinnerung lebte. Sie drehte die goldene Schmetterlingsspange in ihren Fingern und bemerkte, wie matt und schmutzig das Gold inzwischen war, im Vergleich zu dem glänzenden Schmuckstück, das sie vor so langer Zeit bekommen hatte.

Adele hatte den größten Teil der letzten Woche allein im Schlafraum verbracht. Sie hatte aufgehört, sich mit den anderen zu unterhalten. Wenn sie ehrlich zu sich selbst war, hatte sie aufgehört zu leben. Sie hatte den Raum nicht mehr verlassen, außer für Auftritte und den obligatorischen Morgenappell, während dem sie meist wie betäubt dastand. Sie spielte weiterhin jeden Tag im Orchester, aber ihre Bemühungen waren so leblos wie ein Blatt, das vom Wind hin und her gewirbelt wird. Sie saß weiter auf ihrem Stuhl, und ihre Geige schluchzte weiterhin mit dem Rest des Orchesters, aber Adele spürte, wie sie sich immer weiter von der Realität entfernte.

Ihr Wille war nicht mehr nur erschüttert, er war tot.

„Steh auf, Adele!"

Sie regte sich, aber ihr Körper war zu erschöpft, um sich so weit umzudrehen, dass sie Omara ansehen konnte.

„Hast du mich gehört?" Die Freundin kam zu ihrer Koje, packte sie an den Schultern und zog sie sanft von der Pritsche hoch.

„Was ist denn los?"

„Steh auf. Du musst mit mir mitkommen." Omara nahm eine kratzige, zerschlissene Wolldecke von der Pritsche über ihr und legte sie Adele um die Schultern. „Hier, damit du nicht frierst."

Adele schüttelte den Kopf. „Mir ist heiß."

Omara wollte offenbar nicht diskutieren und hüllte sie in die Decke ein. „Zieh deinen Mantel darüber, damit man sie nicht sieht. Kannst du laufen?"

„Ich glaube, schon." Adele schwankte wie ein kleines Kind, das gerade erst laufen lernt, aber Omara stützte sie mit ihren starken Armen, bis sie wieder festen Halt fand. „Wo gehen wir hin?"

„Nach Kanada."

„Zu den Lagerhäusern?" Adele blickte aus dem kleinen Fenster des Musikblocks in Richtung der genannten Gebäude. „Aber warum müssen wir dorthin? Und warum jetzt?"

„Ich muss dir etwas zeigen, Adele. Kommst du?"

Adele bemerkte etwas Seltsames in Omaras Stimme. Während sie noch über den Klang ihrer Worte nachdachte, verspürte sie den Drang, der Aufforderung zu folgen. Sie nickte und ließ es zu, dass die Freundin sie in die aufkommende Morgendämmerung hinausführte.

Sie gingen an der Hinrichtungsmauer vorbei, ohne auch nur einen einzigen Blick darauf zu werfen. Wann war dieser Anblick so normal geworden?

Omara führte sie in den hinteren Teil der Lagerhäuser, wo Adele vor vielen Monaten ihre ersten Nächte verbracht hatte. Sie erinnerte sich plötzlich wieder: an das Gefühl des Schocks, das sie überwältigt hatte, als sie den Überfluss an persönlichen Besitztümern gesehen hatte, die bis zur Decke gestapelt waren. Sie fuhr mit der gespenstisch blassen Hand über einen dieser Stapel. Das abgenutzte Leder der Schuhe und die anderen Gegenstände in den Regalen fühlten sich kalt und brüchig an.

Sie kamen zu einer kleinen Tür, die unauffällig in der äußersten Ecke und im Schatten eines hohen Kleidercontainers versteckt lag.

„Was ist dort?" Adele drehte sich um und sah Omara an.

„Geh hinein." Die ältere Frau neigte den Kopf und gab die Anweisung mit einem undurchdringlichen Gesichtsausdruck.

Adele vertraute ihr. Und deshalb legte sie eine Hand auf die rostige Klinke und drückte sie hinunter. Die Tür knarrte und ächzte, als sie sich öffnete.

Durch ein hoch oben an der Ziegelwand angebrachtes Milchglasfenster fiel Dämmerlicht in den Raum. Adele blinzelte. Als sich ihre Augen an die Lichtverhältnisse gewöhnt hatten, konnte sie eine kleine, verwinkelte Kammer erkennen, die sich unter einer Holztreppe befand. Sie war spärlich eingerichtet, nur ein kleiner Schreibtisch und ein Stuhl standen in der Ecke, eine Schreibtischlampe dahinter.

„Was ist das hier?" Adele stand da, die Arme eng um ihre Mitte geschlungen, um die feuchte Kälte in der Luft zu bekämpfen.

„Es ist dort", erklärte Omara und zeigte auf die Treppe. „Sieh um die Ecke."

Adele sah ihre Freundin an und war irritiert von deren seltsam emotionslosem Gesichtsausdruck. Omara stand in der schattigen Nische hinter der Tür wie ein Teil des Inventars und nickte ihr zu. Adele gehorchte, drehte sich um und ging weiter, wobei der Holzboden bei jedem vorsichtigen Schritt knarrte.

Sie bog um die Ecke und blieb mit offenem Mund stehen. Ihr Herzschlag beschleunigte sich. Unwillkürlich schlug sie eine Hand vor den Mund.

Vor ihr hing ein mit leuchtenden Farben gemaltes Bild an der Wand, das sich deutlich vom Zementputz im Hintergrund abhob – ein Porträt ihrer selbst.

Adele trat vorsichtig näher, als wäre es eine Fata Morgana, die sofort verschwinden würde, wenn sie auch nur atmete. Wie konnte diese Vision von Schönheit an einem so bösen Ort existieren? Das Gemälde war zu professionell, als dass es von einem Amateur stammen konnte. Es zeigte das Gesicht, das sie vor Jahren, bevor sie nach Auschwitz gekommen war, im Spiegel gesehen hatte – das Bild einer jungen Frau, die von der grausamen Realität dieser Welt noch nicht gezeichnet war. Im Gegenteil: Sie war jung und stark und hielt die Geige selbstbewusst in der Hand.

Adele fuhr mit zitternden Fingern über das Gemälde. Ihr Herz pochte, sie konnte sich kaum aufrecht halten. Das Einzige, was nicht passte, war der kahl geschorene Kopf …

Unwillkürlich fuhr sie sich mit der Hand über den schmutzigen Haarknoten im Nacken, dann berührte sie ihre Wangen. Wie sah sie jetzt aus? Hatte sie die gleiche aschfahle Haut und einen ebenso traurigen Blick wie die anderen Mädchen? Es war schon so lange her, dass sie in den Spiegel gesehen hatte; so lange her, dass sie dieses Mädchen gesehen hatte, das sie jetzt auf dem Bild vor sich sah. Würde Wladimir seinen Schmetterling überhaupt wiedererkennen?

Adele sackte zusammen und kniete sich auf den Fußboden. Omara stellte sich hinter sie und legte ihr stützend die Hände auf die Schultern.

Als sie schließlich den Blick durch den Raum wandern ließ, bemerkte Adele, dass es hier noch andere Bilder gab – Kohlezeichnungen von traumatisierten Gesichtern von Häftlingen, die im dunklen Schatten bewaffneter Wachen arbeiteten, von Kindern mit versteinerten Mienen in gestreiften Uniformen, alle mit einem kalten, leblosen Himmel im Hintergrund. Einige Bilder waren auf behelfsmäßig selbst hergestellte Untergründe gemalt worden, andere direkt auf die Wände des kleinen Raumes. Und da waren Worte, schöne und poetische

Worte, die in die hölzerne Treppe geritzt und sogar in den Boden zu ihren Füßen gekratzt waren.

„Was …“ Adele schluchzte auf und blickte wieder auf das meisterhaft gemalte Bild von sich selbst. „Was ist das für ein Ort?“

„Mein liebes Kind. Dieses Bild zeigt, wie ich dich sehe. Es zeigt, wie wir alle dich sehen. Verstehst du? Es gibt noch Schönheit auf der Welt. Sie ist hier!“

Sie ließen beide den Blick weiter durch den Raum wandern.

Adele stand immer noch unter Schock. Sie war überwältigt von Demut und ergriffen von der Schönheit, geboren aus der Asche, die vom Himmel fiel. „Wer …“

Omara schien zu verstehen, was sie meinte. Wer hatte all das geschaffen? Wessen Werke waren das?

„Ein Künstlerherz kann nicht ausgelöscht werden, Adele. Die Männer und Frauen, deren Herzen an diesem Ort geweint haben – sie konnten es nicht lassen. Sie alle kamen hierher – viele. Sehr viele. Unter Todesgefahr …“ Omara schniefte. Weinte sie? „Etliche sind jetzt tot. Aber ihr Vermächtnis lebt weiter. Überall im Lager gibt es versteckte Kunstwerke wie diese.“

„Und das von mir?“

Omara neigte den Kopf in Richtung Tür. „Ich habe alles, was ich benötigte, in diesem höllischen Lager dort draußen gefunden. Erst fing ich an, auf die Wand zu malen, aber es war nicht gut genug. Also nahm ich Holzlatten aus den Regalen und baute einen Rahmen, den ich dann mit Sackleinen von ausgemusterten Strohmatratzen bespannt habe. Farben fand ich hier und da in den Koffern. Und Pinsel habe ich aus Haarbüscheln gemacht.“

„Bitte“, murmelte Adele, „sag nichts weiter.“ Sie erhob sich mühsam, um das Bild der schönen Geigerin mit dem rasierten Kopf eingehend betrachten zu können. Schließlich fragte sie sich, ob sie jemals wieder so schön sein würde. Sie strich mit den Fingerspitzen am Rand des Bildes entlang. Die Farbe fühlte sich fast lebendig an.

„Ich dachte die ganze Zeit, du wärst Musikprofessorin. Ich habe einfach angenommen …"

„… dass ich nur Cello spielen kann?" In Omaras Gesicht breitete sich ein strahlendes Lächeln aus, sodass die Lachfältchen um Mund und Augen sichtbar wurden, die sonst verborgen waren. „Ja, und aus diesem Grund hat Gott jedem Menschen mehrere Gaben geschenkt. Das Cello mag dafür sorgen, dass noch Luft in meinen Lungen ist, aber …", sie deutete auf das Bild, „mein Herz hat immer der Malerei gehört."

Omara drehte sich zu Adele, sodass sie sich gegenüberstanden. „Adele, ich habe dich aus einem bestimmten Grund hierhergebracht."

Adele wischte sich eine Träne von der Wange. „Und was ist dieser Grund?"

„Ich will dir damit sagen, dass es Hoffnung gibt. Hoffnung für morgen", flüsterte Omara, beugte sich vor und legte die Hände um Adeles Gesicht. „Es gibt Hoffnung, weil wir einen lieben Vater im Himmel haben."

Das war der Moment, in dem Adeles Herz nachgab. Die Mauern, hinter denen sie all die erduldeten Qualen verschlossen hatte, bekamen Risse. Sie fiel in Omaras Arme und legte die Wange an ihre Brust, während die Erinnerung an all die Verletzungen, die sie erlitten hatte, immer neue Tränenströme freisetzten.

„Ich habe gebetet …", schluchzte sie. „Von dem Moment an, als ich aus dem Zug gestiegen bin, habe ich gebetet. Aber das hier? Das ist eine Wüste! Du hast mir die Schönheit gezeigt. Und ich kann sehen, dass Schönes selbst an einem solchen Ort existiert. Aber, Omara, warum schweigt Gott trotz all der verzweifelten Gebete seiner geliebten Kinder?"

„Adele? Sieh mich an, Kind."

Omaras Stimme war sanft. Wie eine Streicheleinheit. Ein Ort der Zuflucht mitten in diesem scheinbar nicht enden wollenden Albtraum.

„Anfang Oktober wird es ein Konzert geben. Hochrangige Vertreter des Dritten Reiches werden anwesend sein."

„Meine Eltern –"Adeles Stimme blieb ihr in der Kehle stecken. Sie sah auf.

„Beruhige dich", sagte Omara und hob eine Hand, um Adele zu beschwichtigen. „Ich weiß nichts davon, dass deine Eltern dabei sein werden. Deshalb sind wir nicht hier."

„Warum dann?"

„Das erste Lager von Auschwitz wird mit Birkenau zusammengelegt. Das gilt auch für die beiden Orchester. Und sie verlangen, dass du in dem Konzert ein Solo spielst. Du siehst also, Gott schweigt nicht. Er hat dir dein Leben für etliche weitere Tage gesichert. Jetzt musst du wieder gesund werden, damit du üben kannst. Alma ist nicht mehr bei uns, Gott sei ihrer Seele gnädig. Aber das bedeutet nicht auch dein Ende."

„Wie soll ich denn dort auftreten?" Adele zupfte an ihrer schmutzigen Häftlingskleidung. „Sieh mich doch an ... Ich bin ein Geist."

„Ich habe die anderen um Hilfe gebeten. Marta hat eine Freundin in der Küche, und sie wird zusätzliche Suppe für dich mitbringen. Sie werden Kartoffeln in den Block schmuggeln."

„Nein. Selbst wenn sie Kartoffeln auftreiben können – ich kann nicht zulassen, dass sie ihr Leben für mich riskieren. Es ist ein Todesurteil, wenn sie beim Stehlen von Lebensmitteln erwischt werden."

„Dann werden sie eben nicht erwischt."

Adele schüttelte den Kopf. „Aber sie sind am Verhungern, wie wir alle. Wie kann ich sie bitten, mir Essen zu bringen?"

„Sie werden es für dich tun, Adele, so wie du es für sie tun würdest. Das Essen wird dich stärken. Fränze und die anderen werden auf dich aufpassen, wenn du morgens zum Appell gehst, und darauf achten, dass du nicht stolperst oder vor der SS krank erscheinst. Wir alle werden dich von den Proben abschirmen und es dir ermöglichen, dass du dich tagsüber im Block ausruhst. Was ich von dir verlange, ist, dass du die Musik in deinem Kopf spielst. Und ich möchte, dass du betest. Suche Gott. Und vor allem: Erlaube ihm, dich zu heilen."

Adele hob den Kopf und sah erneut zu den Bildern an den Wänden. Sie dachte an die Verlorenen, während ihr Blick weiter durch den Raum wanderte. In Gedanken hörte sie die Geige schreien, während zahllose Menschen den langen Weg von der Rampe zum Krematorium entlanggingen. Sie sah Bilder von Dieter und den Auerbachs und ihrem Wladimir vor sich aufblitzen. Sie spürte die Kühle der Luft in ihrem geheimen Garten, sah die Schmetterlinge, die ihre bunt schillernden Flügel im Wind ausbreiteten, wenn der Frühling zurückkam.

„Bist du damit einverstanden?"

In diesem Moment, mit den schönen Bildern und Erinnerungen in ihrem Herzen, beschloss Adele, dass sie Omaras Angebot akzeptieren musste. Denn sie war davon überzeugt, dass sie in Auschwitz sterben würde. Dies würde ihr letzter Auftritt sein … Doch sie war bereit loszulassen.

„Ja", sagte sie voller Entschlossenheit. „Ich werde es tun."

„Verstehst du jetzt, warum ich dich hergebracht habe?"

Adele blickte wieder zu dem Gemälde auf und spürte, wie der Abschiedsschmerz ihr Herz bluten ließ.

Ist es das, Herr? Du willst, dass ich noch einmal spiele.

Nur noch einmal – für dich!

„Ja, Omara. Ich habe es verstanden." Sie richtete sich auf und wischte die letzten Tränen aus ihrem Gesicht. „Und ich werde spielen."

SIEBENUNDZWANZIG

7. Oktober 1944
Auschwitz-Birkenau

Sie hörten die Explosionen am Nachmittag. Die Wucht der Einschläge ließ Staub von der Decke herabregnen und die Wände um sie herum erzittern.

Adele und die anderen waren bei der Probe im Musikblock, als sie von den Schreien und Schüssen unterbrochen wurden, die draußen ertönten. Das Orchester erstarrte in einer unheimlichen Stille, die Instrumente spielbereit in den Händen, die Augen weit offen und die Ohren gespitzt, in dem Bewusstsein, dass etwas ganz und gar nicht stimmte.

„Was war das?", hauchte Fränze, doch über dem Lärm des Geschehens draußen war die Stimme der Flötistin kaum zu hören.

Als die Wände bei einem weiteren lauten Knall erbebten, legten alle ihre Instrumente beiseite und stürzten zum einzigen Fenster des Raumes. Nur Adele rannte zur Tür, weil sie dachte, sie könnten so besser verstehen, was draußen passierte.

Sie steckte den Kopf aus der Tür, um eine Sekunde später zurückgerissen zu werden.

„Adele, weg da!" Omara brüllte den Befehl mit geblähten Nasenflügeln, die Hände in die Hüften gestemmt. „Ich habe nicht darum gekämpft, euch alle am Leben zu erhalten, nur um euch jetzt zu verlieren."

Sie deutete auf den hinteren Teil des Raumes und begann, die Gruppe mit energischen Worten nach hinten zu treiben. „Alle an die hintere Wand. Wisst ihr nicht, dass Kugeln Holz durchlöchern können? Können sie dann nicht auch Fleisch und Knochen zerfetzen?“

Weitere Schüsse in rascher Abfolge und gequälte Schreie waren zu hören. Einige der jüngeren Frauen im Orchester stießen Schreckenslaute aus. Marta beugte sich über die zierliche Fränze, um sie mit ihrem Körper zu schützen. Aber das Aufblitzen der Angst in Fränzes Augen, das Adele sah, jagte ihr einen Schauer des Entsetzens über den Rücken.

Sie starrten sich an, und sie wussten, was das Geräusch bedeutete.

„Maschinengewehre?“ Marta murmelte die Worte. Adele nickte, woraufhin die Geigerin die Augen zusammenkniff und flüsterte: „Gott steh uns bei.“

Das Herz bebte Adele in der Brust bei dem bloßen Gedanken an wehrlose Häftlinge, die vor einem Maschinengewehrfeuer flohen, das sie niedermetzeln sollte. Aber warum? Warum gerade jetzt? Sie konnte sich keinen Reim darauf machen. Die Nazis hatten Gaskammern und ihre willkürlichen Exekutionen. Sie hatten die mörderischen Arbeitseinsätze, tagein, tagaus. Selbst der Hunger und die sich schnell ausbreitenden Krankheiten kamen ihnen entgegen. Warum also sollten sie ihre Artillerieressourcen aufbrauchen, wenn es so viele andere Möglichkeiten gab, Gefangene zu töten?

Zusammengedrängt wie Sardinen kauerten die Frauen an der Rückwand des Blocks, und jede versuchte, sich an das Mädchen neben sich zu drücken. Es war ein einziges Gewirr aus ersticktem Geschrei und zitternden Körpern, die sich duckten, als ob diejenige, die dem Dreck auf dem Boden am nächsten war, in Sicherheit wäre.

„Adele, was ist da draußen los?“ Marta versuchte, den Lärm zu übertönen.

„Ich weiß es nicht“, antwortete sie und strich Fränze mit der Hand über den Kopf. Das arme Mädchen hatte sich die Fäuste mit solcher Kraft auf die Ohren gepresst, dass ihre Fingerknöchel ganz weiß waren. „Bleib hier“, wies Adele Marta an, die nun auch leise weinte, und drückte Fränze einen Kuss auf die Schläfe. „Bleibt alle hier. Ich werde nachsehen.“

Omara war zur Tür gegangen und hatte sie vorsichtig geöffnet. Sie starrte hinaus auf ein Horrorszenario, das Adele eine neue Bedeutung des Nazigrauens zeigte.

Die Frau musste gehört haben, dass Adele näher kam, denn sie drehte sich ruckartig um und rief: „Adele! Geh hier weg! Hörst du nicht die Schüsse? Es ist zu gefährlich!“ Sie schob sie wieder zurück in die Ecke zu den anderen Mädchen, diesmal etwas gröber.

Als Adele das Gleichgewicht wiedererlangt hatte, machte sie erneut ein paar vorsichtige Schritte in Richtung Tür. Etwas Schreckliches war passiert, das war allen klar. Sie musste herausfinden, ob es sicher war, an Ort und Stelle zu bleiben. Schüsse waren schon beängstigend genug, aber wenn das Gebäude bombardiert wurde und die Wände in Flammen aufgingen, bestand ihre einzige Hoffnung vielleicht darin, das Risiko einzugehen und zu fliehen. Niemand würde überleben, wenn sich das Holzdach des Blocks in ein Inferno verwandelte.

Die Szene hatte auch Omara ziemlich übel zugesetzt. Adele konnte sehen, wie stark ihre Kiefermuskeln angespannt waren, als würde sie mit den Zähnen knirschen, um ihre Wut zu unterdrücken.

„Omara ...“ Sie streckte eine Hand aus und berührte damit die Schulter ihrer Freundin. Doch diese reagierte nicht so auf die Berührung, wie Adele es erwartet hatte. Stattdessen öffnete sie die Tür ein paar Zentimeter weiter, damit sie beide nach draußen sehen konnten, und sagte: „Da, wenn du es unbedingt sehen musst, dann sieh dir den Tod noch einmal an.“

Das Schreckensszenario vor den Blockmauern konnte nur als Schlachtfeld beschrieben werden. Adele sah das Blutbad vor sich und stellte sich vor, dass die Rote Armee die Frontlinie durchbrochen hatte, um die Deutschen auf deren Territorium zu bekämpfen, wie von den Gefangenen seit Wochen gemunkelt wurde.

Ist es das, Herr? Sind wir gerettet?

Eine weitere Detonation ließ die Wände erbeben. Noch mehr Staub schwebte von der alten Holzdecke herab, und die Frauen schrien abermals auf.

Adele atmete keuchend. „Ist es die Rote Armee?“ Sie konnte vor lauter Aufregung kaum sprechen.

Omara schüttelte den Kopf.

„Dann die Briten? Oder die Amerikaner? Bitte sag mir, dass sie gekommen sind, um uns zu retten.“

Als die ältere Frau antwortete, war ihr Ton zynisch. „Siehst du etwa jemanden? Hier ist niemand, der uns retten wird! Wir sind auf uns allein gestellt.“ Omara schleuderte Adele die Worte entgegen. Ihre sonst so beherrschte Miene war verzogen, und ihre weit aufgerissenen Augen und der wild umherirrende Blick, mit dem sie Adeles Gesicht musterte, wirkten fast manisch.

„Aber das wäre doch möglich! Vielleicht sind wir alle gerettet! Hört ihr es nicht? Bombenexplosionen und Maschinengewehrfeuer? Was könnte es sonst sein?“

Eines der Mädchen rief als Antwort auf Adeles Erklärungsversuch: „Oh, barmherziger Gott! Wir sind gerettet!“

Adele verspürte einen Adrenalinstoß, der durch ihre Adern floss und ihre Glieder ruckartig in Bewegung setzte. Sie fühlte sich, als könnte sie kämpfen, wenn es nötig wäre. Ob es Mut oder reine Dummheit war, konnte sie nicht sagen. Sie wusste nur, dass ihre Beine nach draußen rennen wollten, und ihre Handflächen zuckten, weil sie am liebsten eine Waffe genommen hätte, um sich zu wehren. „Sicherlich hat Gott sie geschickt –“

„Törichtes Ding! Niemand kommt uns retten.“

Adele konnte nichts anderes sehen als das, was sie sehen wollte. „Omara, was willst du damit sagen? Die Höllenqualen sind vorbei! Vater im Himmel … es ist vorbei!“

„Es ist eine Revolte, Adele!“

Die Worte trafen sie wie ein heftiger Schlag ins Gesicht. „Was …?“ Ihr Körper erstarrte in Panik und Unglauben, und sie stand wie betäubt da aufgrund der Erkenntnis, dass in dieser Schlacht nur eine Seite der Gewinner sein konnte. Und sie wusste, wer das sein würde.

Die anderen Mädchen sahen von ihrem Platz hinten an der Wand zu ihnen herüber wie eine Schar verängstigter Vögel, die nicht zu hoffen wagten, jemals aus ihrem Käfig zu entkommen. Trotz Omaras wiederholter Aufforderung, die Köpfe zu senken, richteten sie die Augen auf sie und starrten sie an, während die Wahrheit jeden Funken Hoffnung erstickte.

„Was sagst du da, Omara?“

Die ältere Frau schloss die Tür bis auf einen winzigen Spalt, während das Geschehen draußen sich dem Gebäude zu nähern schien. „Was ich sage, ist, dass eine Häftlingsrevolte begonnen hat. Die Häftlinge des Sonderkommandos im Krematorium IV haben den Plan geschmiedet, sich zu wehren. Sie haben erfahren, dass sie hingerichtet und durch eine neue Gruppe ersetzt werden sollten.“

Adele schüttelte den Kopf. „Aber warum? Warum sollte die SS so etwas tun?“

„Für sie ist es eine einfache Logik. Ich will damit nicht sagen, es würde mir einleuchten. Aber das Sonderkommando hat zu viel gesehen. Diese Gefangenen können wählen, ob sie in dem Moment sterben, in dem sie aus dem Zug steigen, oder fünf Monate später. Welche Wahl haben sie? Sie müssen die Gaskammern säubern und die Öfen mit den Beweisen füttern. Sie sind Zeugen des Todes, und ein Zeuge ist für die Nazis eine gefährliche Sache. Die Häftlinge haben beschlossen, dass die Zeit reif ist. Die Stunde der Vergeltung ist gekommen.“

Es war ein erneuter Schock für Adele, aber diesmal war er mit Erinnerungen verbunden: Der Erinnerung an die Nacht in Solahütte beim Fest der SS-Wachmannschaften und an das seltsame Verhalten ihrer sonst so beherrschten und klug agierenden Freundin. Darauf folgte die Erinnerung an jenen Morgen im Sommer zuvor, als ihr eine

Geigensaite gerissen war und sie zurück in den Block geeilt war, nur um festzustellen, dass das seltsame Verhalten zurückgekehrt war, zusammen mit einer ungewohnten Besucherin im Musikblock. Und mit einem Mal stand es Adele klar vor Augen: Omara war an der Revolte beteiligt.

„Du hast das geplant, nicht wahr?"

Omara sah ihr direkt ins Gesicht und nickte, ohne zu zögern. „Schon vor eurer Ankunft haben die Frauen Vorräte, Waffen und Schießpulver aus der Munitionsfabrik geschmuggelt. Kleine Teile hier und da – was immer mit den Leichen der verstorbenen Häftlinge versteckt werden konnte, die abends ins Lager zurückgebracht wurden. Dann wurden sie zu den Männern im benachbarten Lager geschmuggelt, wenn die Leichen zum Krematorium gebracht wurden. Das war die einzige Möglichkeit."

Aus Adeles Herz wich die letzte Hoffnung.

Sie waren nicht gerettet. Niemand war gekommen, um sie zu befreien. Niemand war da, um für sie zu kämpfen, außer ausgemergelten Gefangenen mit behelfsmäßigen Waffen. Und Omara, die einzige Person, auf die sie sich noch verlassen konnte, war daran beteiligt. Wenn sie verloren – und das würden sie –, brachte man die Überlebenden mit Sicherheit in die Gaskammer.

Oh Herr! Ich habe meine Familie verloren, meinen Wladimir ... Soll ich jetzt den einzigen Menschen verlieren, den ich auf der Welt noch habe?

Der körperliche Schmerz, den der Kummer in ihrer Brust verursachte, überwältigte sie. Und während sie noch an der leicht geöffneten Tür standen, erkannte Adele, dass es keinen Ausweg mehr gab außer einem: zu kämpfen. Sie wischte sich die Tränen aus dem Gesicht, die aus ihren Augen strömten. „Gut. Wir kämpfen", sagte sie und sah Omara an. „Gib mir eine Waffe."

„Nein!"

„Ich bin dazu bereit, Omara. Lass mich mit dir kämpfen!"

Omaras Gesichtszüge wurden weich. Wie eine Mutter, die stolz auf ihr Kind ist, hob sie eine Hand und strich Adele über das Haar. Ihre Finger berührten die Strähnen, als wären sie aus feinstem Gold gesponnen. Die Geste weckte in Adele die Hoffnung, dass sie nachgeben würde, aber schließlich schüttelte Omara den Kopf. „Nein, Adele. Diesmal nicht. Du musst hierbleiben."

„Aber ich kann das tun! Lass mich dir helfen", flehte Adele, während sie sich in Omaras Arme krallte, bis sich die Nägel durch den Stoff ihres Kleides bohrten. „Wir haben es so weit geschafft! Verstehst du denn nicht? Es gibt nicht den geringsten Funken Hoffnung an diesem Ort. Sie wurde ausgelöscht von all dem Bösen. Deine Seele muss es doch auch spüren – Gott hat diesen Ort verlassen, er ist nicht hier. Muss ich zu ihm flehen, dass … dass ich nicht mehr weitermachen kann?"

Sie schrie die Worte mit voller Inbrunst, aber anstatt Mut zu beweisen, enthüllten sie ihre grenzenlose Verzweiflung. Adele spürte, wie sich ihre Hände zu Fäusten ballten, als die Wahrheit endlich herauskam.

Es hatte sich so unendlich lange in ihr aufgestaut – bei jedem Marsch zu den Toren und dem Anblick der Familien, die vor ihren Augen auseinandergerissen wurden –, sodass ihre Seele unwiederbringlich verwelkt war. Kein Wasser der Welt konnte sie wieder zum Leben erwecken. Und keine Revolte konnte Adele dazu bringen, den Tod zu fürchten. Sie hatte den Verlust von allem und jedem, was ihr wichtig war, bewältigt. Sie hatte gespielt. Sie hatte für die letzte Aufführung geübt, die in wenigen Tagen stattfinden sollte. Mit dem Ehrgeiz, ihr letztes Konzert zu spielen, hatte sie sich sogar von ihrer Krankheit erholt. Aber mit dem Hagel der Schüsse, der vor dem Block niederging, fiel alles in sich zusammen. Jetzt war sie bereit, kämpfend unterzugehen, anstatt noch ein einziges Mal Geige zu spielen.

Adeles Brustkorb hob und senkte sich mit einer solchen Heftigkeit, dass sie nicht sicher war, ob sie überhaupt in der Lage sein würde, den

Atem in ihrer Lunge zu halten. „Nimm mich mit", forderte sie. „Ich weiß, dass du da rausgehst, um zu kämpfen. Ich flehe dich an: Lass mich an deiner Seite kämpfen."

Da überraschte Omara sie, indem sie die Lippen zu der schwachen Andeutung eines Lächelns verzog. Selbst in Momenten des Erfolgs – als sie auf der Feier der SS-Wachen gespielt oder jenen besonderen Augenblick genossen hatten, als die Musik sie in die Gemeinschaft mit Gott getragen hatte – hatte sie das nicht getan. Das einzige Mal, als Adele Omaras Lächeln gesehen hatte, war im Schatten des bemalten Raumes gewesen. „Du hast dein ganzes Leben noch vor dir." Omaras Augen leuchteten, als sie sprach. „Und ich werde nicht zulassen, dass es ausgelöscht wird. Nicht, wenn ich es verhindern kann."

„Ich habe kein Leben mehr vor mir. Ich ... bin bereits tot." Adeles Schluchzen ließ ihren Körper erbeben. Sie brach zusammen, das Gesicht an Omaras Schulter gepresst.

„Das bist du nicht, Kind. Sei still. Still jetzt", flüsterte Omara und strich Adele mit der Hand übers Haar. Sie fuhr fort, sie mit besänftigenden, tröstenden Worten zu beruhigen, während die Welt um sie herum in Flammen aufging. Adele klammerte sich an ihre Freundin, ihre Lagermutter, und ließ endlich zu, dass die Gefühle der letzten zwei Jahre aus dem Gefängnis ihres eingemauerten Herzens befreit wurden. Sie weinte und weinte, stundenlang, so kam es ihr vor, während die Welt um sie herum weiterhin im Krieg lag.

Schließlich begann Omara, nah an Adeles Ohr zu sprechen; leise Worte voller Hoffnung. „Adele, du bist für eine besondere Aufgabe auserwählt worden." Sie strich mit der zitternden Hand über Adeles Stirn, bis diese gezwungen war, ihrer Freundin in die Augen zu sehen. „Hör mich an, Kind. Ich hatte nie eine Tochter. Und ich hatte nie große Träume wie die meisten. Ich hoffte, ich würde einmal aus Liebe heiraten und vielleicht eines Tages ein Kind bekommen. Ich hoffte, die Schönheit in Gottes Schöpfung zu finden und ihn alle Tage meines Lebens zu preisen." Omara starrte auf einen fernen Punkt an der Wand, als ob die Erinnerung an diesen Traum irgendwie auf der Mauer lebendig geworden wäre. „Aber es sollte nicht sein, und ich kam hierher. Das Leben hat mich nie gefragt, was ich wollte, also habe ich meinen Traum aufgegeben. Und weil ich ihn verloren habe, bitte ich dich jetzt, mir so aufmerksam zuzuhören wie nie zuvor." Sie legte Adele die Hände auf die Schultern. „Adele, du musst hierbleiben und mich stolz machen, indem du lebst ... denn Gott macht keine Fehler. Er hat mir den Wunsch meines Herzens erfüllt, hier, an diesem dunklen Ort. Er schenkte mir eine Tochter, und zwar dich!"

Die Worte trafen Adele mitten ins Herz.

Marina von Bron war für Adele in Auschwitz nur noch eine ferne Erinnerung. Adele hatte sehr lange nicht mehr an sie gedacht. Und als sie jetzt die Worte hörte, wurde ihr klar, dass Omara für sie mehr Mutter war, als sie jemals eine Mutter gekannt hatte oder jemals wieder eine kennen würde.

„Du musst mir versprechen, dass du leben wirst. Das ist alles, was ich von dir verlange. Das ist alles, was mich glücklich macht und meine Seele zur Ruhe bringt", sagte Omara und drehte sich dann zu der Gruppe der zitternden Musikerinnen im Raum. „Das ist jetzt deine Familie. Pass auf sie auf, ja? Ich übergebe dir die Verantwortung für dieses Orchester. Du wirst für uns beide spielen. Du bist ab jetzt ihre Mutter."

„Ich kann nicht ..." Adele weinte bittere Tränen, innerlich wie äußerlich.

„Du musst. Du musst sie anleiten. Sie beschützen. Sie zusammenhalten", forderte Omara mit unerschütterlicher Stimme. „Hörst du mich, Schmetterling?"

Adeles Kopf schoss hoch bei der Erwähnung des Kosenamens, den Wladimir ihr vor so langer Zeit gegeben hatte. Omara wusste, dass sie jede Nacht ihre Schmetterlingsspange herausgenommen hatte, sie in den Händen gehalten und sich im Schlaf daran geklammert hatte. Sie wusste, dass das Schmuckstück von Adeles Vergangenheit sprach.

Aber die Weisheit, jetzt diese Worte zu wählen, hatte eine noch größere Wirkung, als wenn Omara ihr gesagt hätte, sie solle leben, um herauszufinden, dass Wladimir auch überlebt hatte.

„Sag mir, dass du unsere Familie zusammenhalten wirst, Adele. Egal, was passiert. Ich liebe alle meine Mädchen."

Weinten Marta und Fränze auch? Brach es den anderen Mädchen ebenso das Herz wie ihr?

Mit zitterndem Kinn und geschlossenen Augen konnte Adele vor Erschütterung kein einziges Wort sprechen. Aber sie nickte. Mit einem winzigen Funken Hoffnung, den sie aus der Tiefe ihrer Seele hervorholte, ging Adele innerlich eine Verpflichtung ein: Sie wollte leben – ihrer Freundin Omara zuliebe.

Gott allein wusste, ob sie das Versprechen würde halten können.

„Gut." Omara sagte nur dieses eine Wort, als wäre es ein Vertrag, dann setzte sie sich in Bewegung. Sie eilte zu ihrem Cellokoffer und klappte den Deckel auf. Aus den Aussparungen unter dem Futter zog sie eine kleine rostige Gartenschaufel hervor.

„Was hast du damit vor?" Hatte sie die Schaufel die ganze Zeit schon gehabt? Allerdings war es eine armselige Waffe, wenn Omara sich damit gegen das Sperrfeuer der Maschinengewehre vor dem Block wehren wollte.

„Jetzt ist die Zeit gekommen, dass ich meine Aufgabe erledige", sagte Omara und hielt die Schaufel in der Hand, als wäre es ein Schwert. „Ich muss gehen."

Adele spürte die Sekunden verstreichen, denn sie wusste, dass sie sie vielleicht nie wiedersehen würden. Es gab so viele Dinge, die sie ihr noch sagen wollte, so viele Gründe, ihr zu danken. „Omara, warte!" Sie streckte die Hand aus und ergriff die Freundin am Ellbogen. Dann drehte sie sich um, besann sich auf den einzigen Besitz, der ihr noch geblieben war, und eilte über die umgekippten Stühle im Raum zum Stapel der Instrumente. Sie fand ihren Geigenkasten und griff in das samtene Futter. Mit den Fingerspitzen berührte sie die zarten Flügel der Schmetterlingsspange und hörte Wladimirs Flüstern in ihrem Herzen. *Du schaffst das, Schmetterling …*

Sie lief zurück zu ihrer Freundin, und nachdem sie den Schmetterling ein letztes Mal an ihre Lippen gedrückt hatte, legte sie ihn Omara in die Hand. „Nimm ihn – das ist mein Versprechen an dich."

Omara sah sie an, blickte dann ein letztes Mal zu der Gruppe der Mädchen an der Wand und nickte ihnen zu. Und damit war sie verschwunden, verschluckt vom Rauch und dem Gemetzel draußen vor dem Block.

Adele schloss die Tür, um den Lärm und das Chaos auszusperren, und eilte zu den Frauen hinten im Raum, die jetzt ihre Familie waren.

„Köpfe runter, Mädchen. Bis es vorbei ist", befahl sie. Omaras Art von Mut fühlte sich fremd für sie an. Dennoch schlang sie die Arme um die zitternde Gruppe und rief: „Köpfe runter!"

ACHTUNDZWANZIG

Gegenwart
New York

Sera eilte von der U-Bahn zurück zur Galerie und sah dabei immer wieder auf ihre Armbanduhr. Es war fast neunzehn Uhr.

Wenn sie sich beeilte, würde ihr noch genug Zeit bleiben, um ihr Handy, das sie in der Galerie vergessen hatte, zu holen und trotzdem wieder rechtzeitig auf der anderen Seite von Manhattan zu sein, bevor die Ausstellung ihres Kunden schloss.

Eine kühle Brise streifte ihr Gesicht. Die Luft roch nach Regen.

Sera ging schneller, obwohl ihre Absätze ihr das Tempo übel nahmen. Sie bemühte sich, nicht an die Abende zu denken, an denen sie und William gemeinsam durch diese Straßen gegangen waren. Sie verdrängte den Gedanken an die innere Verbundenheit mit ihm, die sie gespürt hatte, wenn sie in der freien Natur unterwegs gewesen waren. Sie betete, dass die Erinnerung an William Hanover schon bald verblassen würde. Außerdem musste sie zurück zum Metropolitan Museum und konnte diese Ablenkung jetzt nicht gebrauchen.

Als hätte er die Worte in ihrem Herzen gelesen, war William plötzlich da. Er saß allein auf den Treppenstufen zur Galerie und schien auf etwas zu warten. Sera blinzelte durch die sinkenden Schatten der Abenddämmerung, um herauszufinden, ob ihre Augen ihr einen Streich spielten.

William sprang auf, als er sie sah.

Sie blieb stehen, den Schlüsselbund fest umklammert, die Füße auf dem Bürgersteig erstarrt. Wie um alles in der Welt war es möglich, dass er den weiten Weg hierherkommen konnte, wann immer er wollte?

„William?“

„Hi, Sera.“

„Was machst du hier?“ Ihre Füße waren irgendwie nicht in der Lage, an ihm vorbeizugehen. Eine gefühlte Ewigkeit stand sie da und wartete auf eine Antwort. Aber als sie die ersten Regentropfen aus den tief hängenden Wolken auf der Haut spürte, ging sie mit gezielten Schritten auf die Treppe zu. Vor der ersten Stufe blieb sie stehen und sah ihn auffordernd an, immer noch auf eine Antwort wartend.

„Penny hat abgeschlossen. Sie sagte, du wärst auf dem Rückweg und ich könnte warten, also …“ Er verlagerte das Gewicht und kam dann auf sie zu. Er sah nervös aus.

„Ich meinte, was du in New York machst“, stellte sie klar, während in der Ferne ein leises Donnergrollen zu hören war.

Ihre Blicke schweiften für einen Augenblick in Richtung des Himmels, bevor sie wieder zu der Verlegenheit ihres Gesprächs zurückkehrten.

„Ich hatte Besprechungen. Anwälte und so. Geschäfte.“

Seine Hände steckten in den Taschen seiner Jeans, und sein Haar war zerzaust, als hätte er es sich gerauft, während er – wer weiß, wie lange schon – hier auf der Treppe gesessen und auf ihre Rückkehr gewartet hatte.

Sera versuchte, den angenehm herben Duft seines Parfüms zu ignorieren, ebenso wie die Tatsache, dass er nun ganz dicht vor ihr stand. Sie fummelte an den Schlüsseln herum und ließ sie fast fallen, bevor sie den richtigen fand. Das glänzende Metall schimmerte im schwachen Licht der Abenddämmerung. Dann stürmte sie die Treppe hinauf, immer zwei Stufen auf einmal nehmend, bis sie die Eingangstür vor sich hatte und den Schlüssel ins Schloss steckte.

Bevor sie den Schlüssel drehen konnte, legte sich Williams warme Hand auf ihre. Sera erstarrte angesichts seiner unerwarteten Nähe. Mit der Berührung durchbrach er viel zu schnell die Mauer, die sie in den letzten vier Wochen sorgfältig und mühsam errichtet hatte.

„Bitte sieh mich an, Sera."

Sie atmete hörbar aus und wagte es, den Kopf in seine Richtung zu drehen. Williams Augen leuchteten immer noch in diesem himmlischen Blau, auch wenn sie jetzt stürmisch wirkten – oder vielmehr flehend? Wie es schien, würde Sera nie in der Lage sein, diese Augen zu ignorieren. Selbst jetzt war etwas in ihnen, das sie in ihren Bann zog.

„Was tust du hier, William?"

„Du hast nicht auf meine Anrufe reagiert."

Sie zuckte mit den Schultern. „Ich war beschäftigt."

„Den ganzen Monat über?"

Sera bemerkte die Rauheit in seiner Stimme. In seinem Flüstern lag ein Hauch von Ärger – wahrscheinlich darüber, dass sie ihn hingehalten hatte. Doch sie fühlte sich genauso verletzt und schoss daher zurück: „Willst du mir etwa Vorwürfe machen? Du hast mich zwei Wochen lang nicht angerufen, nachdem du New York verlassen hast! Und dann bekomme ich einen Anruf von deinen Anwälten?!"

Sie sah ihm direkt ins Gesicht. Sie war nicht so taff, wie sie sich gab. Und das wusste er auch, spätestens, seit ihr Kinn zu zittern begonnen hatte. Aber wenn wirklich noch ein Rest Stärke in ihr steckte, wie Penny es gesagt hatte, würde Sera ihm die Stirn bieten, weil er gelogen hatte. Sie würde es für Adele und Wladimir tun. Für all die Gefühle, die William wieder in ihr geweckt hatte, nur um sie dann ebenso schnell wieder zu zerstören.

„Ich habe dich in den vergangenen Tagen mindestens ein Dutzend Mal angerufen."

„Ich hatte eine Ausstellung zu organisieren." Sie befreite ihre Hand aus seinem Griff, um den Schlüssel im Schloss zu drehen. Dann schob sie sich an ihm vorbei, schaltete das Licht ein und ging in den vorderen Bereich der Galerie. Ihre Absätze klackten auf dem Parkettboden, und das Geräusch hallte von der hohen Decke wider.

„Ich weiß. Ich habe davon gehört", sagte er und schloss die Tür hinter sich. Er folgte ihr in den Ausstellungsraum, seine Schritte waren dumpf auf dem harten Parkett zu hören. „Eine Ausstellung am Metropolitan Museum of Art, meinen Glückwunsch!"

„Ja, genau. Ich verbringe meine Zeit nicht nur damit, verlorene Gemälde zu finden." Sera legte ihre Abendtasche samt himbeerfarbenem Seidentuch auf die Ablage und ging dann weiter ins Büro, ohne sich umzudrehen und ihn anzusehen.

Beruhige dich, Sera! Es muss sein. Er hat dich angelogen.

Sie begann, die Stapel von Papieren und Büchern durchzusehen, die sich auf ihrem Schreibtisch häuften.

Das ist deine Chance, einen sauberen Schlussstrich zu ziehen und ihn loszulassen.

Sie holte tief Luft und suchte weiter nach ihrem Handy, das sie schließlich unter einem alten Kunstgeschichtsbuch entdeckte. Hastig ergriff sie es und drehte sich zur Tür, um schnell verschwinden zu können. Womit sie nicht gerechnet hatte, war, dass sie unmittelbar mit William zusammenprallen würde, der sich im Türrahmen aufgebaut hatte wie ein Mammutbaum.

„Lass mich durch."

William verschränkte die Arme vor der Brust – er würde ihr den Weg nicht frei machen. „Du kannst es nicht aufschieben, mit mir zu reden, wenn ich direkt vor dir stehe."

„Bitte lass mich vorbei", sagte Sera frustriert, während sie auf den hohen Absätzen fast das Gleichgewicht verlor.

„Lass es mich zuerst erklären."

Sie atmete tief durch und sagte leise, fast flehend: „Bitte. Es gibt nichts zu erklären. Lass es einfach."

„Das sehe ich nicht so." Er schüttelte den Kopf und fügte mit weicherer Stimme hinzu: „Ich werde nicht zulassen, dass du mich ausschließt, Sera James. Diesmal nicht."

„Du hast mich benutzt, William", erinnerte sie ihn. Der Vorwurf schien ihn zu treffen, aber er sagte nichts. „Du hast mich benutzt, um ein Erbe zu ergattern. Um die Besitzerin eines Gemäldes zu finden, damit du es einkassieren kannst. Du hattest mir versprochen, dass du das nicht tun würdest."

„Sera – ich wollte nie, dass es so weit kommt."

„Es ist aber so weit gekommen, oder etwa nicht?"

Es sah so aus, als wolle er zu einer Erklärung ansetzen, doch sie kam ihm zuvor. „Und mach dir nicht die Mühe, dich herauszureden. Deine Anwälte haben mir bereits alles gesagt, was ich wissen muss. Das ist doch sicher der Grund, warum du hier bist."

„Ich hatte keine Wahl."

Sie drehte sich zu ihm um. „Keine Wahl zu haben, was bedeutet das bei dir?"

Bei alldem wirkte William, als würde ihm die Situation sehr zusetzen. Und in Anbetracht seines zerzausten Haares und der Ringe unter seinen Augen lag die Vermutung nahe, dass er seit Tagen nicht mehr geschlafen hatte. Oder seit Wochen.

Genau wie sie.

„Das Unternehmen hat weniger Geld auf dem Konto, als wir in drei Monaten allein für die Betriebskosten benötigen, Sera. Unsere Investoren haben mich unter Druck gesetzt. Und der Vorstand hat meiner Familie mit rechtlichen Schritten gedroht."

„Warum?"

Er schüttelte den Kopf. „Das Warum ist jetzt nicht wichtig."

„Hast du etwa ..."

„Egal, was du jetzt von mir denkst, Sera: Ich besitze immer noch eine gewisse Integrität. Ich versichere dir, dass ich nichts Unrechtes getan habe, was die Firma betrifft. Aber das ändert nichts an der Tatsache, dass wir schon bald untergehen würden, wenn ich nicht schnell gehandelt hätte. Wir alle. Die Familie und damit auch das Erbe meines Großvaters."

Sera trat einen Schritt zurück. Die Hand, mit der sie das Handy fest umschloss, zitterte leicht. „So einfach ist das also?"

„Nein, Sera. Es ist ganz und gar nicht einfach. Ich wollte das nicht tun. Aber nachdem wir die Zahlen angesehen hatten, sahen meine Anwälte keine andere Möglichkeit mehr. Es hätte für alle, die von mir abhängig sind, den Ruin bedeutet. Das konnte ich nicht zulassen. Kannst du das nicht verstehen?"

„Ich habe mich auf dich verlassen. Du hast gesagt, wir wären Partner in dieser Sache, schon vergessen? Dein Großvater hat sich darauf verlassen, dass du ihm seinen letzten Wunsch erfüllst. Und was ist mit Adele und Wladimir? Sind wir es ihnen nicht schuldig, ihre Geschichte zu erzählen? Wenn du das durchziehst, wie soll dann jemals jemand erfahren, was mit ihnen passiert ist?"

„Sie sind tot, Sera. Mehr als siebzig Jahre tot."

„Das weißt du doch gar nicht."

„Ich weiß es", flüsterte er. „Und ich glaube, du weißt es auch. Wir haben jeden erdenklichen Winkel durchsucht. Auch wenn du dir vielleicht wünschst, dass es anders wäre ... Wahrscheinlich wird ihr Geheimnis für immer in Auschwitz bleiben."

„Ich fliege nach Paris."

„Was?"

„Nach Paris. Um die Frau zu treffen, die du vor Gericht ziehst."

„Allein?", fragte William, und seine Stimme hatte plötzlich nicht mehr die gewohnte Ruhe.

„Ja."

Er warf einen Blick zu dem Arbeitstisch und den Hockern, auf denen sie an jenem Abend vor vier Wochen gesessen hatten. Erinnerte auch er sich an ihr Gespräch über das Leben und darüber, welche Träume sie für die Zukunft hatten? Stellte er sich vor, was hätte sein können, wenn sie sie gemeinsam verwirklicht hätten?

Sera nickte unwillkürlich. Die Geschichte nagte auch an ihr. „Wie hast du die Besitzerin gefunden?", fragte sie dann.

„Nun, durch dich."

Das war das Letzte, was sie hören wollte. „Wie meinst du das?"

„Ich habe meinen Vater angerufen, so wie du es gesagt hast."

Sera verschränkte die Arme vor der Brust. „Und was ist dann passiert?"

„Nichts. Er hatte mir nichts zu sagen. Als ich wieder zu Hause war, fing ich an, in den Fotokisten auf dem Dachboden zu wühlen – das war das Einzige, was mir noch einfiel. Meine Mutter hat Vaters Sachen dort oben gelagert, seit er weg ist. Und natürlich war auch das eine Sackgasse. Genau wie ich vermutet hatte. Das heißt, bis ich etwas anderes fand, woran bisher keiner in der Familie gedacht hat. In einer der Kisten lag die Bibel meines Großvaters. Nachdem ich den Staub vom Einband geklopft hatte, blätterte ich sie durch – und fand darin einen Schnappschuss von meinem Großvater mit einer Frau, die ich noch nie zuvor gesehen hatte. Das Foto war auf 1967 datiert." William nickte mit dem Kinn in Richtung des Bilds von Adele, das hinten an der Wand hing. „Ob du es glaubst oder nicht, unser Bild war im Hintergrund zu sehen. Auf der Rückseite des Fotos stand ihr Name. Mein Großvater war wohl der Ansicht, dass es die Hinwendung zu Gott sein müsse, die mich letztendlich zu dem Gemälde führt."

Seras Herzschlag beschleunigte sich. Sie spürte das Blut durch ihre Adern pulsieren und hätte ihn fast am Shirt gepackt. „Hast du das Foto dabei? Und ist die Frau auf dem Foto Adele?"

William trat einen Schritt zurück, und ein eher befremdeter Ausdruck trat in sein Gesicht. „Ist das alles, was dich interessiert, Sera? Das Gemälde zu finden?"

„Aber willst du das denn nicht?"

„Natürlich will ich das. Gleichzeitig musste ich aber auch das tun, was für meine Familie am besten ist. Ich hatte keine andere Wahl, Sera. Aber du schon. Du musst nicht dein Leben aufgeben und in der

Vergangenheit leben. Du kannst dich für eine bessere Zukunft entscheiden."

Er meinte damit den Verlust ihres Vaters. Und ihre Beinahehochzeit. Ihre Vergangenheit. Ihren Schmerz. Und die Erinnerung an diesen Schmerz, die sie davon abhielt, neue Chancen zu ergreifen, wenn sie sich ihr boten.

„Du weißt nicht, wovon du redest, William."

„Ich bin zurückgekommen." Er sagte es leise, fast so, als würde es ihn schmerzen, die Worte laut auszusprechen.

„Was meinst du?"

„An jenem Abend – dem Abend vor meiner Abreise nach Kalifornien. Ich war aufgewühlt und impulsiv. Daher ließ ich mich vom Taxi zurückbringen und stand draußen vor der Tür und versuchte, die richtigen Worte zu finden." William hielt inne, dann fuhr er sich mit der Hand durchs Haar. „Ich war zurückgekommen, um dir zu sagen, dass ich …"

Sera schlang die Arme um ihre Taille. Plötzlich war ihr eiskalt. „Um mir was zu sagen?"

Er schüttelte den Kopf. „Das spielt jetzt keine Rolle mehr."

„Und warum bist du dann jetzt zurückgekommen? Du hast mich fallen lassen. Du hast einfach alles aufgegeben, was zwischen uns war."

„Weil ich dich gesehen habe …" Die Emotion in seinen Worten war unüberhörbar. „Ich habe dich mit *ihm* gesehen!"

Sera schluckte, denn sie wusste, was er durch die Fenster der Galerie gesehen hatte. Eine Umarmung von ihrem Ex-Verlobten und einen Kuss auf die Wange. „Ja. Michael war hier."

William schien über das magere Eingeständnis zu spotten. „Was du nicht sagst."

„Es war nicht wichtig. Es hat nichts geändert."

„Von meinem Standpunkt aus sah es wichtig aus, Sera!"

„Und das war deine Rache? Dein Versprechen zu brechen, eine

Klage einzureichen und dein Erbe zu kassieren, weil du dachtest, du hättest an diesem Abend etwas gesehen?"

„Sag mir doch, was ich da gesehen habe!"

Sera schluckte. „Du hast ein Lebewohl gesehen, William. Mehr war es nicht."

Er schüttelte den Kopf. „Das glaube ich nicht. Was, wenn ich nicht zurückgekommen wäre? Hättest du es mir jemals gesagt?"

„Es hatte wirklich nichts zu bedeuten", beteuerte sie und schüttelte heftig den Kopf, während sie mit den Tränen kämpfte. „Michael wird heiraten."

„Heiraten?"

Sera nickte und war einen Moment lang unfähig, etwas zu sagen. Im Raum war es so still, dass man eine Stecknadel hätte fallen hören können.

„Nun, dann freue ich mich für ihn. Und für seine Braut. Aber was hat das mit dir zu tun?"

„Er kam, um mir zu sagen, dass es ihm leidtut. Das war alles."

„Dass es ihm leidtut? Was tut ihm leid? Dass er dich vor dem Altar hat stehen lassen? Dass er dich abserviert hat, als wärst du nichts wert?" William ballte unwillkürlich die Hände zu Fäusten. „Er ist selbst schuld, dass er nie erfahren wird, wie wertvoll du bist!"

„Du weißt nicht, was du da sagst."

„Ach nein?"

Sera schloss die Augen. „Wie konntest du mich so weit bringen, dich zu mögen – nur um mir dann den Rücken zuzukehren? Nach allem, was ich dir anvertraut habe? Ich habe dir von meinen schlimmsten Erlebnissen erzählt, weil ich dachte, dass … na ja, dass ich dir etwas bedeute!"

„Das war …", er unterbrach sich, „nein, das *ist* auch so, Sera. Du bedeutest mir eine ganze Menge!"

„Aber du hast mich angelogen und mein Vertrauen missbraucht. Und das kannst du nicht rückgängig machen."

Ein heller Lichtblitz spiegelte sich im Glas, und kurz darauf war ein leiser Donner zu vernehmen. Es war wie ein Ausrufezeichen hinter Seras letzten Worten, auch wenn keiner von ihnen etwas dergleichen gebraucht hätte.

War's das, Herr? Seras Herz fühlte sich an, als würde es jeden Moment in tausend Teile zerspringen. *Ist es jetzt endgültig vorbei?*

„Wann fliegst du nach Paris?", fragte William schließlich.

„Morgen." Sie wischte sich mit dem Handrücken über die Augen und holte tief Luft, bevor sie hinzufügte: „Ich musste erst die Ausstellung über die Bühne bekommen."

Er blickte sie an, und ein merkwürdiger Ausdruck trat in sein Gesicht. Sie sah es. Seine Augen waren genauso wachsam wie an jenem ersten Tag im Büro seiner Villa. Damals war er distanziert gewesen, und auch jetzt schien er sich innerlich von ihr zu entfernen.

„Ist dir jemals in den Sinn gekommen, dass du nicht erst das Ende von Adeles Geschichte kennen musst, um selbst eine neue Geschichte zu beginnen?" Bei den letzten Worten schüttelte er den Kopf. „Als du an jenem Abend durch die Galerie auf mich zukamst, dachte ich, wir würden einen Schritt nach vorn machen – gemeinsam. Das war mehr als genug für mich. Ich hätte die Suche aufgegeben, wenn ich hätte glauben können, dass du auch dazu bereit bist."

„Aber du konntest es nicht glauben, oder? Es ist leicht, zu urteilen, wenn man hat, was man will."

William kam zu ihrer Überraschung näher auf sie zu, bis seine Lippen fast ihr Ohr berührten. Sie erschauderte, als sie seinen warmen Atem im Nacken spürte und er flüsterte: „Du hast keine Ahnung, was ich will, Sera. Wie jeder andere hast auch du mich nie gefragt."

„William, ich …" Sera wusste nicht, was sie sagen sollte.

Es war ihr tatsächlich nie in den Sinn gekommen, dass er vielleicht ein bisschen mehr von Seelenschmerz verstand, als sie bisher angenommen hatte. Sie war immer so sehr in ihren eigenen Kummer vertieft gewesen, dass sie nicht viel über seinen nachgedacht hatte.

„Wir werden unseren Frieden nie aus eigener Kraft finden, Sera", sagte er, strich mit der Hand über ihren Arm – vom Ellbogen bis zum Handgelenk – und nahm ihre Hand in seine. „Ich saß da oben auf unserem Dachboden mit der Bibel meines Großvaters in den Händen und erkannte, dass ich keinen Frieden habe – weder über die Beziehung zu meinem Großvater, der jetzt nicht mehr da ist, noch darüber, dass mein Vater die Familie im Stich gelassen hat. Ich wusste, dass ich das Bild finden und das Erbe meines Großvaters retten muss, aber zu welchem Preis? Wird am Ende irgendetwas bleiben, was wirklich von Bedeutung ist?"

Sera schloss die Augen und stellte sich vor, wie er mit der Bibel seines Großvaters vor sich auf einem dunklen Dachboden saß und sich fragte, was hätte sein können. Würden sie je weiterkommen, als verpasste Chancen zu bedauern? Oder war es dafür zu spät?

„Es tut mir leid, Sera." In Williams Stimme lag Traurigkeit. „Ich bin an jenem Abend zurückgekommen, weil ich dir etwas Wichtiges sagen wollte."

„Was denn?"

„Wie gesagt, das spielt jetzt keine Rolle mehr." Er drückte ihre Hand, strich dann mit dem Handrücken eine Träne von ihrer Wange und wandte sich zum Gehen. „Ich hoffe, Paris wird so, wie du es dir erhofft hast."

NEUNUNDZWANZIG

19. Oktober 1944
Auschwitz-Birkenau

Der Aufstand im Krematorium IV hatte erschütternde Folgen, denn er brachte die Mutigen zum Schweigen. Die Männer, die an der Revolte beteiligt waren, wurden zusammengetrieben und getötet, noch bevor die Hülle des Gebäudes ausgebrannt war.

Aus dem verkohlten Haufen aus Ziegeln und Mörtel stieg immer noch Rauch auf, und Adele konnte kaum zu den Rauchschwaden hinsehen, die den misslungenen Versuch der Häftlinge, ihrem grausamen Schicksal zu entkommen, verhöhnten. Es war, als ob das verbrannte Gebäude sie alle auslachte, weil sie zu hoffen gewagt hatten.

Und jetzt waren die Männer tot. Einfach so. Der lange geplante Versuch der Gefangenen, sich zu wehren, war unter Geschrei und Kugelhagel gescheitert. Sie waren niedergeschossen worden. Sie waren von Hunden angefallen und gejagt worden, als sie versucht hatten, Löcher in den Stacheldraht zu schneiden. Sie hatten nicht einmal den Hauch von Freiheit gespürt, bevor sie zum Schweigen gebracht worden waren … Und die beteiligten Frauen hatte man isoliert und an einen anderen Ort des Lagers gebracht, wo sie nun auf ihre Hinrichtung warteten.

Adele hörte irgendwo hinter sich Wasser tropfen.

Es war ein kalter Herbsttag, nass und unbarmherzig, aber sie bemerkte es kaum. Ihre Nerven lagen nicht mehr blank. Der Tod war keine Bedrohung mehr für sie. Der tägliche Schrecken war einer betäubenden Hoffnungslosigkeit gewichen, sodass die Kälte sie nicht mehr störte und das leise Plätschern der Tropfen vom undichten Dach ihr ein vertrauter Begleiter geworden war.

Adele fühlte die Abwesenheit ihrer Seele, soweit so etwas möglich war. Empfindungslosigkeit hatte sich bei ihr eingeschlichen und ein bleibendes Zuhause gefunden. Sie fühlte sich kalt und leer. Und hohl – jetzt, da das Bild unter der Treppe das Einzige war, was sie noch mit Omara verband.

Sie war kurz davor, aufzugeben.

Es war angeordnet worden, dass sie heute Abend bei dem Konzert zu Ehren einer offiziellen Delegation des Dritten Reiches spielte. Es wurde gemunkelt, dass mehrere hochrangige Vertreter des Reichs erscheinen würden, um ihre Solidarität mit der Truppe zu demonstrieren, aber es war lediglich ein Gerücht, das unter den Häftlingen kursierte. Ob es nun der Wahrheit entsprach oder nicht, es machte Adele krank. Sie war angewidert von dem sinnlosen Tod, den die Revolte verursacht hatte. Und ihr wurde speiübel bei dem Gedanken daran, dass sie nun für die Männer und Frauen spielen sollte, die die Hinrichtung des einzigen Menschen feiern würden, den sie auf der Welt noch hatte.

So saß sie auf dem Boden der versteckten kleinen Kammer, das elegante Kleid, das man ihr für das Konzert gegeben hatte, in ihrem Schoß, und starrte auf das Gemälde an der Wand. Einmal hatten Omara und sie zusammen hier gestanden und von Hoffnung gesprochen. Von Gott. Vom menschlichen Geist und von der überwältigenden Schönheit der Schöpfung. Jetzt hielt Adele den Blick wie gebannt auf das Bild gerichtet, während ihre Hand über den kühlen eisblauen Stoff in ihrem Schoß strich und sie sich fragte, was mit Omaras Meisterwerk geschehen würde.

Sie rief sich ins Gedächtnis, dass es geradezu die Definition von Schönheit war, in einer Welt voller Chaos etwas von Bedeutung zu besitzen. Es fühlte sich an wie die Befreiung der Seele, die nicht mehr zum Schweigen gebracht werden konnte. All die Häftlinge, die hier gemalt und Gedichte geschrieben hatten, alle, die im Orchester gespielt hatten – sie weigerten sich, diesen Geist sterben zu lassen. Und das, so stellte Adele fest, war der Grund, warum das Herz immerzu schöpferisch sein musste.

Unwillkürlich wanderte ihr Blick zu einem der poetischen Texte, den ein Häftling an die Wand geschrieben hatte.

Gott pflanzt das Talent, aber es wächst durch die Kraft, die uns sein Geist gibt, um selbst mitten im Dunkel durchzuhalten. Es gedeiht in den Tälern des Lebens und ignoriert die Gipfel. Es blüht wie eine Blume, die von der Wärme der Sonne verwöhnt wird. Es überlebt in der versteckten Kammer eines Gefangenenlagers. Es wächst, im Verborgenen genährt, im Herzen eines jeden Künstlers.

Die Verherrlichung Gottes durch jedes einzelne Leben – das war die Kunst von Auschwitz.

Der Anblick von Omaras Gemälde brannte sich in Adeles Herz. Das war Omaras Vermächtnis. Es war ein Tribut an diejenigen, mit denen sie gelebt und gelitten hatte und die hier gestorben waren.

Adele konnte sich bildhaft vorstellen, wie Omaras Hände, gealterte Finger mit knotigen Gelenken, in der versteckten Kammer sorgfältig über den behelfsmäßigen Untergrund strichen, und wie Omara das Bild mit ebenso viel Stolz und Leidenschaft anfertigte wie jeder Künstler in einem modernen Atelier. Es war ihre Kunst, und nun sollte sie für immer verloren gehen?

Adele wischte sich die Tränen weg, die sich in ihren tiefen Augenhöhlen gesammelt hatten.

Würde sie spielen oder sollte sie sich weigern? Würde sie sich eine Kugel in den Kopf schießen lassen?

Die junge Geigerin auf dem Gemälde blickte sie eindringlich an. Sie sah noch so unschuldig aus, fast makellos. Doch als Adele das

Gemälde genauer betrachtete und den kahl geschorenen Kopf, die traurigen Augen und den tiefgründigen Gesichtsausdruck studierte, wurde ihr plötzlich klar, dass es nur eines für sie zu tun gab.

Sie erhob sich vom Boden. Und bevor sie es sich selbst ausreden konnte, nahm sie das Kleid und die Schuhe und ging hinaus in den Lagerraum, um eine Schere zu holen.

Die Menge hielt erschrocken den Atem an, als Adele die Bühne des Konzertsaals betrat.

Sie blickte in ein Meer von Gesichtern, von denen einige lediglich irritiert aussahen, während andere lautstark ihre Verwunderung zum Ausdruck brachten. Wie konnte es sein, dass Österreichs Liebling seines krönenden Glanzes beraubt worden war? Wieder andere tuschelten, wahrscheinlich empört über den Verlust ihrer Würde vor einem so großen Auditorium von angesehenen Gästen.

Es war unwirklich, zum zweiten Mal vor ein Publikum bestehend aus der Nazi-Elite zu treten. Und Adele wusste, wie sie auf die Männer und Frauen im Saal wirken musste: ohne die charakteristischen blonden Locken, dafür mit kahl rasiertem Kopf; ohne Puder und Rouge, dafür mit durchscheinender, totenblasser Haut. Es war kein Wunder, dass im Saal eine Welle des Entsetzens hochstieg. Trotzdem hob Adele das Kinn und stand aufrecht vor ihnen, entschlossen und ohne Scham – jetzt, da ihre Entscheidung gefallen war.

Niemand hatte daran gedacht, vor der Aufführung ihr Erscheinungsbild zu überprüfen. Warum sollten sie auch? Das war noch nie passiert. Die Musiker waren immer viel zu verängstigt, um auch nur das Geringste zu tun, was unangebracht wäre.

Aber dieses Mal war es anders. Adele wusste, welches Wagnis sie einging, doch es war ihr gleichgültig. Das Gefühl, Schere und Rasiermesser in die Hand zu nehmen und sich das Haar komplett abzuschneiden, war befreiend. Sie hätte nie gedacht, was es für ihre Seele bedeuten würde, diesen alten Teil von sich abzulegen. Und sie war darauf vorbereitet, dass es ihr Todesurteil sein könnte.

Aber das spielte jetzt keine Rolle mehr. Sie hatte bereits beschlossen, dass dies ihr letzter Auftritt sein würde – unabhängig von ihrem Schicksal. Und nun konnte sie nichts anderes mehr tun, als an ihren himmlischen Vater zu denken und daran, wie sie ihn mit ihrer Begabung und ihrem Spiel verherrlichen würde.

Zum ersten Mal in ihrem Leben fühlte sich Adele in ihrer Schwäche schön, als ein perfektes Geschöpf, trotz der abgeschnittenen Haare. Und sie spürte Gottes Kraft, die sie von allen Seiten umgab und beflügelte. Sie war jetzt eine von ihnen, eine von den Juden und all den anderen Verlorenen. Jetzt, da ihr früheres Leben ausgelöscht war, war sie eins mit den Gefangenen. Ihr Herz war bei all jenen, die in Auschwitz gestorben waren. Adele würde nie wieder der Mensch sein, der sie einmal gewesen war. Leben oder Sterben – es war ihr gleichgültig.

In der erwartungsvollen Stille des Konzertsaals hob sie den Bogen und legte sich die Geige unters Kinn. Ihr Herz fühlte sich frei. Ihre vernarbten Hände warteten sehnsüchtig darauf, den Auftritt ihres Lebens zu geben, und Adele wartete darauf, dass der Dirigent den Einsatz gab. Doch auch er wirkte erschüttert. Er blickte hinter die Bühne, hob fragend die Augenbrauen, und als er sich dann dem Orchester zuwandte, stand ein Ausdruck mühsam beherrschter Furcht in seinem Gesicht.

Er forderte ihre Aufmerksamkeit.

Und so wie sie es immer getan hatte, atmete Adele tief durch und richtete sich kerzengerade auf; bereit, ihr Können unter Beweis zu stellen. Sie blickte in die Menge – ein Meer von Menschen, für die sie eine Fremde war – und versuchte, sich Omara in der ersten Reihe vorzustellen. Sie stellte sich die Mütter vor, die gemeinsam mit ihren Kindern den letzten Weg gegangen waren; sie sah die alten Menschen vor sich, die mit gebeugtem Rücken und müden Schritten in die Gaskammern geschickt wurden. Sie stellte sich all die Verlorenen vor, die ihr Mut zusprachen und ihr sagten, dass es in Ordnung war, endlich loszulassen ... damit der Schmetterling ein letztes Mal zum Spiel ihrer Geige tanzen konnte.

Der Rest des Orchesters wartete mit ihr auf den Einsatz.

Jede Faser ihres Wesens wartete gespannt darauf, zu spielen. Unwillkürlich hob Adele den Kopf und warf wie immer einen Blick auf den vorletzten Stuhl in der hinteren Reihe – wie schon so oft morgens am Lagertor oder bei der schrecklichen Aussortierung an der Rampe.

Und in diesem vollkommenen Moment blieb die Zeit stehen. Und beinahe auch ihr Herz.

Wladimir.

Ein fassungsloser Atemzug entwich ihren Lippen. Ihre Hände begannen zu zittern, und ihre Füße zuckten in dem Verlangen, zu ihm zu laufen.

Bist du es wirklich?

Sie blinzelte. Nein, ihre Augen spielten ihr keinen Streich. Sein Kopf war rasiert. Und er musste geschlagen worden sein, denn eine Narbe auf seiner Stirn und ein charakteristischer violetter Schimmer unter seinem linken Jochbein verrieten es. Ausgezehrt und mit ausgemergeltem Gesicht saß er da; die Liebe ihres Lebens saß auf derselben Bühne wie sie, lebendig, aber furchtbar zugerichtet. Und er sah sie mit dem herzerwärmenden Lächeln an, von dem sie nicht zu hoffen gewagt hatte, es jemals wiederzusehen.

Ja, ich bin es.

Sie konnte fast hören, wie sein Herz ihr die Worte zuflüsterte.

Ich bin noch da, Adele.

Er blickte zu ihr, und Freudentränen trübten seine Augen, als er nur für sie dreimal zwinkerte. Sie konnten nicht reden, konnten sich nicht berühren. Sie konnten nichts tun, außer gemeinsam auf der Bühne zu stehen und ihre Instrumente zu spielen. Und ob sie in diesem Leben eine gemeinsame Zukunft haben würden oder nicht, diesen einen Moment der Anbetung würden sie Gott geben. Sie würden es mit tiefer Dankbarkeit tun – zusammen.

Sie hatten ihre gemeinsame Vergangenheit – das war alles, woran Adele sich in der Zeit in Auschwitz hatte festhalten können. Und wenn es auch keine Zukunft für sie beide gab – Adele war überwältigt von der Gegenwart, von dem Moment, für den sie immer gebetet hatte. In diesem Augenblick dankte sie Gott für diese zweite Chance. Er hatte ihre Gebete erhört und ihr ein letztes Lebewohl geschenkt.

Sie zwinkerte zurück. Einmal, zweimal, dreimal. Und Wladimir nickte ihr fast unmerklich zu, den Blick fest auf sie gerichtet.

Irgendwie passte es, dass sie Mendelssohn Bartholdys Violinkonzert in e-Moll spielten, eines der wenigen Konzerte, das mit einem Violinsolo beginnt. Das Stück forderte Adeles ganze Aufmerksamkeit, und sie gab sich der Musik hin. Der Sehnsucht nach Frieden. Der Suche nach Gott an einem so seelenlosen Ort. Sie spielte die schluchzende Melodie mit geschlossenen Augen, und ihr Herz erhob sich in Anbetung, während die Töne aus ihrem Innersten auf die Saiten der Geige getragen wurden und das Orchester hinter ihr sie aufnahm.

Jetzt konnte sie die Schönheit der Musik spüren, und sie nahm sie in sich auf, während ihr die Tränen übers Gesicht liefen. Noch nie war sie in Anbetung vor ihrem Schöpfer so völlig offen und selbstvergessen gewesen; sie ließ die Finger über die Saiten fliegen, für jede einzelne verlorene Seele und für das Unrecht, das auf den Todesfeldern von Auschwitz geschehen war.

Ihr letzter Auftritt würde darin bestehen, Gott mit jeder Faser ihres Körpers zu ehren. Und sie spielten gemeinsam, sie und Wladimir! Sie spielten ihre Dankessymphonie dafür, dass Gott es ihnen gewährt hatte, sich noch einmal zu sehen.

Adeles Körper und Geist ließen sich vom Wechsel der Schnell-langsam-schnell-Sätze des Konzerts treiben. Sie folgten den anfänglichen sanften Tönen einer ausstrahlenden Seelenruhe bis zu ihrer Steigerung in einen kraftvollen dreistimmigen Schlussteil, bei dem alle Instrumente erwachten und die Orchesterstreicher unisono einstimmten.

Der Beifall erschreckte sie, denn Adele hatte kaum wahrgenommen, dass das Stück zu Ende war. Sie hatte ihre ganze Seele und ihr Herz hineingelegt, und die Zeit war stehen geblieben, obwohl sie fast dreißig Minuten lang gespielt hatte.

In dem Moment, in dem das Stück zu Ende war, ließ sie Kopf und Arme sinken und barg die Geige an ihrer Brust. Und die Menge applaudierte. Der Schock, den ihr Erscheinen ausgelöst hatte, war verflogen, während sie vor einem Auditorium von Menschenverächtern im Konzertsaal eines Gefangenenlagers ihr Meisterstück abgeliefert hatte.

„Vater im Himmel …" Adele murmelte die Worte, während die Menschen im Auditorium sich erhoben und jubelten.

Siehst du, Herr? Siehst du? Selbst hier gibt es Schönheit …

Schönheit.

Erhabene, aufopferungsvolle, atemberaubende Schönheit. Das war es, was Adele bei diesem Auftritt erlebt hatte, von dem sie glaubte, dass es ein Abschied für immer von dem Leben auf dieser Erde sein würde.

DREISSIG

Gegenwart
Paris

Wie ein stahlgrauer Koloss erhob sich die Silhouette des Eiffelturms vor den tief hängenden Regenwolken, die den Himmel über Paris bedeckten. In den Straßen der Stadt blinkten die Lichter wie Glühwürmchen, die trotz des Regens durch die Luft tanzten.

Der Taxifahrer fuhr zügig um eine Kurve, sodass Sera in den Sitz gepresst wurde, dann erreichten sie die regennasse Straße im Herzen der Stadt. „Rue de la Concorde, nombre 58."

Sera spürte, wie der Wagen zum Stehen kam, die Bremsen quietschten leise.

Noch immer hallten Williams Worte in ihrem Herzen nach. Sie würde nur dann Frieden in ihrem Leben finden, wenn sie sich Gott anvertraute. Nicht, wenn sie das Bild fand. Auch nicht, wenn sie herausfand, was mit Adele und Wladimir geschehen war. Die Antworten, auf die sie so versessen war, würden keine Bedeutung haben, wenn sie sich weigerte, sich in ihrem eigenen Leben für die Liebe Gottes zu öffnen.

Hat William recht? Habe ich denn gar nichts gelernt?

Sera sah durch das Fenster hinaus auf die Lichter der Stadt, und plötzlich überfielen sie Schuldgefühle, dass sie nach Paris geflogen war, ohne die Dinge mit William ins Reine gebracht zu haben.

„Mademoiselle?“

„Ja?“ Sie schrak hoch und sah den Fahrer an.

„Voici. Nombre 58“, sagte er und zeigte auf die mit einer Markise überdachte Tür eines mehrstöckigen Wohnhauses aus weißem Backstein. Hängende Blumenkörbe bewegten sich im Wind und warfen gespenstische Schatten auf die Eingangstreppe. „Möchten Sie, dass ich warte, Mademoiselle?“

„Nein.“ Sie schüttelte den Kopf und gab ihm ein großzügiges Trinkgeld. „Merci.“

Die Wahrheit über das Schicksal von Adele und Wladimir lag vor ihr. Sie musste nur die Treppe zur Wohnung dieser Frau hinaufsteigen.

William hatte recht. Sie war drauf und dran, das fehlende Puzzleteil zu finden, aber es fühlte sich nicht so an, wie Sera es sich vorgestellt hatte. Die Jagd nach dem Gemälde hatte sie so gefangen genommen, dass sie darüber hinaus nichts anderes hatte sehen können.

Was kam als Nächstes? Wie auch immer, es würde nichts am Schicksal von zwei Menschen ändern, die mehr als siebzig Jahre zuvor gelebt und sich geliebt hatten.

Sera stieg aus dem Taxi und trat hinaus in den strömenden Regen.

Ohne William würde es auch ihre Zukunft nicht verändern.

Die Tür öffnete sich knarrend, und im Schein der Lampe, die den Flur des fünften Stocks erhellte, tauchte eine elegant gekleidete Frau mit einer gehäkelten Stola über den Schultern auf. Ihr freundliches Gesicht war umrahmt von silbernem Haar, das im schwachen Licht fast violett schimmerte. Sie war klein, wahrscheinlich kaum einen Meter sechzig groß, und wirkte zurückhaltend, ja beinahe schüchtern.

Sera sah sie an und stellte sogleich fest, dass sie helle Augen hatte, wenn auch nicht in der gleichen auffälligen Farbe wie auf dem Gemälde.

„Sind Sie Adele?“

„Nein, das bin ich nicht.“ Die Frau schüttelte den Kopf, und der Anflug eines wissenden Lächelns umspielte ihre Lippen. „Aber ich kannte sie.“

„Erzählen Sie mir von ihr? Bitte!“ Sera machte einen Schritt nach vorn, da die Vorfreude darauf, endlich die Wahrheit über Adele zu erfahren, sie jegliche Zurückhaltung über Bord werfen ließ. „Ich muss wissen, was mit ihr geschehen ist.“

Die Frau nickte. „Dann sind Sie die Galeristin?“

„Ja“, sagte Sera, erleichtert darüber, dass sie die Frau mit ihrer forschen Art nicht verschreckt hatte. „Bitte entschuldigen Sie ... Ich bin Sera James.“

„Und Sie suchen das Bild?“

War es so? Ging es ihr nur um das Gemälde oder doch um mehr? Sera war sich nicht mehr sicher. „Ja. Ich bin den ganzen Weg hierhergekommen, weil ich mit Ihnen über sie sprechen wollte. Über Adele und Wladimir, meine ich.“

„Ja, offensichtlich“, stimmte die ältere Dame mit einem leichten Nicken zu. Sie öffnete die Tür ein Stück weiter und gab damit den Blick frei auf eine klassisch eingerichtete Wohnung in zarten Gelb- und Violetttönen. „Ich habe den Teekessel auf dem Herd“, entschuldigte sie sich und ging durch den kleinen Flur in die Küche, von wo aus der Duft von buttrigem Zimtgebäck herbeiwehte.

„Aber wie heißen Sie?“, rief Sera von der Eingangstür aus und war immer noch unsicher, ob sie nun hereingebeten worden war oder nicht. „Madam?“

„Und putzen Sie sich die Füße ab“, rief die Frau aus einem Nebenzimmer. „Wir haben hier schon seit Stunden Dauerregen. Frühling in Paris, das kennt man ja.“

Nun, Sera kannte es nicht. Sie schloss die Tür hinter sich und blieb unsicher in dem kleinen Eingangsbereich der Wohnung stehen. Von ihrem Trenchcoat tropfte das Regenwasser auf den Parkettboden. Sie versuchte, sich das Gesicht mit dem Ärmel zu trocknen, aber es war zwecklos; sie war von Kopf bis Fuß durchnässt.

„Na, da sind Sie wohl in einen typischen Pariser Regenschauer geraten, was?"

Sera starrte auf den nassen Fußboden. Verlegen strich sie sich eine Haarsträhne zurück, die an ihrer Wange klebte. „Das bin ich wohl."

„Bitte", sagte die Frau und reichte ihr ein Handtuch, das nach Flieder duftete. „Trocknen Sie sich ab, und dann machen Sie es sich im Wohnzimmer gemütlich. Ich bin gleich mit dem Tee zurück. Mögen Sie Zimtcroissants?"

Sera hatte keine Gelegenheit, zu antworten, denn die Frau war bereits wieder in der Küche verschwunden.

Vorsichtig legte sie ihren Trenchcoat ab. Dann nahm sie das Handtuch und begann, ihr Haar damit zu trocken, während sie sich langsam weiter in die Wohnung hineinwagte. Das große Wohnzimmer am Ende des Flurs war hübsch eingerichtet, nicht luxuriös, aber auch nicht ärmlich. An einer Wand stand ein raumhohes Regal mit sorgfältig aufgereihten Büchern. In der Ecke befand sich ein kleiner Schreibtisch mit einem antiken Stuhl und einer Remington-Schreibmaschine aus den 1920er-Jahren in bemerkenswert gutem Zustand. Eine Vase mit leuchtend gelben Pfingstrosen schmückte den niedrigen runden Couchtisch in der Mitte des Raumes, dahinter stand ein holzgerahmtes Brokatsofa mit gepolsterten Armlehnen.

Seras Blick fiel auf den überdimensionalen weiß getünchten Kaminsims an der Rückwand, auf dem eine Vielzahl gerahmter Fotos stand. Zielstrebig ging sie darauf zu und fuhr mit den Fingern über die Holzkanten der Rahmen, während ihre Augen die Fotos nach Bildern von Adele und Wladimir absuchten.

Es gab Dutzende von Fotos. Manche waren klein und unscheinbar und in winzige vergoldete Rahmen gefasst, andere waren auffälliger, darunter ein großes Hochzeitsfoto mit einem Bräutigam und seiner strahlenden Braut, die einen eleganten Spitzenschleier trug.

Sera konnte in den Bildern die Erinnerungen eines ganzen Lebens erkennen. Und dann hielt sie plötzlich die Luft an. Hinter einer Reihe anderer Fotos versteckte sich das kleine Bild eines jungen lächelnden Paares.

Noch bevor sie das Foto in die Hand nehmen konnte, hörte sie die Stimme der Frau hinter sich. „Ja. Ich habe sie gekannt."

Sera nahm den Rahmen vom Kaminsims und drehte sich um, das Foto in den Händen. „Sind Sie Adeles Tochter?"

Die Frau musste lachen, was die Teetassen auf dem Tablett in ihren Händen ein wenig erzittern ließ. „Nein. Sie haben mir nicht das Leben geschenkt. Aber ich denke, man könnte sagen, dass sie es mir zurückgegeben haben." Sie stellte das Tablett auf dem Couchtisch ab. „Setzen Sie sich. Ich erzähle Ihnen von den beiden."

Sera sah die Frau mit großen Augen an und konnte kaum glauben, dass diese Begegnung real war. Sie suchte sich einen Platz auf dem Brokatsofa und setzte sich vorn auf die Kante, das Foto immer noch in der Hand. Dann sah sie die Frau mit dem silbernen Haar und dem freundlichen Lächeln auffordernd an. „Ich bin bereit."

Und das war sie auch. Zwei Jahre und ein ganzes Leben hatten dafür gesorgt, dass sie jetzt dazu bereit war, die ganze Geschichte zu hören.

„Gut. Denn ich möchte Ihnen eine Geschichte erzählen. Eine Geschichte über die Nacht, in der meine Familie getötet wurde. Und darüber, wie Adele und Wladimir mir das Leben gerettet haben. Mein Name ist Sophie Auerbach-Mason."

EINUNDDREISSIG

4. November 1944
Auschwitz-Birkenau

Bei klirrender Kälte standen die Mitglieder des Orchesters zusammen mit den anderen Häftlingen auf dem Appellplatz, bereit zum Abmarsch. Sie wussten nicht, wohin sie gehen würden. Ließ man sie in den sicheren Tod marschieren? Adele hatte keine Ahnung.

Vor ihr in der Reihe stand Marta, hinter ihr Fränze und die anderen Frauen. Einige sahen erbärmlich blass aus, andere konnten sich kaum auf den Beinen halten und schwankten wie Schilfrohr im Wind. Niemand sagte ein Wort, während sie versuchten, dem Novemberwind zu trotzen. Doch jede Bö brachte eine neue Schneewelle mit sich.

„Wohin gehen wir?", fragte Fränze und hustete.

Marta schien es zu wissen. Bevor sie antwortete, vergewisserte sie sich, dass die Wachen nicht hersahen. „Sie verladen uns auf Lastwagen", sagte sie und wies nach vorn, zum Ende des Stacheldrahtzauns. „Sie geben Birkenau auf."

Eine lange Reihe von Fahrzeugen stieß Abgase in die kalte Morgenluft.

„Aber warum?", fragte Adele.

„Warum fragst du das? Wenigstens bringen sie uns nicht in die Gaskammern", zischte Marta. „Wenn die überhaupt noch stehen. Sie haben die Gebäude in aller Eile niedergerissen."

Fränze nickte kleinlaut.

„Wir können Omara nicht zurücklassen", sagte Adele. Sie ging davon aus, dass sich ihre Freundin noch immer in Isolationshaft befand.

„Sie lassen uns keine Wahl", entgegnete Marta scharf. „Und wir wissen nicht mal, ob sie noch am Leben ist."

„Wenn die Frauen hingerichtet worden wären, wüssten wir es."

„Woher denn, Adele?"

„Es gab schon lange keine öffentliche Hinrichtung mehr, oder? Sie würden doch an allen, die an dem Aufstand beteiligt waren, ein Exempel statuieren wollen", erklärte Adele. „Das tun sie immer."

„Und was passiert jetzt?" Fränzes leise Stimme war gegen das Dröhnen der Lastwagen kaum zu verstehen. Sie blickte zum Wachturm hoch, der noch immer mit uniformierten Posten besetzt war.

„Edith arbeitet in der Küche. Sie hat mitbekommen, dass sie anscheinend das Lager abbauen. Was nicht verbrannt wird, packen sie zusammen." Marta hielt inne, um sich vorsichtig umzusehen, und fuhr dann fort: „Ich habe gehört, dass die Juden irgendwo anders hingebracht werden. Alle anderen werden ins Lager Auschwitz I gebracht. Christen. Politische Gefangene. Einige der russischen Kriegsgefangenen … Wir gehen, und sie bleiben in Auschwitz zurück."

Fränze umklammerte Adeles Arm. „Werden sie uns trennen?"

Adeles Gedanken kreisten um die Möglichkeiten, die ihnen blieben. Sollten sie versuchen, gemeinsam auf einen Lastwagen zu kommen? Die Frage war nicht leicht zu beantworten. Sie beobachtete, wie am Bahnsteig Häftlinge auf die Lastwagen und in die Viehwaggons verladen wurden. Es sah nicht so aus, als würde man ihnen Wasser oder Lebensmittel mitgeben. Daher war die Wahrscheinlichkeit groß, dass sie alle einfach deportiert wurden und auf dem Transport sterben würden.

Aber in Auschwitz zurückbleiben? Was würde mit den nicht jüdischen Häftlingen geschehen?

„Ich könnte als Jüdin durchgehen." Sie fuhr sich mit der Hand über die im letzten Monat nachgewachsenen Haare auf ihrem Kopf. „Ich kann mit euch in die Lastwagen steigen." Die Schlange rückte langsam vor, und Adele achtete darauf, dicht hinter Marta zu bleiben.

„Du willst doch nicht etwa mit uns kommen?", fragte Marta mit einem kurzen Blick über die Schulter. „Wieso solltest du?"

Adele spürte das Brennen der Häftlingsnummer auf ihrem linken Unterarm – eine Strafmaßnahme für ihre Erscheinung bei dem Konzert. Sie war jetzt gezeichnet wie alle anderen in diesem Lager. Konnte sie nicht irgendwie in den Reihen der anderen Häftlinge untertauchen, die abtransportiert wurden? Die SS-Wachen drängten auf Tempo, als ob ihnen die Zeit davonliefe. Sicherlich würde ein einzelner Häftling, der fehl am Platz war, unter Tausenden anderen nicht auffallen.

„Seht euch an, wie hektisch sie sind. Irgendetwas versetzt sie in Panik. Seit Tagen demontieren und brennen sie die Gebäude auf dem Gelände nieder. Vielleicht haben sie nicht genug Zeit, um jeden einzelnen Häftling anhand seiner Verwaltungsakte zu überprüfen. Es ist sehr gut möglich, dass sie nicht wissen, wer ich bin. Jetzt, da meine Haare ab sind."

Fränze sah Adele mit großen Augen an. „Aber was ist, wenn sie fragen, wer du bist?"

„Meine liebe Fränze", Adele drückte einen Kuss auf das Tuch, das den Kopf der kleinen Flötistin bedeckte, „dann werde ich lügen. Wir lügen alle, wenn es sein muss."

„Nein. Du bist jetzt tätowiert, schon vergessen? Sie werden dich erkennen und dich dafür töten. Und sie werden uns töten, weil wir von dem Betrug wussten und ihn nicht gemeldet haben." Marta machte keinen Versuch, die Wahrheit zu beschönigen.

Fränze senkte das Kinn und unterdrückte ein Schluchzen.

„Wir müssen zusammenbleiben", flüsterte Adele, und sie rückten ein paar Schritte weiter vor, näher heran an die Lkw-Kolonne vor ihnen. „Wir haben es Omara versprochen! Die meisten im Orchester hier sind Jüdinnen. Also muss ich dort sein, wo die anderen Mädchen sind."

Marta blickte sie nur den Bruchteil einer Sekunde lang an. „Und was ist mit deinem Cellisten?"

Wladimir.

Ja. Adele hatte auch darüber nachgedacht. Wenn sie zurückblieb, könnten sie dann irgendwie wieder zusammenkommen? Wenn der Feind auf dem Rückzug war – und danach sah es aus –, könnten sich die Häftlinge dann vielleicht wehren und kämpfen? War es nicht das, was sie wollte – an der Seite des Mannes kämpfen, den sie liebte? Was, wenn er sie noch ein einziges Mal in den Armen halten könnte?

„Ich weiß nicht mal, ob Wladimir noch am Leben ist. Ich habe ihn seit dem Konzert nicht mehr gesehen." Adele trat einen Stein auf dem schneebedeckten Weg vor ihr weg.

Wie konnte sie dazu gezwungen sein, eine solche Entscheidung zu treffen? Hin- und hergerissen zwischen dem Versprechen, das sie Omara gegeben hatte, und der Chance, Wladimir hier im Lager wiederzusehen?

Vater im Himmel, was soll ich tun?

Abgesehen von der starren, zerschlissenen Häftlingsuniform an ihrem Körper und dem inzwischen zerfledderten Bild von Wladimir, das sie im Saum ihrer Kleidung versteckt hatte, waren die Mädchen aus dem Orchester alles, was ihr noch geblieben war. Fränze, Marta und der Rest der Gruppe waren real; sie konnte sie sehen, sich um sie kümmern, so wie sie es Omara versprochen hatte.

Aber Wladimir wiederzusehen? Das war nichts als ein schöner Traum.

„Marta, was hast du sonst noch über Auschwitz I gehört?"

„Sie zünden Gebäude an. Andere sprengen sie einfach. Und sie verlegen Häftlinge in andere Lager." Marta senkte den Blick, und Adele wusste, dass sie nicht alles gesagt hatte.

„Weiter", drängte sie. „Was sonst noch?"

Fränze schien ebenso begierig auf die Antwort auf diese Frage zu sein wie Adele. Sie schlurften im Gleichschritt weiter durch den Schnee, aber Adeles Blick hing an Marta und nicht an der Fahrzeugkolonne, der sie sich langsam, aber sicher, näherten.

„Die Schwächsten bleiben zurück. Alle, die laufen können, werden gezwungen zu gehen. Und es gibt Gerüchte, dass alle, die nach Auschwitz I kommen, dort erschossen werden. Die SS muss mögliche Zeugen aus dem Weg räumen. Ganz besonders diejenigen, die privilegiertes Wissen haben könnten …"

„Wie die Mitglieder des Orchesters, die bei SS-Paraden und Konzerten spielen mussten?"

Marta nickte. „Ja."

Die Versuchung, nach Auschwitz I zu gehen, um dort nach Wladimir zu suchen, war so groß, dass Adele es kaum aushalten konnte.

Was soll ich nur tun, Herr?

Sie blickte über die kargen Felder und die baufälligen Lagerbaracken, die jetzt mit Schnee bedeckt waren. Die Trostlosigkeit der Umgebung glich dem Zustand ihres Herzens.

Oh Herr, wie kann ich meinem Herzen folgen, wenn es in zwei verschiedene Richtungen will?

ZWEIUNDDREISSIG

Gegenwart
Paris

Die Geschichte hinter dem Porträt von Adele ging so viel tiefer, als Sera es sich je hätte vorstellen können. Sie hielt sich die Finger an die Lippen, um ihre Emotionen zu beherrschen. „Ich hatte keine Ahnung, was sie alles durchgemacht hat."

Was Sophie ihr in der vergangenen Stunde erzählt hatte, war so ergreifend, dass es Sera schwerfiel, sich ein Bild von dem gesamten Ausmaß zu machen. Von den Grausamkeiten und der Angst, die Adele hatte ertragen müssen. Von Omaras Leben und dem vieler anderer Frauen, die innerhalb der Stacheldrahtmauern umgekommen waren. Die Welt hatte sich unwiderruflich verändert ... und für all das, was Adele erlebt hatte, war diese bescheidene zierliche Frau vor ihr nun die einzige Zeugin.

„Und Omara? Was ist mit ihr geschehen?" Sera war von Omaras Rolle in Adeles Geschichte tief beeindruckt.

„Sie wurde wegen ihrer Beteiligung an der Revolte hingerichtet." Sophie hob die gefalteten Hände, um das Ausmaß der Grausamkeiten zu unterstreichen. „Aber nicht, bevor sie ein weiteres großes Opfer gebracht hatte. In der Nähe des Krematoriums IV hat man schriftliche Aufzeichnungen gefunden, die dort vergraben waren. Adele war davon überzeugt, dass das der Grund gewesen ist, warum Omara mit nichts als einer kleinen Schaufel in der Hand aus dem Block rannte. Es muss ihre Aufgabe gewesen sein, die Berichte der Häftlinge zu vergraben, damit wir uns heute daran erinnern können."

„Wie ist sie gestorben?" Sera brach bei diesen Worten fast das Herz.

„Im Januar 1945 gab es eine öffentliche Hinrichtung. Alle Frauen, die an dem Aufstand beteiligt waren, wurden getötet."

„Musste Adele es mitansehen? Musste das Orchester auch bei Omaras Hinrichtung spielen?"

„Nein, zum Glück nicht." Sophie sprach langsam und ruhig. „Die Frauen des Orchesters wurden ins Lager Bergen-Belsen gebracht. Adele hat ihr Versprechen gegenüber Omara eingehalten und ist mit ihnen gegangen. Dort überlebten sie unter entsetzlichen Bedingungen, bis das Lager Monate später befreit wurde."

„Adele hat den Krieg überlebt?", fragte Sera überrascht. „Das wusste ich nicht! Wir nahmen an, dass sie in Auschwitz umgekommen ist, weil wir keine Aufzeichnungen mehr über die Zeit danach gefunden haben."

„Woher hätten Sie die auch haben sollen?! Adele hat nach dem Konzert im Oktober 1944 nie wieder öffentlich gespielt. Und es gab auch wirklich nichts mehr, was nach der Befreiung von Auschwitz mit ihr oder irgendeinem von uns in Verbindung hätte gebracht werden können."

„Ja, das Konzert ist die letzte Spur, die wir gefunden haben."

„Genau. Und das wollte Adele auch so. Nachdem sie Omara verloren hatte, schwor sie sich, dass sie überleben, aber niemals in ihr früheres Leben zurückkehren würde. Es ist interessant, dass Adeles Elternhaus an dem Tag, als in Auschwitz der Häftlingsaufstand stattfand, durch Bomben von den Alliierten zerstört wurde."

„Sie brauchte also gar nicht dorthin zurückzukehren?"

„Nein, das musste sie nicht."

„Und was ist aus ihren Eltern geworden? Haben sie überlebt, und hat sie sie jemals wiedergesehen?"

„Ihre Mutter, ja. Einige Zeit später." Sophie wurde wehmütig bei der Erinnerung. „Adele konnte ihren Eltern verzeihen. Und ich glaube, nachdem sie von dieser Bitterkeit befreit war, konnte sie ihrer Mutter begegnen und Frieden mit ihr schließen, bevor diese starb."

„Und ihr Vater?"

Sophie schüttelte traurig den Kopf. „Adele hat auch ihm verziehen. Aber er wollte sie nicht wiedersehen. Zu viel war geschehen. Er hatte durch den Krieg alles verloren, was er aufgebaut hatte. Und er konnte nie vergessen, was seiner Ansicht nach schändlicher Verrat gewesen war: dass Adele mir das Leben gerettet hatte."

„Und deshalb hat sie nie wieder in der Öffentlichkeit gespielt?"

„Adele wollte die Tatsache verbergen, dass sie überlebt hatte. Nach der Zeit in Auschwitz war sie ein anderer Mensch. Das kann ich verstehen. Auch ich habe meine Privatsphäre immer sehr geschützt. Deshalb gehe ich davon aus, dass es für Sie, meine Liebe, recht schwierig war, das Gemälde zu finden – zumal es keine Aufzeichnungen darüber gibt, dass es jemals eine Verbindung zwischen mir und Adele von Bron gab."

„Ich wollte es wiederfinden, seit ich ein Kind war."

Sophies Interesse schien geweckt zu sein. „Dann haben Sie Adele schon einmal gesehen?"

Sera lächelte über die Tatsache, dass man ein Gemälde so bezeichnen konnte wie die Person, die es zeigte. Es erinnerte sie daran, dass ein Kunstwerk so lange weiterlebte wie die Geschichte, die dahinterstand. „Einmal, ja. Da war ich noch ein Kind. Mein Vater war Kunsthistoriker, und er nahm mich mit in die Galerie eines Freundes hier in Paris. Ich habe versucht, diesen Freund wiederzufinden, aber die Galerie gibt es schon lange nicht mehr. Ich konnte auch keine Dokumente finden, die belegt hätten, dass das Bild von Adele jemals dort ausgestellt gewesen wäre. Die Erinnerung daran, dass ich das Original-Gemälde dort in der Galerie gesehen habe, und das Wissen um die Beschaffenheit des Bildträgers – das war alles, was ich hatte. Und aufgrund dieser Tatsachen konnten wir mit Sicherheit sagen, dass es sich bei dem Gemälde von Mr Hanover um eine Kopie handelt."

„Eine sehr gute Kopie!" Sophie nickte anerkennend.

„Nach dem Tod meines Vaters brach für mich eine Welt zusammen. Ich sehnte mich zurück in die Zeit, in der alles sicher gewesen und in der ich noch nicht verletzt worden war. Dann erinnerte ich mich an das Gemälde und war wie besessen davon, es zu finden. Ich dachte immer, es wäre für mich so etwas wie ein Rettungsanker – wenn ich es fände, würde es mir den nötigen Halt geben."

„Aber es war noch nicht an der Zeit, dass Sie es finden sollten." Sophie stand auf und nahm Seras Hand. „Kommen Sie!" Sie führte Sera in ein kleines Zimmer, das an das Wohnzimmer angrenzte. Durch die luftigen Spitzengardinen vor den großen Fenstern konnte Sera die Lichter von Paris sehen. Aber erst als Sophie das Licht einschaltete, verstand Sera, warum sie in das Zimmer geführt worden war: Hier hing das Gemälde von Adele an der Wand – nicht auffällig, eher wie selbstverständlich –, mit Blick hinaus auf die belebte Straße unter dem Fenster.

„Deswegen habe ich Sie hierhergebracht, meine Liebe. Ich denke, Sie sind jetzt bereit, es anzusehen."

Seras Augen füllten sich mit Tränen. Sie konnte es nicht verhindern. Nach ihrer jahrelangen Suche, nach all der angespannten Erwartung, etwas über das Schicksal dieser außergewöhnlichen Frau zu erfahren – jetzt war es da, direkt vor ihren Augen. Das Gemälde war echt. Und es war real. Und durch die Suche danach war vieles, was Sera tief in ihrem Herz vergraben hatte, wieder ans Licht gebracht worden.

Danke, Herr, vielen Dank dafür!

Sie trat einen Schritt vor und fragte: „Darf ich es anfassen? Ich möchte so gern fühlen, dass es real ist."

Sophie lachte leise. „Aber natürlich! Nur zu!"

Ganz vorsichtig und mit zitternden Händen berührte Sera die Leinwand auf dem hölzernen Untergrund. Sie schloss die Augen und war auf unerklärliche Weise gerührt, als ihr bewusst wurde, dass ihre Fingerspitzen gerade ein Stück lebendige Geschichte erspürten.

„Es tut mir leid, dass Sie den weiten Weg auf sich nehmen mussten, wo Sie doch schon so lange nach dem Bild gesucht haben. Aber es war ein letztes Versprechen, das ich einem Freund gegeben habe."

Sera brauchte einen Moment, um zu verstehen. Dann riss sie den Blick von dem Bild los und wandte sich zu Sophie. „Meinen Sie Edward Hanover?"

Sophie nickte, setzte sich in einen Sessel vor dem Bild und faltete die Hände in ihrem Schoß. Sie wirkte sehr weise und lebenserfahren. Das Möbelstück schien extra so aufgestellt zu sein, dass der Betrachter Adele direkt gegenübersitzen konnte. „Man schätzt, dass in Auschwitz-Birkenau eineinhalb Millionen Menschen umgekommen sind."

„Ja." Seras Kinn bebte, als sie ihre Aufmerksamkeit wieder dem Gemälde zuwandte und mit der Hand die Holzumrandung berührte.

„Aber Österreichs Liebling gehörte nicht dazu", sagte Sophie triumphierend. „Adele hatte ein erfülltes Leben. Sie ist im fortgeschrittenen Alter friedlich im Schlaf gestorben. Mit ihrer geliebten Geige neben dem Bett und – wie sie mir in den vielen Jahren zuvor immer wieder versichert hat – in der Gewissheit, dass ihr Heiland sie mit offenen Armen empfängt." Die alte Frau schmunzelte. „Ich dachte, sie würde mich mit Sicherheit überleben, diese unverwüstliche Frau. Aber sie hinterließ mir ihren kostbarsten Besitz: das Gemälde aus ebenjenem Lager, in dem sie fast ihr Leben gelassen hätte."

„Wie wurde das Bild denn aus Auschwitz gerettet?" Sera zog sich einen Stuhl heran und setzte sich neben Sophie.

„Man fand das Gemälde im Lagerbereich von Auschwitz-Birkenau in einer versteckten kleinen Kammer. Dort wurde es zusammen mit etlichen anderen Kunstwerken geborgen und in Sicherheit gebracht."

„Hat Adele es je wiedergesehen?"

„Ja, das hat sie. Edward Hanover nutzte seine Kontakte in Europa, um nach dem Bild suchen zu lassen. Er hatte Adele und ihre

Geschichte nie vergessen und wollte die Suche nach dem Bild nicht aufgeben. Einige Jahre später fand er es schließlich und schickte es ihr. Sie schätzte das Bild und die Erinnerung an Omara so sehr, dass sie sich bis an ihr Lebensende nicht davon trennen wollte. Nach ihrem Tod hinterließ sie es mir. Ich lebte damals in Prag, und deshalb hing es eine gewisse Zeit in einer kleinen Galerie in Paris, bis ich vor einigen Jahren nach Frankreich zurückkehrte und mich selbst darum kümmern konnte. Das war die Galerie, die Sie als Kind besucht haben", sagte Sophie und tätschelte Seras Hand. „Ich nehme an, es war von Anfang an Gottes Plan, dass sich unsere Wege kreuzen würden. Wenn das Bild nicht in dieser Galerie gehangen hätte, wären Sie jetzt nicht hier."

„Und ich dachte die ganze Zeit, es sei für immer verloren. Es schien sich in Luft aufgelöst zu haben, nachdem ich es vor all den Jahren gesehen hatte."

Sophie lächelte. „Es ist in einer Pariser Wohnung verschwunden, das ist alles."

„Und was ist mit dem versteckten Raum im Lager? Gibt es ihn noch?"

„Adele ist viele Jahre später noch einmal nach Auschwitz zurückgekehrt. Aber das Lagerhaus, in dem der Raum mit den Bildern gewesen war, war längst abgerissen worden. Er existiert nur noch in der Erinnerung."

Sera stand auf und wandte sich wieder dem Gemälde zu. Gedankenverloren betrachtete sie es einige Minuten, bis sie sich schließlich wieder zu Sophie umdrehte.

„Aber es fehlen noch so viele Teile … Was geschah mit Wladimir? Und ich verstehe nicht, wie Edward Hanover in all das hineinpasst."

Sophie klopfte auf den Sessel neben sich. „Setzen Sie sich, meine Liebe."

DREIUNDDREISSIG

25. April 1945
Bergen-Belsen

Als die 11. Panzerdivision der britischen Armee am 15. April 1945 Bergen-Belsen erreicht hatte, war von dem Lager fast nichts mehr übrig gewesen, außer baufälligen Baracken aus rissigem Holz und zerfledderten Zeltstädten für die Zehntausenden von Gefangenen, die in dem Lager zusammengepfercht waren. Die Häftlinge, die den Transport überlebt hatten, waren nur einen Wimpernschlag vom Tod entfernt. Viele waren krank. Andere waren so unterernährt, dass es ein Wunder benötigte, sie dem Tod noch einmal zu entreißen. Ohne Nahrung und fast ohne Wasser und angesichts der erschreckenden Tatsache, dass sich die Soldaten beim Anblick des Grauens im Lager erbrachen, verstanden viele Überlebende nicht, was hier vor sich ging.

Adele hatte an diesem Tag etwas Wasser aufgetrieben. Sie hatte einen halben Eimer voll von den Wachposten entwendet, als einer von ihnen sich umdrehte, um nach einem vorbeifahrenden Lastwagenkonvoi zu sehen. Als sie auf dem Weg zurück zu der Zeltstadt gewesen war, in der sich die Frauen des Orchesters zusammendrängten, um die letzten eisigen Wochen des Winters zu überstehen, hatte sie plötzlich den ohrenbetäubenden Lärm von Fahrzeugen gehört, die ins Lager gedonnert waren.

Im ersten Moment war Adele erschrocken gewesen und wäre fast über einige Steine auf dem Weg gestolpert. Aber dann hatte sie sich schnell aufgerichtet und war den Rest des Weges zurückgerannt. Sie waren alle misstrauisch gewesen, selbst als die Lautsprecher verkündet hatten, dass die Fahrzeuge der britischen Armee gehörten.

„Hier spricht die britische Armee. Sie sind befreit …"

Immer wieder waren Meldungen aus den Lautsprechern ertönt, die den Sieg über die Nazis verkündet hatten. Sie waren befreit. Frei. Der nahende Tod war besiegt.

Das war vor zehn Tagen gewesen.

Adele strich sich mit der Hand über den Kopf, der inzwischen wieder mit nachwachsendem Haar bedeckt war. Sie saß auf dem Boden und starrte in den Sonnenaufgang, eine dünne Decke um die Schultern gezogen. Letztere schützte kaum vor dem Tau, der sich in der Nacht auf ihrer Kleidung gesammelt hatte und leicht gefroren war, sodass der Stoff bei der kleinsten Bewegung wie Papier knisterte.

„Miss? Haben Sie mich gehört?"

Die Worte des britischen Soldaten holten Adele zurück in die Realität.

„Ja", antwortete sie, wobei sie bezweifelte, dass sie jemals wieder in der Lage sein würde, eine Männerstimme hinter sich zu hören, ohne für den Bruchteil einer Sekunde zu befürchten, es könnte ein SS-Offizier mit einer entsicherten Pistole sein.

Der kiesbedeckte Boden unter den Kampfstiefeln des Mannes knirschte. Der Soldat räusperte sich, bevor er weitersprach. „Verzeihung, Miss, aber es ist Zeit zu gehen. Die Ärzte haben Sie für den Transport freigegeben. Der Rest Ihrer Gruppe befindet sich schon in den Lastwagen, und die letzte Gruppe davor ist vor einer Stunde aufgebrochen …"

Adele drehte sich um und sah ihn eindringlich an. „Können Sie mir sagen, wohin ich gehen soll, Sir?"

„Wir haben für Sie eine Unterkunft in einem Lager der Alliierten organisiert, ganz in der Nähe. Man wird sich gut um Sie kümmern. Dort gibt es Essen, alles Lebensnotwendige und medizinische Versorgung. Und wir können Ihnen helfen, Ihre Familie zu finden."

Er verstand nicht, was sie meinte. Adele erforschte sein Gesicht. Nein, sie glaubte nicht, dass er es verstehen konnte. Er war noch jung, vielleicht zwanzig Jahre alt. Sein Haar, das sich um die Ohren lockte, war schwarz wie die Nacht. Die Morgensonne stand gerade hoch genug, um die Sommersprossen auf seiner Nase und der hohen Stirn sowie seine jugendlichen Augen anzustrahlen, die nicht von Erfahrungen mit dem Tod zeugten. Er sah unschuldig aus. Und gütig.

Adele wollte wissen, wohin sie gehen *sollte*, nicht, wohin sie gehen *würde*, nachdem der Lastwagen sie in das Aufnahmelager gebracht hatte. Wo sollte sie jetzt leben, ohne hinter jeder Ecke Auschwitz zu sehen? Ihre Welt hatte sich für immer verändert, und das konnte niemand rückgängig machen, selbst wenn sie ihre Familie fände.

„Was wird mit ihnen geschehen?"

Der Soldat verstand es offensichtlich nicht, denn er beugte sich zu ihr hinunter und nahm sie am Ellbogen, um ihr beim Aufstehen zu helfen und sie dazu zu bringen, die Totenfelder von Bergen-Belsen zu verlassen. Er blickte über die fast leere Zeltstadt, seine Augen suchten das Nichts ab, das noch übrig war.

„Mit wem, Miss?"

„Mit den Lagern", sagte sie und zwang ihre geschwächten Beine, sie zu tragen. „Was wird mit den Lagerhallen in Auschwitz geschehen, mit den Kunstwerken, mit den bemalten Wänden dort? Wird man sie abreißen?"

„Ich habe von den anderen Lagern gehört", erklärte er mit einem leichten Nicken. „Kommen Sie von dort? Von Auschwitz?"

„Ja. Auschwitz-Birkenau."

„Nun, darüber brauchen Sie sich jetzt keine Sorgen mehr zu machen. Wir werden Ihnen helfen."

Mit vor Kälte klappernden Zähnen fuhr Adele fort: „Wissen Sie, ob

Auschwitz noch steht? Es gab Explosionen, als wir gingen. Wurde das Lager niedergebrannt?"

„Nein, Miss." Er stützte sie am Ellbogen und legte eine dicke Wolldecke über ihre Schultern, die sie davor nicht in seiner Hand bemerkt hatte. „Die Rote Armee hat Auschwitz vor Monaten befreit. Die Nazis gaben auf und sind geflohen. Aber ich glaube, einige der Gebäude stehen noch."

„Befreit ... Auschwitz?" Adele konnte es sich kaum vorstellen. Auschwitz ohne Wachhunde und Wachtürme? Das Krematorium nicht mehr in Betrieb? Keine Züge mehr? Kein Orchester mehr, das für die Gespenster spielte, die jeden Morgen zur Arbeit marschierten?

Kein Tod mehr ...

„Ja. Die Nazis haben viele der Gebäude zerstört, bevor die Rote Armee anrückte."

Plötzlich bemerkte Adele die Kamera, die um seinen Hals hing. Sie hob das Kinn, um in seine Augen zu sehen, und griff dann energisch nach dem Revers seiner Armeejacke. „Können Sie mir sagen, ob es Überlebende gab in Auschwitz? Hat es jemand geschafft? Sie haben doch sicher Nachrichten darüber erhalten, Sie sind doch bei der Presse, oder?" Ihre Stimme überschlug sich fast bei den letzten Worten, und ihr Herz klopfte vor Verlangen nach nur einem Wort über einen gewissen jungen Cellisten, den sie Monate zuvor zum letzten Mal auf der Bühne gesehen hatte.

Ihre Vermutung musste richtig sein, denn der Soldat sah für einen Augenblick zu seiner Kamera hinunter, bevor sein Blick wieder den ihren traf. Die Überraschung über ihre eindringlichen Fragen spiegelte sich in seinem Gesicht. „Haben Sie Ihre Familie verloren?"

Die Frage brachte ihre Seele zum Weinen.

Ja! Sie wollte es hinausschreien. *Ich habe meine Familie verloren. Meine Unschuld. Sogar mein Herz ist tot. Ich habe alles verloren. Außer Gott! Er ist alles, was ich noch habe ...*

Stattdessen fragte sie nur: „Gibt es Listen darüber, wer in Auschwitz überlebt hat?"

„Das hat man mir nicht gesagt, Miss. Ich befolge nur Befehle, die mir hier gegeben wurden."

„Könnten wir versuchen, es herauszufinden?"

Der junge Mann schüttelte den Kopf. „Die SS hat die Verwaltungsakten vernichtet, bevor wir hier ankamen. Ich kann nur vermuten, dass sie dasselbe in Auschwitz getan haben. Aber ich kann Ihnen versichern, dass wir hier sind, um zu helfen. Niemand wird Ihnen mehr wehtun. Und wenn Sie möchten, können Sie mit der Suche nach Ihrer Familie beginnen, sobald Sie erst einmal richtig versorgt sind." Er löste ihre Hände von seinem Revers und umfasste ihren Ellbogen, um sie zu stützen. Mit leicht hochgezogenen Augenbrauen versuchte er, ihr ein aufmunterndes Lächeln zu schenken. „Kommen Sie, ich werde Sie stützen, damit Sie sicheren Halt finden."

Adele schluckte schwer und nickte, obwohl sie sich nur mühsam zum Gehen aufraffen konnte und sich ihre Beine anfühlten, als wären sie nur noch schlaffe Hüllen.

Der Soldat ging so langsam wie nötig neben ihr her. Mit dem einen Arm um ihre Taille und der anderen Hand unter ihrem Ellbogen geleitete er sie Schritt für Schritt zum Konvoi der Transportfahrzeuge.

„Wie heißen Sie?", fragte Adele, während ihre schmerzenden Füße in einem schleppenden Tempo weiterstapften.

„Edward Hanover, Miss." Er sah aus, als wolle er ihrem Blick ausweichen, denn er starrte auf einen Punkt in der Ferne, wo neben baufälligen Baracken zurückgebliebene SS-Offiziere Gräber aushoben.

Edward Hanover, dachte sie, *Sie haben gütige Augen.*

Adele ging weiter neben ihm her. Sie versuchte, den Kopf aufrecht zu halten, lehnte ihn aber schließlich an seine Schulter, als ihr die Kraft ausging. „Ich habe zwei Jahre lang um Freundlichkeit gebetet", flüsterte sie, das Gesicht an den dicken Stoff seiner Jacke gedrückt,

„und jetzt bin ich Ihnen begegnet, Edward. Sicherlich hat Gott meine Gebete erhört."

Eine beruhigende Hand strich ihr über den Hinterkopf und ließ sie die mitfühlende Herzlichkeit eines Fremden spüren. Adele fühlte sein Kinn an ihrer Stirn, als er nickte. „Sie sind jetzt in Sicherheit, Miss."

„Danke, Edward."

Er half ihr auf die Ladefläche eines Lastwagens, während ihre erschöpften Beine selbst von dem kurzen Weg zu der Lkw-Kolonne zitterten. Marta war da, hustend und elendig schmutzig, aber sie ergriff sie am Arm und zog sie neben sich auf die Ladefläche. Fränze war auch da und schmiegte sich eng an sie.

Adele sah sich um, und sie begriff, dass es wahr geworden war.

Sie hatte ihr Versprechen gehalten.

Das Orchester hatte überlebt. Die Mädchen waren vom Krieg gezeichnet; erschöpft, schmutzig und wahrscheinlich nicht wiederzuerkennen, aber sie waren am Leben. Adele sah sich ihre Gesichter an. Martas Stärke war noch da, wie ihr trotzig vorgeschobener Unterkiefer bewies. Und die kindlich-naive Unschuld der kleinen Fränze mit ihren sanften haselnussbraunen Augen, die immer auf der Suche waren. Auch der Rest der Mädchen – Adele blickte eine nach der anderen an – war immer noch an ihrer Seite.

Ich danke dir, Vater im Himmel! Ihr Herz wollte in Tränen ausbrechen über das Geschenk des Lebens.

Doch im nächsten Augenblick überkam sie ein Anflug von Angst. „Halt!" In der Hektik, in der die letzten Überlebenden zu den Lastwagen gebracht wurden, hatte sie den britischen Soldaten aus den Augen verloren.

Die ersten Fahrzeuge setzten sich in Bewegung. Panikartig rief Adele dem Fahrer ihres Lkws durch den aufgewirbelten Staub zu: „Halt! Bitte warten Sie!" Ihr Blick suchte die Menge der umstehenden Soldaten ab. Sie trugen alle die gleiche Kleidung, hatten alle den gleichen erschütterten Blick, blickten alle auf den Boden. Aber Edward – er hatte eine Kamera um den Hals. Ihre Augen suchten verzweifelt nach diesem Merkmal.

„Sie bringen uns in Sicherheit, Adele!“ rief Marta und versuchte, sie zurückzuziehen. „Du wirst vom Wagen fallen – setz dich gefälligst hin!“

„Edward!“ Adeles Augen suchten die Menge nach dem Mann mit den freundlichen Augen und der Kamera ab. Sie rief nach ihm, immer und immer wieder, und betete, dass die einzige Chance, die sie und Wladimir vielleicht noch hatten, nicht vertan war.

Und plötzlich war er da. Seine Hände umfassten ihre, und er schob sie zurück in Martas offene Arme. „Sie werden sonst fallen, Miss. Bitte, setzen Sie sich wieder. Bleiben Sie hier bei Ihrer Gruppe. Ich verspreche, dass man sich im Lager der Alliierten um Sie kümmern wird. Sie sollten sich jetzt ein wenig ausruhen.“

„Sind Sie Fotojournalist beim britischen Nachrichtendienst?“ Adeles Augen musterten sein Gesicht.

Er schien von ihrer Frage überrascht zu sein, antwortete aber trotzdem. „Ja, Miss, das bin ich.“

Adele sah ihm in die Augen und hoffte inständig, dass seine Güte groß genug wäre für das, was sie fragen wollte. „Dann haben Sie vielleicht Kontakte, die mir helfen können“, sagte sie, und Tränen traten ihr in die Augen.

„Kontakte, um Ihnen bei was zu helfen?“ Während er sprach, verwandelte sich sein Atem in Nebel, da die Sonne den kühlen Morgentau noch nicht zum Schmelzen gebracht hatte.

Hastig riss Adele den Saum ihrer Kleidung auf und zog das abgegriffene Foto von Wladimir hervor. Dann drückte sie es dem jungen Mann in die Hand. „Sein Name ist Wladimir Nicolai. Bitte finden Sie diesen Mann!“, flehte sie ihn an und suchte seinen Blick. „Finden Sie ihn, und bringen Sie ihn zu mir.“

VIERUNDDREISSIG

Gegenwart
Paris

Mein lieber William,
ich habe dafür gebetet, dass Dich dieser Brief zur rechten Zeit erreicht, und zwar dann, wenn Du für meine Worte bereit bist. Lass Dir von einem alten Mann Folgendes mit auf den Weg geben: Das Leben ist vergänglich. Wir sind dazu bestimmt, mit dem größtmöglichen Maß an Liebe und unter dem fürsorglichen Blick unseres barmherzigen Erlösers, der jeden unserer Schritte lenkt, im Dienst für Gott und die Menschen zu leben.

Es tut mir leid, dass Du diese Worte erst lesen wirst, wenn ich nicht mehr da bin, und dass ich sie Dir nicht persönlich sagen kann. Aber Du bist ein schlauer Kopf, und Du weißt, was es heißt, hart zu arbeiten. Du hast Dich gut gemacht, mein Junge, und ich bin sehr stolz auf Dich. Aber ich erinnere mich auch an einen anderen William – an einen jungen Mann, der davon sprach, dass er dem Ruf seines Herzens folgen wolle. Ich erinnere mich an den Tag, als dieser sechzehnjährige Bursche mit seiner Bibel in der Hand in mein Arbeitszimmer kam und dazu bereit war, dem Patriarchen des Hanover-Clans mitzuteilen, dass er die Absicht habe, einen anderen Lebensweg einzuschlagen und Prediger zu werden.

Ich bedaure, dass Dein Vater und ich Dir damals diesen Weg verwehrt haben. Ich bedaure, dass ich geschwiegen und Dich nicht unterstützt habe. Diesen Fehler möchte ich jetzt wiedergutmachen.

Ich habe Ms Sophie Auerbach-Mason gebeten, meine Wünsche zu vertreten. Wenn Du sie gefunden hast, dann habe ich mich nicht in Dir getäuscht – Du bist klug! Inzwischen hast Du dann wohl auch die Geschichte von Adele von Bron gehört. Ich war tatsächlich in Bergen-Belsen, als das Lager am 15. April 1945 befreit wurde, und sie gehörte zu den Häftlingen, die überlebt hatten. Die Ereignisse jenes Tages haben mich grundlegend verändert. Und ich vermute, dass das, was Du inzwischen davon mitbekommen hast, auch Dich nicht unberührt lässt.

Du wirst mittlerweile auch erfahren haben, dass der gesamte Hanover-Nachlass der Besitzerin von Adeles Gemälde vermacht werden soll, und diese Besitzerin ist Sophie Auerbach-Mason.

„Es ist also wahr, dass –“ Sera brach ab und blickte auf. „Sie werden alles erben.“

Der Schock musste Sera im Gesicht stehen, denn Sophie beugte sich vor und tätschelte ihre Hand. „Lesen Sie weiter, meine Liebe.“

Sera nahm den Brief wieder hoch, auch wenn ihre Achtung vor der liebenswerten Frau zu sinken drohte, falls diese tatsächlich dazu imstande war, William alles wegzunehmen, wofür er so hart gekämpft hatte.

Ich bewundere Deine Entschlossenheit, egal, ob sie der Verpflichtung gegenüber dem Unternehmen oder Deiner Verantwortung gegenüber der Familie entspringt. Da das Gemälde noch existiert und Du es gefunden hast, musst Du nur danach fragen. Wenn es immer noch das ist, was Du willst, dann kannst Du es mit nach Hause nehmen, die Firma leiten und Dein Leben leben.

Aber wenn Du Deine Meinung geändert hast, nachdem Du Adeles Geschichte gehört hast, dann bitte ich Dich, darüber nachzudenken, was Dich ursprünglich zu Ms Auerbach-Masons Tür geführt hat. Wenn Du möchtest, kann Dich dieser Brief von jeglicher Verpflichtung gegenüber dem Unternehmen befreien und Du kannst ohne weitere Konsequenzen und mit reinem Gewissen Deinen Weg gehen, mein Junge.

Die Entscheidung liegt ganz bei Dir.

Unseren Anwälten liegt die Abschrift eines neu verfassten Testaments vor, in dem die verschiedenen Möglichkeiten aufgeführt sind. Ich habe alle notwendigen Schritte unternommen, um sicherzustellen, dass mein letzter Wille so ausgeführt wird, wie Du es wünschst – nachdem Du das Gemälde gefunden hast!

Solltest Du Dich gegen eine Zukunft im Unternehmen entscheiden, so wird Ms Auerbach-Mason die Entscheidungsgewalt über die Verteilung des hanoverschen Vermögens haben. Sie wird sicherstellen, dass die Familie gut versorgt ist. Die Leitung des Unternehmens wird an den Vorstand übergeben, der nach eigenem Ermessen einen Nachfolger für die Geschäftsführung bestimmen wird. Und Du, William, kannst endlich Deinen Weg gehen. Lebe das Leben, das Du Dir immer gewünscht hast – Du hast meinen Segen dafür!

Geld, Ansehen und Macht – wir wissen beide, dass nichts davon uns dauerhaft Erfüllung bringt. Es beschämt mich allerdings, dass Du das lange vor Deinem törichten Großvater gelernt hast. Und ich möchte Dich dringend bitten: Gib den zweiten Chancen in Deinem Leben Raum, Will. Denn mit Christus an Deiner Seite wird es immer welche für dich geben.

Dein Dich liebender Großvater

Edward William Hanover

Sera hielt den Brief in den Händen und war gerührt davon, dass der Mann zu Lebzeiten beschlossen hatte, ein derartiges Vermächtnis zu hinterlassen. „Edward Hanover war also in Bergen-Belsen?"

„Ja, er war an dem Tag der Befreiung vor Ort." Sophie nickte. „Und er war auch in den Tagen darauf noch dort, als viele weitere Menschen starben, weil ihre Körper die Nahrung nicht vertrugen, die man ihnen gab, oder sie ihren Erkrankungen erlagen. Er war dort, und ich kann Ihnen sagen, dass das, was er gesehen hat, ihn verändert hat."

„Ich kann mir nicht vorstellen, was sie alle durchgemacht haben."

„Jedenfalls war es so einschneidend für Edward, dass er mit Adele in Verbindung blieb. Sie waren für den Rest ihres Lebens befreundet."

„Alles aufgrund einer zufälligen Begegnung …"

Sophie schüttelte den Kopf. „Bei Gott gibt es keine zufälligen Begegnungen. Adele hatte Wladimir zu meiner Familie geführt. Wir hatten gehofft, alle zu entkommen …", sagte sie, und ihre Stimme nahm einen versonnenen Ton an, wie er oft mit der Erinnerung an längst Vergangenes einhergeht.

„Wie haben Sie den Krieg überlebt?"

Die alte Dame blickte zum Kaminsims und lächelte in das Meer von Gesichtern, die sie aus den Bilderrahmen heraus ansahen. „Das ist eine Geschichte für ein anderes Mal, denke ich. Aber ich hatte meinen eigenen Weg zu gehen, genau wie Adele. Und nach dem Krieg haben wir uns wiedergefunden."

„Wie?"

Ein Lächeln erhellte Sophies Gesicht und verzierte ihre Augenwinkel mit sympathischen Lachfältchen. „Edward. Er hat Adele geholfen, mich zu finden – ebenso wie das Gemälde."

Sera nahm einen Schluck von ihrem Tee. *Also ist Williams Großvater in all diesen Dingen das verbindende Glied gewesen.* „Ich muss Ihnen noch sagen, wie leid mir die Sache mit der Anfechtung des Testaments tut. Wenn ich es hätte verhindern können, hätte ich es getan."

„Das Leben ist schon manchmal eigenartig, meine Liebe. Wir dürfen nichts als selbstverständlich ansehen. Alles, was wir tun, ist im nächsten Moment vorbei. Es ist wie weggewischt, aber die Erinnerung bleibt." Sophie zuckte mit den schmalen Schultern. „Wer hätte gedacht, dass ich einmal in einem Testament mit einer Summe von einhundert Millionen Dollar bedacht werde? Ich habe nur zugestimmt, Edward zu helfen, weil Adele uns beiden so sehr am Herzen lag. Ich habe nicht erwartet, dass er sein Testament ändern würde. Darüber haben wir nie gesprochen, sonst hätte ich ihm davon abgeraten. Vielleicht hat er es mir deshalb erst im Nachhinein erzählt."

„Aber über die anderen Dinge in dem Brief haben Sie mit ihm gesprochen?"

Sie lächelte über den Rand ihrer zarten, mit Rosenknospen bemalten Teetasse hinweg. „Ja. Über Ihren William haben wir gesprochen."

Die Bedeutung von Sophies Worten ließ Sera erröten.

„Er ist ein guter Mann, Sera."

„Ja", pflichtete Sera ihr bei und schluckte schwer. „Das ist er." Tiefes Bedauern regte sich in ihr.

Oh Herr … Ich glaube, ich habe einen schrecklichen Fehler gemacht …

„Wir denken immer, dass wir genau wissen, was wir wollen, nicht wahr? Wir gehen davon aus, dass wir es besser wissen als Gott. Wir haben unsere ganze Reise geplant. Vielleicht haben wir sogar schon unsere Koffer gepackt und ein Ticket gekauft, aber Gott hat immer noch seine eigenen Pläne. Und die sind in ihrer Weisheit unübertroffen." Sophie lächelte bei den letzten Worten und nahm einen Schluck Tee. „William ist übrigens selbst hier gewesen."

Seras Kopf schoss hoch. „Er … war hier?"

„Heute früh. Er stand plötzlich vor meiner Wohnungstür, und interessanterweise fragte er nach Ihnen." Sophie schenkte ihr ein vielsagendes Lächeln. „Er dachte wohl, er würde Sie hier finden."

„Dann hat er sicher auch den Brief gelesen …"

Sophie nickte und stellte ihre Tasse ab. „Ja. Er sagte, er wolle selbst herausfinden, was mit Adele geschehen ist. Edward und ich hatten da eine kleine Wette laufen, müssen Sie wissen." Sie warf einen Blick nach oben zur Zimmerdecke und lächelte verschmitzt. „Ich schätze, du hast gewonnen."

Sera hob fragend die Augenbrauen. „Das verstehe ich nicht."

„Edward kam mit der Idee auf mich zu, seinem Enkelsohn zu helfen, weil er selbst im Laufe der Jahre gelernt hatte, was im Leben wirklich wichtig ist. Gott hatte ihn in allen Lebenslagen geleitet und war sein Lebensanker gewesen. Und Edward wusste, dass William dazu berufen ist, sein Leben ganz in den Dienst Gottes zu stellen, dass er aber wegen der Anforderungen des Familienunternehmens diesem Ruf nicht folgen konnte. Ihm war klar, dass William das Geschäft niemals ohne den Segen seines Großvaters verlassen würde. Also fasste Edward den Beschluss, diese Welt nicht zu verlassen, ohne etwas in der Sache unternommen zu haben."

Sera beugte sich vor, um Sophie den Brief zurückzugeben. Ihre Hände zitterten. „Aber er hat doch *Ihnen* den Nachlass vermacht."

„Ja, im Prinzip schon, aber William hatte die ganze Zeit die Wahl. Es wäre nicht nötig gewesen, das Testament anzufechten. In unserem Gespräch heute Morgen hat er lediglich die nötigen finanziellen Mittel erbeten, um seine Familie zu versorgen. Und den Rest – die Aktien, das Vermögen des Unternehmens, sogar das Gemälde – will er nicht haben. Er erwähnte, dass er einen alten Berufstraum verwirklichen wolle, genau wie Edward es sich erhofft hatte. Er sagte mir, ich solle mit dem Geld machen, was ich für richtig halte. Es vielleicht verschenken, weil sein Großvater es so gewollt hätte. Mit dem Geld jemand anderem eine zweite Chance geben …"

Sera wurde es warm ums Herz, während ihr die Tränen in die Augen traten. „Dann ging es ihm also doch um mehr als nur um das Geld …"

„Ja. Und ich glaube, Ihr William hat jetzt weder einen Job noch ein Familienvermögen, auf das er Anspruch erheben könnte. Ich bin mir nicht sicher, ob das für Sie von Bedeutung ist, aber damit ähnelt er auffallend einem gewissen mittellosen Cellisten, den Adele und ich einmal kannten."

Sera sprang auf und eilte in den Flur. Hastig ergriff sie ihre

Handtasche und den Trenchcoat und entschuldigte sich. „Es tut mir leid, Sophie. Aber ich muss gehen."

„Aber Sie kennen den Rest der Geschichte noch nicht!"

„Ich weiß, und ich möchte sie auch unbedingt zu Ende hören! Ich muss wissen, was mit Adele und Wladimir passiert ist. Aber …" Sera sah zur Tür und wieder zu Sophie. „Zuerst muss ich William finden!"

„Schon in Ordnung, meine Liebe." Sophie folgte ihr zur Tür.

„Hat er gesagt, wo er hinwollte?"

„Er hat mir erzählt, dass er noch etwas besichtigen möchte, bevor er nach Amerika zurückfliegt. Ein besonderes Kunstwerk …", sagte Sophie augenzwinkernd.

Seras Herz machte einen Sprung. Übermütig drückte sie der Frau einen Kuss auf die Wange und stürmte zur Tür hinaus, während Sophies liebenswertes Lachen ihr durch den Flur folgte.

FÜNFUNDDREISSIG

Sera war außer Atem, als sie die Treppe zum Louvre hinaufeilte, nachdem sie den Weg vom Taxi bis hierher durch den Regen gerannt war. Es war später Freitagnachmittag – kurz vor Ende der Öffnungszeit –, und sie befürchtete, dass William schon weg sein könnte.

Aber in dem Moment, als sie um die Ecke trat, sah sie ihn. Sie konnte ihn bereits von Weitem erkennen. In seinen typischen Jeans, die Umhängetasche lässig über die Schulter gehängt, stand er da, den Rücken zu ihr gewandt.

Mit Tränen in den Augen ließ Sera den Anblick auf sich wirken. Die geflügelte Nike von Samothrake war in Wirklichkeit noch viel schöner als auf all den Bildern, die sie gesehen hatte. Sie war so, wie Sera sie sich immer vorgestellt hatte: prächtig, geheimnisvoll und einfach nur wunderschön, wie sie von allen Seiten mit Licht umgeben war, das von den hohen cremefarbenen Wänden widergespiegelt wurde. Aber Sera stellte erstaunt fest, dass die engelhafte Skulptur, die so majestätisch in der Mitte der großen Säulenhalle thronte, sie im Augenblick wenig interessierte. Denn der Moment, von dem sie immer geträumt hatte, war jetzt perfekt, weil sie den Blick nicht von dem Mann abwenden konnte, der im Schatten der Statue stand.

Sie ging auf ihn zu, bis sie ihm nahe genug war, um die Hand auf seinen Arm zu legen. „Ist sie nicht wunderschön?"

William wandte sich ruckartig von der Skulptur ab, und der überraschte Blick aus seinen tiefblauen Augen raubte Sera den Atem.

„Sera?"

Sie wusste nicht, was sie sagen sollte. Auf dem Weg von Sophies Wohnung hierher waren ihr hundert Dinge eingefallen, die sie ihm erklären oder ihn fragen wollte: wie dumm sie gewesen sei und wie leid es ihr tue und ob er ihr verzeihen könne, dass sie so hoffnungslos stur gewesen sei.

Aber merkwürdigerweise schien das alles im Moment nicht wichtig zu sein. Nicht jetzt, da er ihren Namen so liebevoll aussprach und sich sein überraschter Blick in ein schiefes Grinsen verwandelte.

Sie erwiderte sein Lächeln und wischte sich ein paar Regentropfen von der Wange. „Du bist den ganzen weiten Weg hergekommen?"

„Ich konnte dich doch nicht allein nach Paris reisen lassen." Seine Stimme war leise, versöhnlich. „Auf gar keinen Fall ..."

Das Museum leerte sich langsam, aber es befanden sich immer noch etliche Touristen in der Halle. Manche durchquerten sie eilig, andere blieben stehen, um die hoch aufragende Skulptur zu betrachten, wieder andere gingen unbeeindruckt daran vorbei. Ein älterer Mann, der es ziemlich eilig hatte, rempelte Sera an der Schulter an, als er sich zwischen ihr und William hindurchdrängte und mit einem gemurmelten „Pardon" verschwand.

Sie sahen einander an und schmunzelten.

„Ich dachte immer, das ist alles, was ich mir wünsche: eines Tages noch einmal nach Paris zu kommen und genau an dieser Stelle zu stehen", ergriff Sera schließlich das Wort. „Und ich dachte, wenn ich das Gemälde finde, wird das die Leere in meinem Herzen füllen. Aber ich wollte alles zu meinen eigenen Bedingungen. Ich wollte nicht auf Gott warten, auf seine Führung und sein perfektes Timing. Und auf seine Kraft ...", sie machte eine Pause und rückte noch ein wenig näher an William heran, „... mein Herz wieder für einen anderen Menschen zu öffnen."

Er nickte mit einem aufrichtig zärtlichen Ausdruck im Gesicht. „So ging es mir auch."

„Ich weiß, dass du das Geld nicht genommen hast."

„Nein, das habe ich nicht."

„Ich glaube, ich verstehe, warum", sagte sie. „Aber möchtest du es mir vielleicht selbst erzählen?"

„Ich habe die ganze Zeit über gewusst, dass ich nicht der bin, der ich sein sollte. Ich habe nicht das Leben gelebt, das Gott für mich vorgesehen hat. Ich könnte das Geld niemals annehmen", sagte William leise und machte einen vorsichtigen Schritt nach vorn, bis seine Schuhspitzen die ihren berührten, „wenn es mich zurückzwingen würde in dieses Leben. Und erst recht nicht, wenn ich dadurch die Chance auf einen neuen Anfang verpassen würde."

Sera lächelte. Ihr Herz war endlich befreit von der Last der letzten zwei Jahre, und sie ließ zu, dass ihr eine Träne die Wange hinablief.

„Du hast das Original-Gemälde schon als Kind gesehen, nicht wahr? Auf deiner letzten Reise mit deinem Vater nach Paris?"

„Woher weißt du das?"

„Sophie erwähnte, dass es nach dem Krieg verloren gegangen war, bis mein Großvater es ein paar Jahre später fand. Er schickte es Adele, und sie hat es ihr Leben lang bei sich gehabt. Als Sophie sagte, dass es nach Adeles Tod eine Zeit lang in einer Pariser Galerie ausgestellt wurde, habe ich eins und eins zusammengezählt. Jetzt ergibt das alles einen Sinn. Ich verstehe, warum es für dich so wichtig war. Ich weiß, du hast in der Vergangenheit gelebt, genau wie ich." Er hob die Hand und strich mit dem Handrücken über ihre Wange. „Aber ich möchte eine neue Perspektive, eine echte Zukunft – mit der Möglichkeit, mich Gott voll und ganz zur Verfügung zu stellen. Und eine Zukunft, zu der auch du gehörst. Kannst du mir verzeihen, Sera?"

„Ja …"

„Ich weiß, dass ich dir wehgetan habe", fuhr er fort, als ob er sie nicht gehört hätte, „und ich weiß auch, dass mein Verhalten falsch war. Ich habe keine Ahnung, wo ich einen Job finde und ob ich umziehen werde, aber … könntest du dir vielleicht vorstellen …"

„Will?"

Er hielt inne und holte tief Luft. „Ja?"

„Es ist mir egal, was du mich fragen willst." Sie biss sich auf die Unterlippe. „Meine Antwort ist Ja."

Williams Hände umschlossen ihre Wangen, und seine Lippen berührten zärtlich die ihren. Sera ließ sich fallen und genoss die Vertrautheit seiner Berührung. In diesem Moment fühlte sie sich … zu Hause.

Schließlich machte William einen kleinen Schritt zurück, ließ die Arme sinken und breitete sie auf halber Höhe aus. „Dir ist schon klar, dass ich nichts mehr besitze, oder? Ich habe eine alte Bibel und die Kopie eines Gemäldes einer österreichischen Violinistin von meinem Großvater. Darüber hinaus kriegst du nur mich. William Hanover – und sonst nichts!"

Sera warf einen kurzen Blick zu der Skulptur hinauf und lächelte.

Paris ist zwar die Stadt der Liebe. Aber das hier, Herr, das ist alles, was ich will.

Sera griff nach seiner einladend ausgestreckten Hand und verschränkte ihre Finger mit seinen. „Zweite Chancen, schon vergessen?"

Er nickte bei dieser Erinnerung und küsste Sera sanft auf die Schläfe. „Dann hat sie dir von ihnen erzählt. Von Adele und Wladimir?"

„Ja … warte, nein! Ich habe immer noch nicht gehört, was mit Wladimir passiert ist!" Sera blickte zu William auf. „Ich bin aus der Wohnung gestürmt, um dich zu suchen!"

„Du bist wirklich meinetwegen gegangen, ohne die ganze Geschichte zu hören? Ich fühle mich geehrt, Manhattan."

„Ich hoffe doch, dass du sie mir erzählen wirst, oder?" Sera hob die Hand, strich ihm sanft über die Wange und fühlte die Wärme seiner Haut, während sie unter der geflügelten Marmorstatue beieinanderstanden.

„Weißt du noch, als ich sagte, dass ihre Liebesgeschichte vor mehr als siebzig Jahren zu Ende gewesen sein muss?"

Sie nickte.

„Nun, ich muss zugeben, dass ich mich geirrt habe." Er lächelte, nahm ihre Hand und wandte sich Richtung Ausgang.

Gemeinsam schlenderten sie die Stufen der Eingangshalle hinunter.

„Bist du bereit für den besten Teil der Geschichte?"

SECHSUNDDREISSIG

28. April 1950
Paris

„Adele?“ Die junge Frau sprach ihr leise ins Ohr, mit der Spur eines Lächelns in der Stimme.

Adele riss die Augen auf.

Sie saß in ihrem kleinen Musikgeschäft in einem wunderschönen historischen Gebäude mit hohen Fenstern zur Straße, durch die die Sonne hereinschien und den in die Jahre gekommenen Nussbaumboden erwärmte. Sie ließ Geige und Bogen auf ihren Schoß sinken und drehte sich zu ihrer Mitarbeiterin und Freundin um, die direkt hinter ihr stand und sie anstrahlte.

Die junge Mariette blickte sie mit einem verschmitzten Lächeln und funkelnden Augen an. Sie lehnte sich an den Stutzflügel und klopfte mit dem Absatz ihrer Riemchenschuhe auf das Parkett.

Adele sammelte sich und fragte: „Wie spät ist es?“

Der Bogen hatte die Saiten berührt, und Adele hatte sich im Zauber ihrer geliebten Musik verloren. Sie hatte nur kurz spielen wollen, aber was mit ein paar Tönen zwischen zwei Terminen begonnen hatte, war zu einer Reise in die Welt der Erinnerungen geworden. Ihre Augen hatten sich wie von selbst geschlossen. Und ihre Hände? Sie hatten gespielt, ohne es zu wissen.

„Fast Mittag.“

„Mittag?“ Adeles Aufmerksamkeit war schlagartig von der Musik weggerissen. „Das kann nicht sein …“, sagte sie mit einem Blick auf ihre Armbanduhr. Tatsächlich. Noch zehn Minuten. Sie würde zu spät kommen. Schon wieder.

Hastig packte sie die Geige in den Koffer und begann, die Notenblätter in ihre Leinentasche zu stopfen.

„Warte. Lass mich mal.“ Mariette nahm ihr einen Stapel Noten aus der Hand und begann, die Blätter glatt zu streichen und zu sortieren.

Adele lächelte. Die methodische Natur ihrer Freundin konnte es nicht ertragen, dass Papier in eine Tüte gestopft wurde, wenn es mindestens dreißig Sekunden gab, die man dazu nutzen konnte, es zu glätten und zu ordnen.

„Ich hätte dich nicht so lange spielen lassen dürfen.“

„Nein, nein“, sagte Adele und schüttelte den Kopf. „Es ist nicht deine Schuld, Mariette. Eine Lehrerin sollte pünktlich sein, ohne dass ihre jüngere, aber viel klügere Mitarbeiterin ständig nach ihr sehen muss. Ich weiß nicht, was über mich gekommen ist.“

Mariette sah sie mit einer Sanftheit an, die so warm war wie die Sonne vor den Fenstern draußen. „Du warst wieder dort, nicht wahr?“

„Ja.“ Adele nickte knapp. Sie hatte Mariette gegenüber nur erwähnt, dass sie in Auschwitz gewesen war. Die Einzelheiten hatte sie in den Tiefen ihres Herzens vergraben. Es war noch zu früh, um über solche Dinge zu sprechen. Und sie war sich nicht sicher, ob sie überhaupt jemals dazu in der Lage sein würde.

Wenn Adele spielte, kehrte sie immer an denselben Ort zurück: zu ihrem Stuhl in der ersten Reihe des Orchesters, mit Omara an ihrer Seite und Alma Rosé vor ihnen, die sie durch ein weiteres Musikstück dirigierte.

„Du weißt, ich bin auch Musikerin“, sagte Mariette und zuckte mit den Schultern, während sie sich weiter den Notenblättern widmete, „also brauchst du mir nichts zu erklären. Geh ruhig.“ Sie nickte in

Richtung Tür. „Du kannst deine Sachen zusammensuchen, während ich das hier mache."

„Was brauche ich sonst noch?" Adele sah sich in dem kleinen Raum um und suchte nach ihrer Handtasche. Sie fand sie neben einer Blumenvase und einem Stapel Bücher auf der Kommode im Eingangsbereich. Rasch öffnete sie die gelbe Ledertasche, nahm einen kleinen Spiegel und einen roten Lippenstift heraus und zog sich die Lippen nach. Dann kniff sie sich in die Wangen, um etwas Farbe zu bekommen.

Nachdem sie beschlossen hatte, dass ihr Gesicht schön genug war für die eine Minute, die sie sich zum Aufhübschen gelassen hatte, legte sie die Utensilien zurück in die Handtasche.

„Essen?"

Mariette brachte ihr die Umhängetasche, in der sich nun ein Stapel tadellos geordneter Notenblätter direkt neben der braunen Papiertüte mit ihrem Mittagsimbiss befand, und hängte sie ihr über die Schulter.

Adeles Hände flogen an die Stirn. „Hut?"

Mariette schüttelte den Kopf. „Heute nicht." Sie löste das gepunktete blaue Halstuch, das sie trug, und reichte es Adele. „Hier, nimm das. Es bringt deine Augenfarbe zur Geltung."

Adele legte sich das zarte Tuch über ihre blonden schulterlangen Locken und band es im Nacken zusammen. Sie drehte sich um und warf einen Blick in den raumhohen Spiegel an der Wand. Schwarzweiß gestreifte Bluse, schwungvoll ausgestellter Rock und rote Lackschuhe. Das Outfit war perfekt für Paris.

„Mariette, ich weiß, dass du eigentlich erst morgen früh deine nächste Unterrichtsstunde hast, und ich frage nur ungern, aber könntest du …"

„Sicher." Mariette zwinkerte ihr zu und richtete das Tuch, bis der Knoten in Adeles Nacken versteckt war. „Ich übernehme deinen Nachmittagsunterricht."

Adele fasste ihre Freundin an den Schultern. „Machst du das? Danke, du bist die Beste!“ Sie zog das Mädchen in eine schnelle Umarmung.

Das breite Lächeln, das auf Mariettes Gesicht erschien, ließ ihre Sommersprossen tanzen. „Glaubst du wirklich, ich würde zu dir sagen, dass du dich beeilen sollst, wenn du zu deinem Mittagstermin gehst?“ Sie drehte sich um und sah aus dem Fenster, durch das strahlender Sonnenschein ins Zimmer fiel. „An einem Tag wie diesem in Paris? Also, los. Verschwinde!“, befahl sie und klopfte Adele auf den Rücken, während sie sie in Richtung Tür schob. „Raus hier. Du willst doch nicht, dass das gute Wetter vergeudet wird.“

„Natürlich nicht“, stimmte Adele zu und strich sich mit den Händen über den Rock. „Den Sonnenschein nicht zu nutzen, würde die Sache nur noch länger hinauszögern.“ Mit einem letzten Zwinkern eilte sie zur Tür.

„Adele?“

„Ja?“ Sie drehte sich um, die Hand auf dem alten Messingtürknauf.

„Wird er jemals fertig werden?“

Adele genoss die Wärme, die ihre Wangen durchströmte, während sich unwillkürlich ein Lächeln auf ihre Lippen stahl. „Wer weiß?“

Ihr blaues Fahrrad stand neben der Treppe vor dem Haus. Es war ein typisch französisches Rad mit großen Reifen und einem geflochtenen Weidenkorb für die Fahrt zum Blumenladen oder zum Bäcker um die Ecke. Adele legte ihre Tasche in den Korb, stieg auf und radelte in Richtung Seine davon.

Mariette hatte recht: Adele war ganz in ihrer Musik versunken gewesen. Die Erinnerungen waren immer dieselben. Sie dachte an all das, was sie erlebt hatte, und dass es einen anderen Menschen aus ihr gemacht hatte. An Omara und den Rest der Mädchen. An die langen Tage, an denen sie spielen mussten, und die noch längeren, unheimlich stillen Nächte, in denen es keinen Schlaf zu geben schien. Sie dachte daran, wie vergänglich das Leben war und wie anders sich die Dinge entwickelt hatten, als sie es sich in ihrer behüteten Jugend in Wien je hätte vorstellen können.

Jedes Mal, wenn sie beim Musizieren die Augen schloss, stiegen Bilder von ihnen in ihr auf. Von ihnen allen. Von den Verlorenen. Von den Tapferen. Von den Verzweifelten und Gebrochenen. Von den Seelen, die nie eine zweite Chance bekommen hatten ... Und ihr Herz blutete bei all den vertrauten Klängen von Auschwitz.

Adele fuhr an Blumenläden und ihrer Lieblingsbäckerei vorbei, während sie das Fahrrad über die Champs-Élysées lenkte. Sie dachte nach über das Leben – das Leben, das zu leben sie Omara versprochen hatte. Sie erinnerte sich an den Tag in dem Raum mit den verborgenen Kunstwerken, an dem Omara ihr gesagt hatte, Gott sei überall. Der Himmel atmete ihn. Die Sonne spendete seine Wärme. Die Musik, die jetzt eindringlich mit der Erinnerung an die Schrecken von Auschwitz verbunden war – all diese Dinge waren ein Lobgesang für ihn. Selbst die Luft, die sie atmete, war von ihm erdacht und von seiner Hand geschaffen. Und da Gott überall war, konnte sie nicht anders, als ihn in ihrem Herzen zu tragen, ihn anzubeten mit ihrem täglichen Leben, indem sie das Geschenk jedes Augenblicks nutzte, um ihm, der sie erlöst und befreit hatte, Ehre und Ruhm zu bringen.

Sie gelangte ans Flussufer und lächelte. Ein perfekter Tag.

Die Menschen genossen den Sonnenschein. Da waren Kinder, die lachend einem roten Luftballon nachjagten, der von der leichten Frühlingsbrise davongeweht wurde; Pärchen, die Hand in Hand spazieren gingen. Und überall am Ufer des Flusses waren die Künstler vertieft in ihre Werke, um etwas von bleibendem Wert zu erschaffen.

Adele hob die Hand, um ihre Augen gegen die Sonne abzuschirmen. Ihr Herz schlug schneller, als sie den Maler erblickte, den sie suchte. Da war die Silhouette seiner hochgewachsenen Gestalt, die sich unverrückbar durch das Sonnenlicht abzeichnete; ein Anblick, der ihr Herz erwärmte, so wie es schon immer gewesen war.

Da war er, ihr Künstler. Wladimir stand dort – mit seiner Staffelei, der Leinwand und den Farben –, wo er immer stand, wenn das Licht gut war.

Adele stellte das Fahrrad ab und ging hinunter zum Fluss. Bevor sie sich bemerkbar machen konnte, blickte Wladimir auf und sah sie an. Er wusste es immer, wenn sie da war. Eine Haarsträhne fiel ihm in die Stirn und verdeckte die kleine Narbe darauf.

„Da bist du ja", sagte er und schenkte ihr ein fröhliches Lächeln, als sie näher kam. „Ich habe mir schon Sorgen gemacht, dass ich heute versetzt werden könnte. Lass mich raten, Schmetterling …", er legte betont eine Hand ans Kinn und ließ sie dort ruhen, als müsse er nachdenken, „… hast du dich wieder in der Musik verloren, anstatt zu deinem Mann zu kommen? Oder willst du dich für all die Abende revanchieren, an denen ich dich im Garten warten ließ?"

„Das wird nicht verraten", scherzte Adele, sprang mit einem kleinen Satz in seine Richtung und warf sich in seine Arme. Er konnte den Pinsel gerade noch rechtzeitig auf der Staffelei ablegen, um sie aufzufangen.

Ohne Rücksicht darauf, dass ihr Lippenstift verschmieren würde, gab sie ihm einen innigen Kuss und war wieder einmal unendlich dankbar dafür, dass sie ihre Liebe vor niemandem mehr verbergen mussten. Hier war sie – Adele, Ehefrau eines mittellosen Kaufmannssohns. Und sie war über alle Maßen glücklich darüber, Wladimir an ihrer Seite zu haben, denn das es war viel mehr wert als jedes Vermögen der Welt. Es machte sie traurig, dass ihre Eltern das nie erkannt hatten, als es noch möglich gewesen wäre.

Sie blickte auf das Gemälde und sah die Zahlen, die er auf dem linken Unterarm hinzugefügt hatte. Bei der Erinnerung daran konnte sie das Brennen der Tätowierung fast spüren.

„Was ist denn das?" Er hob ihr Kinn an, sodass sie ihm in die Augen sehen musste. „Habe ich da gerade eine dunkle Wolke über dein hübsches Gesicht ziehen sehen?"

Adele richtete den Blick zum Himmel, um dem Moment mehr Leichtigkeit zu geben. „Schatten der Vergangenheit, fürchte ich."

„Dann lass sie vorbeiziehen." Er gab ihr einen Kuss auf die Stirn. „Sie haben keine Macht mehr über uns."

„Mariette hat mich gefragt", Adele lächelte bei dem Gedanken daran, ihn zu necken, „ob du wohl jemals fertig wirst!?"

„Mit dem Bild für Edward?" Wladimir wandte seine Aufmerksamkeit wieder der Leinwand zu und studierte das Gemälde, wobei seine Augen über die letzten Pinselstriche wanderten. „Da bin ich mir nicht ganz sicher. Das Licht ist draußen besser. So viel steht fest. Und im Großen und Ganzen sieht es fertig aus – der hübsche Mund, die sanften Hände, der Schwung des Halses. Ich würde sagen, es sieht alles fast genauso aus wie auf Omaras Bild." Er drehte sich wieder zu ihr um. „Aber ich fürchte", er nickte bekräftigend, „es sind die Augen …"

„Meine Augen?" Adele hob die Brauen, um ihre Augen zur Geltung zu bringen. „Was stimmt nicht mit ihnen?"

„Gar nichts. Aber wir haben Edward etwas versprochen, um ihm für alles zu danken, was er für uns getan hat: dass er uns nach dem Krieg half, uns wiederzufinden, sodass wir heiraten und Wien hinter uns lassen konnten. Unser neues gemeinsames Leben wäre ohne ihn nicht möglich gewesen. Selbst wenn ich das Bild für ihn nur kopiere – ich will, dass es perfekt ist. Ich möchte, dass es die schönen Augen zeigt, die mir bei jenem letzten gemeinsamen Spiel auf der Bühne zugezwinkert haben."

Adele neigte den Kopf zur Seite und betrachtete die gekonnten Pinselstriche. „Ich finde, das kommt Omaras Gemälde schon sehr nahe."

„Meinst du etwa, ich würde Zeit schinden?" Er wandte sich wieder der Leinwand zu und betrachtete das Bild einen Moment lang, bevor er sich wieder zu ihr umdrehte. „Ich fürchte, ich brauche einen weiteren Termin mit meiner Muse. Morgen Mittag."

„Aber morgen soll es regnen", wandte Adele ein und warf einen kurzen Blick zum Himmel. „Das bedeutet schlechtes Licht."

„Und wie wär's dann mit übermorgen? Ich lade dich zum Mittagessen ein. Oder ich besteche dich mit Blumen für deinen hübschen Weidenkorb dort drüben."

„Ich habe Schüler. Termine." Adele schüttelte den Kopf und machte ein paar vorsichtige Schritte rückwärts, aber Wladimir folgte ihr. „Oh nein, das tust du nicht! Wir haben zu arbeiten, mein Lieber!"

„Das ist hübsch", sagte er, als er sie einholte, und fuhr mit der Hand über das Chiffontuch, das sie um den Kopf gebunden hatte. „Es betont deine Augen."

„Du musst das Bild zu Ende malen", sagte sie und versuchte, ihn abzuwehren, aber der Versuch misslang in dem Moment, als seine Lippen die ihren berührten.

Er ließ sich nicht abweisen. Stattdessen küsste er sie und bot ihr dann die Hand. „Ich hätte dich am Abend deines Geburtstags zum Tanzen auffordern sollen. Weißt du noch?"

Wie könnte sie das vergessen! Adele musste beinahe laut darüber lachen, wie albern ihr dieser unerfüllte Geburtstagswunsch vorkam, nun da sie die Berührung seiner Hand auf ihrem Gesicht und seine Lippen auf ihren fühlen konnte, ohne Angst haben zu müssen, dass jemand sie beobachtete.

„Tanz mit mir."

Sie sah sich um, weil sie befürchtete, sie würden am Ufer Aufsehen erregen. „Hier?"

„Genau hier und jetzt."

„Aber wir haben doch keine Musik", gab sie sichtlich irritiert zurück.

Wladimir schüttelte nur den Kopf und verzog die Lippen zu einem verführerischen Lächeln. Seine Erwiderung war nur ein Flüstern. „Du und ich? Wir hatten schon immer unsere eigene Musik. Ist es nicht so, Schmetterling?" Er breitete einladend die Arme aus.

Adele folgte seiner Aufforderung und ließ es zu, dass er sie zu ihrem Tanz führte – dem Tanz, den sie vor all den Jahren nicht erleben durfte. Sie schmolz dahin, als er sie an sich zog, wie sie es sich immer gewünscht hatte.

„Ich werde dich für den Rest meines Lebens jeden Tag zum Tanz auffordern. Ich werde diese zweite Chance, die Gott uns gegeben hat, nicht ungenutzt lassen – auch nicht, wenn es morgen und übermorgen regnet."

Sie spürte sein Kinn an ihrer Stirn, während er sprach. Und als würde sie auf ihrer Geige spielen, schloss Adele die Augen und verlor sich im Moment. Sie genoss jeden einzelnen Schritt, jedes Wiegen, jede Bewegung ihrer Füße zu dem leisen Lied ihres Herzens. Und sie dankte Gott für die Gnade, die ihnen dieses Geschenk ermöglicht hatte. Dafür, dass sie am Leben waren. Und dass sie ihr Versprechen gegenüber Omara hatte halten können.

Ein sanfter Windhauch streichelte ihre Wange. Adele hielt ihr Gesicht in den Wind, um ihn willkommen zu heißen.

Wladimir unterbrach ihre Gedanken mit einem kaum hörbaren Flüstern. „Weißt du, Schmetterling, jeden Morgen, wenn die Dämmerung über den Horizont stieg, habe ich ein Gebet für dich gesprochen. Ich habe jede Minute bedauert, in der ich nicht bei dir sein konnte."

Adele schüttelte den Kopf, als ob sie das nicht wüsste; als ob er es ihr nicht schon Dutzende Male gesagt hätte.

„Du hast immer zu mir gehört. Ich habe gebetet, dass die Musik dich am Leben erhält, falls du so wie ich gezwungen wirst, zu spielen. Ich habe gebetet, dass du sie nutzt, um zu mir zurückzukommen. Dass Gott dir die Stärke schenkt, durchzuhalten."

In der strahlenden Frühlingssonne tanzten Adele und Wladimir am Ufer der Seine entlang, berauscht von der Schönheit des Tages. Eine sanfte Brise zerzauste die blonden Locken, die Adele mit dem Kopftuch zurückgebunden hatte. Die Strähnen tanzten um ihr Gesicht; ein dankbarer, zarter Walzer um ihre Wangen. Wladimir ergriff sie und strich sie ihr zärtlich hinters Ohr.

„Und ich war nie ohne dich. Oder ohne Gott."

„Und woher weißt du das?" Sie kannte die Antwort, fragte aber trotzdem. Denn sie würde nie müde werden, seine Stimme zu hören, während sie die Wange an seine Brust schmiegte.

„Weil es selbst im Winter in Auschwitz in meinem Herzen warm war."

Adele wusste, was Wladimir damit meinte: Gott war da. Er war in den Herzen der Verlorenen und in den Leben der Männer, Frauen und Kinder, die für einen neuen Anfang gelebt hatten. Und er war in der Kunst, die das Grauen von Auschwitz überdauerte.

Sie betete, dass die nachfolgenden Generationen die Verlorenen niemals vergessen würden. Sie betete, dass sie sich mit jeder neuen Morgendämmerung an sie erinnern würden.

ANMERKUNG DER AUTORIN

Zwischen Juni 1940 und Herbst 1944 kamen ungefähr eine Million Juden und Zehntausende von Sinti und Roma, sowjetischen Kriegsgefangenen, religiösen Dissidenten, nicht jüdischen Polen und anderen deutschen, österreichischen, tschechischen, französischen, litauischen und italienischen Zivilisten im Konzentrationslager Auschwitz-Birkenau ums Leben. Am 7. Oktober 1944, als die Rote Armee bereits deutsche Ziele bombardierte, die nur wenige Kilometer von den Mauern Birkenaus entfernt lagen, begann ein Häftlingsaufstand. Mit selbst gebauten Waffen und Munition, die aus der Munitionsfabrik, in der sie arbeiteten, herausgeschmuggelt worden war, leisteten die Häftlinge einen heldenhaften Widerstand gegen die schwer bewaffnete SS-Militärpolizei, die das Lager bewachte. Unter den Häftlingen waren Widerstandskämpfer aus dem Untergrund und jüdische Krematoriums-Zwangsarbeiter, die erfahren hatten, dass sie getötet und durch neue Arbeiter im Krematorium IV ersetzt werden sollten. Tapfere Männer und Frauen ließen ihr Leben, um sich gegen Ungerechtigkeit und Unmenschlichkeit zu wehren.

Vor der Befreiung von Auschwitz durch die Sowjetunion im Januar 1945 wurden die Mitglieder des Mädchenorchesters von Auschwitz in das Lager Bergen-Belsen in Niedersachsen deportiert. Dort überlebten die restlichen dreiundfünfzig Mitglieder des Orchesters und wurden am 15. April 1945 von britischen Truppen befreit. Obwohl viele der in Auschwitz Zurückgebliebenen auch nach der Befreiung an Krankheiten oder infolge von Unterernährung starben, wurden die Stimmen der Verlorenen nicht vollständig zum Schweigen gebracht. In den Trümmern der teilweise zerstörten Lagerhallen und alten Baracken von Auschwitz wurden mehr als 1600 Kunstwerke gefunden, die bis heute überlebt haben und eine ergreifende Geschichte für die kommenden Generationen erzählen.

Es ist mehr als ein Jahrzehnt her, seit ich von der Kunst des Holocaust erfuhr. Ich erinnere mich noch gut an das Gefühl, als ich in dem Seminar an der Universität saß und eine Art Ehrfurcht in mir aufstieg, während unsere Studentengruppe ein Bild nach dem anderen betrachtete. Wir studierten die skizzierten Gesichter von Gefangenen und die Landschaften mit Darstellungen von harter Arbeit, die von bewaffneten Wachen im Hintergrund beobachtet wurde. Zarte Schmetterlinge und heitere Aquarellblumen, die innerhalb der Stacheldrahtmauern des Lagers fehl am Platz wirkten, ließen uns verstummen. Wir waren bewegt von der Koexistenz des Bösen und der reinen Schönheit, die scheinbar beide am selben Ort gedeihen konnten.

Als Studentin war ich fasziniert davon, dass der Mensch anscheinend ein angeborenes Bedürfnis hat, schöpferisch tätig zu sein. Und als Christin war und bin ich zutiefst bewegt von solchen Lichtblicken in der Dunkelheit. Selbst unter den schlimmsten Umständen ist die Kunst der menschlichen Ausdruckskraft so mächtig, dass sie nicht überschattet werden kann, nicht einmal vom Tod.

Ich habe mein Bestes gegeben, um dieses Thema in *Das Lied des Schmetterlings* zu entfalten, denn die Geschichten der Verlorenen müssen lebendig erhalten werden für die Generationen, die auf unsere folgen werden. Schließlich zeugen sie davon, dass die Liebe Jesu Christi auch in einer gefallenen Welt weiter erblühen wird.

Kristy Cambron